# 日出东江

田粟◎著

 海天出版社

HAITIAN PUBLISHING HOUSE

·深圳·

**图书在版编目（CIP）数据**

日出东江 / 田粟著. —深圳：海天出版社，
2021.1

ISBN 978-7-5507-2988-9

Ⅰ.①日… Ⅱ.①田… Ⅲ.①长篇小说 – 中国 – 当代
Ⅳ.①I247.5

中国版本图书馆CIP数据核字(2020)第165797号

**日出东江**

RI CHU DONG JIANG

| | |
|---|---|
| 出 品 人 | 聂雄前 |
| 策划编辑 | 黄明龙 |
| 责任编辑 | 王　民 |
| | 胡小跃 |
| 责任技编 | 梁立新 |
| 责任校对 | 万妮霞 |
| 书名题字 | 王青风 |
| 封面设计 | 华艺设计 83460036 |

| | |
|---|---|
| 出版发行 | 海天出版社 |
| 地　　址 | 深圳市彩田南路海天综合大厦（518033） |
| 网　　址 | www.htph.com.cn |
| 订购电话 | 0755 – 83460239（邮购、团购） |
| 设计制作 | 深圳市龙墨文化传播有限公司（电话：0755 – 83461000） |
| 印　　刷 | 深圳市华信图文印务有限公司 |
| 开　　本 | 787mm×1092mm　1/16 |
| 印　　张 | 18.5 |
| 字　　数 | 265千 |
| 版　　次 | 2021年1月第1版 |
| 印　　次 | 2021年1月第1次 |
| 定　　价 | 48.00元 |

# 田粟

本名廖建明，1969 年出生，广东省博罗县人，现居深圳。国家二级心理咨询师，中国散文学会会员，广东省作家协会会员，深圳市民间艺术家协会理事。个人已出版《暮春》《追逐纯粹的人》《小龟传奇》《山脚下的女人》《葫芦记》等长篇小说，其中《葫芦记》获得广东省第九届民间文艺著作奖三等奖。

**内容简介** ▶

故事以抗战为背景，以寻亲为主线，讲述阿好、阿蝉、顺女三个 5 到 11 岁的小女孩，为躲避战乱不幸与家人失散，在遭受不同遭遇与多种磨难后，迎来新中国的诞生，终于实现了家庭团圆的愿望。小说塑造了刘胜、郭莨、毕罡、鬼手、桂婶等一批有血有肉的普通百姓，以家国情怀、报国之志，坚持长期抗击日寇，在共产党东江游击队的领导下，终于迎来胜利曙光，取得了彻底的革命胜利。

# 一

一直以来，阿好对能找到家和失散的亲人，从未抱太大的希望。她曾以为，她的家早已被日本飞机的炸弹夷为平地了。她的亲人要么会逃亡他乡，要么会被侵华日军炸死、杀死了。所以，当她看到那间熟悉的大宅时，当即就双腿一软，跪倒在地上，情绪瞬间失控，号啕大哭。一位满头白发、体形微胖的妇人闻声走出门来，眯起眼睛，疑惑地打量着这个跪在她家门口、泣不成声的年轻女子。虽然失散时阿好不到八岁，而且一别就是二十多年，但凭着母亲的敏锐感觉，老人家毫不犹豫地确定眼前这个女子就是自己失散多年、牵肠挂肚的女儿。

"十三！"老人家用颤巍巍的声音喊道。

"妈——妈！"阿好撕心裂肺地喊了一声，猛地抱住老妇人的双腿，痛声大哭。

老妇人一手揽着阿好的头，一手使劲地拍打着自己的胸口，对着天空哭喊道："天啊！天啊！"

屋里其他人听见锥心怆痛的哭喊声，都慌张地跑出来看个究竟，并且很快明白发生了什么事情。

阿好在兄弟姐妹、堂兄堂姐中最小，排行十三，所以大家都管她叫小十三。

众人将阿好扶起来，簇拥着把她领进了这个久违的家。与在家的亲人一一见面后，阿好迫不及待地要看看这个她曾经的家。一切是那样的犹如梦境，却又是那样的真实、熟悉。除了外墙几处明显的批荡了白石灰的修痕外，房子的大体结构基本没有改变。屋内的摆设已找不到当年的记忆了，满屋都是新中国氛围的样式摆设，屋后那个小小的花园长满了花草，一片生机盎然！

晚上，父母备了一桌丰盛的饭菜，迎接这个离家二十多年归来的女儿。亲人悉数到场，阿好坐在父母中间，脸上挂着抑制不住激动的表情。年老的父亲不停地用抖动的手给阿好夹菜，母亲一直紧紧地搂着阿好的手臂，仿佛担心一旦松手，就会再次失去这个女儿似的。

是呀！二十多年前，如果不是她一时大意，那个人贩子也许就不会得手，也就不至于让她背负了这么多年的内疚与痛苦。

"真不应该轻信那个人！"母亲抓着阿好的手，噙着眼泪说，"不过，我当时也是六神无主，脑子空空的，还以为遇上好人了呢！"饭后，一家人围坐在客厅里，忆起当年的情景。"这些年你都跑哪儿去了呢？吃了不少苦头吧？"母亲反复地抚摸着阿好的手背问，语气中充满了悔恨。如果可以的话，她真希望女儿过去经历的苦难都由她一个人去承受。

阿好呆呆地凝望着桌前的大门口，长长地吐了一口气，二十多年的往事一股脑儿涌上了心头。


# 二


1938 年 10 月的一天，破晓时分，广州这座古老的城市已有些许寒意，黄包车叮当的铃声，以及收粪车吱吱的轱辘声回荡在空气中，此时，南方特有的晨雾正轻轻地笼罩着整座城市，更衬托出这座古城的宁静。

突然，一阵刺耳的呼啸声由远而近划破长空，直冲市中心而来。紧接着是一声震耳欲聋的爆炸声。爆炸的巨响把居民宁静的梦震了个粉碎！

十三被吓得整个人从床上弹了起来，没等她回过神来，紧接着是一连串更为猛烈的爆炸。那爆炸仿佛就在身边，近在咫尺，把十三震得从床上滚落到了地上。

几乎就在同时，母亲从房外冲了进来，抱起十三就往外跑。

出到堂屋，十三才发现，她的父亲、哥哥姐姐们正拎着大包小包的包袱细软仓皇地往外逃。母亲搂抱着她快步跟了上去，紧随其后，跑到了大街上。

街上到处都是惊慌失措的人，他们潮水般朝着同一个方向涌去。黄包车、各式大小汽车，与逃亡人流搅和在一起，举步维艰。哭喊声、呼叫声，乱作一团。

"妈妈，出什么事了？"十三瞪着惶恐的眼睛问。

"日本鬼子要来了。"妈妈一边跑一边上气不接下气地答道。

跑在前面的大哥回过头来，把手上拎着的包裹集中到右手上，腾出左手，说："把十三给我吧！"

"不用，赶紧跑吧！"母亲甩了甩壮实的手臂说。

一家人盲从地跟随着人流落荒而逃，但究竟要往哪里去？谁也说不上。

人越来越多，把整条大街挤得满满的。当十三一家人随逃亡人流来到一个十字路口时，街上突然响起了一阵刺耳的警笛声，紧接着一队载满了国民政府军的军车从侧街口快速驶出，向人群直冲过来，吓得逃亡人群四散躲避！车队将逃亡人流拦腰切断，也将十三母女与跑在前面的家人活生生地分开了。当20多辆军车通过时，十三的其他家人早已无影无踪了。

城外传来了密集的枪炮声，而且感觉越来越近了，逃亡人群越发慌乱，场面混乱不堪。

十三的母亲紧紧地抱着十三，在人堆里东奔西突、来回穿插，希望能追上家人，但一切都是徒劳的。

随人潮走了一个多小时，十三的母亲感觉双手又酸又麻，实在累得不行了！她在一处墙根把十三放下，使劲地擦了擦额头上的汗，焦急而无助地四处张望。

"妈妈，我要喝水。"十三扯了扯母亲的衣角，战战兢兢地说。

母亲舔了一下干裂的嘴唇，此时她也早已唇干舌燥，可惜身边并没有带水，出逃时一应物品都在其他家人手中，除了十三之外，她身边什么也没有。母亲木然地往四周看了看，对能够找到水她并不抱希望。行人匆匆，根本无暇顾及她们。临街本来是有些店铺的，但都已大门紧闭。

此时，一个头戴旧毡帽的高瘦中年男子朝她们走了过来，笑嘻嘻地主动搭讪道："大姐，要帮忙吗？"

母亲机警地望了对方一眼，摇摇头，没有理睬他，弯下腰，对十三说："忍一忍，赶上哥哥他们就有水喝了。"

"嗯。"十三懂事地点了点头，扭头对着那名陌生男子调皮地噘了一下嘴巴。

母亲再次抱起十三跟着逃亡人群继续往前走，但她却丝毫没有觉察到毡帽男子一直静静地尾随着她们。

十三感觉到母亲体力不支了。她扯了扯母亲的衣服，轻声说："妈妈，让我下来自己走吧。"

又赶了一段路，母亲感觉到抱着女儿的双手仿佛已经不是她自己的，不听使唤地无力地耷拉了下来。

母亲虽然很不情愿，但也没办法了，她实在抱不动十三了。拉着她的小手叮嘱道："记住，一定要牵住妈妈的手，紧跟着妈妈走。"

十三使劲地点了点头。

这时，那个毡帽男子又凑了上来，殷勤地问："怎么了？抱不动孩子了？"

母亲抬头看了看，见又是刚才那男子，不禁愣了一下，但还是没有理睬对方，牵着十三的手，随着人流急匆匆地往前走。

男子跟紧两步，说："孩子这么小，怎么能让她自己走呢？现在人贩子这么多，万一走散了落在人贩子手中那可就惨了。"

母亲被说中了痛处，脸上掠过一丝愧疚。她瞟了对方一眼，轻轻拽了一下十三的小手，催促道："咱们快走。"牵着十三小跑着跟上了逃亡人群。

毡帽男子并未就此罢休，紧跟其后，不厌其烦地一再说道："大姐，我来替你抱小孩吧。"态度非常殷切。

"不需要。"母亲依然冷冷地回绝道。但话刚说完，十三脚下就被什么东西绊了一下，差点摔倒。

"你看，你看，孩子都摔跤了。看着都让人心疼，还是我来帮你抱她吧。"毡帽男子不容分说地抱起了十三。

"不用不用，快把孩子还给我。"母亲扯着男子的手臂，要夺回十三。但对方并不理会，执意抱着十三，说："大姐放心，我不会害你们的，尽管跟着走就是了。"

虽然心存疑虑，但到了这样的地步，母亲也无可奈何了！唯有扯紧陌生男子的衣服，紧跟其后。

突然，一颗炮弹落在了旁边的房屋上，随着一声剧烈的爆炸声，瞬间砖瓦横飞，烟尘滚滚。本来就如惊弓之鸟的逃亡百姓更加惊慌了，呼喊着东奔西突，互相推搡，场面惨不忍睹。

十三的母亲一开始还边走边左顾右盼，希望能遇见走散的家人，但经此惊吓，早已魂飞魄散，六神无主，拽着毡帽男子仓皇地逃出了城区。

城外的路并不像城内那么平整，到处都是泥泞，逃亡百姓走在坑坑洼洼的泥路上你推我搡，溅得浑身泥水，狼狈不堪。

此时已是日上三竿，日光、雾气、硝烟，使得广州城郊这个特殊的秋日变得格外的烦闷。

"妈妈，我要喝水。"十三扭头对着跟在身后的母亲怯怯地再次说道。

"这个地方我上哪儿找水给你喝呀？你再忍一忍吧！"母亲心痛且无奈地说。

听了她们的对话，毡帽男子不动声色地把十三放在路边一块平整的石头上，说："你们在这里歇一会儿，我去找水给你们喝。"说完，转身就去了。

母亲瞟了一眼毡帽男子的背影，一直紧绷的脸此时略微松动了些许！她在十三身边坐了下来，一边安抚地轻拍着女儿的背，一边睁大着眼睛在逃亡的人群中来回搜寻，看着那些如牲畜般仓皇逃命的人，心情由希望、焦虑、担心，逐渐变成了埋怨。"他们怎么就不回来找一找咱们呢？"她轻声抱怨道。

大概一支烟的工夫，毡帽男子兴冲冲地小跑着回来了，手里拿着一个葫芦，里面装满了清水。

"喝吧。"男子拧开葫芦盖，把葫芦送到十三嘴边。

十三张开嘴巴刚要喝水，却被妈妈制止了。

"这水干净吗？能喝吗？"母亲用怀疑的目光看着毡帽男子问。

毡帽男子微微笑了笑，昂起脖子，张开嘴巴，往嘴里倒了一大口水，咕噜一声喝了下去，用袖子揩了揩嘴巴，再次把葫芦送到十三嘴唇边，说："这一下可以放心喝了吧？"

母亲伸手接过毡帽男子的葫芦，小心翼翼地喂十三喝了几口水，自己也喝了一大口，细细地回味了一会儿，然后把葫芦递回给毡帽男子。

毡帽男子轻轻挡开母亲的手，说："水你拿着吧，我来抱小孩。"俨然已是自家人的语气。

此时，母亲对毡帽男子的戒心已消减了许多，不再与对方争执了，任由对方摆布。

城内炮火声越来越密集，路上仓皇败退下来的国军越来越多，坐在路边喘息的、倒在地上等待救助或眼睁睁地等待死亡的百姓、伤兵随处可见，哭喊声、抢砸声此起彼伏。

这是一条不容回头、不容等待的亡命之路。不知道其他亲人身在何处，他们是否正遭遇着危险，都已无法顾及了。此时，别说长在下半身的腿了，哪怕是项上的脑袋，仿佛都已经不属于他们自己了，大家只顾朝着一个方向，朝着远离枪炮声的方向，被推着似的，失魂落魄地、盲目地往前逃。

中午时分，又累又饿的母女俩实在挺不住了，母亲扯了扯毡帽男子的袖子，指了指路边松树下一间废弃的小砖房，说："歇一会儿吧。"

虽然走了这么远的路，而且抱着十三，但毡帽男子却一点疲态也没有。他回头看了看十三的母亲，微微笑了笑，爽快地应道："好嘞。"领着母女进了小屋。

屋内靠窗位置摆放着一张木桌，桌面上布满了灰尘，桌旁有一条掀翻在地的木板长凳。

毡帽男子上前用脚把长凳钩起来，摆正，俯身用嘴巴吹去凳面上的灰尘，轻轻把十三放在凳子上，然后对着十三的母亲说："你也坐吧。"等十三的母亲坐下之后，他拍了拍自己身上的尘土，说："你们在这等着，我去给你们弄吃的。"说完，转身出了小屋。

"真是个好人呀。"看着毡帽男子的背影，十三的母亲愧疚地感叹道。这样热心肠的人，自己之前居然怀疑他是个坏人，真是以小人之心度君子之腹了。母亲羞愧地摇了摇头，心里嘀咕道。

母亲紧挨着十三身边坐下，揽着她的小肩膀，轻轻地拍着、哼着小曲，安慰着她，以此来减轻她的恐惧。

母亲又环视了一圈小屋。从摆设看，这间小屋之前应该是一个小茶寮。地上有几个摔碎了的茶碗和一些七零八落的煮水、泡茶的器皿。看得出，屋主走得非常仓促。

这时，屋外传来了一阵嘈杂声，一辆军用小汽车在门前颠簸着驶过，一辆军用大卡车紧随其后。大卡车上载满了国军士兵，当中有许多人头上、手臂上都缠着血迹斑斑的白纱带。一队疲惫的国军士兵跟在车后头，稀稀拉拉地从屋前跑过。随着这些士兵的渐渐远去，屋外稍微又安静了些许。但不到一会儿，不远处又传来一串清脆的枪声，吓得十三使劲地往母亲怀里钻。

"妈妈，叔叔怎么还不回来？"十三昂起小脑袋，战战兢兢地问。

"嗯。应该差不多了。"母亲示意十三坐稳，自己探头到门口张望了一会儿，但并没有看见毡帽男子，"怎么去了这么久？不会有什么意外吧？"她竟不由自主地担心起毡帽男子的安全来。她皱着眉头，双手捂着胸口，焦躁地在屋内踱起步来。这时，毡帽男子突然从外面闯了进来，双手捧着一个胀鼓鼓的油纸包。

一看见毡帽男子，母亲快步迎了上去，不无担心地说："怎么去这么久？还以为你发生了什么意外了呢？"那神情，仿佛毡帽男子是她们的什么亲人似的。

"没事，来，吃烧饼。"毡帽男子笑盈盈地走到桌前，吹了吹桌面上的灰尘，把那包东西摊开在桌面上，说。

"兵荒马乱的，哪弄来这么香的烧饼？"母亲看着那包烧饼问。

"别问那么多了，赶紧吃吧，小孩都饿坏了。"男子拿起两个烧饼，一个递给了十三的母亲，一个掰开两半，喂给十三吃。

"你不吃吗？"十三的母亲看看手中的烧饼，再看看那男子问。

"你快吃吧，我已经吃过了。"男子一边喂十三吃烧饼，一边头也不抬地答道。

母亲略微犹豫了一下，小心翼翼地咬了一小口烧饼，早已饥肠辘辘的她，舌头一接触到烧饼，立马被烧饼的香味完全征服了，于是放开了胆子，大口地啃了起来。

男子看了看十三的母亲，再看看十三，问："对了，小朋友，你还没告诉叔叔你叫什么名字呢？"

十三只顾吃烧饼，并没有回答男子的话，倒是妈妈替她回答了。"她叫十三。"母亲瞟了女儿和男子一眼说。

"哦，家住哪里呀？"男子笑嘻嘻地继续问道。十三的母亲再次瞟了男子一眼没有回答。

十三的母亲平时在家也是养尊处优的人，作息比较规律，午后都要稍睡一会儿。她吃了两个烧饼，喝了几口水，就情不自禁打起了哈欠了。

毡帽男子瞟了她一眼，微微笑了笑说："累了就趴在桌上睡一会儿吧。"

母亲用手搓了一下脸庞，望着十三摇了摇头，又打了一个哈欠。

男子仿佛看透了她的心思，安慰说："放心，小孩想睡的话，我抱着。"

"不用睡，坐一会儿就好了。"母亲背靠着墙壁坐着说。谁知这么一靠，竟情不自禁地迷糊睡着了。当她突然乍醒时，发现十三和男子都不见了，吓得她从凳子上跳了起来，大喊一声："十三！"冲向门外，不料却与迎面走进来的毡帽男子撞了个正着。男子怀里正抱着熟睡着的十三。

母亲拍了拍胸口，长长吁了一口气，说："不好意思，睡着了。"

男子冲着她笑了笑，再对着怀里的十三努了努嘴巴，说："她也睡着了。"

"我睡多长时间了？"母亲面带歉意地问。

"就刚睡着。"男子说。

母亲上前仔细地查看了一下男子怀里的十三，欣慰地轻轻摸了摸她的小脑勺，对毡帽男子说："受你这样的关照，真不知道该如何感谢你。"

"唉，客气啥？都是同胞，国难当头，相互帮助是应该的。"毡帽男子不以为然地说。

"外面的情况怎么样了？"母亲问。

"不太好，听说省城可能守不住了。"男子忧心忡忡地摇摇头说。

"那我们现在该怎么办呢？"母亲看看屋外，再看看男子怀里的十三，一脸无助地问。

"还能咋样？跟着大家逃呗。"男子说。

"我们这是往哪儿逃呀？"母亲眉头紧锁道。其实，此刻她最担心的是其他家人的安危。

"看样子像是往清远、连州的山区方向逃。"男子说。

"我还有其他家人，他们今早出来的时候走散了，不知道他们现在的情况怎么样呢。"母亲捂着脸，焦躁不安道。

"所有逃难的人都往同一个方向走，估计他们也会跟着走的。我们边走边找，肯定能在某处遇见他们的，放心吧。"男子安慰道。

"现在也只能是这样子做了。"母亲拎起桌上装水的葫芦，既无奈又期待地摇摇头说："走吧。"

他们出了小屋，重新加入到逃亡的人潮中。

经历了一整个上午的慌乱后，十三的母亲此时的心情反而稍微平静了下来。她看着眼前那位不辞劳苦地抱着她女儿的、素昧平生的好心人，心里充满了内疚与感激。"人家帮了自己这么大的忙，自己不仅没说半句感谢的话，甚至还怀疑人家是坏人，真是太不应该了。"她想，不禁尴尬地笑了笑，问道："都还没请教这位大哥尊姓大名呢？"

"哦，我姓游。"毡帽男子爽快地答道。

"哦。"她继续问道，"兵荒马乱的，在这边做什么营生？"

"我本来是到广州置办货物的，没想到日本人偏偏在这时候攻打广州，真是太倒霉了。"男子说。

"该死的日本鬼子！"母亲狠狠地骂道，顿了顿，问，"大哥做的是什么生意呀？"

"咸杂百货，啥都做。"男子笑着说。

"不知游大哥现在有什么打算呢？"母亲问。

"还能有什么打算，先跟着大家到山里去躲一躲，等局势安定下来后再计议呗。"男子不以为然地说。

"就你一个人来广州吗？"母亲问。

"本来有几个伙计一起的，但全都走散了。"男子一脸无奈的样子说。

"哦，走散了？"母亲脸上掠过一丝感同身受的酸楚，顿了顿，说，"今天如果不是遇上你，都不知道该怎么办好，真是太感谢你了。"

"唉，都说不用客气了。"男子说，"我们是同胞，国难当头，理应相助，否则，更被日本人欺负了。"

"这个世界还是好人多。"母亲感慨地长长吁了一口气说。在这样的乱世中，能得到这样好心人的帮助，真是不幸中的万幸，日后有机会，一定要好好答谢人家。

男子笑了笑，没有回答。

又走了一段路程，身后的枪炮声越来越远了。

这时，母亲的肚子又咕噜地响了一下。自从中午吃了烧饼后，母亲就感觉肚子胀胀的不舒服，还不时地发出咕噜咕噜的响声。

母亲从后面拍了拍毡帽男子的肩膀，说："停一停。"

"怎么了呢？"男子回过头来问道。

"我想去解一下手，你们在这里等等我。"母亲说。

"好的。"男子说，"把葫芦给我吧！"

母亲把葫芦递给毡帽男子。此时十三已经睡醒了，母亲摸了摸她的小脑勺，说："和叔叔在这里等一会儿，妈妈去去就回来。"

十三并没有说话，只用疲倦的小眼睛依依不舍地望着妈妈，而正是这失神的眼神，让妈妈心痛、惦记了二十多年。

母亲转身小跑着钻进了路边的树林里。不一会儿工夫，当她一脸轻松地从树林里走了出来，一边用手指梳着额前的刘海，一边朝毡帽男子和女儿所在的位置走去时，却发现他们已经不在原处了。

"跑哪儿去了？不是说好了在原地等的吗？"母亲自言自语道。此时的她并没有意识到事态的严重性。她走到马路边，手搭凉棚，前后观望了一会儿，还是不见他们，于是大声喊道："十三！游先生！"但一点回应也没有。

这时，路边一位衣衫褴褛的老人使劲地咳嗽了几声。母亲瞟了那老人一眼，突然记起，她和女儿分别时，老人就一直坐在这个地方，于是上前问道："老人家，有见到刚才抱着小孩的那位大哥往哪边走了吗？"

老人家把左手拄着的拐杖交给右手，抬起左手，朝人们逃亡的方向无力地指了指。

"真是的，不是说好在原地等的吗？怎么先跑了呢？"母亲向那位老人说了声"谢谢"，埋怨着快步朝老人指的方向追去。即使是此时，母亲依然不愿意往坏处想，直到她一口气追出了两里多路，一连询问了路上的好几个人，比画着问他们有没有见到十三和毡帽男子，他们均摇头说没有时，母亲才意识到问题的严重性——她和女儿可能遇上人贩子了。一想到女儿十三可能被人贩子拐走了，她的心就像被火烧一样痛苦难受。她简直要疯掉了，捶胸顿足地哭嚎着逢人就问，问他们有没有见着十三？有没有见着那个戴毡帽的坏人？但得到的回答几乎都是千篇一律的麻木地摇头。

母亲就这样把她这个女儿给丢了，而十三却开始了被拐卖的生涯。

# 三

"阿姆醒醒，阿姆你快醒醒嘛！"冬仔哭喊着使劲摇晃母亲抽搐的手臂。自从懂事以来，他就经常在半夜被母亲鬼哭狼嚎般的梦话惊醒。

被儿子从噩梦中唤醒后，她本能地弹坐了起来，顾不上擦拭额头上的虚汗，转身轻轻拍着冬仔的背，哄道："别怕，乖儿子别怕。"

"阿姆，你又做噩梦了？"冬仔依偎在她的怀里，战战兢兢地问道。

她苦笑了一下，没有回答。

"阿姆，你做梦的时候喊出的声音好吓人呀。"冬仔心有余悸地说。

"吓着你了？"她边说边用手指沾了些唾液在冬仔的耳垂上搓了搓，"不用怕哈。"民间相传这个方法可以替小孩安神驱惊。

"阿姆，你梦见什么了？"冬仔好奇地问。

她用手掌轻轻拂了拂冬仔额前柔软的头发，说："妈妈梦见好响的炸弹，还有好大好大的火。"

"你害怕吗？"冬仔问。

她不置可否地苦笑了一下。

"阿姆，你不用怕，这里没有炸弹，也没有大火。"冬仔反过来安慰母亲说。

"嗯，乖乖，阿姆没事，你快睡觉吧。"她轻抚着冬仔的背说。

"嗯。"冬仔点点头，将手搭在母亲的肚子上，不一会儿就又睡着了。

她将冬仔的手轻轻挪开，蹑手蹑脚地下了床，摸索着来到饭台前，拎起大青花瓷茶壶倒出一碗凉开水，咕噜咕噜地一饮而尽，用手背揩了揩嘴角，使劲地喘着粗气，仔细地回忆着刚才的梦境，希望能从梦里找出哪怕是一丁点的线索，但却依旧毫无头绪。她的梦里，除了轰隆隆的爆炸声、熊熊燃烧的大火外，就是满大街拼命奔跑的人群。其实，这也是她脑海里能追溯到的最早的印象。

几十年过去了，阿婵几乎每天晚上都会做同样的梦，先是许多巨大的炸弹在她身边爆炸，然后是熊熊燃烧的大火和几乎令她窒息的浓烟，紧接着就是隐约感觉到自己被人用毯子裹抱着，快速地奔跑。这是梦，也可以说是她的记忆。其实，她的确切记忆只能追溯到她从毯子里被放出来的那一刻。

当时，她发现她眼前站着一个不认识的、完全陌生的中年胖女人。

她如受惊的小猫，用惊悚的眼神打量着眼前陌生的一切——人、房子、树木，还有满天飘散的蒲公英……

"你知道自己叫什么名字吗？"胖女人直愣愣地瞪着她，瓮声瓮气地问，她那满脸的横肉吓得她直打哆嗦。

她佝偻着身子，浑身颤抖，正眼都不敢看那女人一下，更别说开口说话了。

"傻子一个。"胖女人鄙夷地哼了一下鼻子，说，"记住，你的名字叫阿苏。"

数天后，她们来到了一个偏僻的山村，并在村头一棵大榕树下停歇了下来。这时，胖女人发现她居然尿裤子了，又气又恼，按着她就打。

这时，一个看起来四十岁左右的男子朝她们走了过来，并大声制止胖女人道："这么小的孩子，干吗打她这么狠？"

见有人来，胖女人收住了手，笑嘻嘻地说："顽皮，不听话，给她长长记性。"

"孩子懂啥事呢？不听话也不能这么打呀！"男子说，"难不成这孩子不是你亲生的？"

"嘿嘿嘿，大哥您说对了。"胖女人嬉皮笑脸地说，"我在路上遇见的，应该是与家人失散了，见她孤苦伶仃怪可怜的，就把她带上了，没想到会这么麻烦，简直是个累赘，真希望能遇上愿意收留她的人家，把她送出去算了，免得带在身边麻烦。"

男子上下打量了一下小女孩，问胖女人："你真要把她送人？"

"真的，当然是真的。"胖女人认真地说，然后假装难为情地补充道，"不过，总不能白送吧！毕竟我照顾了她这么多天，先别说辛苦了，开销也不少呀。"

"行吧，你跟我来吧。"那男子轻蔑地瞟了胖女人一眼说。

她们跟着男子进了村，穿过迷宫一样的小巷，进入了一户人家。

"渠妈！"男子对着里屋喊道。

"来了。"随着一声答应，内房走出一位中年妇女，应该是男子的老伴。见家里进来了陌生人，她怔了怔，刚要开口问怎么回事，男子却抢先说道："给客人冲碗糖水喝吧。"

"嗯。"中年妇女答应着转身进了厨房。

"坐吧。"男子指着饭台边的一条长木凳，对那胖女人说。

"好嘞。谢谢了。"胖女人对着男子鞠了个躬道。

不一会儿，中年妇女从厨房端出来两碗冰凉的糖水放在饭台上。

"喝口糖水解解渴吧。"男子指了指台上的糖水，对胖女人说。

"您太客气了。"胖女人笑嘻嘻地端起糖水，大口大口地喝了起来。糖水是用红糖和腌制的酸柠檬加井水冲出来的，非常冰凉解渴。

趁她们喝糖水的当儿，男子把老伴拉到一边，在她耳边嘀咕了起来。中年妇女一边听，一边不时地抬头打量着那个胖女人和小孩，起初脸上还流露出疑惑的表情，不过，大概是男子说了一些让她宽心的话，中年妇女紧锁的眉头渐渐地又舒展开了。

中年妇女缓步走到小孩面前，抚摸着她凌乱油腻的头发，说："长得倒蛮俊俏，皮肤也白皙，就是有点木讷。"

"路上受了惊吓，加之见了陌生人害怕而已，没关系的，熟悉了就好了。"胖女人喝完了柠檬糖水，站起来，揩了揩嘴角说。

男子把胖女人叫到旁边，轻声问："你要多少钱？说吧。"

"这个数。"胖女人向男子比画了一下手势。

男子冷冷笑了笑，转身对中年妇女说："渠妈，取钱去吧。"

中年妇女一声不响地进了里屋，取来了钱，交给男子。男子把钱在手中掂量了一下，交到了胖女人手中。胖女人把钱反复数了两遍，揣入了怀里，快步走到门口，回头抛下一句："她叫阿苏。"然后就火烧脚似的跑了。

中年妇女蹲下身子，伸出双手轻轻揉了揉小女孩脏兮兮的脸蛋，说："阿苏？怎么这么难听的名字。"

"肯定是那个人贩子给随便起的名字。"男子说。

"人贩子？你刚才不是说这孩子是她捡的吗？"中年妇女惊愕地问道。

"人贩子都这么说。"男子冷冷笑了笑说。

"嗯，那咱们给她另起一个名字吧。"

"嗯，要么就叫'阿婵'吧。"男子想了想，说。

"也好。"中年妇女点了点头，然后俯下身子对她说："往后这里就是你的新家了。你呢，叫我阿妈，叫他阿爸，知道了吗？"

她惶恐地打量着眼前这个让她称之为"阿妈"的中年妇女，再看看旁边的那名男子，脑袋一片混沌，完全不知道几天来在她身上究竟发生了什么事。

"带她去洗个澡，找几件阿春的旧衣裳给她换上，然后再给她弄点吃的吧。"男子说，"她身上那件小马褂给她留着，说不定以后能派上用场。"

约莫半个时辰后，她换上了干干净净的衣服，坐在饭台前，小心翼翼地吃着那个阿妈为她做的鸡蛋炒米饭。

就在她埋头吃饭的时候，外头突然传来一声尖锐的责问："你干嘛穿我的衣服？"没等她反应过来，一个娇小的身影就从门外快速冲到了她跟前，不容分说地，对着她的脸就是"啪"的一巴掌，紧接着一把夺过她面前的碗，将米饭撒在了地上，"居然还吃我们家的饭，不要脸。"

她捂着被打得鲜红的小脸蛋，噙着眼泪，惊恐地看着打她的这个人：这是一个比她大两三岁的女孩。对方满脸通红，紧紧地攥着两个小拳头，一副怒不可遏的样子。

"把身上的衣服脱下来。"对方气呼呼地扑上来，扯住她的头发使劲地晃动着说。

"阿春，不要。"一个大哥哥从屋外冲了进来，把那个叫阿春的女孩拉开。

"云哥，这个不知道从哪里来的野孩穿了我的衣服，还吃我们家的饭。"阿春依然非常愤怒地说。

这时，外面又依次进来了两个男孩。头一个长得瘦高瘦高的，后面一个长得相对较为矮胖。

"对了，她是谁？"瘦高的那个也指着她问。

"我刚听别人说，阿爸领回来一个女娃，可能就是她。"那个被称为云哥的大哥哥说。

"领她回来做什么？"阿春说，"我不喜欢她，把她赶走。"说着，上前就去拉扯她，一旁的云哥想拦都拦不住。

"住手！"先前那个中年男子从里屋快步走了出来，一把将阿春拉开，说，"不许胡闹！"

"她来我家做什么？"阿春指着她，撇着嘴问。

"她叫阿婵，以后就在我们家住下了，你们要像亲妹妹一样对待她，听见了吗？"中年男人对着眼下的几个小孩说。

"我不要，她不是我妹妹！"阿春大声吼道。

"阿爸的话都不听了。"中年男人装出愠怒的样子说。

"阿春，不要惹阿爸生气。"一旁的云哥扶着阿春的肩膀哄道。

"是呀，妹妹，听阿爸的话。"另外两个男孩也一起劝道。

阿春见所有人都不帮自己，又气又恼，一甩手，大喊一声："我不要！"噔噔噔冲出了门外。

云哥刚想去拦，中年男人却说："不要管她，让她去，看她都被惯成什么样子了。"

中年男人上前拉着阿婵的小手，和蔼地说："以后，这几个就是你的哥哥了。这是大哥云哥，"指着高瘦的那个，"这是二哥海哥，"再又指着矮胖的那个，"那个是老三，叫山哥，还有一个四哥没回来，叫川哥，刚才不听话的那个是你的阿春姐姐。"介绍完毕，中年男人直起腰来，对云哥说，"你这个做大哥的，一定要带好头，照顾好阿婵妹妹。"

"知道了。"云哥爽快地应道。

当天晚上，一直单独和阿爸阿妈睡的阿春，听说新来的这个阿婵也要和他们睡在一起，非常不高兴，气鼓鼓地钻到几个哥哥的床上睡去了。"我不要同这个捡来的人一起睡觉。"阿春说。

阿婵似乎很不习惯新的睡眠环境。她坐在床上，瞪着小眼睛四处张望，满脸的疑惑与彷徨，久久不愿意躺下。最后，在阿妈的一再安抚下，她才勉强躺了下来。

大概是过去这些日子在路上奔波，实在是太累了的缘故，刚一躺下，她就不由自主地合上了眼睛，睡熟了。

"家里都有这么多小孩了，你怎么还会想到领她回来？"阿妈轻轻地抚摸着阿婵的背，问老伴。

"唉！也没多想，只是觉得她蛮可怜的，如果我们不收留她，还不知道会被那个人贩子卖到哪里去了呢。"阿爸说，接着问道，"怎么了，你不欢喜？"

"怎么会？这么个人见人爱的娃谁不喜欢？"阿妈轻轻抚了抚阿婵的额头，说。

二人静下心来刚要入睡，身边本来睡得好好的阿婵突然浑身抽搐，哭喊着坐了起来，要找爸爸妈妈。二人费尽了周折，好不容易才让她平复了下来，但她却再也不肯躺下睡觉了，直到很晚很晚，实在是挺不住了，才迷迷糊糊地一头扎到了床上。

"这孩子是吓着了。"阿爸叹了口气说。

"真可怜呀！"阿妈抚摸着她的背，亲了亲她的额头说。

这对中年夫妇从此成了她的养父母，那男子名叫刘胜，人称胜叔。

# 四

瞅着十三的母亲进入树林后，毡帽男子抱着十三转身就跑。

"叔叔，我妈妈还没有回来呢？"十三还没明白过来发生了什么事，细声说道。但毡帽男子并没有理会，抱着她继续飞快地向前跑去。

当十三感觉到不对劲，大声哭喊着要妈妈时，她的妈妈已听不见她的喊声了。

跑出一段距离后，毡帽男子把她抱进了路边的小树林，一个中年妇女已经在那里等候着了。

妇女从毡帽男子手中接过挣扎着的十三，在她屁股上狠狠抽打了几下，凶神恶煞地怒斥道："不许喊，不听话我就掐死你！"十三果真被唬住了，张着嘴巴，瞪着泪汪汪的双眼，一动也不敢动。

地上有一担用粗麻布蒙盖着的箩筐，男子上前掀开其中一个箩筐，从中取出一团布和一条绳索。

"张开嘴巴。"妇女对着十三恶狠狠地命令道。没等十三反应过来，男子已将那团布塞进了她的口中。紧接着，这对男女用绳索将十三的手脚牢牢捆住，并用布蒙住了她的眼睛，把她像一坨肉似的放进了箩筐里，再盖上麻布。

"之前那个还好吧？"男子问那妇女。边说边掀开了另外一个箩筐，里面正蜷缩着一个也是被捂嘴蒙眼、捆绑着的小女孩，年龄与十三大致相当。"东西可以少吃，但一定要给她们喝水，免得渴死了。"男子说。

"不用你教，这我比你懂。"妇女不耐烦地说。

"走吧。咱们往东南方向走，遇上买家，价钱合适的话就出手。"男子把掀开的箩筐重新盖上，脱掉帽子，换了件外衣，说。

就这样，十三和另外一个陌生的女孩子，被这对男女像货物一样挑着踏上了被拐之路。途中，每隔一段时间，他们会找一个偏僻的地方把她们放下来，歇一会儿，给她们喝点水，吃点干粮，解解手。夜晚，他们就在荒野破败的庙宇，或在丢荒的小村落找个地方露宿。虽然是秋天，但南方的秋老虎相当干燥闷热，两个小孩子被拘在箩筐里，沿途颠簸，很快就双双发起了高烧。

当天夜里，他们行至一座山前，过了山坳，前面不远处隐约可见几处灯火。

"前面好像有村庄。"妇人说。

"嗯。"男子鬼见愁似的哼了一声。

"要不要去找户人家，让这两个元宝歇歇，或弄点什么给她们退烧？"妇女说，"反正都走这么远了，应该安全了。我看她们高烧得厉害，再不处理的话，恐怕会出事。"

"明早再去。现在黑灯瞎火的，什么情况都不清楚，贸然过去，恐怕不安全。"男子说。

他们在半山坡一条干涸的小溪边找了一个小岩洞，打算就此过一夜，第二天再进村。

山里的气候就是反常。估计谁也不会想到，半夜时分，秋天居然也会下这么大的雨。大雨引发了山洪，原本干涸的峡谷瞬间涨起了洪水。那对男女发现势头不对，及时爬上了山坡躲过了一劫，可怜两个小女孩连同箩筐一起被滚滚的山洪直接冲到了山脚下。

第二天早上，那对男女在山脚下找到了那担箩筐。十三跌卧在其中一个箩筐旁边，全身湿透，散乱的头发遮住了纸白的脸。不远处是另外那个女孩，她的整个上半身几乎都已被掩埋在了黄土泥浆里了。男子用脚轻轻踢了踢那女孩僵硬的身体，惋惜地骂道："妈的，死了。"

妇人蹲下身子，用手指在十三鼻孔处探了探，抬头望着男子说："好像还有气。"

"唉，有气又能怎样？救不活的了。"男子说。

"就不理了？"妇女心有不甘地问。

"怎么理，难道你还想在死人身上浪费时间。"男子说，"赶紧走吧，要是被人发现了，是要吃官司的。"

"唉，真倒霉。"妇女站起来，用拳头捶了捶自己的腰，说："这几天算是白辛苦了。"

"懊悔有什么用？赶紧去找别的生意吧。"男子说完，两人一前一后迅速逃离了现场。


当十三醒过来时，发现自己正躺在一张用稻草铺垫的木板床上，但此时的她脑袋一片空白，对自己的身世以及之前发生的事毫无印象，她完全失忆了。一位慈祥的老阿妈坐在床沿上，抓着她的小手，心痛地轻轻抚摸着她手腕上被绳子勒得又红又肿的伤痕。十三轻轻地想转动一下身子，但感觉身体像不是自己的似的，动弹不得。

"这是什么地方？我为什么会在这里的？"十三一脸茫然地望着陌生的老阿妈问。

"这是西岭村，孩子。"老阿妈和蔼地说，接着问道："你叫什么名字呀？"

"我？"十三极力地想记起什么，但脑袋始终无法与记忆建立起连接，努力了半天却什么也记不起，最终难过地摇了摇头。

"没关系。"老阿妈安慰道，"如果记不起名字，你就暂时叫作阿好吧。等以后你记起来了，再改回去，好不好？"

十三犹豫了一会儿，紧接着点了点头。

"真乖。"老阿妈轻轻捋了捋阿好前额的发梢，说，"你安心在奶奶这里养伤，尽快地把身子养好。"

阿好又点了点头，在她卧床养伤的这些日子里，老阿妈就像对待自己的亲生孙女一样照顾着她。

老阿妈叫桂婶，是当地有名的老中医。那天，她上山挖草药，发现了阿好和另外那个女孩。她原以为她们都死了，看着她们的惨状，桂婶既悲伤，又愤怒，摇头叹息道："可怜的小生命！也不知道是什么恶魔造的孽。"她一边念着"阿弥陀佛"，一边挖了两个小坑，准备将她们掩埋了。她先把另外那个孩子从泥浆中挖了出来，拔去塞在她口中的布团，解去绑在她手腕上的绳子，把她搬到其中一个坑里，填上了土。当桂婶准备处理阿好时，却发现阿好居然还有气息，这让桂婶喜出望外。她麻利地把阿好嘴里的布团、身上的绳索去掉，将她背回了家。

桂婶把阿好放在她那张草床上，脱掉她身上的脏衣服，从床底下取出一坛用秘方泡制的药酒，用手掌蘸着药酒在阿好身上使劲地搓，直到她身上有了热气，脸上有了血色，然后再给她盖上被子。还煮了姜汤，一口一口地给她灌服下去。姜汤下到肚子后，阿好才渐渐地缓过气来，恢复了神志。

桂婶在西岭村独居多年，昨夜，那对男女在山坳上看到的点点火光，正是西岭村。桂婶有个绝活，就是能治小孩的疳疾。用一种特制的艾条，点炙小孩的指关节、膝关节、耳廓、肚脐或太阳穴等部位，对小孩消化不良、食欲不振、受惊受风等症状，手到病除。另外，桂婶还懂得接生，周围乡村的产妇几乎都请她去接生。

在桂婶的精心护理下，阿好的身体很快就恢复了健康，但却始终记不起自己的身世，在她脑海里，只依稀记得出事前，自己和另外一个女孩被塞在箩筐里挑着赶路的情景。

"奶奶，那个和我一起的女孩呢？"阿好挠着脑袋问。桂婶一直没有跟她提起另外那个孩子的事情，怕吓着她。起初阿好也没有问，但随着身体的康复，与桂婶相处熟悉了之后，她才突然想起了挑担另一头的那个人。阿好也是在途中被放下来吃喝拉撒时才知道对方的存在的，一路上彼此都没有说过一句话。

"她呀？"桂婶稍作犹豫后，说："她被带走了。"

"被谁带走了？"阿好好奇地问。

"被一个老人带走了。"桂婶说。

"什么老人？像奶奶你一样的好人吗？"阿好似乎从桂婶的表情中感觉到了什么，不依不饶地追问道。

"嗯，比奶奶还好的人。"桂婶撩起围裙揩了揩眼角隐隐渗出的眼泪。

"奶奶，你哭了吗？"阿好侧着脑袋问。

"没有，进沙子了。"桂婶说，眼泪却忍不住涌了出来。

"哦。"阿好上前抱着桂婶的大腿，难过地把脸紧贴住桂婶的裤子。她已经猜到了那个陌生同伴的下场了。

"孩子，以后跟着奶奶，奶奶教你艾灸和接生。"桂婶一边擦拭着眼泪，一边抚摸着阿好的小脑勺说。

"嗯。"阿好默默地抒着桂婶的裤子，顿了顿说，"长大后我要去找我的爸爸妈妈。"

桂婶撇着嘴，若有所思地点了点头。


# 五


刘胜中等身材，健硕敦实，是西岭村的主事，也是该村舞狮队的总教头。他十八般武艺样样精通，舞起狮子来矫健得像头狮子，动起手来，七八个壮小伙也近不了他的身。

西岭村全村有二百来户人家，属于杂姓村落，很多村民都精通武艺。当地人说，西岭村村民大多是北方"义和团"的后人。"义和团"失败后，其中一个分支，躲过了清兵的追剿，南下逃到了岭南东江边陲这个偏僻的山村，偃旗息鼓，隐姓埋名，以农耕狩猎为主业，以舞狮掩人耳目，从不间断操练，也没停止过寻找其他分支，随时准备重新组建队伍"杀洋灭清"。

西岭村依山而建，南北地形陡峭，道路崎岖，东西山峰成掎角之势，若有外敌入侵时，村庄首尾相望，以东西两侧钳制敌人。

西岭村的长辈们都遵守一条戒律，就是不向任何人，包括他们的下一代透露身世和来历，担心泄露身份，招致清兵的追剿。但纸又岂能包得住火，他们的身份最终还是被发现了，而且在早期还屡遭清兵的围剿。

刘胜自小跟随师傅心诚和尚学习"义和拳"，参加"义和团"时也就是十二三岁的娃娃兵。当时他和其他同门师兄弟跟着师傅，打着"扶清灭洋"的旗号起事。一开始，由于洋人对慈禧罢黜光绪皇帝的事说三道四，慈禧为了宣示她对洋人干政的不满，大张旗鼓地扶持"义和团"的灭洋运动，以此向洋人示威，并试图借助"义和团"来牵制洋人。"义和团"也以为已经上位，走上了正统，自信心过度膨胀，自恃具有较大的号召力，队伍也得到了空前的发展。但是，面对洋人的强大攻势，如同丧家犬的慈禧，为了自保，态度很快就来了个一百八十度的转弯，对"义和团"发布了剿杀令。事情的结果大家都很清楚了，清廷伙同洋人这个"外"很快就把"义和团"这个"内"给安了。

当时，刘胜所在的这个分支数千人，在倪赞清的带领下取得廊坊大捷，声名大噪，准备南下，在两广地区开展活动。但队伍还没走出河北地界，就遭到了洋人与清兵的围剿。当时的河北直隶总督以给倪赞清壮行为幌子，把倪赞清独自骗到衙门内，并将他擒获，要挟他命令其所率队伍缴械投降。倪赞清没想到清政府居然变脸，非常愤怒，誓死不从。清兵于是就扣押了倪赞清，并在当夜会同早已准备好的洋人部队，东西夹击，偷袭了倪赞清的部队。倪赞清的部队做梦也没想到，白天还宣称在同一战壕里的清廷官兵，晚上竟突然兵戎相见，因此毫无防备，几乎全军覆没。刘胜他们最初的救国梦就此幻灭。

刘胜所在支队的领头人是三师叔，在他的带领下，经过浴血奋战，终于杀出了重围。三师叔是岭南西岭村人，在当地广受尊重，享有很高的威望，突出重围后，经商议，决定带领残部南下回西岭村隐蔽起来，保存实力。他将残余人马化整为零，分头南下，并约定在东江流域的西岭村会合。

胜叔和另外几位师兄弟跟着三师叔的部队，历尽千难万险，躲过清兵的追杀，率先到达了西岭村。三师叔的归来得到了西岭村原村民的由衷欢迎和全力支持。在原村民的帮助下，三师叔一边选地建房，一边安排人员在约定的地点等候，接应后面到来的队伍。一个多月后，原班人马已基本陆续到齐，总共有四五百人，跟出发时人数差不多。三师叔让队伍在西岭村开垦荒地建造屋舍，安置了下来。

三师叔队伍的归来，大大壮大了西岭村的规模和实力的同时，由于人口的剧增，也需要开垦更多的耕地，以满足耕种供给的需要，这招致了当地以陈村为首的其他村落的不满和抵触。陈村是当时当地实力最强的村庄，他们自恃人口多、实力强，经常欺凌周边弱小的村落，西岭村之前没少受他们的欺负。但三师叔他们归来后，局面完全改变了。三师叔的弟兄们个个身强力壮、武艺高强，陈村人根本不是他们的对手。骄横惯了的陈村人哪咽得下这口气，无奈实力不如人，只好憋屈着等待复仇的时机。不知怎的，后来陈村人居然打听到了三师叔他们是"义和团"的余孽。得知这一内情后，陈村人喜出望外，认为报仇雪恨的机会来了，立马跑去告官，企图借刀杀人。当地官府不知深浅，随便派了一队官兵前去剿杀，结果被三师叔他们杀得丢盔弃甲，落荒而逃。其后，官府又组织了两次围剿，三师叔他们依靠有利地势，以逸待劳，出奇制胜，把前来围剿的清兵一一杀退。连番失利，地方官府既害怕又恼怒，赶紧上报朝廷，调来大批援兵，誓要将三师叔他们连根拔起、彻底剿灭。

大军压境，三师叔他们得知消息后，知道敌我力量悬殊，敌不过清兵，着手谋划转移。谁知就在此时，清王朝轰然倒台，正在路上的清军人马一哄而散。清朝亡了，三师叔他们不仅躲过了一劫，而且从此可以光明正大地过日子、繁衍生息了。

"义和团"里有不少女眷，桂婶就是其中之一。桂婶的男人也是"义和团"成员，在南下前的那次被围剿中，桂婶的男人为了掩护桂婶等人撤离，死于洋人的火枪之下。桂婶突出重围后，跟着三师叔他们分头南下，在三师叔的安排下，在西岭村安了家，但桂婶没有再嫁人，一直过着独居生活。桂婶懂得医术，在"义和团"队伍中担任医务长的角色，南下后始终坚持行医。早期受时局限制，桂婶只在村中给本村的人看病，清朝倒台后，他们这些"义和团"人可以公开活动，周边的村民也都接纳他们了。桂婶为人善良，乐于助人，且医术独到，她的名声很快就在当地传播开了，远近村民有什么疑难杂症都来找她医治，不管是谁找上门来，她都尽心尽力予以医治，为当地百姓做了不少救死扶伤的好事，周围村民都亲切地称她为桂奶奶。有了桂婶这个金字招牌，加上"义和团"所奉行的匡扶正义、锄强扶弱的宗旨，西岭村很快就赢得了当地大部分村民的好感和信赖，姑娘们更是以嫁给这个村的小伙子为荣，西岭村没有成家的男子成了姑娘们的抢手货，个个成家立业，生儿育女，人丁兴旺。

陈村人本来指望借助清朝的力量消灭西岭村，没想到这西岭村命不该绝。

如意算盘落空，陈村人又气又恼，耿耿于怀，加之在日常耕种过程中，因为耕地和用水灌溉等问题引发的矛盾日渐增多，陈村人对西岭村的仇恨与日俱增，已经到了势不两立的地步。

时下各村庄都有自己的舞狮队。这些舞狮队除了逢年过节在同姓乡村之间走动切磋和相互庆贺外，还充当了本村护村队的作用。由于世道不太平，各村以舞狮队为平台，把年轻人都组织起来，练习武艺，守护本村的安宁。

当地有"添灯"的风俗，"灯"谐音"丁"。每年大年初二这天，各村各寨都要到圩上的观音庙去求一盏大灯笼回来挂在本村的祠堂上，寓意来年风调雨顺，添丁发财。

大年初二当天，各村的舞狮队一大早就会敲锣打鼓，簇拥着"雄狮"，带领着当年添了丁的家长，浩浩荡荡，直奔观音庙去求灯。而这个"求灯"又以求得头灯为最大的彩头。但这个"头灯"可不是白得的！香油钱肯定是要给的，但谁能得"头灯"比的并不是钱，而是舞狮队的本事。所以，与其说"求灯"，不如说是抢灯，庙方会把"头灯"挂在庙门前五六丈高的木柱上，让各村舞狮队去抢，谁有本事，谁拿去。

三师叔他们归来之前，陈村一直是当地最强的村，每年的"头灯"几乎都由陈村包揽。自从三师叔他们归来了，清朝灭亡了，三师叔这帮兄弟可以名正言顺地加入到当地过年的"抢灯"活动后，"头灯"与陈村就再也无缘了。正所谓旧仇未了又添新恨，陈村对西岭村可谓恨到骨子里去了。

一晃又过了几年，刘胜他们也都成家立业了。这年，刘胜的第一个儿子云哥出生。刘胜是三师叔最疼爱的徒辈，对于云哥的出生，三师叔非常欢喜，简直就像是得了亲孙一样开心。三师叔身为西岭村舞狮队的总教头，每年的抢灯活动，他必亲自到场督阵，今年他说要亲自挂帅，出阵舞狮头。

往年，狮头一般都是刘胜来舞，今年由于他是添丁家长，三师叔取代了他，而刘胜则跟在队伍后面扛大灯，恰恰是这个安排，使他躲过了一劫，而临时替代他上场的三师叔却因此遭遇了不测。

陈村一个长期在外混迹，外号"猪屎祁"，名叫陈祁的人今年突然带着一队人马回来了，一回到当地，他们就霸占了一座山头，占山为王，当起了土匪。

据说，这个陈祁原来是清军火枪队队目，清朝灭亡后，他突然失去了音信。有人说他是带着追随他的弟兄们在内地落草为寇去了，也有人说，他是投靠了地方军阀，总之是众说纷纭、莫衷一是。由于陈祁在陈村早已无亲无故，所以，如果不是他突然回来，估计没有谁会想起他。

对于这个当年被他们称为"猪屎祁"的人突然回归，村民们首先表现出来的是愕然，紧接着就是担心和恐惧。大家都担心这个当年被他们瞧不起的、经常遭受他们冷眼和欺凌的人会回来找他们算账。可幸运的是，他们担心的事情最终并没有发生，这个当年的"猪屎祁"不但没有为难同族，反而慰劳答谢起乡亲来。站稳脚跟后，陈祁第一件事就是带着礼物回到陈村来拜访族中人，给几户头面人家送了很不错的礼物，还设宴宴请村民。不过，最让大家大呼过瘾的是，在宴会上，当陈祁得知陈村近年来一直受到西岭村的压制时，大为光火，拍着桌子说要替陈村出头对付西岭村。"所谓强龙斗不过地头蛇，他区区几个外来的前朝钦犯，竟也敢骑在我们大陈村头上撒野，真不知道'死'字怎么写，看我怎么拾掇他们。"陈祁拍案道。

见有人出头撑腰，陈村掌事人喜出望外，纷纷询问陈祁具体如何拾掇西岭村。但陈祁只是狡黠地笑了笑，始终没有说出他的阴谋。

当日辰时，各村"抢灯"狮队陆续到场，并在观音庙前的广场上按顺序排开。从广场到观音庙门前挂"头灯"的木柱之间设有三道障碍。第一道是一条两丈见宽的沟壑；第二道是一堵一丈多高的断崖式的土坡；第三道是"登天桥"。谁能最快越过这三道障碍，到达悬挂"头灯"的广场，爬上木柱，摘得"头灯"，谁就是赢家。整个过程比拼的不仅是速度，还有武艺。因为有些是要抢的、是要打斗的，比如"登天桥"和爬木柱。

第一、第二道障碍比的是各队的基本功。对于西岭村和陈村两队来说，这都不算什么。经过这头两道障碍，他们已将其他村的"狮子"远远抛在了后头了。"登天桥"是比拼武功的地方，谁的功夫了得，谁就能压制住对方，抢先通过"登天桥"。每一年，陈村队都会在这里和西岭村队狭路相逢，而几乎每次，这座桥都毫无疑问地成为陈村队的滑铁卢。

大概是由于这几天为了准备抢灯活动，作息、饮食不规律，影响了肠胃，抢灯活动开始前，三师叔就感觉肚子有点胀痛，和他搭档舞狮尾的师侄鬼手见他脸色不好，劝他换人，但三师叔说不碍事，坚持亲自上阵。

随着挂在观音庙门前许愿树上的那串万响爆竹的最后一声巨响，十多只"狮子"一跃而出，几步助跑后，纷纷对着沟壑的对面跳去！但只有不到一半的"狮子"能跳过去，其余大部分都跌落到沟里去了。

三师叔紧紧握住狮头，同带着狮尾的鬼手首先跃过了沟壑，冲在了最前头，陈村的"狮子"紧随其后。

他们三两步冲到了那堵断崖式的土坡下，三师叔双脚踏在鬼手的肩膀上，一手握住"狮头"，"嗖"地往上一跳，另一只手迅速扒住坡顶上的砖块，用力一撑，把整个身体拉了上去。几乎就在同时，后面的鬼手抓住三师叔后伸过来的一条腿，借力往上一耸，也跃了上去，动作衔接得天衣无缝。

到了坡上之后，三师叔舞着狮子顺势摆了个精彩的"四门探"，赢得了现场的一片喝彩。三师叔紧接着耍了个"洗脸"动作，快步朝着"登天桥"奔去。

"登天桥"其实是一条环绕在观音庙门前的小溪上的一座古老的带护栏的石拱桥。桥洞的拱度相当大，有四分之三个圆的幅度，但桥面很窄，只能容下一个人单向通行。

西岭村与陈村的"狮子"几乎同时到达"登天桥"桥头。"两狮"相遇，陈村的"狮子"抢先对着西岭村的"狮子"发起攻击。只见陈村"狮子"一个"狮子扑食"，两个前腿腾空而起，对着西岭村"狮子"的头部蹬去。

操控"狮头"的三师叔见状，把身子往后一缩，双手紧握"狮头"虚晃了一招，然后迅速下沉，躲过了对方蹬来的双腿，紧接着顺势自下而上画了半个弧形，朝着对方的身子狠狠地顶撞过去。对方避无可避，只听见"啪"的一声，对方舞"狮头"的人重重地挨了一击，整个"狮子"顿时失去了平衡，滚落在地。

陈村"狮子"就地打了两个滚，从地上跃起，再次向三师叔他们扑过来，但此时三师叔的"狮子"已跨到了桥上。冲上来的陈村狮对着西岭村"狮子"的屁股，无从下手，情急之下，竟拿狮头对着西岭村"狮子"屁股使劲砸了下去。

"狮头"的三师叔早已觉察到陈村"狮子"的靠近，他先来一个"雄狮望月"，然后一个回探，示意"狮尾"的鬼手当心。鬼手不愧是高手，他顺势一个后兜脚，"啪"的一声，不偏不倚，正中对方下颚。对方被踢得整个身子向后仰起，狮头几乎飞了出去，连连后退数步，再度与西岭村"狮子"拉开了距离。

击退了陈村的"狮头"，三师叔和鬼手舞动着"狮子"从容地跨过了"登天桥"，一路边走边探，连蹦带跳，来到了"观音庙"门口，绕着那根悬挂"头灯"的柱子转了一圈，抬头望着柱顶的"头灯"，摆出惊青之状，绕柱子逆向探了一圈，对着柱子拜了几拜，一个立狮，跳上了柱子。动作之利索，又赢得了一片叫好声。

就在此时，不甘失败的陈村"狮子"又一次反扑了上来，一口咬住了已经爬上了柱子的西岭村"狮子"的后腿，也就是鬼手的腿，并使劲试图将他拽下柱子。

"狮头"上的三师叔用力往上拽了拽，没拽动，回头往下一瞧，见陈村"狮子"正饿狮抢食般死死抱住了他们的后腿。看来不把陈村"狮子"彻底打趴下是无法脱身的了，三师叔心想。他回头给身后的鬼手递了个眼神，随即纵身从柱子上扑下来，泰山压顶般向陈村"狮子"蹿去。"陈村狮"见状，慌忙松开鬼手的腿，就地一个"狮子滚"，滚出了一丈多远，才躲过了一击。西岭村"狮子"是抱着要彻底解决陈村"狮子"的目的而扑下来的，所以岂肯罢休。对着陈村"狮子"凌空连蹬两脚，把陈村"狮子"逼得退无可退，咕咚一声，跌进了"登天桥"的溪流中，从雄狮变成了"落汤鸡"。现场顿时爆发出一阵夹杂着叫好或嘲笑的叫喊声。

搞定了陈村的"狮子"，三师叔摆了个"得胜"的姿势，绕场一圈，向在场围观群众行了一趟致谢礼，然后快步来到木柱下准备上架。但就在此时，三师叔突然感觉到腹部一阵胀痛，就连身后的鬼手也能明显感觉到他的抽搐。

"师叔，您没事吧？"鬼手细声问道。

"没事，继续。"三师叔轻声答道。

在一片喝彩和锣鼓声中，西岭村的"狮子"再次跃上了柱子，像壁虎似的牢牢斜立在柱子上。围观群众再度爆发出热烈的喝彩声。三师叔举着"狮头"分别左右探望了一下，然后"嗖""嗖""嗖"向柱子顶部的"头灯"飞快攀去，其间还不时地回头摆出探望姿态，轻盈得宛如一只在墙上奔走的壁虎。

此时的"观音庙"门前锣鼓喧天、爆竹连连、烟火缭绕，完全沉浸在一片喜庆之中。然而，谁也不曾料到，这样表面看似欢快祥和的氛围却暗藏杀机。此时，"观音庙"后的树林里，数杆黑乎乎的枪枪口正瞄准着木柱上"嗖""嗖"往上爬的西岭村"狮子"。

虽然，春节抢"头灯"活动每年都会经历一场激烈的争斗，但在大家看来，这只不过是一场新年的助兴活动，无论胜负，无论谁抢得"头灯"，大家都依然会敲锣打鼓、欢天喜地地各回各村、各进各祠堂，去告慰先祖，祈求来年好运。因为，在新年里，任何恩怨都暂且放下，呈现吉祥，所有的事情都必须是善的和美好的，这是祖宗留下的亘古不变的戒律，认为只有这样才能得到上苍的眷顾和保佑，来年才能风调雨顺、吉庆祥和。

但身为土匪的陈祁并不在乎这一套，他所谓帮陈村一把，就是事先偷偷安排了几名土匪埋伏在"观音庙"后的树林里，如果是西岭村队的"狮子"夺得"头灯"，就开枪射杀他们。陈村人只知道陈祁要帮他们，但具体的实施方案，他们并不晓得。

灾难正在步步逼近，西岭村的人却浑然不知！此时，三师叔的肚子胀痛得愈发难受，他一心想着尽快拿下柱顶上的"头灯"，下来找个茅厕解决肚子的问题。所以动作明显比平时快捷，眼看马上就要爬到柱顶了，就在他张开"狮口"伸向绑在柱上那根吊挂"头灯"的竹竿时，三师叔和鬼手却从木柱顶端翻身跌落。

刘胜和西岭村其他参加"请灯"的人员当时就在栅栏外几步之遥，他们有的敲锣打鼓，呐喊助威，有的燃放爆竹助兴。刘胜和另外几户添丁的家长，每人扛着一根带叶子的青竹竿站在人群的最前端，等待挑灯回家。当西岭村的"狮子"爬上挂"头灯"柱子时，西岭村的人一片欢腾，谁都不会怀疑他们的胜利。然而，欢呼声还没停下，"狮子"却突然从柱子上跌落下来了，还是刘胜敏捷。其他人还没反应过来，他已大喊一声"不好"，扔下竹竿，跃过栅栏，张开双臂去接应三师叔和鬼手。西岭村其他在场的人个个都是武艺超群的高手，他们也都不约而同地跃过栅栏，冲向正在下坠的"狮子"，齐齐伸出双臂，一同把三师叔和鬼手稳稳接住。事情来得太突然了，围观的其他人屏息观望，他们还没弄明白究竟发生了什么事情。

他们把三师叔和鬼手稳稳放下。只见鬼手右大腿外侧的裤子被血洇湿了一大片，可以看出受伤不轻，不过人还算清醒。然而，三师叔的情况就严重多了，看似一点知觉都没有了。

"发生什么事了？"几个人一边架起鬼手，一边问。

"有人向我们开枪。"鬼手露出痛苦的样子，看了三师叔一眼，有气无力却又焦急地问，"三师叔情况怎么样了？"

几个师兄弟把已经没有了知觉的三师叔抬到旁边的石条凳上。刘胜伸手摸了摸三师叔的胸口，发现他胸口的衣服从里到外都已浸透了鲜血，并且已经感觉不到心跳了。

"狗日的！谁干的？"刘胜猛地站立起来，怒吼道！眼睛愤怒地四面环顾了一圈，最后把目光停在了"观音庙"后面的那片树林里，"那儿。"刘胜手一挥，指着那片树林说。

几个师兄弟应声跃出栅栏，愤怒地冲向那片树林，但树林里早已空空如也，只找到地上的几个弹壳。他们是在锣鼓声、鞭炮声中开的枪。

随行的桂婶使尽了浑身解数，试图救活三师叔，无奈回天乏术。三师叔心窝里正中挨了一枪，当即就已经断气了。

就在西岭村的人忙着抢救三师叔和鬼手的当儿，陈村"狮子"趁乱爬上了柱子，取走了"头灯"。

三师叔平日在西岭村深受大家的爱戴，加上跟随三师叔来到西岭村的"义和团"兄弟姐妹们与三师叔情同父子、手足情深，三师叔的死对他们来说太突然了，打击也太大了。大家仿佛在一夜间失去了主心骨，全村陷入了悲痛和混乱之中。

陈村一开始还因"抢得"了今年的"头灯"而举村欢庆，但当大家知道这盏头灯的来由时，一些上了年纪的长者却深感不安，觉得胜之不武，不仅玷污了传统的舞狮精神，违背了道义，而且冲撞了新年的忌讳。但陈祁却不以为然地说："都什么时候了，还讲什么道义，赢了就是老大。"

随着时间的推移，大家发现，陈祁与当时驻地的军阀部队陈军长关系非同寻常。陈祁其实就是陈军长的爪牙，他以土匪的身份，为陈军长的军队筹备军饷、物资，而陈军长则暗中充当陈祁的保护伞。陈祁之所以如此轻易地在这里站稳了脚跟，全赖陈军长在背后支撑。

陈祁的这个土匪窝建在东江弯道的一个山头上，牢牢地扼守住江道的航运，而且山体陡峭，易守难攻，只要在这里设道关卡，把机枪一架，来往船只就得乖乖听命，俯首纳贡！陈祁给他的山寨取名"双耳寨"。取这名字的原因，他建寨的这座山有两个主峰，就像人脸两旁的两只耳朵，加之他"陈祁"

两字两边也都有一个"耳"字旁，故取此名。山寨建成后，有了陈军长做靠山，陈祁便开始肆无忌惮地对过往船只收取通航费，对周边百姓大肆偷盗抢掠，成了地地道道的土匪恶霸。

西岭村人知道，三师叔的死肯定与陈村有关，但直到半年后，他们才查出了谁是元凶。得知这一情况后，西岭村人个个摩拳擦掌要宰了陈祁，但由于陈祁有陈军长在背后做靠山，西岭村人不仅奈何不了他，反而还要时时提防他那群喽啰侵扰。

所幸陈祁好景不长，他的后台靠山陈军长很快就被别的部队赶跑了，失去了靠山的陈祁这才稍微收敛了气焰，不敢再那么嚣张了，西岭村人也得以缓了一口气。

陈军长被赶跑了，西岭村人于是着手准备攻打"双耳寨"替三师叔报仇！但让西岭村人感到愤懑的是，新来的统军虽然不像陈军长那么明目张胆地与陈祁来往，但与他也是暗中勾结，充当保护伞。这使得西岭村的复仇行动迟迟未能实现。

# 六

郭矗是西岭村狮队的藤牌手，也是当年"义和拳"的一条好汉。他武艺高强，为人忠厚，至今未婚娶。郭矗家中有一个上了年纪的母亲，当年跟随"义和团"，在军中做些缝补等后勤杂务。逃到南方西岭村后，母子俩一直相依为命。

这天是农历初六，三、六、九都是当地的集市日。母亲让郭矗把家中的几只阉鸡挑到市集上卖掉，再买头小猪崽回来养。郭矗吃过早饭后，把鸡装入鸡笼，就挑着出门了。

就近的市集叫大河圩，当地村民都到这里来赶集。他们把家中盈余物品拿到市集上卖掉，再换取一些自家所需的日常生活用品。

大河圩就设在东江弯处的一片冲积地上。圩镇分成几块，一块是青砖瓦房组成的古色古香的茶餐酒肆，一块是摆卖农杂日用品的露天街道，还有一块是设在榄树下的家禽牲畜交易区。

郭聂挑着鸡笼来到了圩镇。时下日本军队已侵占了大半个中国，圩镇上到处都是拖家带口逃避战乱的外省人，他们大多都衣衫褴褛、蓬头垢面、狼狈不堪。

郭聂从嘈杂的农杂摆卖区进入了圩镇，穿过弥漫着诱人食物气味的酒肆，来到了圩镇后面的那片青榄树林。受时局影响，做买卖的人寥寥无几。郭聂在一棵青榄树下觅了个空位，把那笼鸡放下，左右顾盼了一圈，然后从腰间拔出他那杆长长的既是兵器又是烟具的铜烟杆，往烟斗里填了一把土烟，掏出火石把烟点着，之后悠然地吸了起来。

郭聂一边吸着烟，一边留意从身边走过的赶集人，只要对方稍微瞟一眼他的鸡笼，他就应付式地喊道："卖鸡，卖鸡了。"

兵荒马乱年代，大部分赶集人似乎只是冲着这个市集来凑凑热闹，真正想买东西，尤其是买鸡的人并不多。要知道，这个时势，鸡肉可是非常奢侈的桌上肴，可不是一般人能吃得起的，所以大半天都无人问津。

眼看日已过午，终于来了两名男子，他们手上都已拎满了买来的东西。郭聂粗略看了对方一眼，只见他们手上拎的有鹅、芋头、大白菜等。他们在郭聂面前把东西放下，粗声粗气地问："喂，鸡怎么卖？"

一听那语气，郭聂就感觉很不舒服，他故意不看对方，瓮声瓮气地报了价钱。

对方其中一人弯下腰，伸手进鸡笼抓了一只鸡，在鸡背上捏了捏，说："这鸡太瘦了，没多少肉吃，便宜点吧。"

"就这个价。"郭聂冷冷地说。

"不肯降价老子就不买了。"对方把鸡扔回笼里说。

"随便。"郭聂还是一副爱买不买的样子。

"算了吧。今天就这档卖鸡的了，不买的话，老大没鸡吃，不好交差呀。"

对方另外一个人说。

"妈的，要不是老大每天一定要吃鸡，打死我也不买你的。"对方说，指了指前方，"不过，你得帮我们把鸡拎到山那边去，我们的马车就停在那边。"

"这个可以。"郭罡顺着对方手指的方向瞟了一眼说。

"那就走吧。"对方边说边拎起先前放下的东西，向着山那边甩了甩脑袋说。

郭罡挑起鸡笼，跟着两名男子走出青榄树林，来到了山边。山边路旁停着一辆马车，车前已经坐着一名头戴草帽的中年男子，车上堆放着许多应该是刚刚采购回来的物品——主要是食物。

郭罡按照对方的要求，把鸡放进了马车上的一个竹笼里，收了钱，仔细地数了一遍，然后揣进了绑腰里。就在他转身要离开的时候，路旁的几个人引起了他的注意：一个衣着光鲜的女子蹲在路边，身边偎依着一个小女孩，看样子像是一对母女；一名男子抱着双臂，站在一旁冷冷地盯着她们，他与买鸡的人应该是一伙的。

果然，郭罡还没迈出几步，就听见买鸡人喊道"赶紧上车走了"。听见喊声，路旁那男子马上推搡着那对母女上了马车。驾车人一声吆喝"驾"，马车就叮叮当当地启动了。

郭罡立在原地，目送着摇摇晃晃地远去的马车，下意识地"吧嗒"了一下嘴巴，良久才若有所思地转身离去。

郭罡回到青榄树林下的牲畜市场，原本打算买头猪崽回家的，但走遍了整个市场，都不见有卖猪崽的。看样子，猪崽是买不成了。

南方气候闷热，走了大半天，郭罡感觉身上黏糊糊难受。"得先找个地方洗把脸，再去吃点东西。"他想。

他来到河边码头，卷起裤脚，撸起袖子，涉入水中，踩在长满了青苔的水底石板条上，双手掬着河水舒舒服服地洗了一把脸，在水里静静地待了好长一会儿，舒舒服服地体味了一把河水的清爽。

离开河边，郭罡来到了食肆，在一家沙河粉小吃店坐了下来，要了一碗薄荷蚬汤河粉当午餐。吃罢河粉，郭葭在旁边的肉铺割了八九两的五花肉，在豆腐店称了半斤油豆腐，然后就叼着烟杆，心满意足地准备回家去了。

行至一座山边时，郭葭听见路旁竹林里隐隐约约传来女人啼哭的声音。他收住脚步，侧耳再细听了一会儿，没错，确实是女人的哭声。武者的侠义情怀促使他不由自主地朝声音传来的方向迈开了脚步。当他走进竹林时，呈现在他眼前的是最为不堪入目的一幕——三名男子把一个女子按倒在地，正图谋不轨！旁边一个小女孩跌坐在地上，无助地哭喊着。郭葭认出了那三名男子就是刚才买他的鸡的人，而女的正是被他们带上马车的那对母女。

看见眼前这一幕，郭葭不由得火冒三丈，他大吼一声："住手！"

三名男子被郭葭如雷鸣般的怒吼惊得跳了起来，正欲逃跑。但当他们看清了眼前只一个貌不惊人的郭葭时，仗着人多势众，恼羞成怒地呵斥道：

"卖鸡佬，少管闲事，快滚开。"

"几个大老爷们做出这等龌龊事，真是恬不知耻！就不怕被人唾骂？！"郭葭鄙夷地斥责道。

"唾骂？我就让你唾骂。"对方一个高个子不知死活地挥舞着拳头向郭葭扑了过来。

郭葭冷笑一声，淡定地吸了一口烟，待对方冲到跟前，突然以迅雷不及掩耳之势飞起一脚。对方还没反应过来，就被他"嚯"的一声踢出了一丈之外，倒在地上死了般一动不动了。

好家伙！郭葭的这一脚，把另外两名男子全给镇住了。他们相觑良久，最后大喊着一起向郭葭扑来。

郭葭轻盈地往边上一闪，躲开两人的来势，手中烟杆随即朝他们的后脑勺点去。只听见"啪啪"两声，两人应声跌倒在地，挣扎了半天，却怎么也爬不起来。

也许是听见了打斗的声音，那个戴草帽的驾车人提着一把大砍刀从竹林的另一头冲了进来，迎面看见倒在地上痛苦呻吟着的三个同伙，再抬头看看淡定地吸着铜烟杆的郭葭，迟疑片刻，转身逃跑了。

那个女子整理好身上的衣装，牵着小女孩来到郭垕面前双双跪下，羞愧而又惶恐地声泪俱下："谢谢大哥搭救俺娘俩。"听口音明显是外乡人。

郭垕慌忙上前将两人扶起，说道："过礼了，过礼了。"

郭垕现在才看清楚了她们的长相——母亲也就三十岁左右，面容姣好，身材匀称；女儿十岁上下，虽然受了惊吓，但却掩盖不住伶俐可爱之态。

"不知小妹是哪里人？为何流落到这里？"郭垕打量着对方问。

女子以袖掩脸，轻轻揩了揩眼角的眼泪，说："俺老家是河南的，为了躲避战乱和洪水，逃荒到了这里。"然后指着地上那几个人，痛恨地骂道："这几个匪子，说自己是什么军爷，能给俺娘俩找到安身的地方，俺信以为真，就跟着他们走，谁知没走几步，他们就动了邪念，想要霸占俺的身体，俺誓死不从。幸亏大哥及时赶来搭救，才免遭他们糟蹋，大哥大恩大德，俺娘俩没齿难忘。"说着又要下跪。

郭垕连忙将对方拉住，说："路见不平，理应出手相助，妹子不必多礼。"

"大哥真是仗义。"

"不知妹子有没有找到安身之处？"郭垕吸了一口烟，关心地问。

"唉，人生地不熟，哪有去处。"女子黯然回答。说着又忍不住擦了一把泪。

郭垕再次打量了对方一眼，深深地吐了一口烟，说："我家就在不远的西岭村，我叫郭垕，妹子如果不嫌弃，不妨来我家暂住几日，待日后找到合适去处再做打算，不知妹子意下如何？"

"愿意倒是愿意，只是担心打扰到府上？"女子说。

"妹子放心，家中就我和老母亲两人，不存在打扰之说，只是地方狭窄，小妹不嫌弃就行。"郭垕说。

"大哥客气了。大哥出手相救，俺娘俩已感激不尽，现在又要打扰到府上，您的大恩大德，终生难忘。"女子对着郭垕深深地鞠了一躬说。

就这样，郭垕把这对母女带回了家。

郭垕他们走后，被他打翻在地上的那三名男子渐渐地缓过气来，相继忍着疼痛，从地上爬了起来。郭崟与那女子的对话，他们都听见了，不仅记住了这个坏他们好事的人姓甚名谁，关键是还知道了他是哪个村的人。

"西岭村，郭崟，哼！你等着。"他们对着郭崟离去的方向恶狠狠地啐道。

这几个不是别人，正是双耳寨陈祁手下的喽啰。

郭崟的老母亲见儿子带了个如花似玉的女子回来，乐得合不拢嘴，迫不及待地宰鸡备饭。

她名叫赵翠，不到 30 岁，河南花园人；女儿名叫顺女，今年 11 岁，她们与家人逃避战乱时被突发的洪水冲散了，丈夫下落不明，至今生死未卜。而她们母女俩则随灾民一路逃难到此，险些遭受恶人凌辱，幸亏郭崟出手搭救收留。

郭母对这对母女一见如故，甚是喜欢，托人说媒，问对方是否愿意与自己的儿子郭崟结成连理。

赵翠当即拒绝。女儿更是表现得极为恼怒，觉得对方是要夺走她的母亲，拆散她的父母。但随着时间的推移，赵翠对能找到丈夫的希望感到越来越渺茫，甚至是绝望了。在这兵荒马乱的当下，前一脚活着，后一脚就可能死掉，即使丈夫还活着，她们与他是否能重逢、什么时候能重逢，确实非常渺茫，而且，丈夫与灾难究竟谁先到来谁也说不准。善于察言观色的媒人婆更是不失时机，不停地鼓动。"这时势，谁都不容易，女人更不容易，更何况你还带着闺女呢。不为自己着想，也得为闺女着想呀。你们孤儿寡母流落异乡，没一个靠山，连命都保障不了，哪还顾得上那么多哟。难得遇上好人，千万别错过了。退一步讲，即使哪天丈夫真的找来了，相信他也能体谅你现在的苦处的。"媒人说。赵翠的思想最后还是动摇了。

"顺女不同意。"赵翠低下头。

"嗨！小孩子懂个啥事，听她的，有什么事还不是靠你自己顶着、扛着，她能帮上什么忙？"媒人说。

赵翠不禁想起了上次被土匪凌辱的事情，当时她是多么的无助呀。真是叫天不应，叫地不灵。如果不是郭崟及时赶到，恐怕她们母女早已被那几个土匪奸污了。想到这儿，赵翠忍不住长长地叹了一口气。她答应了。

郭趸是在赵翠点头同意婚事后才知道这件事的。尽管这样，孝顺的他还是忍不住把自己的母亲数落了一顿。说自己把赵翠母女带回家，纯粹出于同情，并无别的想法，母亲这样做无异于乘人之危，他郭趸绝不会做这样有失江湖道义，更失习武之人情操的事情。

郭趸的正直与磊落深深地打动了赵翠，如果说她开始的应承只是出于对日后生活的彷徨和苟且的话，那么她现在在进一步了解了郭趸的为人后，发现这位大哥还真的可以托付终身了！她主动替郭母开脱，说自己完全是出自自愿，只要哥哥不嫌弃，她愿意做牛做马侍候他和郭母。

对方话已说到这份上了，郭趸还能说什么呢？何况，他心里对这个妹子也还是非常喜欢的。

郭趸为人随和，人缘甚好，平日在村中深受大家的爱戴，他的婚事自然也就成了西岭村全村人共同关注的大事。婚期一旦定下，几乎全村上下都在为他和赵翠的婚事忙碌操持。大家有钱出钱，有力出力。喜事当天，西岭村张灯结彩，锣鼓喧天，好不热闹。兄弟们能过来的都过来了，大家欢天喜地，准备开怀畅饮庆贺一通。

几乎所有的人都在为郭趸和赵翠的婚事高兴和祝福，唯独有一个人例外，那就是赵翠的女儿顺女。到了晚上行过门礼，按照风俗需要顺女替妈妈执裙摆时，大家才突然发现顺女不见了，于是慌忙遣人去找。村里没有，再到村外去找。不过，恰恰是这么个插曲，却意外地拯救了西岭村。

当天郭趸路见不平，将双耳寨陈祁手下的三名喽啰打翻在地，救了赵翠母女，但却因此得罪了双耳寨。三名喽啰逃回山寨后，歪曲事实、添油加醋地把情况向陈祁作了禀报，说本来帮陈祁找了个美丽的压寨夫人，谁知半路杀出了个程咬金，把那美人给劫走了。

陈祁一听，当即就气得跳了起来，咬牙切齿说："岂有此理！从来只有我陈某人抢别人的东西，什么时候听说过有人敢抢我的东西，真是活腻了！"连声追问究竟何人如此胆大。

那三名喽啰于是把听到的什么"郭聂""西岭村"，一五一十地告诉了陈祁。

"又是西岭村。"陈祁一拳狠狠地砸在桌子上，骂道，"这口气不出，这个彩头不夺回来，叫我陈某人日后如何在此地立足。"

陈祁恨不得立马就带领喽啰杀向西岭村，活捉那个叫郭聂的人，抢回本应属于他的女人。但今时不同往日，陈祁已经没有那样强势的保护伞了，加上西岭村的实力他是亲眼见过的，所以不敢轻举妄动，唯有强忍怒火，等待时机。

这天，喽啰突然来报，说西岭村在办喜事，新郎是那个抢人的郭聂，而新娘正是被他抢去的那名女子。闻得此报，陈祁"嗖"的一声跳了起来。郭聂居然如此高调地迎娶从他陈祁手中抢去的女人。这不是明摆着往他陈祁脸上抹粪吗？真是太岁头上动土——不知死活！同时他又窃喜，心想，机会终于来了，当即调兵遣将，布置偷袭西岭村。

顺女年纪虽小，却很倔强！她不理解妈妈为什么不要爸爸？为什么要嫁给另外一个陌生男人？在她心里，爸爸、妈妈和她才是一家人。她坚决不接受郭聂。她哀求过妈妈，也哭闹过，希望妈妈不要嫁给郭聂，但妈妈似乎心意已决。劝阻不了妈妈，顺女既伤心又生气，在妈妈结婚的当天，她偷偷溜出了西岭村，出走了。

直到傍晚时分，人们才发现顺女不见了，慌忙四下寻找。大家先在村里找，村里没找着，再发散人出村找。

赵翠心里明白，女儿失踪就是因为不愿意看到自己和郭聂结婚，赌气离家出走了。她没想到女儿的反应会这么激烈，心里既担心又懊恼。

"都怪我没好好跟她解释清楚。"赵翠坐在婚床上，一边拭着眼泪，一边自言自语地自责。

"别担心，我会把她找回来的。"一旁的郭聂紧握着赵翠的手安慰说。

"拜托你了，聂哥，无论如何得把顺女找回来。"赵翠说，"我就这么一个女儿了，如果她有什么三长两短我也不想活了。"

"没这么严重，不会有事的。"郭崾轻轻拍了拍赵翠的肩膀，说，"我这就去找！"

赵翠一边拭着眼泪，一边茫然地点了点头。此时的郭崾已成为她唯一的依靠了。

郭崾取下挂在墙上的一把大刀，大步流星地走出家门，加入了寻人的行列。

由于顺女和她妈妈进山时间都不长，对周边环境不熟悉，郭崾猜想顺女并不会走远，而且很有可能沿着进山的路原路下山了。所以，郭崾就沿着当初带她们进村的路一直下山寻找。

顺女是在黄昏时趁人不留意偷偷跑出村的。正如郭崾所料，出村后，顺女就沿着先前进山的路一直往山外跑，边跑边伤心地放声大哭。走着走着，不知不觉地，天色渐渐暗了下来，看着四周黑魆魆、如怪兽恶魔般的山峦，顺女是越走越害怕，越走越觉胆战心惊，最后她实在是承受不了内心的恐惧，于是又掉头原路返回。走到一个山边，经过一片林子的时候，顺女隐约感觉到有几个人影从树林里探出头来，贼头贼脑地东张西望，吓得她魂飞魄散，赶紧加速往回跑。

那几个人大概也意识到顺女发现了他们，冲出树林，追了上来。

顺女一个小女孩，哪里跑得过成年人，不一会儿就被追上了。见跑不了了，顺女干脆在路边蹲了下来。

对方把顺女围在中间，其中一个瘦高个的中年男子上前一步，弯腰仔细打量了一下顺女，突然后退一步，指着顺女对另外几个人惊叫道："就是她！"

这时顺女也认出了对方！眼前这个高个男就是上次在林子里欺负她和妈妈的那几个坏人中的一个！

"她是谁？"其他人问道。

"她就是那天被郭崾抢走的那个妇女的女儿呀！"高个男子说。

"哦，原来是她！"众人恍然大悟道，"那就先把她捆起来再说吧。"

几名男子在路边拔了几把茅草，搓成绳条状，把顺女捆住，拎回了树林里。

"先把这小的绑了，一会儿大部队来了，进村宰了郭匡，再把大的抢回来。"高个子说。

几个土匪把顺女绑在一棵桉树上，然后背对着顺女席地而坐，从腰间解下酒葫芦，兴致勃勃地喝起酒来。

"大部队什么时候能到？"其中一个土匪"啪"地一掌打死了一只叮在他脖子上吃得满肚子通红的蚊子，搓着满手的血，不耐烦地说，"这鬼地方，太多蚊子了，真希望大队人马能早点过来，尽快攻进西岭村，把事情给了了，免得在这里遭蚊子的罪。"

"还早着呢，大部队至少要等天完全黑下来才能到。"高个子说，"西岭村那些人估计现在喜酒正喝得欢呢。"

"喝喝喝！等咱们大队人马来了，攻进村后，杀他们个片甲不留，让他们的喜酒变成丧酒。"一个胖子说。

"我们要不要再往前点探听一下情况？"另一个土匪问。

"在这守着就行了，再往前恐怕会惊动他们。"高个子说，"我们的任务也就是先行把风而已。"

"是呀，在这儿等着吧。"一个土匪喝了一大口酒，迎面躺了下来。其他土匪也都露出了倦意，躺的躺、靠的靠，完全放松了警惕。

绑着顺女的茅草绳并不结实，顺女稍微活动了几下，草绳就松落了，趁土匪们不注意，顺女挣脱了捆绑，像只小猫似的，钻进草丛，匍匐着向树林外面爬去。

恰好此时，胖子土匪大概是想去小解，他站起身来，大大地伸了个懒腰，下意识地回头看了一眼，突然发现绑在桉树上的顺女不见了，再往远处一望，只见顺女正拼命地往树林外逃，吓得他连声喊道："跑了！跑了！快追！"还没等其他土匪反应过来，胖子就已率先追了出去。

见已被发现，顺女心里一惊，慌不择路，疯了似的跑到了树林外，向西岭村方向逃去。

不就一个小孩子嘛，其他土匪也许觉得胖子完全能应付得了，朝着他屁颠屁颠的背影哈哈地开了几句玩笑就不再理会了，又躺回地上继续歇息。

当胖子追上顺女时，已是累得满头大汗、上气不接下气了！不过，没等他动手，顺女就一个箭步跑到了一处悬崖边上，做出要往下跳的姿势。胖子没想到对方小小年纪，居然如此烈性子，连忙哄道："别，别，别。"一边向顺女伸出了手，说，"小姑娘，把手给我哈，我不会伤害你的。"一边慢慢向顺女靠近。

受了惊吓的顺女，哪肯听哄！继续一步步地往身后的悬崖边上退。谁知一不留神，踩在了一块鹅卵石上，脚底一滑，跌了下去。

胖子土匪被吓得"啊"地惊叫了一声，心想：这下死定了。冲到悬崖边半捂着眼睛往下一看，嘿！真命大。顺女居然没有跌落下去，而是挂在悬崖边的一棵小松树上。

"哈哈！我看你往哪里逃？"胖子幸灾乐祸地笑着说。他猫下身子，一手揪住一棵捻子树，稳住身体，一手伸向顺女，要把她拉上来。

顺女挂在树上，无助地挣扎着、号叫着。

胖子土匪最终还是抓住了顺女的衣服，将她拽了上来，往回拖！

顺女拼命地挣扎着，对着土匪又咬又踢。土匪被顺女踢了几脚，恼羞成怒，在路边折了一根树枝，对着顺女的小腿狠狠地抽了下去，骂道："小娼妓，我让你闹。"

顺女白嫩的小腿随即被抽出了几道鲜红的血痕，痛得她撕心裂肺地大喊大叫！

顺女的叫喊声不但没能让土匪停止抽打，反而使他更加躁狂，抽打得更加使劲。他一边打，一边得意地骂道："闹呀！闹呀！"但就在胖子得意忘形之际，一只铁钳般的手从背后抓住了他拿树枝的手。没等他反应过来，他整个人就被人凌空甩了出去，摔了个狗吃屎，几乎昏厥了过去。

惊魂未定的顺女抬头一看，发现在她面前站着的居然是她最讨厌的郭戛。

没错！正是一路找来的郭垦。其实郭垦老远就看见胖子和顺女了，但由于不知对方底细，郭垦未敢轻举妄动。他躲藏在路边的茅草丛里，匍匐着靠了上来，然后突然跃出，一把将土匪掀翻在地。

郭垦抱起泪汪汪的顺女，轻轻拍了拍她的背，安慰道："不用怕，没事了，咱们回家。"

这时，胖子已缓过气从地上爬了起来，抽出腰间的挂刀企图从背后偷袭郭垦。

郭垦何许人也，听见身后风声，稍稍侧身一闪，轻松躲过了对方刺来的刀，右脚随即自右而上一个弧踢，"噗"地正中对方肩胛。只听见对方"啊"的一声惨叫，被踢得连打几个踉跄，滚下悬崖。

高个子等另外几个土匪正在树林里闭目养神，突然听见胖子的惨叫声，不约而同地从地上蹦了起来，冲出了树林。

高个子眼尖，一下子就认出了郭垦。正所谓仇人见面，分外眼红，高个子二话没说，挥舞着大刀，领着几个土匪向郭垦冲了过来。

郭垦毫无惧色。他把顺女在路边安置好，抽出挂刀，单枪匹马，迎战众土匪。三五个回合，对方就被郭垦悉数放倒。不过，郭垦并没有置对方于死地，而只是将对方击倒或击昏而已。

郭垦在倒地土匪的衣服上擦了擦刀刃，将刀插入刀鞘，弯腰抱起顺女，说："走！咱们回家。"话音刚落，突然听见"嘭"的一声枪响，郭垦一个踉跄，随后就倒地失去了知觉。

开枪的正是陈祁。他带领大队土匪刚好杀到，远远看见郭垦及倒地的几个土匪，陈祁已猜到了事情的原委，不等靠近，就开枪射向了郭垦。不过，正是这一枪挽救了整个西岭村。

枪声划破长空，长期处于备战状态的西岭村民众听见枪声，意识到出事了，立马操起家伙各就各位，投入战斗。

西岭村地势险要，易守难攻，陈祁带领土匪攻打了一会儿，知道占不了什么便宜，担心后路受到包抄，于是救起先前被郭垦打趴的几个土匪，带领众喽啰匆匆撤离了，撤之前还不忘命人把受伤倒地的郭跫抛下了悬崖，把顺女掳回了山寨……

郭跫醒过来时，已经是四天之后了。西岭村的村民们在悬崖下的灌木丛里发现了重度昏迷的他。也多亏那些密密麻麻的柔韧而有弹性的百年灌木林，它们的枝叶像弹簧床一样稳稳地托住了从悬崖上掉下来的郭跫，救了他一命。

# 七

尽管自己的新郎官身负重伤，但赵翠却没有在榻前侍候。当她听到女儿被掳走这一消息时，当即就昏了过去，虽被众人救醒，却一病不起。她将顺女被掳之事归咎于自己的过错，从而陷入了极度的悲伤与自责之中。

半个月后，郭跫已完全恢复了健康，然而赵翠却因为悲伤过度精神失常了，变成了一个疯疯癫癫的人，只要一见到与顺女年龄相仿的小女孩，就会追上前去，使劲搂住，又亲又抱，口中还念念有词："顺女回来了，想死妈了。"

看到赵翠被折磨成了这个样子，郭跫心如刀绞，只恨自己太没用了，没有实现当天对赵翠的诺言，没能把顺女带回到她身边。为了弥补内心的愧疚，郭跫暗暗发誓，不把顺女找回来交还给赵翠，誓不罢休。

陈祁带领喽啰偷袭西岭村，打伤了郭跫，掳走了顺女，西岭村的弟兄们个个恨得咬牙切齿，恨不得马上攻上双耳寨，生吞活剥了陈祁。但他们知道，要打败陈祁，攻破双耳寨，仅凭他们西岭村的力量是远远不够的，必须得找外援。他们首先想到了当地的军爷，但他们与当地军爷素未交往，又如何请得了他们来相助呢。

之前，桂婶曾经给驻军一名张姓高级副官的家眷治过病，医好了他家千金的顽疾，该副官为表谢意，曾允诺，日后桂婶若有用得着他的地方，请尽管开口，他定竭力相助。

治病救人，本来就是医者的分内事，桂婶从未想过要得到患者或其家属的任何回报。对于张副官的信誓旦旦，桂婶当时是不以为然地一笑置之。按她惯常的行事原则，她是不会找对方帮什么忙的。但今日之事，面对陈祁这帮土匪的祸害，为了西岭村的安危，桂婶决定破例一次，违心求人，她主动请缨出面去找张副官，求他协助。

在刘胜、鬼手和郭垚的陪同下，桂婶一行四人，带着若干土特产，前去拜访张副官，恳请其从中斡旋，说服时下的国军孙师长派兵剿匪。

张副官热情地接待了桂婶一行，再次感谢桂婶妙手回春，治愈了他女儿的顽疾，还当即令女儿出来再次向桂婶鞠躬致谢。但当他弄清楚了桂婶一行的来意时，不由得皱起了眉头，说："此事涉及用兵，我做不了主，但我一定会将此事面陈孙师长，请恩人放心。"

前面说过，孙师长暗地里与陈祁是有勾结的，这一点张副官再清楚不过了。所以，桂婶说请孙师长派兵剿匪，那简直就是笑话。不过，送走了桂婶一行之后，他还真的立马就去见孙师长，将此事向他作了汇报。

孙师长听完汇报后，将手中比利时产勃朗宁手枪往桌上一扔，冷笑道："行呀。你就回复他们，说我答应了他们的请求。"

听孙师长这么一说，张副官先是愣了愣，随后脸上露出了狡黠的笑容，会意地点了点头。

四天后的夜晚，乌云密布，风雨交加，西岭村的成年男子几乎倾巢而出，操着各式各样的兵器，冒着风雨，摸黑直扑双耳寨。按照与张副官商定的计划，他们今夜将联手偷袭双耳寨，务必将这个土匪窝子连根拔起！

从西岭村取道双耳寨，要经过一条峡谷。这条峡谷虽不是很险要，两边的山也不是很高，但也是兵家必争之地，只要占据了峡谷两边的山头，派重兵守着峡谷两端的口子，峡谷里纵有千军万马也插翅难飞。

自从三师叔遇害后，刘胜被推选为头人，统领西岭村事务。其实，论年龄和资历，刘胜都在郭垚之下，按理，应该由郭垚接替三师叔的位置，但郭垚过于鲁莽和冲动，行事欠缺稳妥。而刘胜恰恰相反，虽不及郭垚年长，但做事老成稳重，武艺远在郭聂等人之上，而且关键是刘胜读过几年私塾，认识字，所以，大家一致推荐他做了领头人。今夜正是由他亲自带队攻打双耳寨。

队伍进入峡谷后，刘胜越走越感觉毛骨悚然，如果不是与张副官有约在先，知道有他们的正规军照应，心里有了底气，凭借其经验，所谓君子不立危墙之下，他是绝不可能带领弟兄们进入这样的险境的。

夜空再次划过一道闪电，在紫色闪电的照耀下，依稀可见西岭村人马已悉数进入了峡谷。这时，呼啦啦的风雨声中突然传来轰隆一声巨响。刘胜起初以为是雷声，没有在意，但接连又响起了第二声、第三声同样的巨响，随之队尾的弟兄们惊慌失措地四散躲藏，并夹杂着恐慌的叫喊声："不好了！有人向我们放炮了，我们被包围了。"紧接着，枪声、呐喊声四起，子弹、木桩、石块、弓箭从峡谷两边山头向刘胜他们如雨般倾泻而下，西岭村的弟兄们躲避不及，伤亡惨重。

"究竟是谁在袭击我们？"刘胜躲在一块巨石后，焦虑地问道。

"除了陈祁那帮土匪还能有谁？！"蹲在他旁边的郭聂捏着拳头愤怒地说。

"他们怎么会知道我们今夜的行动？"刘胜皱着眉头说，"难不成张副官出卖了我们？"

"这也不是不可能的事。"郭聂哼了一下鼻子说，"我看那些兵痞比陈祁还更像土匪。"

"先不要过早下定论，看看事态发展再说。"刘胜说着随即组织众弟兄展开防御。

西岭村的弟兄们配备的大多是大刀、长矛和弓箭，虽然也有枪，但为数不多，在对方明显占优势的火力的压制下，毫无还击能力，只能蜷缩在峡谷中，借助乱石、树木等的掩护，偶尔鸣放几枪，等待时机和救援。但救援在哪里呢？难道还能指望孙师长的援军吗？

对方一阵猛烈的攻击过后，突然停了下来，雨也不知道什么时候停住了，周围变得死般寂静。

这时山上传来了喊话声，是陈祁的声音："山下的人听好了！我是陈祁，所谓明人不做暗事，今天我就让你们知道是死在谁的手里，让你们死个明白。你们想联合孙师长来偷袭我，真是打错算盘了，孙师长跟我是什么交情？岂会跟你们合伙来对付我？！你们总要跟我作对，今天我就成全你们，把你们全都送上西天，彼此都落个清净，一了百了。"说完，一挥手，"打！往死里打，一个活口都不留。"话音刚落，对方开始了新一轮更为猛烈的攻击，西岭村的弟兄又倒下了一大片。

真相已经大白，孙师长的援兵已经无望了。西岭村人马仅有几杆枪，对陈祁他们根本就构不成威胁，只有挨打、待宰杀的份。照这样下去，看来今夜真的会被陈祁斩尽杀绝了。

"妈的！竟敢陷害咱们，回头看我怎么宰了那个狗日的副官、师长。"郭荛气得脖子都歪了，用拳头狠狠地砸着脚下的石块骂道。

"兵匪一家，说的一点不错。"鬼手咬牙切齿道。

"这个时候埋怨已经无济于事了，眼下最要紧的是想办法突围出去。"刘胜说。

话虽这么说，但却谈何容易，西岭村的弟兄们被压制在峡谷中，连头都抬不起来，更别说突围了。

其实，最让刘胜担心的不是他们自己的处境，而是他们的村庄。今夜他们西岭村除了留下少部分人马看守外，剩下的都是妇孺和老幼病残，假如陈祁趁将他们困住在这峡谷中的当儿，分兵偷袭他们的村庄，那么后果将不堪设想。

刘胜把自己的担心告诉了身边的郭荛和鬼手，两人听毕均表露出同样的忧虑。

"你们在这里拖住这帮土匪，我带些弟兄突围回村里去看看。"郭荛说。

"这主意好是好，想突围恐怕没那么容易呀。"刘胜说。他对突围并不乐观。

"顾不了那么多了，哪怕是鬼门关也要去闯一闯了。"郭荛说。一想到家中的老母亲和赵翠的安危，他是无论如何也按捺不住了。

"既然这样，我们来掩护你们。"刘胜说。

"好！"郭荩点点头，把手指放入嘴中，吹了一长二短三声响亮的口哨。这是他们惯用的暗号。听见哨子声，郭荩所辖弟兄立马悄悄向他靠拢了过来。郭荩比画了几下手势，挥了挥手，带着弟兄们向峡谷入口匍匐而去。刘胜则指挥留下的弟兄，利用手上的火枪、弓箭等，试图掩护郭荩他们突围。

正如刘胜所言，郭荩除了丢了几个兄弟的性命外，不仅没能突围出去，就连郭荩自己也挂了彩，手臂上挨了一枪。

这时山上的土匪借着强大火力的掩护，采取挤压的策略，一字排开，向山下慢慢推移，形势非常严峻。

"妈的！老子和他们拼了。"郭荩一手捏住不停地往外冒血的伤口，一手挥舞着手中兵器站起来骂道。不过他刚一站起来，腿上就又挨了一枪，身体不由自主地扑通一声跪倒在地。

"当心！"刘胜惊叫道，冲上前去将他扶住，把他挪到一块巨石后隐蔽起来。还好，经检查，子弹并没有伤到骨头。刘胜欣慰地呼了一口气，说："好好坐着，别乱动。"

这时土匪已推进到距离刘胜他们不到十米的地方，而且，对方似乎已发现了刘胜等人的藏身处，走在最前面的一个土匪正举着枪向他们瞄准。

说时迟那时快，鬼手右手一扬，抛出了一把飞刀，一道雪白的寒光直插土匪的喉咙，端枪土匪"啊"地应声倒下。

不过，没等鬼手缓过气来，另一个土匪已向他扣动了扳机。鬼手腹部中枪，身体向后一仰，倒在了血泊中。

眼见土匪已冲到了跟前，刘胜已无暇顾及受伤的郭荩和鬼手了，他从地上操起盾牌和砍刀迎了上去。一个土匪向他举起了枪，幸而旁边一位弟兄眼明手快，一箭正中了他的眉心，送他上了西天。另一个土匪见状，大惊失色，连忙举枪射击，但却没有命中目标，当他试图再次扣动扳机时，刘胜的砍刀已将他的头颅从项上削了下来。

毕竟是久经沙场的老手，虽身处恶境，刘胜却全无惧色，越战越勇，一连放倒了好几个土匪，当他发现有土匪向受伤的郭莚和鬼手靠近，试图回身去救时，一支冰凉的枪管抵住了他的太阳穴。"我倒要看看你有多能打？"对方冷笑道。

刘胜用眼睛余光瞟了对方一眼。隐约可见对方瘦削的身影。虽然与对方素未谋面，但刘胜能感觉出来，眼前这个长得像猴精似的男子就是他们的仇人——臭名昭著的土匪头子陈祁。

"转过身来，看清楚我是谁。"对方命令道。

刘胜原地转身面对着对方。"你就是陈祁？"刘胜怒目而视，道。

"正是陈某。"对方冷笑着答道。

"暗害我们三师叔的是你？"刘胜的目光如冰冷的匕首，直逼对方。

"嘿嘿！是又如何？"陈祁得意地反问道。

刘胜紧捏双拳，把牙齿咬得咯咯作响，恨不得一拳将对方的脑袋砸碎。

"恨我呀？"陈祁继续嚣张地挑衅道，"有本事杀了我呀！"

"如果我今天不死，日后必取你狗命。"刘胜字字铿锵道。

"哈哈哈。恐怕你永远都不会有机会了。"陈祁大笑道，"明年今日就是你的忌日了。"话音刚落，只听见砰的一声枪响。刘胜下意识地双眼一闭，胸膛倔强地向前一挺，看似恨不得用全身的力量去撞击那射来的子弹，但他却感觉不到任何的疼痛，相反却听见陈祁"啊"地大喊了一声。刘胜好奇地睁开双眼，只见陈祁手中的枪已掉落在地，左手紧紧地捂着刚才还握着枪的右手。很明显，他的右手已经中枪。

没等刘胜明白过来发生了什么事，四周枪声大作，伴随着阵阵号角和呐喊，陈祁的手下纷纷抱头鼠窜，狼狈而逃。

"援兵来了！"不等弄清是什么事，刘胜就已兴奋地大声喊道，举刀就要取陈祁性命，但陈祁早已趁乱逃得无影无踪了。"狗东西！又被他跑了。"刘胜狠狠地跺了一下脚，骂道。

土匪被驱散了。一支仿佛从天而降的部队替西岭村弟兄们解了围。但直到后来很长时间里，刘胜他们都始终搞不清楚，究竟是谁救了他们。不过，说也奇怪，虽然从一开始就不知道来的人是谁，但对方一出现，西岭村的弟兄们都很自然地感觉到是救兵来了，而双耳寨的土匪们却像是老鼠见了猫似的，仓皇逃窜。

对方并没有和刘胜他们多交流，只给刘胜他们留下了一些药，就迅速撤离了。

事后，一位小兄弟将一顶绣着一颗红色五角星的帽子交给刘胜，说是当晚那队人马中的一位长官模样的人给的。小兄弟好奇地问刘胜有没有见过这样的帽子，知不知道帽子上的标志是什么意思。刘胜接过帽子，玩味了半天，摇了摇头。他也没见过这种标志的帽子，不过，这顶帽子从此就成了西岭村辨认救命恩人的标志了。

# 八

随从刚刚替陈祁包扎好了手上的伤口。他坐在太师椅上，用布带吊着受伤的右手，左手托着下巴，满脸郁结与不安。他搞不清楚，究竟是谁横插了一杠进来，搅黄了他的好事，对方是什么来头和底细，他一点儿头绪都没有。为了弄清事实，陈祁备了厚礼专程去面见孙师长，向他探听消息。孙师长一脸忧虑的样子，沉默了半晌才很不情愿地吐出了几个字：东江游击队。一听这名字，陈祁立马像是被电击了一下似的，浑身颤抖起来。

郭盉和鬼手受的都不是致命伤，经过治疗，两人最终都恢复了健康。西岭村的人发现，当晚那些恩人给他们留下的药物对伤口的愈合特别管用，快速地治愈了不少的伤员。

郭盉痊愈了，但赵翠的病情却日见严重了，她现在就连身边的亲人、熟人都认不出来了。偷袭双耳寨的当晚，出门前，郭盉抓着赵翠的手，告诉她，他要去解救顺女，要把顺女带回到她的身边。已经是半痴半呆的赵翠，用失神的目光望着郭岊，似懂非懂、似是而非地点了点头。当胜叔带着人马回来时，赵翠就站在村头那块巨石下，用呆滞而略带期待的眼神看着回来的队伍，仿佛在寻找什么，当她看到被人抬回来的、躺在担架上的郭岊时，脸上肌肉抽搐了一下，但马上又恢复了平静，失望地转身离去。

赵翠的病情愈重，郭岊就越发感到内疚和惭愧。他觉得，赵翠的不幸，完全是因他而起！如果不能把顺女带回到赵翠身边，他这一辈子都将不得安心。

再说顺女。那天，她被掳到山寨后，陈祁命高个子土匪把她带到一名土匪婆子的住处，交给这位土匪婆子管带。这个土匪婆子人称莺姐，原本是窑子里的一名老鸨，吸大烟、赌钱，满身恶习，欠下一屁股无法偿还的赌债，被债主追得走投无路，最后投靠了陈祁，当了一名女土匪，专门伺候山上的男土匪。

高个子土匪把顺女拎到她跟前一扔，说："莺姐，老大说把这小娼妓交给你看管。"

"哪里弄来这么个鲜嫩的货色？"莺姐取下嘴里的烟杆，对着顺女喷了一口烟雾，不紧不慢地问。

"嗨！别问那么多，好好看管就是了。"高个子土匪拉长着脸，没等话说完就转身出去了。

莺姐用烟杆抵着顺女的下巴，眯着眼睛仔细地打量了一会儿，说："嗯，挺俊俏，再养几年就可以伺候这群畜生了。"

顺女狠狠地挥手将烟杆拍开，对着莺姐狠狠地啐道："呸！不要脸！"

莺姐被啐了一脸唾液，顿时恼羞成怒，一把将顺女按倒在地上，举起手中烟杆对着她的屁股就是一顿狠抽，把顺女打得皮开肉绽，哇哇大叫。

听见哭喊声，高个子土匪急忙跑回来看个究竟，见老鸨正按着顺女打，他并未上前劝阻，只靠在门框上，冷冷地说："你可别把她给打死了。"

"打死了拉倒，打死了就扔去喂野狗。"老鸨气鼓鼓地说。

"这是老大特意交办的事，打死了可就没法向老大交差了。"高个子说。

老鸨这才住了手，担心把烟杆给打坏了似的，心痛地用手捋了捋手中的烟杆，还好，烟杆是铜铸的，结实得很。

"放心，死不了！"老鸨说，"我只是给她长点记性，免得她日后不懂规矩！"

"长记性？这也未免下手太狠了吧？"高个子土匪看着顺女屁股上那一道道血痕说。

"玉不下狠劲雕琢，怎么成得了大器？"老鸨吸了一口烟，不以为然地说。

高个子土匪哼了一下鼻子，无奈地摇了摇头转身正要离去，却又突然扭头对着老鸨眨眨眼睛，笑嘻嘻地说："今晚陪谁睡呀？"

"谁给银子多，老娘就陪谁！"老鸨鄙夷地翘了翘眉头说。

高个子自讨没趣地拍拍屁股，悻悻地走了。

顺女在老鸨的住处安置下来后，实际上就成了老鸨的私人丫鬟，平日端茶送水、洗衣梳头、倒屎倒尿等脏活累活统统落在了她身上。稍不如意，老鸨对她轻则扯耳辱骂，重则铜烟杆伺候，可怜的顺女真是饱受了折磨和痛苦。

受了这样的煎熬，要是换了一般的小孩，恐怕早就活不成了，但顺女却表现出超人的承受力和顽强的生命力。一开始，她倔强的性格为她招致了不少体罚，但渐渐地，她收敛了脾性，变得非常沉默而温驯，干活也较以前主动勤快多了。

对于顺女前后性格的明显转变，老鸨把这归功于她的管教有方。"我就说嘛，玉不雕不成器。"看着在眼前忙来忙去、被她整治得服服帖帖的顺女，老鸨跷起二郎腿，吸着烟，不无得意地说。

"听说你还有一个妈在那个什么村里头，是吗？"这天，老鸨大概是赌钱赢了，心情莫名地好，拉着顺女的手问。

顺女警惕地看着老鸨，疑虑地点了点头。

"你想你妈不？"老鸨又问。

顺女转了一下眼珠子，既没有点头，也没有摇头。

"难道你不想你妈？"老鸹皱起眉头，用烟杆拍了拍顺女的脸蛋，问。

顺女把脸蛋侧向一边，还是不想回答。

"哼！这小婊子真奇怪，小小年纪就不想妈了。"老鸹摇摇头说，"不过，不管你想还是不想，你很快就会见到你妈了。"

一听这话，顺女的眼睛忽地闪亮了一下，但很快就又暗淡了下去。

老鸹瞟了顺女一眼，不紧不慢地说："告诉你也无妨，今夜陈老大要跟那个抢了你妈的什么村打仗，打完仗，估计就会把你那个妈带上山来，让你们母女团聚了。"

但顺女依然显露出无动于衷的表情。见此，老鸹只好自讨没趣地甩甩手说："去吧去吧，干活去吧，小贱人！"

顺女默不作声地退了出去。但刚一转过身，她的脸上立马就露出了忧虑的表情。

当夜，老鸹很晚都没有回来。顺女躺在床上翻来覆去，久久不能入睡，稍微听见一点动静，她就敏感地跳起来，爬到窗口往外观望，察看情况，但窗外除了雨和闪电，她什么也没看见。

第二天清晨，刚刚入睡不久的顺女就被老鸹比平日更为刺耳的叫骂声惊醒了！

"快起来！小婊子，别睡了！"老鸹一把掀开顺女的被子，扯着她的耳朵，把她拽了起来，"陈老大和好多弟兄都受伤了，赶紧跟我过去帮忙包扎伤员。"

顺女还没完全从睡梦中清醒过来，稀里糊涂地被老鸹一路拽到了山寨的聚义厅。直到看见聚义厅里的许多受伤的土匪，顺女才突然想起了昨天老鸹对她说的话，才似乎明白过来发生了什么事。同时用寻觅的目光扫视了一圈整个大厅，想确认一下她妈妈是否真如老鸹所说的被抓上了山。但，除了几个正在为受伤的土匪清洗、包扎伤口的妇女外，聚义厅内并没有其他女性。她并没有看到她的妈妈，于是轻轻地吁了一口气，像是泄气，但更像是放下了心中的一块石头。

"愣在那里干什么？还不赶紧过去帮忙。"老鸹使劲地把顺女往前推了一把说。

顺女被她推得向前一个趔趄，正好踩在地上一摊黏稠的血浆上，脚底一滑，重重地摔了一跤。

老鸹见状，不禁勃然大怒，跨上前去，对着地上的顺女就是一脚，骂道："还不快起来，没用的东西！"

顺女满身血迹狼狈地从地上爬了起来，看着自己身上、手上黏糊糊的血，吓得筛米似的浑身颤抖，不知所措。她噙着眼泪，一脸的惊恐、无助与委屈，却又不敢哭出声音来。

一个长得非常漂亮的中年女子走到她跟前，拉着她的手，和蔼地说："来，给我打个下手。"

带着巨大的恐惧，顺女跟着那个女子逐一给受伤土匪包扎伤口。由于年纪小，顺女也只能帮忙打个下手，端端盘子、传传药物和绷带了。

"你叫什么名字呀？"那女子一边干活，一边问顺女。

"顺女。"顺女怯怯地答道。

"顺女，很容易记的名字。"那女子说，"我叫阿媚，你以后就叫我媚姨吧。"

把伤员处理完毕，已经是正午时分了，回到住处后，不知为何，顺女突然发起了高烧，她不吃不喝，扯脱掉身上的脏衣服后就爬上了床，蒙头昏睡。

明明看见顺女回来了，却不见她过来请安、伺候，老鸹大为光火，气冲冲地过来兴师问罪。一进屋，看见顺女居然在床上呼呼大睡，于是不由分说地大骂着冲上前去，把她从床上拽了下来，"小婊子，想偷懒，赶紧起来把衣服洗了，把夜壶清理了。"

顺女正发着高烧，浑身发冷，牙齿磕得咯咯响，身体像遭受电击似的抖个不停，但不敢吭声。她强忍着身体的难受，佝偻着身躯，想找件衣服穿上再说，但老鸹恶狠狠地骂道："穿什么衣服？谁看你呀，赶紧去把活干了。"

就这样，顺女半裸着身子，一手提着老鸹的夜壶，一手吃力地拎着盛满了老鸹换洗衣服的篮子，步履蹒跚地来到江边。她先把夜壶里的便物倒入江中，把夜壶清洗干净，然后就开始洗衣服。

虽然还是夏天，但江水很凉，江风也很急，顺女光着上身，忍着高烧，在河边的石块上艰难地搓洗衣服。搓着搓着，她忽然感觉眼前一黑，然后就失去了知觉，一头扎进了河中。所幸一个巡山的土匪正好路过，把她捞了起来，像拎着一只落水的猫似的，将她拎回到了老鸹的住处。

老鸹瞟了一眼浑身湿透的昏迷中的顺女，冷冷地说："弄成这样子，咋整呀，先扔到柴房的草堆里晾干了再说吧。"

巡山土匪听罢，应了一声"好咧"，心想：这老鸹可真够狠呀，看来这小鬼今日是活到头了。将顺女拎进了柴房，扔在稻草堆里。临走时，土匪抱了一捆稻草盖在了顺女身上，说："我是仁至义尽了。冤有头，债有主，如果到了阴间可千万别来找我呀！"

不过，顺女并没有这么轻易就死去，她最终还是醒过来了。当她睁开眼睛时，迷迷糊糊地看见对面草堆里一个男子正压在一个女子身上，男子不停地晃动着身体，而女子却发出阵阵疑似痛苦又像是享受的复杂的声音。顺女大概就是被那女子的声音吵醒的。由于害怕惊动对方，顺女紧闭着眼睛躺在草堆里，一动也不敢动。

过了一阵子，呻吟声停止了，又过了一会儿，传来了穿衣服的声音。

"这个给你。"男子说。紧接着是银元撞击的声音，之后顺女感觉到男子走出了柴房，当她试图睁开眼睛时，正好看见那女子朝她的方向走来，吓得她下意识地抽动了一下身体，由于动作过大，盖在她身上的稻草发出了沙沙的声响。

"谁？"听见响声，女子惊问道，"谁在那里？"边说边小心翼翼地走到顺女藏身的地方，犹豫片刻后，弯腰撩开了盖在顺女身上的那堆松垮垮的稻草。当她看到躺在稻草堆里的光着上身的顺女时，不由得大吃一惊。"这不是顺女吗？"女子惊叫道。顺女迷迷糊糊中也认出了对方正是上午带着她一起给受伤土匪包扎伤口的媚姨。

"你怎么会躺在这里？"媚姨一脸诧异的样子，凑近顺女的脸问道。

媚姨不问还好，她这么一问，顺女即时委屈地放声痛哭起来。媚姨猜想顺女肯定又是被那个老鸨虐待了，心痛地将她抱了起来，安慰道："别哭别哭，有媚姨在，不用怕。"但当她留意到顺女正发着高烧时，也忍不住一阵心酸，流出了眼泪，骂道："这些天杀的，真是丧尽天良。"她用袖子揩着眼泪，说："到媚姨那里去，媚姨给你换衣服、弄药吃。"

媚姨把顺女抱回到自己的住处，把她的湿裤子换了下来，替她擦干净了身体，盖上被子，说："你先躺一会儿，媚姨去给你弄些药吃。"

没想到在这里还能遇上这么好的人，顺女早已死了的心，顿时感觉到了一丝温暖。她望着媚姨，使劲地点了点头。

媚姨微微笑了笑，轻轻揉了一下她的小脸蛋，转身去了。

过了一阵子，媚姨端回来了一碗药，"来，这是用药粉勾兑的药汤，喝了吧。"媚姨坐在床沿上，把顺女扶起来，搂在怀里，将碗送到她的嘴唇边。

药汤不冷不热，温度刚刚好，只是味道太苦，但顺女显然不在乎，一仰脖子，咕噜咕噜地一口气将药喝得干干净净，然后用手背揩了揩嘴角，望着媚姨，脸上露出了久违的笑容。

"快躺下，盖好被子，捂一身汗出来，病就好了。"媚姨摸了摸顺女的脑壳说。顺女顺从地爬回到了被窝里重新躺好。"你在这里安心睡觉，我去帮你把脏衣服洗了，再给你弄几件干净衣服穿。"媚姨说。

把顺女的衣服洗晾好后，媚姨找了几件自己的旧衣裳，按照顺女身体的尺寸，用剪刀稍作裁剪，然后用针线给顺女缝了几件衣裳。

顺女就这样在媚姨屋里住了下来，在媚姨的照顾下，过了几天舒服日子。老鸨得知媚姨收留了顺女，曾经过来瞅过，见顺女还在养病，也就没干涉，但顺女身体稍微好转后，老鸨就立马将她拉扯回去了。

一回到老鸨处，顺女又恢复了牛马般的丫鬟生活。不过，顺女虽然人在老鸨这边，心却依然留在媚姨那里，只要一有机会，她就会偷偷跑到媚姨屋里去，哪怕只是在那里站一会儿，仿佛也能感觉到温暖，媚姨已成了她在山寨里唯一可以信赖的人了。

# 九

在桂婶看来，阿好是老天爷送给她的礼物，是对她毕生行善积德的回报，心里一直心存感念，不仅把所有的爱都倾注在了阿好身上，把阿好当成亲生孙女般来疼爱，还把自己平生所懂医术毫无保留地传授给她，教她行医，教她医术、医德，无论是去给人看病还是上山采药，桂婶都把阿好带在身边，照顾备至。

那个雨后的早晨，阿好被桂婶从鬼门关里捡了回来，当她睁开眼睛看到陌生的桂婶时，眼睛里充满了困惑、彷徨与恐惧，她不知道自己在什么地方，不清楚究竟发生了什么事。她能在脑海里找到的最后的片段是一担箩筐、不停地赶路，以及担子另一头的箩筐里和她一样大小的女孩，至于之前的其它事情，脑海里一片空白，毫无印象。爸爸妈妈也仅仅只是停留在概念中，记忆中却找不到关于他们的一点点印记。她完全失忆了。桂婶的慈爱，让她在患难中感受到了亲人的存在；桂婶的房子虽然简陋，但却给了她家的温暖，在她心里，也早把桂婶当成了亲奶奶。

在一次跟着桂婶去刘胜家给川哥看病的时候，阿好第一次见到了阿婵。看着长得像洋娃娃一样的阿婵，阿好相见恨晚。阿婵也非常喜欢这个小姐姐，两人一见面就像糖粘豆子似的，粘在了一起。临走时，阿好依依不舍地扯住桂婶的袖子，吵着要把阿婵带回家去一起玩。桂婶和刘胜都担心阿婵年龄太小，不懂得照顾自己，所以没有应承。看着阿好噘得像小猪猪一样的嘴巴，刘胜为逗她开心，要送给她一只自家母狗产的小白狗。阿好一听，即时转忧为喜，开心地连连拍手称好，迫不及待地跟着云哥到狗窝里抱了一只白色狗崽子出来。

但桂婶说狗是不能送的。俗话说，送猫会让人变得贫穷，送狗会使人薄情，所以桂婶没有白要刘胜家的狗，趁给川哥复诊的时候，给刘胜家捎带了一只上好的何首乌，说是上山采药时采的。刘胜也没有推让，乐呵呵地收下了。

小白狗大概也就二三个月大，长得胖乎乎的，走起路来屁颠屁颠的样子，非常可爱。阿好把这只小狗当成了宝贝，整天抱在怀里，哄着、逗着，就像是抱着个小弟弟似的。那个爱惜的样子，就连桂婶看了也都无奈地直摇头。

自从有了小狗做伴，阿好明显活跃了许多。村头巷尾经常可以看见她与小狗追逐、嬉闹的身影。看到这个可怜的孩子如此开心，邻居们都深感欣慰。鉴于她特殊的身世，阿好的快乐更能引起大家的共鸣。另外，有一位特殊的母亲，对阿好也格外地关注，她就是赵翠。

女儿被掳走，生死不明，赵翠的身心受到了重创，大部分时间都处在精神失常状态，常常一个人坐在村头的那块大石上看着通往村外的路发呆。她虽然与郭苴成了亲，但由于成亲当天顺女出走，没来得及进洞房，郭苴就因救顺女而受了重伤，差点丢了性命，昏迷了好长时间。当他苏醒过来时，赵翠已变成了疯疯癫癫的样子了。虽然没有与赵翠圆房，但郭苴始终把她当成媳妇对待和照顾。几乎每天傍晚都会到村头，把坐在石头上发呆的赵翠领回家。如果说赵翠还有那么一丁点清醒意识的话，那就是她还知道跟着郭苴回家了。

最让郭苴难受的是，赵翠每天在外面把自己弄得脏兮兮的，而她又不会自己洗澡，所以，帮她洗澡的事就落在了郭苴身上。洗澡本身并不算什么，但让郭苴大受折磨的是赵翠那雪白的充满了诱惑的身体。本来帮赵翠洗澡这事让郭苴的母亲来做是比较合适的，但郭苴的母亲年岁已大，几乎连照顾自己都有困难，更别说让她照顾别人了。赵翠很喜欢水，每次见到那个盛满了水的大木盆，不等脱衣服就迫不及待地跳进去，像孩童似的狂舞乱搅，弄得满屋子都是水。

每次给赵翠洗澡，郭聂都要忍受诱惑的煎熬。面对赵翠雪白、柔软、丰腴的身体，纵然是个木头人，也不可能无动于衷。多少次那股冲动欲火几乎都从他胸口喷薄而出，好在每一次，他都克制住了。但是，有一次，他没能像往常一样控制住冲动情绪，使他颜面尽失，用他自己的话说就是："毁了一生的清白。"

那天他如常给赵翠洗澡。脱去衣服后，赵翠像往常一样在木盆里嬉水闹腾了一番，突然反常地抓着郭聂的手去抚摸她腿间的私处。以前郭聂给她搓身子时，她都会用手护着自己的私处。她的异常举动，让郭聂心潮澎湃，以为她想要！热血沸腾的郭聂不假思索地脱掉衣服，就着木盆趴了下去。但他的身体刚接触到赵翠，她立即像触电似地跳了起来，光着身子，大喊大叫冲出了屋外，引来了不少邻居的围观。虽然邻居们都没有说什么，但郭聂还是绕不过自己心里头那道坎，好长一段时间都不敢出门见人。


每次从赵翠身边经过时，阿好都能感觉到对方用哀怨、嫉恨的眼神瞪着她，这种眼神让阿好不寒而栗、心生畏惧。因此，只要见到赵翠，阿好都会远远地绕开她，尽量不与她碰面、接触。

这天，阿好和往日一样带着小白出来溜达，路过晒谷场时，见一群小朋友正在玩鞭打陀螺的游戏，她于是跟着大家玩了一会儿。当她意犹未尽地准备离开的时候，却突然发现一直在脚边转悠的小白不见了。

小狗走开到别处去玩，这本也是正常的事，阿好并没往心里去。她放开喉咙唤了几声，但小白并没有像往常一样一听见她的呼唤就奔跑着回到她的身边。

"这小崽子，跑到哪里去野了。"阿好自言自语道。她一边呼唤着小白，一边漫无目的地穿街过巷四处寻找。当她路过溪边的一片竹林时，突然感觉身后有人拍打了一下她的脑袋。"谁？"阿好敏捷地扭头看去。不看还好，一看把她吓一大跳。只见一个披头散发、面如僵尸的女人正直直地站在她身后。对方手里拿着一根竹枝，似笑非笑地看着她。此人不是别人，正是赵翠。阿好惊叫一声，拔腿就想逃，但却被对方死死拽住了。阿好不肯就范，拼命挣扎叫喊。赵翠用力将她按倒在地，用手捂住了她的嘴巴，不让她喊出声来，然后对着她的耳朵，轻声说了一个"狗"字。

一听见"狗"，阿好立马安静了下来，她瞪大着眼睛看着对方，问："你知道小白在哪里？"

赵翠诡异地点了点头。

"在哪里？"阿好忘记了恐惧，连声追问道。

见阿好已不再挣扎，赵翠也稍微松开了手，让阿好坐了起来。

阿好坐在地上，用袖子揩了一下额头上的汗珠，再次问道："你把我的小白弄到哪里去了？"

赵翠双手按着阿好的肩膀，凑近她的脸，一言不发地仔细端详了好一会儿，然后站了起来，向前走了两步，再回过头来，神秘兮兮地向她招了招手。

阿好从地上跳了起来，拍了拍屁股上的泥土，左右环顾了一下，狐疑地跟了上去。

赵翠带着阿好穿过竹林，过了小溪的石桥，踩着泥泞的田埂来到一个小山岗前。山岗上有一间村民们用来存放农具、肥料等杂物的小茅草屋。赵翠引着阿好径直走到茅草屋前，望着阿好，默默地指了指草屋。

"你是说小白就在屋里吗？"阿好将信将疑地问。

赵翠默默地点了点头，机械地再又指了指茅草屋，示意阿好进去。阿好并不打算进去，她对着茅草屋使劲地唤了几声。她知道，如果小白真的在茅草屋里，听见她的呼唤声，就一定会跑出来的，但她的呼唤并没有得到回应。

见阿好不肯进茅草屋，赵翠显得很焦躁，她出其不意地举起双手抓住阿好的臂膀，像老鹰抓小鸡似的，硬生生地把阿好拎进了茅草屋里，摔在了屋内的一堆土肥上。

"你要干什——么？"阿好惊慌地斥问道。

赵翠也不回答，在杂物堆里抽出一条麻绳，把阿好的手脚捆了个严严实实，再用一团稻草塞住了她的嘴巴，然后竖起食指，做了一个让阿好安静的手势，之后就掩门不顾而去了。

阿好被独自关在茅草房里，又急又怕，使劲地挣扎，却无济于事！最后，筋疲力尽的她躺在土肥堆上，绝望地看着屋顶的茅草，无助地抽泣起来。这时，旁边突然传来一阵低沉的、熟悉的狗叫声。"小白！"阿好一阵惊喜，收住抽泣，兴奋地四处张望。最后，她目光锁定了墙角处的一个鸡笼。她睁大了眼睛，昏暗中，她看见一团白色物体在鸡笼里来回蠕动，果真是小白。

见心爱的小白被关在脏兮兮的鸡笼里，阿好非常心痛，恨不得能立即把它解救出来。但她的手脚被捆绑得严严实实，根本无法动弹；嘴巴也被堵得严严实实，想喊也喊不出来，只能干着急……

阿好被关在茅草房里，又饿又累，最后竟昏昏沉沉地睡着了。不知过了多久，一个声音将她从昏睡中惊醒。她猛地睁开眼睛，只见赵翠正笑嘻嘻地蹲在她面前，手上端着一个碗。

赵翠把塞在阿好嘴里的稻草团拔掉，把她扶起来坐稳，把碗送到她嘴边，示意她喝。

阿好不知道碗里盛着的是什么，使劲挣扎摇头，说什么也不肯喝。挣扎过程中，碗里的液体溅到了她的嘴唇上，感觉甜甜的，她才意识到碗里盛着的是甘蔗糖水，于是忍不住咕噜咕噜地喝了几大口。

见阿好终于肯喝她的糖水了，赵翠高兴得像小孩子似的手舞足蹈。

"你在这里好好歇着，妈妈晚点再弄些饭来给你吃哈。"赵翠说，伸手要去抚摸阿好的额头。

阿好恐惧地躲开她的手，战战兢兢地哀求道："你能给小白喝点水吗？"

赵翠扭头看了看墙角笼子里的小白狗，又伸手去抚摸阿好的额头。这次阿好并没有躲闪，但赵翠却反而露出胆怯的样子。她收住手，用食指轻轻地试探地碰了一下阿好的额头，害羞地笑了笑，突然露出惊慌失措的样子，手忙脚乱地用稻草重新把阿好的嘴巴堵上，然后站了起来，走到鸡笼前，打开鸡笼盖，伸手捏住小狗的脖子，把它从笼子里拽了出来，再把它的小脑袋按进了碗里。

小狗起初显得非常害怕，哀叫着不肯就范，但当它的嘴巴接触到了碗里的糖水，尝到了甜头后，立马就不再挣扎了。它先用鲜红的小舌头轻轻地舔了舔碗的边沿，紧接着就放开胆子大口大口地舔起来。

见小狗喝得这么痛快，赵翠显得非常兴奋。她蹲在小狗旁边，好奇地看着它把碗里的糖水舔干。末了，把碗端起来凑近眼前仔细瞧了瞧，表现出很满意的样子，然后捏着小狗的脖子，将它塞回到了鸡笼里，盖好笼盖，蹦回到阿好面前，把空碗伸到阿好眼前，并瞪着大大的眼睛，像乞求表扬的孩子似的调皮地望着阿好。

此时的阿好，心里七上八下，哪有心情跟她疯？她把脑袋侧向一边，两个眼珠子骨碌碌地快速转动起来，盘算着如何才能逃出这个地方。

阿好的冷漠，立马又激惹起了赵翠的愤怒。她用手捏住阿好的额头，把她的脸扭转过来，正对着自己，恶狠狠地举着那个搪瓷大碗，做出要砸向阿好的动作，把阿好吓得蜷缩成一团。随着赵翠呼吸渐渐平缓，她脸上紧绷的肌肉也慢慢地松弛了下来。她松开了抓着阿好的手，在阿好脸上轻轻地扇了一下，噘着嘴巴，站起身来，刚要离开，却又心有不甘地指着阿好怒斥道："你这丫头，从小就不乖，总是爱惹妈妈生气，再这样不听话，妈妈就不给饭吃了。"

教训完阿好，赵翠摆出检查的架势，在茅草屋里转了一圈，然后带着不安的神情离开了茅草屋。

阿好整整一个下午没有回家，这是从未发生过的事。晚饭已经做好，眼看早已过了饭点，桂婵再也等不下去了，她一边用围裙擦拭着双手，一边走到门外，引着脖子一连喊了几声"阿好"。不过，她的喊声并没有引起任何的回应。

"这丫头今天是怎么了？这么晚都还不回家吃饭。"桂婵嘀咕着，沿着巷子边走边大声呼喊。她把想到的地方都找了，但就是不见阿好的影子。

桂婵寻人的呼唤声引起了邻居们的注意。大家有的走到巷里，询问桂婵究竟发生了什么事；有的端着饭碗站在门口观望着，随时准备搭把手，而有的则二话不说，主动要求帮忙寻找。

几个小朋友跑出来告诉桂婶，他们和阿好曾经在晒谷场玩了一会儿陀螺。有一个村民提供了一条非常重要的线索，她下午在竹林里看到阿好和赵翠在一起了。

这个消息让大家既兴奋又感到不安。兴奋的是终于有一点眉目了；不安的是担心阿好的人身安全。谁也不能预料，一个精神错乱的人会不会对一个小孩子做出什么事来？

夜幕已经降临，在几个热心人的陪同下，桂婶来到了郭矗家。油灯下，郭矗和老母亲正围坐在桌子边吃饭，而赵翠则独自端着搪瓷大碗坐在灶台旁发呆。

一看到桂婶等人进来，赵翠立马像只受到了惊吓的猫，弓着身子，快步逃进了里屋。

对桂婶等人的突然到来，郭矗也感到很愕然。他放下碗筷，迎了上来，说："桂婶，你们这是？"

没等桂婶回答，旁边一个叫毕罡的男子就抢先说道："矗哥，桂婶家的阿好不见了，有人看见她和赵翠在一起，所以大家过来看看。"

"阿好不见了？什么时候的事？"一听说阿好不见了，郭矗也显得非常焦急。

"下午带小白出去之后就一直没有回来了。"桂婶焦虑中带着懊悔，仿佛就不应该让阿好出去玩似的。

"你怎么不早说呢？好让我们帮忙去找呀！"郭矗说，随即转念一想，问道，"怎么？你们刚才说这事跟赵翠有关系？"

"也不一定，只是有人说下午看到阿好和赵翠在一起，所以想过来看看而已。"桂婶难为情地说。

"跟赵翠在一起？"郭矗也觉得事有蹊跷，略微想了想，说，"你们等一会儿，让我去问问她。"说完，喊着赵翠的名字走进了里屋。

"说话别吓着她了。"桂婶对着郭岊的背影喊了一声，然后凑到正在吃饭的郭母身边，弯腰瞧了瞧她的饭碗问，"大姐，吃什么好吃的呢？"

"也没啥，岊儿昨日到山上射了只兔子，炖上蘑菇了。"郭母瘪着嘴，边嚼边含糊地说。

"哦！好东西呀！"桂婶笑着说，"牙口还好吧？"

"不行了，咬不动了。"郭母用手从嘴里扯了一根兔骨头出来，凑近眼前仔细瞧了瞧，确定骨头上已经没肉可吃了，才带着惋惜的表情，把骨头扔给了桌子下觅食的大黑狗，在身前的围裙上搓了搓手，端着碗，手持筷子，欲扒又止的样子问，"你们吃了没有？要不要一起吃点？"

"不用了，你慢慢吃吧，大姐。我们还要去找人呢。"桂婶说。

这时，里屋突然传来了"哐啷"摔东西的声音，紧接着是赵翠从屋里发疯似的夺门而出。郭岊捂着受伤的手臂狼狈地跟在后头，他简单地抛下一句"我去看着她"，就追了出去。

郭母明显地受到了惊吓！她从凳子上立马站在地上，嘴巴含着饭，定睛地看着儿子的背影，喃喃自语道："这又是在干嘛呢？"

桂婶等人来不及与郭母道别，就鱼贯而出了，朝郭岊跑出的方向追去。

天已黑，十步之外已看不清东西了，郭岊凭脚步声辨别赵翠所在的方向紧追不放，桂婶等人紧跟其后。

赵翠一路跑到村头水塘边，头也不回，就一头扎进去了。

听见跳水的声音，郭岊情知不妙，大喊说："赵翠，别！"快步冲到水塘边，正好看见在水中挣扎的赵翠，所幸她落水的位置水不深。

郭岊顾不得脱衣服，纵身跳入水中，硬生生地把手舞足蹈的赵翠抱上了岸。即使回到了岸上，浑身湿透的赵翠仍不肯就范，依然大喊大叫，手脚并用，见人就抓，就连郭岊也无法将她控制，所幸桂婶他们闻声赶到，合力将她按住。

众人半拉半抬把赵翠送回了郭家。在油灯下，大家发现，郭岊脸上、脖子上已被赵翠抓得伤痕累累了，而手上还有一道像是被刀子划过的伤口。大家原本的意思是想向赵翠打听一下阿好的下落，没想到却搅乱成这样的结果，大家当然不愿意看到这样，尤其是桂婶，觉得很是过意不去。

"不好意思，不打扰你们了，我们自己去别处寻找吧。"桂婶愧疚又焦急地说。

"桂婶，你们等等。"郭甀拦住桂婶，说，"让我再去问问她。"说着，郭甀来到赵翠面前，细声问道，"翠翠，今天下午你是不是和阿好在一起玩了？"

回家换了衣服后，赵翠又安静了下来。她笑嘻嘻地看着郭甀说："我不告诉你。"说完，随即又哈哈大笑起来。

一旁的毕罝早已按捺不住了，一边摇头，一边冲着赵翠脱口而出骂道："疯婆子！"

"毕罝，不要这样子说她。"郭甀回头看着毕罝严肃地说。

毕罝上前一步，正要再说什么，却被身后的桂婶拉住了。

郭甀一直看着毕罝，直到他不再说话为止，才又回头柔声细语地问赵翠："翠翠，你想顺女吗？"

一听见"顺女"二字，赵翠仿佛突然想起了什么似的，她抬头呆呆地望着门外，一边自言自语地嘀咕着"顺女？哦，我记起来了，顺女还没有吃饭"，一边木然地朝门外走去。

众人被赵翠反复无常的举动弄得满头雾水，大家你看看我、我看看你，忽然像弄明白了似的一起跟上了赵翠。

赵翠像个僵尸似的，带着众人走出村头，过了小石桥，踏着田埂，来到了位于小山岗边上的茅草屋前。

刚一靠近茅草屋，大家就听见草屋里传来小狗低沉的叫声。

"小白狗！"一听见狗声，桂婶不假思索地冲到门前，一掌将小屋木门推开，快步跨了进去。草屋内黑乎乎的，伸手不见五指。桂婶刚一抬脚，就被地上什么东西绊了一下，向前打了个趔趄，差点摔倒。紧跟其后的毕罝见状，急忙收住脚步，用脚尖在地上探了探，感觉到地上有一团软绵绵的东西。他心中一喜，赶紧俯下身子用手去摸了摸，却正好摸在了阿好的脸上，于是兴奋地大声喊道："找到了！找到她了！"边喊边把地上的阿好抱了起来。

毕罡把阿好抱出了茅草屋，扯去她嘴里的稻草团，替她松了绑。此时，其他人也把小白狗从鸡笼里放了出来。

在一旁吓得缩成一团的赵翠一看见阿好和小白狗，立即像一只受到了惊吓的猫，转身就想逃。站在她身边的郭罡一把将她抱住，安抚说："不用怕，找到了就好了。"但郭罡的话似乎不起作用，赵翠依然表现得异常恐惧。她挣扎了一会儿，见跑不了，干脆就躲在了郭罡身后，咬着手指，惶恐地注视着眼前的这些人。

阿好已被捆了大半天了，不仅饥渴交加，而且饱受了恐惧的折磨，身体近乎虚脱，已不能自行站立。人终于找到了，桂婶既心痛又欣慰，她抚了抚阿好的脸，说："来，奶奶背你回家吃饭。"一旁的毕罡抢着说："还是我来吧，婶。"说着，抱起了阿好。

看见大家要把阿好带走，赵翠的情绪突然又变得激动了起来，她不顾一切冲上前去，要从毕罡手中夺回阿好。

毕罡对赵翠本已非常厌恶，见她此时此刻还要胡闹，不禁心头火起，对着她的肩膀一掌推过去。这个毕罡也是"义和团"的高手，不仅练就一身好武艺，而且掌力过人。其实，毕罡的原意只是要把她推开而已，但由于正在气头上，他一时忘了控制力度，用力过猛，把赵翠推倒在地上连翻了几滚。

郭罡见状，连忙飞身上前扶住赵翠。赵翠虽然未摔伤，但由于受到了惊吓，蹲在地上直打哆嗦。郭罡见毕罡居然对赵翠下如此重的手，不禁勃然大怒。他俯身稍微安抚了一下赵翠之后，"嗖"的一声站了起来，大踏步走到毕罡面前，指着毕罡大声命令道："把阿好放下！咱们来比试比试，看看你究竟有多能打！"

"你想干什么？"毕罡单手抱着阿好，腾出一只手不甘示弱地说。

"少废话！先放下阿好，免得伤着了阿好。"郭罡怒斥道。

"怎么样？难道你为了这个疯婆子要跟我动手？"毕罡冷笑着说。

毕罡这话无异于火上加油！要知道，郭聂是最忌讳别人称赵翠为疯婆子的。他二话不说，一个箭步冲上前，对着毕罡当胸就是一拳。

毕罡也不肯相让，他向左迈一步，身体稍微侧了侧，躲开了郭聂的拳，右手自下而上向外一挡，架住了郭聂的手臂，右脚随即从外向内再向上画了个弧形，照着郭聂的面部踢去。

两人一言不合就拳来脚往地打了起来，吓得其他人赶紧上前劝阻。

"这两头蛮牛！"桂婶嗔斥了一句，快步上前，一把揪住郭聂的耳朵，把他拉到一边，训斥道，"这么好打？打土匪倭人去呀！"然后回头用手指戳了戳毕罡的额头，说，"你也是，赵翠是郭聂的媳妇，也算是你的嫂子了，不要什么婆子什么婆子地叫。"

郭聂虽然心中仍怒气未消，但在桂婶面前，也不敢再说什么了，拉起蹲在一旁的赵翠，气鼓鼓地回家去了。

毕罡等人陪桂婶和阿好回到家后，安慰几句，见无大碍，也各自散了。

＋

孙师长的部队没放一枪一炮就在一夜之间消失得无影无踪，接踵而至的是日本兵。

想当年起事之时，"义和团"杀了不少日本人，而日本人的屠刀也没少沾"义和团"同胞的血。这一次真可谓逢上仇人了。刘胜立马召集西岭村主事开会应对。

"倭人，"郭聂一拳砸在酸枝桌子上，咬牙切齿道，"召集弟兄们打他个屁滚尿流！"

"不要冲动，此事得从长计议。"刘胜说。

"没想到大清皇帝都倒台这么多年了，中国还要受这些外寇的欺凌。真他奶奶的窝火！"毕罡握着双拳，摇头叹息道。

"窝火个屁，他们要是敢进咱们村，老子就跟他们拼了。"郭臷拍着胸口说。

"以目前的状况，咱们不适宜跟他们硬拼。"刘胜说。此时，就数他最冷静了。

"这又不行，那又不行，你还召集我们来做什么？"此时的郭臷正一肚子的仇恨没地方发泄，根本听不进刘胜的话。

"难道你没看到吗？连孙师长都不敢跟这些倭军硬碰，连夜逃了，你拿什么跟他们拼命？"鬼手在一旁吸着烟，冷冷地说，"阿胜说的没错，我们还是先探听他们的虚实，再见机行事吧。所谓留得青山在，不怕没柴烧。"

经商定，大家认为先做好几手准备：首先，把精壮男子都组织起来，随时护村。其次，把进村的道路破坏殆尽，并堆放些石堆、木桩等障碍物，在一些隐蔽路段埋下竹签、老虎钳等暗器，阻碍日军进村。第三，让大家把粮食及贵重物品都收藏起来，一旦倭军来了，打得赢就打，打不赢就疏散到深山密林里躲藏起来。

周遭百姓都因为日军的到来惶惶不可终日，然而"双耳寨"却例外！陈祁不仅没表现出半点惧怕，反而显得异常兴奋。他对身边几名贴身土匪说，他们"双耳寨"的好日子马上就要到来了。

此时的陈祁终于露出了本来的面目。之前有关他的传闻都是假的，事实是，清朝灭亡后，他真正的去向是投靠了日本人，一直替日本人做事，手里还握着日本人给他开具的证明文书呢。他回到家乡组建土匪窝子，创建他的根据地，等的就是日本人到来的这一天。

日本兵进驻当地的第二天，陈祁就到日本军营觐见日军指挥官了。

日军指挥官佐藤亲自接见了他。陈祁把他这些年来在当地了解到的情况和收集到的情报信息，悉数向佐藤作了汇报，并对日军的下一步行动提出了自己的建议。陈祁认为，日军首先应当与当地的陈村建立亲善关系，因为陈村不仅是当地最大、最富庶的村庄，而且人口众多，劳动力充足，如果有了他们的主动配合，日军的军粮等军需供给就有保障了。

"万一他们不愿意与皇军合作呢？"佐藤说。

"这您尽管放心。"陈祁胸有成竹地说，"陈村上到族长，下到普通村民，都是贪生怕死、自私自利之徒，只要皇军诱之以利，恫之以威，我再从中撮合，此事肯定能成。"

"好，就按你说的做。"佐藤拍了拍陈祁的肩膀，竖起大拇指说。

佐藤充分肯定了陈祁的工作，并对他为"大东亚共荣圈"所做的贡献给予了高度的赞赏。

次日，在陈祁的引领下，佐藤带着一队人马，打着亲善和安民的幌子来到了陈村。

据族志记载，唐朝开元年间，陈村的老祖宗陈公解甲南归，携同家丁、家奴在此安家。起初也就四十来户人家，经历世代繁衍，时至今日，陈村已发展成了有一千多户人家的大村庄。全村就一个"陈"姓，供奉同一个祠堂和祖先，遵循严格的族长祖训制度。

听说陈祁带了日本人来访，族长福荣叔的第一句话就是："不见。"随后补充道，"这个陈祁，居然跟日本人搞在一起，当卖国贼，咱们祖宗的脸可被他丢尽了。"但旁边的人劝他还是应付见一见为妙，以免得罪日本人，给村庄带来麻烦。

话还未完，陈祁已领着佐藤一行人不请自入，闯了进来。

佐藤随陈祁跨入议事厅的门槛，抬头正好看见端坐在大堂上的福荣叔，不由得大吃一惊。他原先不可一世的神态顿时收敛了许多，完全被眼前这个鹤发童颜的长者折服了。如果不是身处战争年代、身份特殊，他可能会给这位仙翁般的长者行跪拜之礼。佐藤对着福荣叔微微鞠了个躬，公式化地说了一句："初次见面，请多多关照。"

福荣叔并没有站起来迎接和让座，只是敷衍地拱了拱手，算是打过招呼了。他的举动把站在一旁的陈祁急得直冒冷汗，连忙上前对着福荣叔又是打手势、又是使眼色，示意他态度要热情些。但福荣叔并不理会，依然稳稳地坐在椅子上。

佐藤估计也被福荣叔的怠慢激怒了，他双手紧紧按在指挥刀上，脸上掠过一丝戾气，很快又哈哈大笑道："陈老先生是德高望重之人，我特别欣赏陈老先生你这样的人。"紧接着，佐藤向福荣叔说明了来意，提了三个要求：第一，皇军是要来与陈村建立亲善关系的。日后，陈村上下的生命财产安全将由皇军负责；第二，请陈村务必尽快为皇军筹集提供一批粮食，以解决皇军的燃眉之急；第三，请陈村组织村民为日军修建防御工事，为"大东亚共荣圈"服务。

当翻译官把佐藤的话翻译给福荣叔听时，福荣叔无奈地摊了摊两个手掌，说："近年豺狼作乱、天公不作美，连年战乱加上干旱，可谓天灾人祸，地里已多年失收，村民早已断炊，无粮可筹，请贵军到别处想办法去吧。"

佐藤皱了皱眉头，两个嘴角使劲往下一撇，可以看出，他在极力掩盖自己的伪善。

陈祁见状，赶紧出来帮腔圆场道："叔，过去两年风调雨顺，陈村稻粮丰收，这我是知道的，你就不要找借口了。"

佐藤鼻子哼了一声，右手快而狠地挥了一下，身后一个看似文职的士兵快步上前，展开一张海报，当着福荣叔的面，向在场的人宣读了日军的管控规定，宣读完毕之后，佐藤补充了一句，说："愿意跟皇军合作的，就是皇军的朋友，好处大大的有；不愿意合作的，就是皇军的敌人，死啦死啦的有。"说完，就带着众人气冲冲地走了。离开时，日本兵在沿途的街巷及村头的榕树上贴了几张"安民"告示。

当天晚上，陈祁专程从山寨回到陈村试图说服福荣叔，劝他要识时务，与皇军合作，主动交出粮食，不要跟皇军作对。

"大清皇帝垮台了，日本天皇马上就要入关了，咱们早晚都是日本天皇的臣民。所谓识时务者为俊杰，我劝你还是带个好头，叫大家好好听皇军的话，一来可以争取立功，二来可以确保父老乡亲们免遭不测，这也是你这个族长的职责呀！"陈祁在福荣叔面前掰着手指头说。

"我不管什么大清皇帝，更不管什么天皇地皇，你要当汉奸卖国贼，那是你自己的事，我这把老骨头不想往狗屎堆里凑。自大唐开始，我们就居住在这里，我只知道我们是大唐子民，我们世世代代在这里居住、耕种，不管是谁家得了天下，我们从不过问，也从不惹事，图的就是个安居乐业，但如果连这么简单的要求都要被夺走了，那就随他去了。"福荣叔字字铿锵地说。

"不跟皇军合作，就是皇军的敌人，到时恐怕连性命都不保了，还想安居乐业？"陈祁冷笑道。

"我能活到这个岁数，也算是赚到了，既然不能安居乐业，那么活着还有什么意义呢？悉听尊便吧。"福荣叔也报以冷笑道。

陈祁见说服不了福荣叔，抛下一句："看在都是陈村人的份上，我该说的都说了，该做的也都做了，也算是尽到了一个陈村人的义务了，至于怎么做，你就看着办吧。还是那句话，识时务者为俊杰，这么大把年纪了，我劝你还是不要意气用事为好，免得断送了全村人的福祉。"

"多谢了，不送。"福荣叔看都不看陈祁一眼，指了指门口说。

佐藤所部是带着秘密使命来的，那就是要在当地山区开采一种稀有金属。这项工作需要大量的劳工。本来，按照日军惯常的做法，劳工嘛，进村抓！抓回来后用枪杆子逼着干活，却要费这么大的周折，搞什么亲善呢？其中的原委是，佐藤所部人数并不多，他必须尽量节省兵力；再者，佐藤熟悉中国传统文化，对儒家思想略知一二，懂得点儒家心术，企图通过虚伪的友善，蒙骗中国百姓，骗取中国百姓的主动支持，这也是符合日军的现实利益的。战事发展到现在，无论是人力还是物力，日军均捉襟见肘，他们必须采取一切可以采取的手段，以节省兵力，力求以最小的投入取得最大的效益，特别是粮食这一块，虽然东江土地肥沃，物产丰盛，是传统的鱼米之乡，但百姓都不主动交出粮食，把粮食藏起来了，那么无论日军多么凶猛都将无济于事。

对福荣叔表现出来的不合作，佐藤大为光火，露出了本来面目，使出了日寇惯常手腕。第二天，佐藤派了一队人马把福荣叔抓到了日军军营，关押了起来，并放出话说，如果陈村村民不按皇军说的做，将首先用福荣叔的血来祭奠皇军的太阳旗。

福荣叔可是族里的灵魂人物，他被日本人抓去了，全村上下顿时乱成了一锅粥。族中其他长辈慌忙设法营救。他们首先去找陈祁，希望他出面求佐藤放了福荣叔。但陈祁毫不含糊地拒绝了。他说他之前已将利害关系向福荣叔说清道楚了，可谓苦口婆心，但福荣叔本人就是不听，今天这个下场可以说是他咎由自取，他陈祁是爱莫能助了。陈祁不肯帮忙，没办法，陈村只好选派了几名宗族长辈，牵了几头猪和牛，冒死前往日军军营，向佐藤求情，请求他们放了族长。

佐藤说，人可以放，但不能白放，得看陈村拿什么条件来换。最后，救人心切的长辈们只好按日军的要求，写下承诺书，承诺三天后筹集2万斤粮食献给日军。佐藤收了陈村的承诺书和带来的几头猪和牛后，才勉强同意把福荣叔放了。

经历这次的被扣押和解救，福荣叔感觉颜面尽失，回到家后，断然闭门谢客，面对络绎不绝前来问安的宗亲子侄，他一概不见。

福荣叔回村后的第四天，一队荷枪实弹的日本兵骤然而至，封锁了陈村的各进出口，所有人员只可进不可出，催促陈村兑现承诺，交出2万斤粮食，否则将进行屠村。

陈村上下顿时慌作一团，参与营救谈判的宗族长辈们慌忙去找福荣叔商量对策。福荣叔悲凉地摆摆手说："此事因我而起，我还能说什么呢？你们看着办吧，要不然把我送回去算了吧。"

"现在即使把你送回去，恐怕也解决不了问题了。"长老们说，"当时，为换你出来，他们提出要4万斤粮食，我们说没有那么多，最多只能筹集到2万斤，他们认定了我们至少能筹集到2万斤粮食。因此，如果不如数交出粮食，估计他们是绝不会罢休的了。"

福荣叔闭上眼睛，长长地叹了口气，说："唉！你们当初就不应该去救我，救我这把老骨头干吗？苦了乡亲们。"

"事到如今，说这话已于事无补了。"长辈们说，"再说了，你是我们族里的头头，我们能见死不救吗？别说是2万斤粮食，就是再多，我们也得想办法。"

商量妥当后，大家就分头把筹粮的事情挨家挨户地布置下去。村民们听说这些粮食是为了换他们的族长出来而筹措的，个个二话没说，多有多出，少有少出，不到一个上午，二百担粮食已摆满了整个晒谷场。

然而，日军并没有在收了粮食后马上撤离，而是下令全村所有有劳动能力的男丁都到晒谷场上集中，对他们进行登记造册之后，就像赶鸭子似的直接押走了。

日军把村民押进了深山，对他们进行分组编队，发给他们工具，用枪和刺刀逼迫他们钻进闷湿的灌木林中伐木、搭建营地。有的村民不从，试图起哄闹事，结果领头的那个人立刻被当场处决，其他村民见状，即时噤若寒蝉，俯首听命。

半天时间，简单的营房已基本搭建成形：四个木桩，屋顶是黑色塑料雨布，地面铺着稻草和树叶。当天夜里，这些陈村村民就被强行扣下，住进了他们自己搭建的简陋的营房里。大多数村民原以为等天黑了就可以回家了，没想到却是这样的结果。有些村民，他们要么是老婆刚生了小孩需要照顾；要么是家中有老人病重垂危，迫切需要回去料理，心中都非常焦急和彷徨。他们向日军告假，希望能获批回家，但都被不屑地拒绝了。有两个年轻人，实在经受不了对家中产后妻子及新生儿子的思念，半夜时分趁解手之机，试图逃跑，但随着划破夜空的两声凄厉的枪声，这两个刚当爸爸的年轻人还没来得及享受初为人父的欢娱，就与妻儿阴阳相隔了。

第二天，他们赤裸的尸体被高高挂在营地的入口示众，旁边竖着一个木牌，用中文歪歪扭扭地写着："这就是逃跑的下场！"

没等大家从惶恐中反应过来，每人吃了一碗派发的粥水后，大家就被赶到一个山坡下，分组开始挖掘了——这才是他们真正的工作。

天气非常炎热，很多村民光着身子在烈日下挖山搬土，炽烈的阳光照射在皮肉上，皮肉发出阵阵灼痛；大家身上都沾满了汗水与黄泥土的混合物，黏糊糊的非常难受。

村民在荷枪实弹的日本兵的看押下，机械地挥动着锄头、铁铲，盲目地挖着，他们并不知道这些日本兵究竟要他们挖什么。直到第二天傍晚他们挖出了白土。

闻讯赶来的佐藤跪在泥堆前，双手捧起那些白土，凑近鼻子嗅了又嗅，兴奋地仰天嗷嗷叫了几声，然后嗖地站起身来，狠狠地挥了一下手臂，对着身边的日本兵嘎嘎地说了一连串日本话，就兴冲冲地离开了。

自从发现白土以后，村民就被迫开始日夜不间断地挖掘了。他们把挖到的白土用一个个布袋装着，堆在一旁，日本兵定期派车来将这些土运走。起初大家都不清楚这些让日本人如此亢奋的白土究竟是什么东西，直到后来终于有人不知从哪里听来一个名称——稀土。

一些家属自发组成慰问团来到工地，希望能看看自己的儿子、丈夫或兄弟，但刚到山口就被日军驱赶了回去。此举不行，大家只好把希望寄托在福荣叔等长辈们身上，希望他们去求日军，允许乡亲们和被扣押的亲人哪怕只见上一面。

福荣叔和那几个长辈于是硬着头皮，带着礼物再度到日军军营求见佐藤。佐藤没有出现，几个日本兵将礼物收了，然后将福荣叔他们赶了出来。

走投无路的陈村人，最后又想到了那个被他们称为汉奸的陈祁，求他想想办法。不过，福荣叔说什么也不肯低头去求陈祁，没办法，另外几个长辈只好自己去了。

"这就叫做敬酒不吃吃罚酒，"陈祁说，"你们以为日本人真那么好说话的。跟你们谈合作？那叫先礼后兵，懂吗？那个老福荣还在佐藤中佐面前摆什么臭架子，当时没被一枪崩了那是皇军给我陈某人面子。至于皇军征招民工的事，你们也不必到处打听了，那是军事秘密，我无可奉告。不过有一点是可以保证的，只要他们安分守己，乖乖听皇军的话，我确保他们没事。"说罢，陈祁向着门外挥了挥手，示意大家回去。

随着土坑越挖越深，工程量越来越大，需要的劳力越来越多，加之村民没日没夜连续超负荷工作，严重缺乏营养，缺少休息时间，大部分村民都不堪重负，几乎每天都有村民倒下。为了补充劳工，日军在周围村庄到处抓人。因此，工地几乎每天都有新人加入，也几乎每天都有劳工的尸体被抬出去。

日军疯狂地搜刮抢掠和抓捕劳工，周边村庄的百姓都被逼得妻离子散、家破人亡。西岭村由于建在深山，地理位置十分偏僻，加之山路崎岖陡峭，易守难攻，所以至今为止，西岭村仍未受到日军的侵扰。不过，这种局面并未能维持多久。在劳工短缺的情况下，加上陈祁在一旁不断怂恿，佐藤最终决定扫荡西岭村。

# 十一

这天早上，阳光灿烂，当村民如常把家里的蘑菇、黄豆、花生、菜干等干货挑到晒谷场上晾晒时，第一个到晒谷场的村民一眼就看见在晒谷场的围墙上挂着一个油纸包。他放下挑担，上前取下油纸包，打开一看，发现里面是一张写了数行字的纸条。这个村民不认识字，不知道上面写着什么，但他并不敢怠慢，顾不得晒干货了，赶紧来到刘胜家，把油纸包和那张纸条交到了刘胜手中。刘胜一看纸条上面的字，顿时脸色大变。字条上写着："两天后日寇将扫荡西岭村，请做好防备及转移工作。"

虽然不知道这是谁送来的情报，但凭直觉，刘胜感觉到这信息假不了。他当即就把弟兄们召集起来，商量应对策略。

得知日军终于要来了，弟兄们一片沸腾，尤其是以郭嚞为首的主战派，个个摩拳擦掌，跃跃欲试，誓与日军决一死战。但刘胜却不这么认为，他始终觉得，仅凭他们的实力，要与日军硬碰硬，必定会吃亏。所以，他不赞成硬拼，主张智取，至于如何智取，一时半会儿却又拿不出一个有效的法子。

西岭村有个奇人，名叫慕容聪，是西岭村的原居民。据说这个慕容聪精通奇门遁甲、八卦迷魂阵之术。早期，在反清军的围剿中，他在通往西岭村的主要干道上设置了八卦迷魂阵，前来围剿的清兵明明看见西岭村炊烟袅袅，但就是找不着进村的路，一味地在山外打转。大家都认为，西岭村之所以能躲过清军的围剿，他功不可没。这一次，面对日军的扫荡，有人提议再次请慕容聪出山御敌。这一提议得到了大家的一致赞成。不过，这个慕容聪自称已金盆洗手，不再过问世事，不肯应承出手。最后是动用了德高望重的桂婶，才将他请了出来。

慕容聪刚刚把他的迷魂阵布置好，陈祁就带着佐藤的部队来了。佐藤这次进攻西岭村，可以说是陈祁极力促成的。当初，陈祁引佐藤到陈村，目的是要促使陈村与日军合作，向日军邀功，没想到却事与愿违，被福荣叔那个"老不开化"坏了好事，邀功不成，反而被佐藤"巴格！巴格呀鲁"地骂了个狗血喷头。为了将功补过，陈祁决定带领佐藤扫荡西岭村。他想一举两得。他可以借助日军之力，剿灭一直与他作对的西岭村，以解心头之恨。他早就听闻，西岭村村民是"义和团"的"余孽"，村中藏有大量抢夺而来的金银财宝，如果能引日军拿下西岭村，夺得财宝，又是大功一件。因此，在帮助佐藤处理完抢粮、挖稀土等事情后，陈祁就迫不及待地向佐藤提议进军西岭村。陈祁惟恐佐藤不同意，特地把西岭村是"义和团"的残部，极有可能藏有大量财宝的事，夸大其词地向佐藤渲染了一番。

佐藤知道"义和团"的事情，他的侦察兵也早已发现了藏在深山之中的西岭村。他总觉得这个村庄有一种不可言状的神秘感，一直都想派兵去围剿，只是苦于西岭村所处地势险要，道路崎岖，易守难攻，加上他的部队急于组织劳工开采稀土，一直腾不出兵力，只好暂时搁置。如今，稀土开挖工作一切按部就班，不需要太多兵力，佐藤也觉得是时候扫荡西岭村了。

由于不知道对方底细，佐藤不敢掉以轻心。他调动了大部分精锐部队，以陈祁的土匪为先锋，杀气腾腾，直扑西岭村而来。

陈祁的邀功和报仇之心一样迫切，一到山脚，就迫不及待地指挥他的土匪冲在前面，引着日本兵进山扫荡。

一开始很顺利，不过，进入半山腰之后，天公"不作美"，突然云雾大作，遮天蔽日，面对面都看不清对方的脸，鬼子和土匪只好摸索着前进。走着走着，大家越走越觉得不对劲，因为走了半天，他们突然发现又回到了原点。佐藤气得连扇了负责带路的陈祁几个耳光。

佐藤把陈祁推到一边，命令之前进过山的侦察兵带路。但结果一样，侦察兵无论如何也找不着当初设下的记号，带领部队在山腰绕了一圈，同样又回到了原点。

佐藤原以为他的部队中午就可以到达目的地，可以在村里起灶做饭，杀猪宰羊，大快朵颐，没想到折腾了半天，却连进山的路都没找着。此时日已过午，士兵早已饥肠辘辘，叫苦不迭。无奈之下，佐藤只好下令撤兵。

第一次进剿就无功而返，佐藤非常恼火。第二天一早，他再次领兵倾巢而出，杀气腾腾直奔西岭村而来。

天遂人愿，西岭村人信心大增。他们决心与日军面对面较量，要血刃日军、报仇雪恨。不过，让他们始料未及的是，日军这次采取了火炮开路的进攻策略。日军铺天盖地的轰炸，不仅把慕容聪早先布下的所谓八卦阵炸得灰飞烟灭，还把西岭村埋伏在山上准备伏击日军的队伍炸得七零八落、血肉横飞，还没见着日军，西岭村的队伍就已溃不成军。炮火过后，土匪在前，日军殿后，沿着炮火炸开的道路向西岭村长驱直入。面对这些装备精良的倭寇，西岭村的队伍毫无招架之力。眼看家园就要失守，刘胜赶紧安排乡亲弃村转移，但就在此时，日军突然慌忙撤退了。起初，大家还以为是慕容聪的八卦阵把日军给吓退了，但后来才得知，是一支抗日游击队趁日军倾巢围剿西岭村的时候，乘虚偷袭了日军大本营，实施了一次现代版的"围魏救赵"，解了西岭村的围。

"又是他们。"知道这一消息后，刘胜默默地嘀咕道。他猜测，给他们送来情报的也是他们。

# 十二

郭跫从未忘记对赵翠的承诺，一直都在想办法营救顺女。之前，他曾多次潜到"双耳寨"附近，摸清了"双耳寨"的情况，伺机救人。无奈"双耳寨"戒备森严，加之日本兵来了之后，山上经常有日本兵留守，更加无从下手了。

近来，郭跫发现，大概是由于许多土匪都被派到日军的矿区做监工去了，寨里明显虚空了许多，防务大不如以前了。郭跫心想，救顺女的机会来了。

这天夜晚，郭跫穿上夜行服，带着挂刀和绳索、吊钩，悄悄下山，借着夜色的掩护，摸向"双耳寨"，准备潜入山寨，救出顺女。

山寨靠江边那一面是陡峭的悬崖，由于有了这面悬崖作天然屏障，平时这里本来就没有设立固定的岗哨，只是偶尔会有一两个土匪例行过来巡查一下而已。自"双耳寨"归顺了日军之后，土匪们自以为有了日军这个强大的靠山，已无须为安全操心了。他们都坚信，绝对没有人会愚蠢到敢招惹日军的地步，因而警惕大大放松，巡查也越来越少了。

郭跫摸黑涉水来到悬崖下，静静地观察了一会儿，在确定安全之后，解下随身携带的连着钩子的绳索，把带钩子的那端对着悬崖上的一棵崖柏抛去。钩子不偏不倚，正好钩在了柏树杆上。郭跫使劲拉了拉绳索，确定牢靠了之后，往手上啐了口唾液，搓了搓手掌，抓着绳子嗖嗖地爬了上去。柏树距离地面也就不到三丈，以郭跫的身手，爬这么点距离简直不费吹灰之力。只见他三五下功夫，转眼就爬到了柏树的位置。他踩在柏树上，从身上解下另一条绳索，对着头顶上的另一棵小松树抛去，用同样的方法，又爬了一程。就这样，郭跫一连用了三根绳索，爬到了山腰的一个平台。平台有一条可通往土匪营房的石板小道。郭跫把剩余的绳索藏在平台下的一个石洞里，然后猫着身子，沿着弯弯曲曲的石头道一阵轻跑，转眼工夫就来到了土匪位于山窝的营房前。

在营房入口处有一间小木屋，大概是营房的岗哨。木屋的窗户透着昏黄的灯光。郭葚把脸贴近窗口，想察看一下屋内的情况，谁知他刚一探头，一个瘫坐在窗前椅子上的土匪正好与他打了照面。郭葚连忙把脑袋缩了回来，抽出大刀，摆开架势，但不见里面的人有反应。"难不成他没有发现我？"郭葚心里嘀咕道，再次悄悄探头观望，才看清了那土匪歪着脑袋，嘴角流着唾液，正睡得香呢。土匪怀里歪斜地揽着一杆长枪，在他面前靠窗边位置是一张长方形的粗糙的木头桌，木桌正上方垂吊着一盏马灯。"老子先把你这个狗东西给结果了再说。"郭葚心里骂道，掏出一把飞镖，但转念一想，自己是来救人的，没必要节外生枝，于是又把飞镖收了回去，悄悄地绕过木屋，往营房中心摸去。

进到土匪寨子后，郭葚才觉得，营救顺女这事并没有他原先想象的那么容易。其中最大的问题是，他根本就不知道顺女住在哪一幢房子。在偌大的土匪窝里找一个孩子，确实让人犯难。

郭葚抬头看看天色，时间已接近二更，但他要救的人究竟在哪里，他却毫无线索。正当犯难之际，前面靠近主楼的一间小屋里突然传出女人的叫骂声。"难不成那是女眷的住所？"郭葚心想，于是贴着墙壁朝小屋蹑手蹑脚地跑了过去。就在他刚刚接近小屋时，小屋的门突然"吱呀"一声打开，一个衣衫单薄手端夜壶的小女孩出现在门口。郭葚避无可避，与小女孩撞了个正面。显然，小女孩被突然出现的郭葚惊吓住了，但她并没有叫喊，只是立在原地，呆呆地注视着郭葚，她也许认出了郭葚，郭葚也认出了她——顺女，但大家都没有说话，彼此就这样对视了几秒钟。

就在两人对视之际，屋里又传来了刚才那女人的叫骂声："小婊子，还愣在那里做什么？还不赶紧去把夜壶清洗干净。"

听见女人的叫骂声，郭葚才回过神来，一把抓住顺女的手，轻声说："快！跟我走！"

然而，顺女并不愿跟他走！不但没有跟他走，反而把手一甩，试图挣脱郭葚的手，顾此失彼，忘了手里还端着一个夜壶，随着"咣当"一声响，夜壶掉在了地上，洒了一地的污秽物。

听见响声，老鸨裹着睡袍快步走了出来，迎面看见一地污秽，顿时暴跳如雷，叫骂着举起巴掌对准顺女的头就要扇下去，却惊愕地发现了站在门外的郭嵒。老鸨先是怔了怔，随即马上反应过来，放开喉咙大声喊道："有贼呀！有贼呀！"她话音刚落，四周房子骤然亮起了灯火，紧接着土匪和日军从四面八方涌了过来。

郭嵒一看，情况不妙，撇下顺女，撒腿就跑。他沿着来路，朝平台方向飞跑过去。当他快要路过先前那间木屋时，木屋里的土匪大概是被吵闹声惊醒了，端着枪，睡眼惺忪地冲了出来，迷糊间看见郭嵒朝他跑来，连忙举枪对着郭嵒喊道："谁？停下！不然老子要开枪了。"

说时迟那时快，郭嵒二话不说，右手一扬，一支飞镖拖着一道白光从他手里飞了出去，直插土匪的喉咙。土匪还没来得及拉枪栓，就应声倒地，一命呜呼了。

这时山寨锣声大作，伴随着砰砰的几声枪声，乱作一团。

郭嵒趁乱跑到了平台，沿着刚才留下的绳索，很快滑到了江面。他刚涉水上岸，后面追兵就已赶到，朝着他"砰砰砰"乱放了一通枪。慌乱间，郭嵒感觉手臂一阵剧痛，但他全然不顾，连滚带爬，翻过江堤而逃。

日军和土匪并不打算放过这个竟敢夜闯山寨的不速之客，一路紧追不舍。

郭嵒黑暗中慌不择路，居然迷失了方向，误入了陈村。如八卦阵般的陈村真是太大了，街巷纵横交错。一进去，郭嵒就再也找不到出来的路了，转了半天，晕头转向的他被陈村的护村队撞见了，在对方黑压压的枪口下，他唯有束手就擒了。

护村队中有人认出了他是西岭村的人。西岭村与陈村可是死对头，护村队以为郭嵒是来打探虚实的奸细，如获至宝，立即把他押去见族长福荣叔。

福荣叔披着件外衣，衣服纽扣都没来得及扣上，分明是刚被从床上"请"起来的。

看着手臂带伤，被五花大绑的郭嵒，福荣叔问："深更半夜的，你跑到我们村来做什么？"

"他是西岭村的人，可能是探听我们村虚实来了。"护村队长抢先说。

福荣叔举起手制止那名队长，说："让他自己说。"

郭跫知道自己落在死对头陈村手里了，心想，这回凶多吉少了。他看了看眼前的人，平静地说："没错，我是西岭村的人，但我不是冲你们来的。"

"都跑到我们村里来了，还说不是冲我们来。"护村队长说。

"我只是误入了你们村而已。"郭跫平静地说。于是，他把他夜闯"双耳寨"救人未果，被土匪和日本兵追赶、受伤，一时迷路误入陈村的事情经过说了一遍。

"骗人！"护村队长指着郭跫吼道。

"大丈夫，光明磊落，何须撒谎，要怎么处理，悉听尊便！"郭跫哼了一下鼻子说。

这时，有人来报，说陈祁带着一队土匪和日本兵正朝这边赶来。

护村队长一听，赶紧向福荣叔献策道："既然他是陈祁和日本兵要抓的人，我们干脆把他交给陈祁和日本兵算了，这样一来可以避免得罪陈祁和日本人，二来嘛，说不定还可能换取些什么好处。"

福荣叔瞪了队长一眼，训斥道："不识大体、没有出息的东西。"顿了顿，说："你们赶紧散了，各回各岗，不要向任何人透露今晚的事，就当什么事都没有发生过，这人留在我这里，如何处理，我自有分寸。"

"这个……"护村队长还想说什么，却被福荣叔制止了。

"赶紧去吧，难道你们还信不过我吗？"福荣叔皱着眉头，摆摆手催促道。

见此，大家只好应声散去。

众人走后，福荣叔给郭跫松了绑，领他进了后屋，把他藏在一道空心的假墙里，嘱咐说："你暂且在这里躲一躲，不管外面发生了什么事情，你都不要出声，也不要出来。"然后让家人赶紧把现场清理干净，并一再叮嘱他们，不管谁来了，都在各自房间里，千万不能出来。嘱咐完毕，关灯继续睡觉。

福荣叔刚刚躺下，外头就传来了急促、杂乱的敲门声。他知道，这是陈祁等人来了，于是不紧不慢地重新披上衣服，装出一副睡眼惺忪的样子出来开门。门外站着的果然是陈祁，在他身后簇拥着一伙荷枪实弹的鬼子和土匪。

"福荣叔，打扰您老人家睡觉啦！"一见到福荣叔，陈祁就拱着手，嬉皮笑脸地说。

福荣叔揉了揉眼睛，冷冷地问："这么晚了，这样的阵势，是要干吗？"

"哦，别担心！是这样子的，刚才有一个胆大包天的贼闯到我的山寨里来了，还杀死了我的一个兄弟，我们发现他下山后朝这边逃了，所以特来看一看，以免你们受到他的伤害和牵连。"陈祁一边说，一边探头探脑地打量着福荣叔身后的房子。

"哦，多谢关照。"福荣叔瞟了陈祁一眼，不冷不热地说。

"应该的，应该的，谁叫你是我的宗亲和长辈呢？我不关心你关心谁呢？"陈祁继续笑着说，眼睛却始终贼溜溜地往屋里窥探着什么。

"是呀，你的许多宗亲兄弟都还在日本人的工地里当牛做马呢，你怎么不关心关心他们呢？"福荣叔反唇相讥讲。

"巴格！"站在陈祁身旁的日军头目大概是听懂了福荣叔的话，晃了晃手中的枪，大声喝道。

"好吧，我就不怕直接跟你说吧。"见福荣叔已经把话说到这份上了，陈祁也就不再客套了，换了副嘴脸说，"我们怀疑闯进我山寨的那个人是共产党游击队，是东江纵队分子，是冲着皇军而来的，所以皇军一定要查个水落石出，你们如果发现此人，必须立即向皇军或我报告，否则，按照皇军的律令，窝藏皇军敌人或知情不报者，一律枪毙。"

"听语气，你好像觉得此人就藏在我们这里。"福荣叔两眼瞪着陈祁说。

"这个嘛，你就好自为之吧。"陈祁说。

"你的人要不要进来搜清楚？免得漏掉了那个什么分子。"福荣叔侧开身子，让出路来，摆了个请的手势。

"那倒不必。"陈祁一边说一边却迈进了福荣叔屋里。身后的那群喽啰和日本兵也都跟着涌了进来。

一进到屋里，鬼子和土匪不由分说，把福荣叔的家眷通通"请到"堂屋，然后像猎狗似的把福荣叔的家搜了个遍，结果当然是什么也没找着。

土匪和日本兵在他家里翻箱倒柜的时候，福荣叔一直端坐在堂屋的太师椅上，淡定地闭目养神。

"好了，没事了，没事了。"见没搜出什么，陈祁心有不甘，但仍拍着双手哈哈大笑道，"我都说了不用搜了，这些人就是不听，难道我们还信不过福荣叔您吗？"然后凑近福荣叔的耳边，轻声说："叔，不是我信不过你，只是刚才大家明明看见你家亮着灯，所以才过来看看。其实，不瞒你说，我也好奇，你家刚才为什么亮着灯呢？"

"你夜晚就不曾起来解手过？"福荣叔瞟了陈祁一眼，鼻子哼了一下说。

"哦，我就说嘛。"陈祁假装恍然大悟似的拉长语调说，然后凑近日本兵头目耳边，指手画脚地比画了一下。

日本兵头目看了看福荣叔，再看看陈祁，挥了挥手，带队离开了。

陈祁虽然走了，但福荣叔并不敢掉以轻心，他隐约感觉到陈祁这只狐狸不会轻易就此罢休，所以他没有马上放郭聂出来。反正假墙里面有个窄窄的床，到时给送些吃喝进去，郭聂在里面待一两天是不成问题的。

果然，刚踏出福荣叔的家，陈祁就安排了几名喽啰埋伏在附近守候着，一直到天亮才撤离。幸亏福荣叔想得周全，否则，只要郭聂一出大门，立马就会被埋伏在门外的喽啰逮个正着！

第二天，福荣叔把郭聂从假墙里放了出来，用药酒给他处理了伤口——郭聂受的是枪伤，还好只是皮肉伤，没有伤到骨头，所以并无大碍。清洗干净后，福荣叔给郭聂安排了早饭。

吃罢早饭，谢过福荣叔后，郭聂就要告辞。但福荣叔并不让他走。

"陈祁和日本人正在到处搜查你，你现在大白天出去不等于自投罗网吗？"福荣叔说。

"您说的虽有理，不过，再不走的话恐怕会拖累您了。"郭茛说。

"你现在大摇大摆地从我家走出去，让大家都知道是我陈福荣窝藏了你，这样就不会拖累我了？"福荣叔吸着烟，慢条斯理地说。

郭茛想了想，觉得有理，愧疚地说："唉，您昨晚就应该把我交给他们。"

"你现在出去不合适。"福荣叔依旧不紧不慢地说。

"那么，您的意思是？"郭茛看着福荣叔问。

"白天你就在我这里待着吧，等天黑了再走。"福荣叔说。

郭茛想了想，拱拱手说："好吧。"顿了顿，接着问道，"晚辈有个问题不知该问不该问？"

"有什么问题尽管问吧。"福荣叔呷了一口茶，放下杯子说。

"您为什么不把我交给那些土匪和日本兵？"郭茛问，双眼紧盯福荣叔的眼睛。

"我为什么要把你交给他们？"福荣叔反问道。

"你们村的人不是一直都挺恨我们的吗？把我交给他们，一来可以解恨，二来可以避免惹祸上身。"郭茛笑着说。

福荣叔长长地吸了一口气，想了想，说："陈某虽一介平民，但'兄弟阋于墙'这个道理我还是懂的。"

福荣叔的话让郭茛大为震惊。他万没想到眼前这位老人居然说出如此大义的话，不禁肃然起敬，连忙"嗖"的一声站起来，走到福荣叔面前，对着他深深地鞠了个躬，说："前辈的大义让晚辈深受教诲，自叹不如，以前若有得罪之处，还望前辈多多包涵。"

福荣叔不以为然地摆了摆手，说："生存之道，物竞天择！咱们村之间的争斗，都是为了各自的生存利益。这种争斗以前有之，今后也不可避免地会有。今日之事，我是撇开一切私情恩怨，纯粹出于共同抵御外侮。你走出这个门之后，大可抛诸脑后，一笔勾销，不必记在心上，更无须言谢。日后涉及你我村与村之间利益的事，你该怎么办就怎么办。不必因此有所顾忌，我也是如此。"

"前辈所言甚是，但郭某心里自有分寸，请前辈放心。"郭戡再次拱拱手说。

当晚起更时分，郭戡略作乔装，戴上一顶大斗笠，走出了福荣叔的家门，在福荣家丫鬟的引领下，出了陈村，径直回到了西岭村。

# 十三

还没到家，郭戡远远就看见自家位置火光通明，人影绰绰。"难道家里出什么事了？"郭戡心里一惊，三步并作两步，跑了过去。

跑到跟前一看，郭戡才惊愕地发现，自家原来的两间房子已化作了一堆残垣断壁，屋内一应物品均已烧成了灰烬！

"怎么会这样子？发生什么事了？人呢？"郭戡站在那堆仍在冒烟的废墟面前，十分急迫地说。

"人没事，在桂婶家呢。"一个熟悉的声音从背后传来，紧接着，一只大手搭在了他的肩膀上。

郭戡回头一看，是刘胜。"阿胜，发生什么事了？"郭戡抓着刘胜的肩膀紧张地问。

"我先带你去见你娘和赵翠吧，免得她们担心。"刘胜拍了拍郭戡的腰说。

那天晚上，郭戡出门的时候抓着赵翠的手，告诉她，他要去救顺女回来。赵翠似乎听懂了他的话，侧着脑袋呆呆地望着他，轻轻地搓着他长满了厚茧的手，像是舍不得他走，但更像是在嘱托。直到郭戡撇下她，出了门，她依然靠在门框上，一直目送着他消失在夜色里。

郭戡走后，赵翠当晚就再也没有睡了。第二天天没亮，她就习惯地来到了村头，坐在那块石头上，呆呆地望着进村的路。太阳从出来到落下，而她的眼神却从一开始的兴奋、期待，到最后变成了失望和幽怨！

老母亲只知道儿子出去办事了，却不知道他去了哪里，更不知道他要去办什么事。这些年来，她已习惯了，儿子的事她向来不多问。第二天，见儿子没有回来，她多少有点担心。如常做好饭，替儿子端了一碗送到村头给赵翠吃。到了晚上，仍没见儿子回来，老人家有一种不祥的预感，神不守舍，做饭时，一不小心把柴房烧着了，火苗越烧越旺，最后蔓延到整座房子，把老人困在了屋里。

左邻右里发现郭嚞家起火了，纷纷拿着水盆水桶到溪里打水救火，但谁也不敢冲进火海里救人。有路过赵翠身边的人，对着她喊道："喂，你家起火了，郭大妈被困在火里了。"大家原以为赵翠是个傻子，跟她说起火的事情无异于对牛弹琴，纯粹多此一举。但让大家没想到的是，赵翠一听说家里起火了，居然一跃而起，向家里狂奔而去。回到家门口，面对熊熊烈火，她毫无惧色，二话没说就冲进了火海里。

救火的邻里想拦都拦咣不住，正要说："这下完了，又多一个烧死鬼了。"谁知话还没说出口，就见赵翠抱着郭母从火海里冲了出来，把在场的人惊得目瞪口呆。

赵翠和郭母都有不同程度的灼伤，大家连忙将她们送往桂婶家治疗。

桂婶的烫伤药非常见效，进门时，郭母还痛得嗷嗷呻吟，桂婶的药一敷下去，就立竿见影，老人家当即就不再喊痛了。至于赵翠，虽然也满身是伤，但似乎浑然不觉，一直守在郭母身边，即使是在桂婶给她敷药的时候，她拽着郭母的手都没有松开过。

当郭嚞闻讯匆匆赶到桂婶家时，母亲得到护理后，已安然入睡，赵翠却依然守坐在郭母身边。一见到郭嚞进来，赵翠立马像弹簧似的蹦了起来，双眼冒着亮光，直直地盯着郭嚞。但当她发现回来的只有郭嚞一人时，刚浮现的亮光又骤然暗淡了下去。

以刘胜为首的西岭村弟兄们对郭嚞家重建房子的事，看得比自己家的事还要重要。不用郭嚞开口，第二天，大家就分头忙开了。石头和木材都是现成的，去采、去伐就可以了，就是屋顶所用的瓦片费了一点点周折。换了平时，建房子所用的砖瓦都可以到沙河圩的砖瓦窑去购买，但自从日本兵来了之后，砖瓦窑已经关闭了，买不到瓦片了。

有人建议用茅草做屋顶，但刘胜坚决不同意。"要弄就一定要弄好的！"刘胜说。

"对，咱们各家各户凑吧。"毕罡说。他道出了大伙的心声，得到了大家的一致响应。

于是各家各户开始分头为郭罡的新房子腾瓦片。有的家庭建房之初有用剩的瓦片，就直接贡献了出来，而有些家庭虽然没有现成的，就在猪圈、柴房等的屋顶上匀一些出来。就这样，东家凑几片，西家匀几片，居然凑齐了两间房子的屋瓦。

房子重建期间，郭罡一家就借宿在桂婶家里。在这些日子里，赵翠一直像个小孩似的形影不离地跟在阿好屁股后面，俯首听命，言听计从。阿好扮演起大人的角色，命令赵翠做这做那，把她指挥得团团转。而赵翠却仿佛乐此不疲。

正所谓众人拾柴火焰高！大家齐心协力，郭罡家的房子很快就重建好了。但就在郭罡要把母亲和赵翠接回新家时，赵翠却死活不肯走。赵翠俨然已把桂婶家当成自己的家，把阿好当成她的顺女了。无奈之下，大家只得让阿好陪着她一起回去。阿好陪赵翠到了郭罡的新家后，趁赵翠不留意，偷偷地转身就想溜，不料却被赵翠发现了。赵翠在后面紧追不放，一直又追回到了桂婶的家里。

"既然她不想走，就让她在这里多住一阵子吧。"桂婶对着随后赶来的郭罡说。

"这可使不得。"郭罡说，"她喜怒无常，恐怕会给你和阿好惹麻烦。况且，她的起居生活都需要别人照顾，在你这里住实在不便。"

"能惹什么麻烦？"桂婶说，"怎么都行，你看着办，只是苦了你而已。"

"相对于我，她更苦！再说了，她变成今天这个样子，都是因我而起的，我能不管吗？"郭罡苦笑着摇摇头说。

"这话怎么说？"桂婶轻轻哼了一下问。

"如果她不和我结婚，顺女就不会离开她，她也就不会因为受到刺激而变成现在这个样子。"郭聂一脸愧疚地说。

"你这话我不爱听。"桂婶说，"一个女人带着女儿落难到这里，举目无亲，人生地不熟的，将心比心，换了谁都希望找个依靠，哪怕不是为了自己，为了小孩也应该这么做！这件事你们都没错，只怪她女儿年纪小，不懂事。"

"唉！当初把她们带回来还以为是救了她们，没想到却是害了她们。"郭聂还是不能释怀。

"你怎么净说些混话？"桂婶瞪了他一眼说，"当初要不是遇见你，她们早就被掳到土匪窝里当成肉蒲团糟蹋了，还不知道能不能活到现在呢？"

郭聂用手掌抹了一把脸，深深地喘了一口粗气，没再说话了。

"不用自责了，都没有错，都是世道造成的，都是那些土匪造成的！"桂婶拍了拍郭聂的肩膀，安慰道。

郭聂也无奈地苦笑了一下，眼下他最头疼的是如何能让赵翠回家。

不过，最后大家还是想出了一个办法。赵翠不愿意走，不就是因为舍不得阿好吗？于是大家让阿好藏了起来，不让赵翠见着。刚开始，赵翠见不着阿好，紧张呀，又哭又闹。

郭聂于是问她："你想不想见顺女（阿好）？"

赵翠孩子似的使劲地点了点头。

郭聂接着说："好，只要你听话，就可以见着顺女。你听不听话？"

赵翠又使劲地点了点头。

郭聂说："那好，你现在跟我回家，明天早上过来就可以见着顺女（阿好）了。"

赵翠听了之后，侧着脑袋想了想，快速从地上翻了起来，拽着郭聂的手就往外走。郭聂则顺手将她抱了起来，一直把她抱到了家里。

第二天，阿好以为赵翠会过来找她玩，所以早早就起床在家等着她。然而，赵翠并没有来找阿好，而是像往常一样，跑到村头那块大石头上去了。

# 十四

刘胜扛着一捆竹子从后山快步跑了回来，将竹子往家门口的空地上一撂，一个箭步冲进屋里，顾不上喝一口水，取出了那颗红色五角星，兴冲冲地找到了郭趸和鬼手他们。

"我见着他们了。"一见面，刘胜就气喘吁吁地说，依然难抑心头的激动。

"见着谁了？"大家不约而同地问他。

"就是他们。"刘胜从腰间掏出红色五角星，庄重地往桌上一放，说。

"哦，就是上次驱走了土匪替我们解了围的那些人？"毕罡抚摸着五角星说。

"对！正是他们。"刘胜兴奋地说，"上次偷袭日军大本营，迫使日军撤退的据说也是他们。"

"你在哪里见着他们了？"郭趸问。

"在后山的竹海里，"刘胜说，"我上午上山砍竹子时看见他们了。"

"有多少人？"鬼手问。

"大概有一两百人吧，当时他们正在竹林里休整。"刘胜说。

"他们也看见你了吗？"郭趸问。

"没有！他们好像没发现我。"刘胜说。

"他们究竟是什么人呢？"毕罡若有所思地挠着腮帮子自言自语道。

"我这次夜闯'双耳寨'，在陈村躲避期间，无意中听见他们说到一个叫什么'东江纵队'，难道说的就是他们？"郭趸喷了一口烟，说。

"'东江纵队'？是个什么队伍？"大家对这个新名词颇感兴趣，转而问郭趸。

"我也没搞清楚，只知道陈祁和日本兵都害怕他们，都想对付他们。"郭趸说。

"不管他们是什么队伍，只要是日本兵和土匪的敌人就是咱们的朋友！"

毕罡使劲地拍了一下座椅的扶手说。

"嗯！有道理。"刘胜点点头道，"况且他们还曾经帮助过咱们呢！"

就在刘胜遇见那队神奇部队的当天晚上，他们村的西南方向枪炮声响彻了整个夜空，而那正是日军矿区所在的方向。

第二天，据西岭村派到山下打听消息的探子回报说，日本人的矿区在头天晚上被号称是"东江纵队"的队伍偷袭了，矿区受到了严重的损坏，死了不少日本兵，很多民工也都趁乱逃跑了。

日本兵乍到之初，陈祁经常邀请佐藤到他的山寨去做客，不仅好酒好菜伺候，还强迫那些被他们抓到山寨的妇女供佐藤及其下属发泄兽性。

好吃好喝，又有"花姑娘"伺候，佐藤起初是隔三差五就带着他的亲信到陈祁的山寨来寻欢作乐，把陈祁的"双耳寨"当作"行宫"，但近期由于频繁遭到游击队的袭击，佐藤为确保安全，干脆把他的指挥部搬到了"双耳寨"，把陈祁的土匪窝变成了日军的司令部。

自从佐藤搬到山寨来后，陈祁就失去了山寨的掌控权了。以前他是山大王，现在充其量只能算是管家了。陈祁一百个不乐意，却又无可奈何。这年头，大半个中国都被日本人占领了，更何况区区一个"双耳寨"呢？佐藤到了山寨后，最受罪的当数那些被陈祁掳上山的妇女了。以前与土匪交易，土匪为了逗她们开心，多多少少还会给些赏钱，多少还会顾及一下她们的情绪。这些日本兵就完全不一样了，简直把她们当做牲畜、当做蒲团，只要被他们遇见了，随处往墙边一推，扒开裤子就插进去。这还是小事，有时被他们拉进营房里，几十个日本兵喝醉酒后轮番上去，一个晚上下来，她们的下体痛得都无法走路了，好长时间都恢复不了。

之前，老鸧莺姐每次出去应酬完，回来时都总是哼着小调，一副神采飞扬、眉飞色舞的样子，但自从日本兵来了之后，每次被叫去陪日本兵，回来后都总是叫苦不迭。

这天，顺女在睡梦中被一阵急促的敲门声惊醒，是老鸧在喊门。顺女当时觉得很奇怪，心想，她腰带里不是系着钥匙吗？为什么不自己开门？谁知刚打开一条门缝，老鸨就一丝不挂、跌跌撞撞地冲了进来，几乎把她给撞倒。

"愣着干什么？还不赶紧去拿药水和盆来。"一进门，老鸨就对着顺女吼道。

顺女这才发现老鸨的下体不停地往外渗着血，血沿着大腿一直往下流。顺女最害怕看到血了，吓得靠在一边，浑身像筛米似的抖个不停。老鸨见状，又急又恼，随手在桌上抓起一个杯子对着她就砸了过去。

顺女脖子一缩，躲过了砸来的杯子，跌跌撞撞地去取了老鸨要的药水，并端来木盆放在老鸨的胯下，接住不断往下滴的血。

老鸨叉着双腿，一边用药水洗敷自己的私处，一边骂道："这些鬼子简直畜牲不如。"

顺女感觉到老鸨的脾气越来越坏了。虽然一直以来老鸨对她都不好，但现在是尤为恶劣，一言不合就对她拳脚相加，而且是往死里打。仿佛要把在日本人那里遭受到的罪统统发泄到她身上一样。

当天，老鸨清理完身上的血迹后就直接躺在了床上，喝下一大碗酒，一边呻吟着，一边让顺女为她按捏身体。

已经是深夜了，一个小孩子哪熬得住呢？没捏几下，顺女就打起了瞌睡，最后竟一头扎在了老鸨的身上睡着了。

这还得了，老鸨暴跳如雷，一把扯住顺女的头发，使劲地来回晃动，一边晃一边骂："老娘都还没睡呢，你竟敢睡了？真是吃了豹子胆了，我让你睡，你这个猪养的小婊子！"说着，使劲将顺女推到地上。

顺女的脑袋"咚"的一声撞在墙根上，疼得脸上的肌肉都扭曲了，但她始终忍着没有哭喊，坐在地上，愤怒地瞪着老鸨。

顺女居然敢用这种眼神瞪着自己，这可是头一遭。老鸨瞟了她一眼，嘲笑道："怎么样？用这样的眼神看着我，你想吃了我呀？"边说边要从床上爬起来，但刚动了一下，脸上就露出痛苦的表情，呻吟着说："还蹲在那里作死呀，还不赶紧过来给我按摩。"但顺女依然捂着脑袋，坐在原地，一动不动。

见顺女居然还敢违背她的命令，老鸹更加恼怒了，操起床头柜上的一把剪刀朝着她扔了过去。

见剪刀飞过来，顺女本能地歪了一下脑袋。恰恰是这么一歪脑袋，让她捡回了一条小命，剪刀就擦着她的头皮直直地插在了墙上。

"怎么没把你插死，"老鸹说，气焰稍微收敛了些许，再次命令道，"赶紧死过来给老娘按摩。"

顺女一只手捂着脑袋，一只手撑着地板，艰难地站了起来，冷漠而坚定地走到老鸹床前，一声不响地接着给她按摩，直到老鸹扯起了鼾声。

顺女看看熟睡的老鸹，再看看插在墙上的那把剪刀，慢慢地站起身来，蹑手蹑脚走到墙边，从墙上拔出剪刀，再轻轻回到老鸹床前，举起剪刀对着老鸹的脖子就要插进去，但最终还是没有勇气。她垂下了手，把剪刀收回了老鸹床头的抽屉里，然后趴在老鸹的身边，不知不觉地就睡着了。

不知道过了多久，顺女做了一个梦，梦见自己来到一块岩石下，岩石顶部不停地往下滴着水。顺女站在岩石下，仰着脖子，张开嘴巴去接饮那滴下来的水。但她发现那水居然是咸的，味道也非常恶心。她连啐了几口唾沫，转身就要离去，谁知脚底一滑，跌倒在一摊积水上，溅了满身满脸的脏水。顺女一阵慌乱，从梦中惊醒。恍惚间，顺女感觉脸上黏糊糊的，下意识地用手摸了一把，谁知却摸了满手的血，吓得她猛地跳了起来。当她回过神来时，发现老鸹身体下的床单已经被乌黑的血洇湿透了。她刚才梦里舔到的并不是水，而是床单上的血。

"这是哪来的血呢？"她瞟了一眼床上僵尸一样一动不动的老鸹，突然意识到了什么。她惊恐地大叫一声，冲出了门外，一口气跑到了媚姨的住处。

是的，老鸹在梦里不知不觉地死掉了，据说是因为肚子被十几个男人那根东西搞破裂了，失血过多而死的。

老鸹死后，陈祁把顺女交给了媚姨管带，并且强令她们搬到老鸹原来居住的那间屋里去住。那边刚刚死了人，媚姨和顺女心里都害怕得很，不愿意搬过去，但在土匪窝里，又哪有她们的选择呢！

老鸹的房子比媚姨的大，除了主屋外，还多了一间小耳房。这个小耳房原先是用作厨房和澡房的，顺女来了之后，就在靠窗口的位置搭了个简单的床铺给顺女睡，这样一来，顺女给老鸹烧水、做饭就相当方便了。

虽然搬到老鸹这边来了，但媚姨并不敢睡老鸹的床，每晚她都跑到小耳房来和顺女睡在一起，这也正合了顺女的意。她现在根本就不敢独自一人睡觉，觉得满屋子都是老鸹的影子，只要一闭上眼睛，老鸹那狰狞的面孔就会出现在她眼前。她害怕睡着，因为只要一睡着，就会梦见老鸹魔鬼似的举着爪子向她追来。甚至夜里起来解手，她都要媚姨陪着才敢去。

跟媚姨住在一起，顺女在她身上找回了失去已久的亲人的感觉。

"你是我逃难以来唯一对我好的人。"这天晚上，睡在床上，顺女抱着媚姨的手臂，说。

"你妈呢？难道你妈对你不好？"媚姨问她。

"不好。"提起妈妈，顺女就满脸怨气。

"为什么？"媚姨惊讶地说，"哪有妈妈对自己的女儿不好的呢？"

"她如果对我好就不会跟别的男人结婚。"顺女咬着牙说。

"她也许是没办法才这么做的呀。"作为女人，媚姨能理解顺女妈妈的做法。

"我不管！反正她跟别的男人结婚就是对我爸爸不好，就是对我不好。我恨她！"顺女说。

"可是你爸爸……"媚姨刚想说顺女的爸爸可能不在人世了，可话到嘴边又打住了。

"你是想说我爸爸可能死了，是吧？"顺女接过媚姨的话说，"我爸爸没有死，我们只是失散了而已。"

"你怎么知道你爸爸没有死？"媚姨看着顺女惊讶地问。

"嗯，我爸爸不会死的，我爸爸是个大能人。"顺女非常骄傲地说。

顺女告诉媚姨，她爸爸是个大商人，挣了好多钱，家境非常殷实，而且她爸爸非常疼爱她和她妈妈，无论是在家中还是在亲朋好友、同龄小伙伴面前，她都俨然是个小公主，要什么有什么。黄河决堤时，爸爸外出经商未归，那些个平时唯唯诺诺的家丁丫鬟们见势不妙，扔下她们母女，各自四散逃命。她们母女真正体会了一把什么叫做树倒猢狲散。只是可怜了她们这对平时衣来伸手、饭来张口的阔太太、大小姐。面对突如其来的灾难，母女俩六神无主、手足无措，虽然家财万千，慌乱间却分文没取，净身随人潮出逃，靠乞讨一路漂泊到了这边。

"我爸爸一定会来找我们的。"顺女满怀信心地说。

"嗯，希望你们一家人能早日团聚。"媚姨拍了拍顺女的腰背，神情凝重地说道。

这天夜里，顺女她们屋里突然闯进来一胖一瘦两名喝得醉醺醺的土匪。他们在主屋的大床上没看到媚姨，就直奔小耳房而来。

听见动静，媚姨用被子把顺女从头到脚盖了个严实，并一再叮嘱她不要作声，然后从床上爬起来迎了上去，把来者挡在了主屋和小耳房之间。

"赶紧过来伺候大爷。"一见着媚姨，那个瘦高的土匪就迫不及待地抓着她的手，头顺势顶在了她柔软的胸脯上。

另外那个胖子却试图继续往里闯，口中不停地念叨着："还有一个小的呢？你要大的，那个小的就归我了。"

媚姨一把将他拦住，说："你要搞搞我好了，她还是个小孩，不要糟蹋她，就当是给你自己攒点阴德吧。"

"呸！老子过了今生没来世，不需要积什么狗屁阴德，赶紧给老子让开。"胖子啐道，边说边继续往里闯。

见劝止不了对方，媚姨"嗖"地从腰间拔出事先准备好的剪刀对着自己的脖子，威胁说："你要是敢糟蹋她，我就死给你看。"

高个子土匪正在兴头上，他生怕媚姨真的自杀了，坏了他的好事，对着胖子不耐烦地说："你忘了老大说过不准动那个娃了吗？我很快的，我弄完就给你弄。"

胖子这才惋惜地看了看顺女睡的小床，和高个子一起把媚姨抬了起来，放倒在了老鸹的那张大床上，猴急地扒去媚姨单薄的衣衫。

"你们去把那扇门关上。"媚姨指着通往小耳房的小门说。

"真他妈的多事。"胖子骂道，很不情愿地去把门关了。

一个多时辰后，两名土匪意犹未尽地提着裤子离开了媚姨和顺女的住处。

媚姨却如同生了一场大病，整个人都虚脱了，身体像一个大大的大字趴在床上一动不动。

顺女刚才蜷缩在自己的床上，气都不敢大喘一口，既恐惧，又替媚姨难受。土匪离开后，她立马摸索着爬了起来，静静地来到媚姨床边，伸出小手轻轻地抚摸着媚姨布满了抓痕的背部。

媚姨转过身来，扯了一角被子把私处盖上，伸手抚摸了一下顺女的小脸蛋，脸上掠过一丝悲凉的苦笑。

经过了这一夜，媚姨就不再害怕老鸹的床了，不仅是床，老鸹留下的其他物品，她都不再忌讳了，用得上的都照用不误。她也算终于想透了，其实这些活人比死人更使人觉得恐怖，既然摆脱不了这些活的恶魔，又何必去躲避一个死人呢？

不过，顺女晚上还是不敢独自睡在她的小耳房里，要来媚姨房间一起睡，但媚姨坚决不让，说她的床脏，一再鼓励顺女不要怕。但要说服一个孩子摆脱恐惧，并不是一件容易的事情。

"在这个时势，想生存下去，就一定要坚强。"媚姨拍着顺女的肩膀说。

媚姨和丈夫都是教师，丈夫死于日军飞机的轰炸。她逃到这边原本是为了躲避日本兵，没想到躲过了日寇的铁蹄，却被土匪掳上了山，过着生不如死的日子。大概是职业的原因，尽管身陷绝境，但习惯却改不了，只要一有机会她就会教顺女知识和一些做人的道理，偶尔也会讲述一些她的亲身经历。不过，有一件事她却从来没向顺女提起过，那就是，她出逃时，身边曾带着一个和顺女年龄相仿的女儿，但在逃难中走失了。这既是她生不如死的痛，却又是她活下去的理由。在她心中，寻回女儿的希望之火仍然燃烧着。

# 十五

近日，刘胜、毕罡还有鬼手三人计划下山到沙河圩为村民置办些盐巴等日常用品。

经历了多次进山扫荡的失败，佐藤对进山以及西岭村产生了莫名的恐惧。加之几乎每次进山扫荡西岭村都遭到游击队的背后偷袭，使佐藤不得不怀疑，西岭村跟游击队是否存在某种联系，或者游击队的据点就设在西岭村？由于心理上的恐惧再加上兵员的短缺，佐藤再也不敢贸然进山扫荡了。不进山扫荡，那么就封山吧。于是，佐藤命令陈祁派出土匪，配合日本士兵在进出山的主要道路上设卡封山，禁止盐巴等生活必需品进山，禁止人擅自进山，对下山人员则一律进行严查或抓捕。

鬼子封山、封路，对西岭村并未构成什么大的威胁。山之大，路多了去了，就不信鬼子能把整座山给堵死了。况且，对山里人来说，有路固然好走，没有路，那就踏一条路出来呗。所以，鬼子在路上设卡封山并没能阻止西岭村村民的自由进出。

刘胜他们是从山南的悬崖下去的。这堵悬崖光看表面，人是不可能从这里上下的。然而，就在峭壁下临近江边的地方，有一个天然形成的可容一个成年人进出的岩洞，这个岩洞一直通往半山腰，成为上下山的一条秘密通道。这条通道之所以被称为秘密通道，奥秘就在于它不仅常年水流如涌，而且进出口都淹没在茂密的荆棘丛中，非常隐秘，很难被发现，即使发现了，不知情的人充其量也只会认为这是一条地下水道而已，很难想象它居然可以通往山腰。

当日，刘胜等人通过这条秘密通道下了山，避开日本兵和土匪设置的关卡，抄小路来到沙河圩。

自从日寇来了之后，刘胜他们已经很久没来过沙河圩了，皆因之前听传闻说，沙河圩现在已经没有人来赶集了。所有商铺都关了门，不做生意了；

老百姓也不拿东西到圩上来做买卖了。大家都怕撞上日本兵。那些鬼子是见什么抢什么，更要命的是，身体好一点的，还会被抓去矿场挖矿。妇女就更不用说了，见一个抓一个，这样的时势，谁还会这么傻，来赔钱又送命呢？刘胜他们是实在没办法，他们此行是带着使命来的，山上已经断盐很长时间了，再不下来弄些盐回去给村民们食用，大家都受不了了。

之前，村民们也曾多次下山找盐，但都空手而回，原因是日军已将盐管控了起来，市面上已经很难买到盐了。很多村民因为长时间没有食用盐，身体开始出现不适，浑身乏力，头重脚轻，连日常耕种和狩猎都无法开展，大家越来越意识到问题的严重性，于是就拜托刘胜等人下山寻盐。

刘胜他们来到沙河圩一看，果真如传闻中所说的那样，到处一片肃杀，集市不见买卖了，商铺都关了门，街巷行人寥寥，就连鸡犬都见不着。

走在空空的巷子里，刘胜都隐隐觉得脊背发凉。他们直奔平日的老主顾杂货店。来到门前，发现该店也是大门紧闭。

刘胜站在店门口环顾了一下周围，确定四周无人，方才敲响了杂货店大门的铜制门环，但久久不见回应。正当刘胜他们以为店里无人，准备转身离去时，店大门上的小门洞突然微微地拉开了一条缝。

"是谁在那儿？"店里头的人小心翼翼地问。

屋里很黑，加之门缝太细，光线太暗，几乎看不到里面的人。但由于是老顾客、老熟人了，刘胜仅凭声音就知道对方正是店主唐老板。于是赶紧凑上前去，连声道："唐老板，是我，阿胜呀。"

对方大概也知道了来者是谁了，把小窗门完全打开，探出头来，难掩焦虑地说："都这时势了，你们还跑下山来做甚？"

"没法子，我们山上没盐了。"刘胜欣慰地吁了一口气。

"我们这里也没有多少存货了。"店主说，"要不你们到别的店去问问？"

"别的店也都关门了，我们实在是没办法才来找您的，您就多少匀一点给我们应应急吧。"刘胜无奈地说。

"这样子呀？"对方略作犹豫，最后还是开了半边的门，说："那就进来再说吧。"

刘胜等人迅速跨进了店里。

"坐吧。"店主关上了店门，招呼道。女店主随即给他们每人倒了一碗腌柠檬糖水。

"很久没下山了，没想到市面竟变得如此萧条。"刘胜呷了一口糖水，感慨道。

"是呀，这时势，无法营生了。"店主无奈地说，"日本兵就像是从地狱里放出来的魔鬼，吃人不眨眼，别说出来赶集做买卖，就算是躲在家里头也是朝不保夕呀。"

"没想到已经是民国了，还要遭这些倭人的欺负，难道就没人救得了咱大中华了吗？"刘胜一拳砸在了桌子上，憋屈地说。

"是呀，老佛爷姑且不说，毕竟是个女流，可如今是民国了呀。"唐老板摇头叹息道。圩上的这些店铺，平日人来人往，都成了信息交换的枢纽了。那些人进得店来，往那一坐，茶水一上，除了生意买卖之外，国事家事、天下事，天南地北无所不谈，店主耳濡目染，个个都成了"百事通"了，而且越是在这样混乱的时势里，他们越是热衷于时局话题。

"我们还是先解决盐的问题再忧国忧民吧。"一旁的毕罡是急性子，忍不住插嘴道。

"老兄，国事才是大事呀，国已堪忧，吃饭的脑袋都没了，还要盐做甚？"店主说。

"我们即使把肠子愁断了又有何用？哪怕把命拼了，也不过是匹夫之勇，充其量也只能是杀一个够本，杀两个赚一个而已，救不了这个国家的。"毕罡看似很有感触地说，不过，他这话是发自肺腑的悲观。当年他们兄弟们打着"扶清灭洋"的旗帜，出生入死，结果还是被清廷出卖了，本来是堂堂正正地护国，没想到却落得个"拳匪"的罪名，隐姓埋名，躲藏起来。

"你们有没有听说，近期有一队在周边活动的神奇人马？据说，他们专打日本兵，上次偷袭炸毁日本兵矿场的就是他们。"店主压低嗓子，凑近刘胜的耳边说。

刘胜若有所思地微微点了点头。

"你知道他们？"店主惊讶地问。

"何止知道，他们还多次搭救过我们呢。"刘胜感慨地说。

"哦？怎么回事？说来听听。"听刘胜这么一说，店主往前挪了挪身体，伸长脖子说。

于是，刘胜就把他们上次遭到土匪陈祁的伏击，突然天降神兵赶散了土匪；日军围剿西岭村，那支神秘部队"围魏救赵"、乘虚袭击了日军大本营，替西岭村解了围，以及前些日子在村后山竹林里又看到了他们，粗略地向店主说了一遍。

"他们真是为我中华争了一口气，别让倭人以为咱们华夏无男儿。"店老板说，"不过这样一来，你们这些山上的村民可能会因此多遭些罪了。"

"此话怎讲？"刘胜不解地问。

"日本人知道那些抵抗他们的人马就在山上活动，自然就会加强封锁，甚至上山来围剿，这样对你们自然就会带来更多的不便，甚至是危险呀！"店主说。

"嗨，这算什么，别说就这么些不便，只要能驱除这些犯我中华的倭人，就是要我的脑袋，我眼睛也不会眨一下。"刘胜哼了哼鼻子说。

"胜哥说的对，咱们加入他们杀倭人去。"毕罡和鬼手也都拍着胸膛说。

"好！就冲你们这豪气，你们要的盐，哪怕我自己不吃也要省下来给你们。"店主拍了一下大腿说，"除了盐之外，你们还缺什么尽管开口。现存有货的，现在就可以提走；没现货的，我回头给你们想办法备货。"

"多谢唐老板了。"刘胜拱拱手说。

"休要言谢，休要言谢。"唐老板摆摆手，说，"你们随我来。"说着，把刘胜等人领到了后院，让大家帮忙搬开了堆放在院角落的一堆杂物，拨开一层松土，露出一块一平方米左右的石块，挪开石块，一个地窖的入口出现在眼前。

"你们等着。"说完，唐老板独自钻进了地窖。不一会，他从地窖往外递出来一包硬邦邦的，约莫四五十斤重的东西来。鬼手和毕罡赶紧上前接了过来，用手一捏，隐隐感觉到是盐。唐店主一连递了三包东西出来，其中两包是盐。一包是糖。完了，唐老板爬出地窖，在众人的帮助下，把地窖入口盖上，恢复了原貌。

"行了，这次就先给你们提供这些，回头有什么需要再来取。"唐老板拍拍身上的灰尘说。

刘胜等人付过钱，对着店主夫妇拱拱手，说："谢了。"转身就要走。

"慢！"店主拦住他们说，"外面所有店铺都关门了，没地方给你们吃饭了，而且，大白天拿着这东西也不安全。你们就在我这里吃了饭，歇息歇息，待到晚上天黑了再走吧。"

刘胜等相互看了看，觉得唐老板说的在理，于是就恭敬不如从命，在唐老板家留下了。

刘胜等人在唐老板店铺里待了整整一个下午，聊了整整一个下午的时局，当中他们聊得最多的就是那支神秘的游击队，"东江纵队"由开始的模糊状态，到最后深深地烙在了他们的脑海里，成了他们心中的一盏明灯。

夜幕终于降临，刘胜他们告别了唐老板，趁着夜色，背着从唐老板店里买回来的盐和糖，准备原路返回山村。

时值盛夏，晴朗的月色下，稻花飘香，蛙声如潮，仿佛一派祥和景象。他们悠然地走在田埂上，似乎忘了他们正身处战争年代，丝毫感觉不到战争的恐怖和血腥。

走着走着，前面的水田突然扑腾扑腾地飞起了几只像是白鹭或是白鹤的大鸟。

"好大的鸟呀！"刘胜惬意地随口说道。武艺高强的人也许都比较胆大、豁达。

鸟还没飞远，突然有一只小野猪从远处狼狈地朝他们迎面跑过来，明显到了跟前才发现他们，"哗啦"一声转而冲进了水田里，朝另一方向逃去。这一情况引起了刘胜的警惕，他轻声说道："有情况！"谁知他话音刚落，眼前就骤然亮起了一道道白光，把水田照得如同白昼，没等刘胜他们反应过来，几十支手电筒和枪口已对准了他们。

面对黑洞洞的枪口，刘胜三人毫无反抗的机会，只得束手就擒！这些人是陈祁手下的喽啰和日本兵。

日本兵和土匪让刘胜他们背着各自的东西，将他们押往山寨。

刘胜他们心想，这下子完了，边迈着沉重的步子，边悲观地揣摩着他们即将面临的结局：要么押到山寨后被日本人或陈祁枪毙掉；要么被押到矿场去采矿，直到累死，反正这次是活不成了。

正当他们被悲观和绝望笼罩着的时候，情况发生了戏剧性的变化。鬼子的队伍前头突然传来猛烈的轰隆爆炸声，走在最前头的几个日本兵和土匪被炸飞了。其余的人刚要趴下，四面八方就噼噼啪啪地响起了枪声。

"发生什么事了？"这是刘胜他们的第一反应。不过，相对于逃命，弄清楚发生了什么就显得次要了。

很明显，日本兵和土匪遭到了伏击。但究竟是谁在伏击这些魔鬼，一时半会儿，也许就连魔鬼自己也搞不清楚。他们唯一能做的，就是伏在地上，向四周盲目打枪。

鬼子和土匪们已无暇顾及刘胜他们了。三人于是借着田埂掩体趁乱往山上撤。

凭枪声判断，战事并没有持续太久，刘胜他们刚逃离现场，枪声就变得稀稀拉拉，并渐渐地停下了。

偷袭者的人数应该不算多。日本兵从慌乱中缓过神来之后，很快就凭借着精良的武器装备，控制了战场的主动权。不过，此时对方早已无影无踪了。

偷袭就发生在陈村的水田里。据陈村人事后打听到的消息，昨夜一队日本巡逻兵遭到了"东江纵队"的伏击，连同土匪在内，总共损失了十几人。

又一次遭到袭击，佐藤大为光火、暴跳如雷，但又无可奈何、一筹莫展。

以他目前手上的兵力，他也只能是以守为主，勉强自保而已。虽然明知偷袭者藏身于山上，但也不敢进山围剿，因为有前车之鉴，再说山之大，他那点兵力进去，根本就起不到任何作用，弄不好还会落得个损兵折将，偷鸡不成蚀把米呢！不过，虽然不敢进山扫荡，但加强封山哨卡的检查还是做得到的。自从这次伏击事件后，日本兵封山哨卡明显加强了人员、设施配备，检查也比以前严了。

# 十六

秋冬之交，山上的动物正是长膘的时候，郭嫠早就想上山打些野味回来给老母亲和赵翠补补身子了。今天，趁天气不错，郭嫠把家里的事情同母亲交代好，让她照看好赵翠，自己就带上老黑狗，上山打猎去了。

以前，村民们打猎都用火铳，但自从日本兵来了之后，由于担心惊动那些鬼子，村民们一般都不再用火铳，而改用弓箭了。

郭嫠在山上转了一圈，竟然一无所获，甚至连大点的野禽野兔都见不着一只，心里不免有点焦急。

他背靠一棵大樟树坐了下来，点着长烟杆，神情木然地吸了起来。他很是纳闷，它们现在都跑哪儿去了呢？他无奈地摇了摇头。

这时候，山里传来了日本人炸山采矿的轰隆隆的爆炸声，一群受了惊吓的麻雀叽叽喳喳地叫着，慌张地飞过他头顶的大树。

"唉，现在就剩这些麻雀了。"郭嫠抬头望了望远去的雀群，自言自语道。

抽罢烟，郭嫠打开随身包裹，吃了些干粮，然后给蹲在一旁吐着舌头、无精打采的大黑狗扔去一个饭团。这只大黑狗已跟了他十多年了，浑身毛发都松脱了，看上去一副老态的样子，它不紧不慢地舔了舔那团饭，花了好一阵子才把饭团吃到了肚子里。郭嫠悲悯地摇摇头，叹了口气，收拾好东西，继续带着它往前寻找猎物。

郭崀在灌木林中搜索了半天，还是一无所获。看看时间已经不早了，郭崀心里嘀咕，"看来今天要空手而回了。"于是吆喝着大黑狗打算回家。叫了半天，但听不见大黑狗的回应。

"这老黑，跑哪儿去了呢？"郭崀自言自语道，沿着一条沟谷寻去。他隐约看见，老黑狗刚才就是朝这方向跑开的。

沟谷位于两座山壁之间，是山洪长期冲刷的结果。沟谷两边长满了灌木，把整条沟谷遮掩得严严实实。由于现在是旱季，沟里面没有水，南方特有的黄土构成的谷床如石头般硬。郭崀顺着弯弯曲曲的谷床一直往前走，时而艰难地爬过横在沟底的大石，时而挤过窄窄的石头缝，时而挥刀削去挡路的荆棘。一路走来，他的脸上、脖子上早已被荆棘划出了几道鲜红的伤痕。看来，人走在这里面比狗艰难多了。

如果说郭崀的心情刚刚还相对比较平静的话，那么，当他翻过一块横在沟谷中的巨石时所看到的一幕后，心里就再也不淡定了。不仅不淡定，还浑身冒起了鸡皮疙瘩。

其实不仅是他，在毫无防备的情况下，突然看到那堆黑乎乎的东西，相信谁都受不了。

看着那像卧在地上的一头大水牛一样的东西，郭崀简直不敢相信自己的眼睛。他在这山上行走了这么多年，从没听说过，更没看见过在这座山里，居然有这么大的一条蛇。

没错，一条巨大的蟒蛇几乎把整条沟都给堵住了。

郭崀虽然技高人胆大，但面对这样一个异物，也禁不住心里发怵。

"老黑呢？"郭崀突然醒悟过来，自言自语道。当他仔细再看看那条巨蟒时，正好看见一条黑色的毛茸茸的东西刚刚没进了蟒蛇的嘴巴里——那分明就是老黑的尾巴嘛。而蟒蛇脖子部位鼓起的一团圆圆的东西，正慢慢地往腹部蠕动。再明显不过了，那应该就是被它生吞下去的老黑狗了。

该死的蟒蛇把老黑狗给活吞了，郭崀又气又恼，弯弓搭箭，对着蟒蛇的眼睛就要射去。但转念一想，这蛇长这么大也不容易，况且狗已经在它肚子里了，即使把这蛇杀了，也救不回老黑狗了，还是算了吧。而且，在猎人看来，打猎是为了获取食物，但这蛇又不能当食物，杀它实在有悖于猎人的操守，还是饶它一命吧，郭蛋把弓箭收了回去。

人家是赔了夫人又折兵，而郭蛋这次是打猎不成反蚀了犬。陪伴了他十多年的家犬，没想到最终却被一条蛇给吃了。郭蛋别提有多心痛了。这些年来，老黑帮助郭蛋捕获不少猎物，而它最终却成了猎物的食物。"真不知道这究竟是它的命呢？抑或是因果报应？"郭蛋无奈地边走边摇头叹息道。

# 十七

媚姨同被抓上山寨的大多数妇女一样，她的身体已经吃不消了。不过，相对于许多已经丢了性命的姐妹，从某种意义讲，她又可以说是幸运的。最起码，至今为止，她还没有怀孕。对她们来说，一旦怀上了孕，就意味着生命的结束了。日本人是绝不轻易允许他们所谓高贵血统受到"玷污"的，会毫不犹豫地把锋利的军刀刺进那些原本只供他们泄欲，却受精怀孕的外国妇女的肚子里。

对于那些被日本兵用军刀捅死的孕妇，媚姨无比同情，她们肚子里的胎儿，那也是一条生命，但是她们终于解脱了。

虽然没有怀上孕，但媚姨的下体已经严重溃烂，并散发出阵阵恶臭。那里臭得连她自己都觉得受不了，日本鬼子却视而不见，乐此不疲。每次完事后，鬼子们一边擦着沾了脓血的阳具，一边意犹未尽地回头对着死人一样瘫在床上的媚姨直抛媚眼。媚姨心里就忍不住偷偷地诅咒："毒死他，毒死这些禽兽。"

其实最让媚姨担心的，并不是她自己，而是顺女。至今为止，顺女都还没有被糟蹋，但媚姨心里清楚，危险离她不远了。这些日本兵兽性发作时，哪怕是见了母猪都想插进去，何况是女孩呢？平日媚姨都尽量不让顺女出来见人，更不许她到处乱跑，这样做对她确实起到了一定的保护作用。不过，媚姨有所不知的是，顺女之所以至今没被糟蹋，最主要的原因是陈祁在后面保护着，而陈祁之所以这么做，背后自然有其不可告人的目的。

尽管如此，只要身在狼窝一日，顺女这块小鲜肉就难免被吞噬。没过几天，媚姨担心的事情终于发生了。一个喝得醉醺醺的鬼子大白天闯进了媚姨的屋里。当时媚姨正在教顺女打毛衣。鬼子一进来双眼就直勾勾地、色眯眯地盯着顺女。顺女惊恐地看着鬼子，脊背发凉、手足无措。一旁的媚姨偷偷扯了扯她的袖子，对着边上的小屋努了努嘴巴。顺女这才醒悟过来，扔下手中毛线，朝自己的小屋跑去，不料却被鬼子一把拉住，拽入了怀里。

见此，媚姨连忙上前替顺女解围，比画着说："她还是个孩子，不要伤害她，我来陪你。"边说边抓着日本兵的手往自己胸口摸。

但这次日本兵对她似乎不感兴趣，一掌把她推开，喝道："八嘎！"

媚姨被推得重重地跌在地上，半天爬不起来。

日本兵把顺女抱起来往床上一摔，肥猪一样的身体随即就压了上去。

顺女惊恐万状，拼命地挣扎，但一切都是徒劳的。顺女完全陷入了绝望，发出撕心裂肺的、无助的嚎叫。

日本兵突然感觉到背部一阵钻心的剧痛，紧接着脖子也感觉到了更为剧烈的疼痛。他企图回头看看究竟发生了什么，但脖子已经不听他使唤了，身体紧接着也不听他使唤了，先是松软地瘫在顺女身上，随即就顺势耷拉在床沿上，最后倒在了地上，一命呜呼。

媚姨呆若木鸡地站在日本兵的死尸前，愣愣地看着自己手上沾满了血的剪刀，久久没有回过神来。

顺女翻身从床上爬起来，提着裤子跑到媚姨跟前，紧紧抱着媚姨的双腿号啕大哭，哭声中充满了委屈、伤心和恐惧……

媚姨和顺女呆呆地坐在床沿上，守着那具日本兵的尸体，万念俱灰地等待着，等待死神，等待末日的到来。

下午，随着"嘭"的一声爆响，房门被撞开，一队荷枪实弹的日本兵和土匪涌了进来，把媚姨、顺女连同那具尸体团团围住。

为首的一名日本军官弯下腰，脱去手套，用手指按了按地上那具尸体的颈部动脉，皱了皱眉头，然后再戴上手套，来到媚姨面前，用手捏住媚姨的下巴，两眼发出凶残的目光，仿佛要把媚姨吃掉似的。只见他手狠狠一挥，手下的日本兵立即如狼似虎地把媚姨和顺女押了出去。

山寨"聚义厅"的头把交椅上坐着凶神恶煞的佐藤，陈祁垂手立在一旁。

媚姨和顺女被拽了进来，扔在地上。

佐藤如狗吠般吼了一串媚姨和顺女都听不懂的话。

陈祁听完之后，快步走到媚姨和顺女面前，指着她们骂道："你们是吃了豹子胆了，连皇军都敢杀？"然后揪住顺女的头发，点着她的鼻子，悔恨莫及地说，"我一直护着你，没想到你却嗜杀成性，铸成了今日大错，竟敢对皇军动刀子，真后悔当初没把你给煮了喂狗。"

"不关她的事，人是我杀的。"刚被押进来时，媚姨还感觉有点害怕，但渐渐地，她已看清了眼前的形势，也已意识到了自己将要面临的结局，内心骤然平静了许多，觉得自己马上就要解脱了，浑身感觉充满了久违的愉悦的轻松气息，她从地上慢慢站了起来，不屑地瞟了陈祁一眼，说。

"你？你为什么要杀害皇军？"陈祁撇开顺女，揪着媚姨的领口问。

"他冲进我屋里，要整我，我身体不舒服，不愿意，他就打我，我错手把他杀了。"媚姨说。她隐瞒了日本兵要强奸顺女的细节，目的是要撇清顺女与这件事的关系，把责任统统揽在自己身上。

"你这是找死。"陈祁用食指戳着媚姨的眉心骂道，然后转身对着佐藤卑躬屈膝地说了一堆话，把媚姨交待的情况向佐藤做了转述。

"八嘎！"佐藤拍案而起，满脸戾气地指着媚姨和顺女正要下达枪杀令，但话到嘴边却又突然收住了。他慢慢地垂下了手，脸上掠过一丝阴险的奸笑，出乎意料地变得非常平静，对着陈祁说了几句日本话。

陈祁一边听，一边鸡吃食似的点着头应道："是！是是！"完了，回过头来，对着媚姨和顺女，一脸惋惜和无奈的样子说："佐藤中佐说了，你们两个要么一起死，要么死一个，你们自己选择。"

"我死吧。"媚姨不假思索地说。

"这得看她有没有这个胆量。"陈祁指着顺女冷冷地笑着说。

"什么意思？"媚姨皱着眉头问。

"佐藤中佐说了，你们两个谁把对方杀死，谁就能活下来。"陈祁说。

"跟她？"媚姨简直不敢相信自己的耳朵，指着顺女反问道。

"是的。你们谁能先把对方杀死，谁就能活下来。"陈祁说。

"如果我们不这样做呢？"媚姨惶恐地反问道。

"那就两个一起枪毙。"陈祁用毫无商量余地的口吻说。

"我自己死还不行吗？"媚姨看了看像一只刚从水里捞起来的小猫一样的顺女，再看看陈祁，问。

"想得美。没这么便宜。"陈祁冷冷地说，"佐藤中佐说了，你们其中一人必须把另外一人杀死，才能活下来。"

坐在上面的佐藤似乎对他们婆婆妈妈的对话非常厌烦，大声吆喝了一声。

"是的，太君。"陈祁连忙转身对着佐藤鞠了个躬应声道。紧接着，他命人取来了两把日本军刀，分别塞到媚姨和顺女手中，说："开始吧。"

顺女侧着头抽泣着，完全不敢正视手中那把闪着催命寒光的杀人刀。

媚姨把刀拿在手里，把玩着，脸上挂着一丝苦笑。她抬头看了一眼可怜巴巴的顺女，慢慢走到她跟前，蹲下身子，轻轻拍了拍她单薄的背，把脸凑近她耳旁，说了几句话。没等她说完，顺女就吓得倒退几步，连连摇头。媚姨一边招手示意顺女靠过去，一边紧跟上前，继续在她耳旁要把话说完，但顺女依然惊恐地连连摇头表示不接受。

见媚姨和顺女迟迟没有动手，佐藤显得越发恼怒，对着陈祁又狂躁地吼了一通。

陈祁于是对着媚姨大声呵斥道："赶紧动手，你们再不动手，皇军可就要动手了。"

媚姨还想对顺女说什么，但顺女此时已经将军刀扔在了地上。媚姨试图说服她用刀刺向她的胸口，这样的要求，对于一个小孩来讲，实在是太残忍了，顺女又怎么可能做到呢？见说服不了顺女，媚姨摇头长叹一声，说："顺女，既然这样咱娘俩就下面见吧。"说完，转身背对顺女，将长长的军刀插进了自己腹中。

"八嘎！"佐藤见状，气得暴跳如雷。他大吼一声，拔出手枪对准顺女就要扣动扳机。

陈祁见状，慌忙上前，在佐藤耳边嘀咕了几句。

佐藤瞟了陈祁一眼，再瞅了瞅堂下已经吓得缩作一团的顺女，略作思量，脸上掠过一丝不怀好意的淫笑，说了一句："呦西！"愉快地收起了手枪。

媚姨在地上痛苦地挣扎了好长时间，直到她体内本来就不多的血液流干了，才渐渐地失去了意识。两名土匪将她的尸体抬到后山，从悬崖抛入江中。就这样，媚姨随着江水在这世上消失了。

顺女被带到一间小屋里关了起来。顺女以为日本兵要处死她，吓得几乎精神失常。但一天一天过去了，她不但没有被处死，反而在伙食上有了很大的改善，每餐不仅可以吃饱，而且还有肉吃。

不过，由于惊吓过度，顺女好长时间都没有走出恐惧的阴影，只要一睡着，就会被噩梦惊醒。平时只要一闭上眼睛，媚姨临死前身插利刃、满身鲜血、痛苦呻吟的情景就会出现在她眼前。

一个十来岁的小女孩，目睹了两个熟悉的人死去：一个是把她当作犬马的、被日本兵糟蹋至死的老鸨莺姐；一个是爱护她胜似亲人，为了保护她而宁肯自己去死的媚姨。

虽然老鸨的死让她恐惧了好长一段时间，但那种恐惧远不如目睹媚姨死去那般钻心。她甚至一度陷入了绝望，觉得这个世界已经没有了可以依靠的人了。她尝试过自杀，但没有成功。关押她的屋里根本找不着可以让她一招毙命的器具。

顺女被关了两个月。在这整整两个月里，那些人不允许顺女走出屋子半步。如果说一开始，顺女对身外所有事物都毫无兴趣和念想的话，那是因为恐惧、悲伤和绝望，但久而久之，小孩子好奇、好动的天性最终战胜了对死亡的恐惧，她有一种迫不及待要走出小屋的冲动和渴望。

而就在这个时候，她被带到了在聚义厅的佐藤和陈祁面前。

"女仔，过来这里。"陈祁微笑着向顺女招了招手说。陈祁和佐藤并排坐在堂前两把红木椅子上。

路上，顺女心里一直惶恐不安，担心又有什么灾难要降临到自己头上，却万没想到陈祁会以如此和蔼可亲的笑容迎接她，这让她始料未及。面对这突如其来、莫名其妙的"恩宠"，顺女完全不知所措。她立在原地，一动不敢动。她不知道陈祁笑容背后的真实意图，她甚至不知道挂在陈祁脸上的表情究竟是笑容还是怒容，她看不懂这些人，觉得他们跟她脑海中的人完全不一样。

"来，不用怕，到这里来。"陈祁再次微笑着拍了拍自己的大腿说。哪怕这笑容是顺女被掳上山寨以来，看到的最给人亲切感的笑，但也丝毫没有消除她内心的恐惧。即便如此，顺女还是十分胆怯地慢慢靠向了陈祁。

陈祁一把将顺女抱起来，放在他的大腿上，从桌上拿了一块糖递给顺女，笑嘻嘻地说："来吧，尝尝大日本国的糖。"

陈祁之前给顺女的印象犹如魔鬼，此刻却表现得如同慈父，前后判若两人，差别实在是太大了。顺女弄不明白他葫芦里卖的究竟是什么药。她猫似的紧缩着身体，惊恐地看着陈祁，虽然那块糖充满了诱惑，但她并不敢伸手去拿。

"拿着。这是皇军给的糖，放心大胆吃。"陈祁把糖塞到顺女手中，献媚地看了佐藤一眼，说。

佐藤微微点了点头，对着顺女晃了晃大拇指说："糖，这个。"

顺女还是不敢吃。

"好吧，我帮你剥糖。"陈祁笑呵呵地捏了一下顺女的脸蛋说，"这孩子胆小、害羞。"边说边把糖纸剥开，把糖塞进了顺女口中。

那糖入口就香甜无比。顺女从未吃过这么好吃的糖，一颗糖下去，原先紧绷的眉头一下子就舒展开了，对陈祁和佐藤的戒备也像糖一样渐渐融化了。

"还要吗？"陈祁再拿起一块糖问顺女。

顺女紧张而又害着地点了点头。

见时机已成熟，陈祁指着佐藤对顺女说："以后，佐藤中佐就是你的干爹。你一定要听干爹的话。知道吗？"

"干爹是什么呀？"顺女一边吃着糖果，一边瞪着天真的眼睛问。

"干爹就是像爸爸一样亲的人。"陈祁看看佐藤，笑着对顺女说。

佐藤抿着嘴，眯起眼睛点了点头。

"阿爸？咁好（这么好）！"顺女茫然地说。

转眼间，顺女从一个孤苦伶仃、命悬一线的小弃儿，梦幻般转变为"公主"。佐藤不仅给顺女安排了最好的食宿，还给她安排了教员，教她日本语言、文化和军务知识，甚至给她配备了专门的跟班。

看到佐藤逐渐对顺女十分宠爱，陈祁不禁沾沾自喜。看来，他之前对她的保护，留下她的处女身，是多么的明智和富有远见。


# 十八


西岭村周边突然出现了老虎的踪迹，好几户村民家的牲畜被老虎咬死、咬伤或吃掉了。一时间，人心惶惶，许多村民连门都不敢出。老虎的出现，据说是因为日军挖矿的爆破声将很多动物吓跑了，老虎找不到吃的，所以只好走进村庄觅食。

"真是祸不单行。日本鬼子的兵患已经够受的了，如今又多了个虎患。这日子咋过呀。"村民们抱怨道。

为消除虎患，刘胜等几人决定上山驱虎。

第二天天没亮，刘胜、郭垦、鬼手、毕罡等一行十多人，带足了干粮和茶水，还有忠实的猎犬跟随着出发了。

他们进山一边搜寻着，一边在野兽经常出没的地方设置套索、野猪夹等捕捉器具。这样，当他们原途返回的时候，往往就会有附带的收获。

之前，大家都听说过郭岊家的狗被蛇吞食掉了的事，出于好奇，大家让郭岊带他们去上次他家大黑狗被吃掉的地方，看能不能遇上那条大蛇，目睹一下大蛇的尊容。在大多数村民心里，那样大的蛇已经不是普通的蛇，而是"龙"了。但很可惜，真"龙"不肯现身，他们找遍了整条沟谷都不见大蛇的踪迹。

他们走走停停，第一天下来，除了打了几只兔子和野鸡外，没有什么大的收获。至于老虎，连影子都没见着。

当天夜晚，驱虎人员就在山林溪边的岩石上露宿。

秋山月色，树影婆娑，清澈泉水叮咚作响，格外迷人。古诗"明月松间照，清泉石上流……"描写的就是这样的景色了。

这群汉子对眼下这样的景色早已是习以为常了。他们用随身携带的干粮填饱肚子后，就躺的躺，靠的靠，抽烟的抽烟，聊天的聊天，悠闲得就像是农时小憩。

第二天清晨，众人在溪边岩石上架起铁锅，生起了火，用溪水煮茶、煮粥，准备早饭。

吃过早饭，喝上一碗用溪水煮的山茶，众人个个精神抖擞，抄起家伙，呼唤猎犬，继续上山搜寻老虎。

中午时分，他们来到了野猪坳。顾名思义，野猪坳就是有野猪出没的地方。

野猪之所以会在这里频频出现，原因在于山坳下面的一片庄稼地。庄稼地以前种植了番薯、花生等野猪喜爱的茎类农作物，把成群的野猪吸引了过来。

不过，这地方原来并不叫野猪坳，而叫做"过坳"，就是翻过山坳的意思。野猪坳这个名字，源自一次惨烈的虎猪斗。

这事还得从已故三师叔当年的一次猎杀野猪的经历说起。由于不堪忍受野猪对这片农作物的祸害，一天夜里，三师叔独自一人，携带了火铳，在这里蹲点驱杀野猪。三师叔当时就蹲在山边一块如鹰嘴般往外突的巨石下面，耐心等待野猪的出现。这个位置正好可以俯视整片山地。

三师叔在岩石下一直蹲到三更时分，野猪终于出现。在灰白的月光下，成群的野猪在猪王的带领下，像是赴宴似的，慢条斯理地朝那片成熟的番薯地走去。

看到野猪来了，三师叔不禁浑身一热。他屏住呼吸，轻轻拉起火铳的保险，瞄准带头的野猪王。然而，就在这时候，三师叔突然感觉到有水珠滴在了他的脑门上。"难道下雨了？"三师叔心想，轻轻伸手往脑门上摸了摸，黏糊糊的，感觉不太对劲，于是微微抬头望去。谁知不看还好，一看吓一大跳！只见一只斑斓大虎就站在他头顶的岩石上。老虎张着嘴巴，垂着鲜红的舌头，虎视眈眈地盯着这群野猪。

怎么办？只要老虎稍微放松对野猪的注意力，就会感觉并发现它脚下的这个大活人，那样的话，成为猎物的估计就不是野猪，而是他三师叔了。"不行，一定要先下手为强。"三师叔把心一横，心里嘀咕道。

三师叔毕竟是经历过生死场面的好汉，尽管已经在虎口下了，也能临危不乱。他决定放手一搏。他轻轻收回火铳，将火铳贴身靠在肩上，火铳口对准老虎的下巴，只听见"砰"的一声响，火铳的弹珠随着一团火焰从枪口喷出，但此时，老虎早已腾空而起，只击中了老虎的尾部。

老虎不愧是森林之王，这一枪并未能使它倒地，也没能把它吓跑，反而把它给激怒了。它大概以为是那些野猪在攻击它，把怒气完全撒在野猪身上了。它大吼一声，疯了似地飞身扑向野猪群。

三师叔本以为一枪要么把老虎打死，要么把它给吓跑的，没想到却是这样的结果。不过也好，能把老虎支开就行！他收起火铳，拔腿就跑，逃回了村里。

第二天，当三师叔连同几位弟兄回到昨夜事发地时，发现他们的番薯苗像是被一大群牛碾压踩踏过似的，倒的倒，断的断，一片狼藉。而更让三师叔他们惊讶的是，野猪王和那只老虎双双倒毙在了番薯地的沟垄里，旁边还有几只估计是被老虎一口毙命的小野猪。

从野猪王和老虎身上的累累伤痕可以想象到，它们昨夜经历了一场十分惨烈的厮杀。根据现场可以推断，老虎冲下来，先是一连咬死了几只小野猪。野猪王反应过来后，毫不犹豫地冲了上去，只身迎战老虎，保护家眷。一边是受了伤害要玩命的老虎，一边是已置生死于度外的野猪王，都是亡命者，最终都把命给搭上了。单从野猪王的体量就可以看出，一般老虎想占它便宜，绝非易事。这只老虎事先虽然已经挨了三师叔一枪，但从伤口看，这一枪并没有击中要害。真正让老虎毙命的并不是枪伤，而是野猪王，两头野兽应该是拼命厮杀，最后双双伤重失血、气绝而亡的。

正所谓鹬蚌相争渔翁得利。不费吹灰之力，就收获了两头大猎物，相比起来，损失的番薯就显得无关紧要。众人转忧为喜，击掌相庆，欢天喜地准备把老虎和野猪王抬回村里，但他们发现，仅凭他们几个人根本就不够用。野猪王估计就有五六百斤重，要搬动它，即使在平地都不容易，何况还要翻山越岭，走羊肠小道。最后，三师叔派人回村里叫来了帮手，费了九牛二虎之力，才总算抬回了村。

这么硕大的野猪，村民是头一遭见。老虎、野猪居然同归于尽，村民也是头一回听。这头野猪算是让村民长见识了，因而被村民当作民间故事相传下来。就这样，那片本来叫"过坳"的番薯地，被村民有意无意地改称为了野猪坳。

野猪坳离村太远，路又不好走，村民当初耕地少，只要见到可耕种的地就如获至宝，不管走多远的路，爬多高的山都不在乎。后来，随着开垦的耕地越来越多，像野猪坳这样偏远的地方，已没有人来耕种了。近几年，这里基本抛荒了。虽然抛荒了，但原本一些农作物留下的根须或种子，每年都还是会稀稀拉拉地长出新作物，这些作物同样吸引了不少食草动物的到来。所以，这里依然是狩猎的必到之处。

当天，刘胜他们还没翻过山坳，就已听见跑在前面的猎犬不断的叫声。

"听叫声，狗好像发现猎物了。"毕罡兴奋地说。

"嗯。"刘胜点点头表示认可。于是，大家加快了脚步跑上了山坳。

站在山坳往下望去，果然看到猎犬们正围着一个乌黑的大家伙吠个不停。但那不是野猪，而是一头大黑牛，牛腹下还藏有一头刚出生不久的、浑身还在发抖的小牛犊。

"宰了这头大野牛，这次狩猎也算有大收获了。"鬼手说。

"不要伤害那头小牛犊。"刘胜嘱咐说。

大家答应一声，分头向野牛包抄过去。

虽然被一群犬围着吠个不停，但野牛（其实是从日本鬼子手里逃脱出来的耕牛）都一直无动于衷，自顾吃草，根本就没把那些犬放在眼里。而那些犬也只是在外围虚张声势地叫，压根就不敢靠近大黑牛。

野牛抬头望了望山坡上向它走来的人，使劲晃了晃脑袋，把尾巴甩得噼啪响，似乎很不情愿有人打扰它用餐，大概是觉得来者尚不构成威胁，继续又低下头去吃它的草。不过，随着入侵者的越来越靠近，野牛开始变得警觉起来。它一边吃草，一边频繁地抬头观望。最后，也许是觉得不走不行了，野牛又扇耳朵又甩尾巴，很不情愿地带着小牛犊慢悠悠地朝密林走去。

一直围着野牛吠个不停，但始终不敢靠近的猎狗，见野牛终于怂了，立即像喝了壮胆酒似的，雄风大振，吠得更加凶了。有一条和野牛一样颜色的狗大概是耐不住性子，扑上前去，快速地咬了野牛一口，正图快速跳开，但它对自己的速度估计错误了。它万万没想到，野牛起脚的速度远比它跳开的速度要快。随着一声惨叫，这条没耐心的狗被野牛一个后踢，凌空飞了出去，翻身跌在了两丈余外的石堆上，挣扎了半天才艰难地爬了起来。它之前的气焰顿时一扫而空，弓着身子，夹着尾巴，耷拉着耳朵，再也不敢靠近野牛了。其他狗见它被踢飞了，吓得一哄而散，远远地立在一边，挠嘴的挠嘴，甩耳朵的甩耳朵，还有的吐着舌头，露出雪白的牙齿，似乎在庆幸那个被踢的不是自己。

刘胜他们心里清楚，不能把野牛牵回村里，只能宰了它。他们已完成了对野牛的围拢，但面对这么个庞然大物，大伙一时也不知如何下手。

毕罡首先举起了弓，搭上箭，瞄准野牛的脑门，用尽全力把弓拉满，一松手，箭"嗖"地脱弦飞出，对着野牛的脑门插去。谁知野牛像是懂得躲避似的，轻轻甩了一下脑袋。它这么一甩，脑门就正好躲过了毕罡射来的箭。箭没射中野牛的脑门，只打在了它坚硬的牛角上。

野牛受到了惊吓，快速朝树林跑去，但它腹下的小牛犊没跑几步就被脚下的藤蔓绊住了，跪在地上嗷嗷直叫。一直在一旁候着的猎狗见机会来了，朝小牛扑去。大野牛见状，立马回身护犊。

刘胜他们抓住这个时机，纷纷弯弓搭箭，对准大野牛数箭齐发。大野牛身中多箭，被完全激怒了。它不但没有退却，反而疯了似地朝着企图攻击小牛犊的猎犬冲过去，用尖锐的牛角，一连挑飞了几条冲在前面的猎狗。

看样子，箭似乎没有对它造成致命伤害。野牛把狗驱赶走了之后，带着满身的箭，护着小牛犊逃进了树林里。

鬼手首先按捺不住性子，他操着长矛，飞奔过去，挡住了野牛的去路。野牛正处于暴怒状态，见居然有人胆敢挡它的路，不假思索地就用头对着挡道者撞过去。鬼手紧握长矛，迈开弓字步，铆足劲，对着牛脖子将长矛狠狠地刺了过去。

这头野牛真是非同凡响，它仿佛也懂得武术似的，对着鬼手刺来的长矛猛一摆头，牛角对着长矛斜斜地顶了过去，将长矛压在了一棵松树干上，随着"咔嚓"一声响，长矛即时被折成了两截，野牛随即顺势向鬼手撞了过来。鬼手连忙一缩身子，躲在了一棵大松树后面，避过了野牛的顶撞。但野牛似乎不肯就此罢休，它绕过松树，对着鬼手紧追不放。这时，被驱散的狗又汇拢在了一起，借着狗多壮胆，围着小牛犊又吠又咬。大野牛见状，连忙丢下鬼手，回身来救小牛犊，鬼手这才得以脱身。

刘胜等人此时也都围拢了上来。树林里似乎更有利于猎人对付野牛，他们借助树干的掩护，对野牛进行攻击围捕。而野牛庞大的身躯在林木间移动起来就不那么方便了。正是凭借林木的掩护，以及手中的刀枪，猎人明显占据了优势。野牛东奔西突，既要顾及猎狗对小牛犊的围攻，又要防备猎人刺向它的刀枪，不一会就伤痕累累，筋疲力尽了。最后，毕罡瞅准了一个机会，将长矛从野牛的颈部一直插进了它的心脏。野牛哀嚎一声，倒地不起，挣扎了一阵子，口吐白沫，气绝而亡。

收拾了大野牛，刘胜将围着小野牛的狗群驱散，把小野牛抱到一边，让人看管好，免受猎狗的伤害，接着着手处理大野牛的尸体。

众人费了九牛二虎之力把野牛的尸体搬移到了不远处的溪边，然后开始对它开膛破肚。

他们先把牛皮剥了，把牛内脏掏出来洗干净，用竹箩筐单独装着，这些都是好吃的东西。然后把牛肉切成每块大概二三十斤重的小块，以便于带回村。

在处理野牛肉的同时，有人在溪边架起了两口铁锅，挑选了一些牛腩、牛展，以及牛肝、牛心等牛内脏，再从荒废的庄稼地里采了薄荷、生姜、萝卜等，一起放进锅里煮着，这样，一会儿忙完了之后，大家就可以吃肉了。猎人们在溪边好好吃一顿、喝一顿，尽个兴，准备第二天再回村。

日落西山时，大家终于把整头野牛肢解处理完毕。牛骨归牛骨，牛肉归牛肉，分开放入随身携带的箩筐、布袋里，再撒上盐巴以防止肉质变坏。然后，大家在溪里洗干净了手脚，坐在溪边，抽上一袋烟，准备享受美味佳肴。

这时，锅里的肉已经焖好，肉香弥漫了整个荒野。猎人们收起烟袋，围着铁锅，取出随身携带的装满了自酿米酒的葫芦，拧开葫芦盖，就着香喷喷的野牛肉，痛快地吃喝了起来。猎犬跟着主人奔波了一天，累的累，伤的伤，最后也啃上了野牛的骨头。只是可怜了那只小野牛，它被人用绳索套住了脖子，绑在溪边的草丛中，乌黑的双眼沾满了泪水和分泌物，茫然地望着眼下这些美滋滋地狼吞虎咽吃着母亲肉的人和狗，时而发出几声无助的哀鸣。

"把那只小野牛带回去养起来。"刘胜望了小野牛一眼，不无怜悯地说。

"对，养大了再宰。"毕罡说。

"驯服了、养大了，就可以当耕牛使用了。"刘胜说。

"阿胜这个主意好。"郭蚕对着刘胜竖起拇指道。

"我们这就回去了，老虎的事怎么办？"有人问。

"我们现在先回去，老虎的事只能改日再来一次了。"刘胜说。

吃饱喝足。当晚，猎人们就在树林里，以石为床，睡了一夜。第二天，大家一直睡到日上三竿。

鬼手是被三急憋醒的。醒来后，他揉着惺忪的眼睛，带着昨夜残留的酒气，步履凌乱，一脚高一脚低地走到树林另一边，在一块大石后蹲了下来，陶醉地闭着眼睛，稀里哗啦地痛快地排着宿便。

"哎呀！真舒服！"鬼手长长地舒了一口气，感觉浑身舒坦。他站起来，系好裤子，刚要往回走，突然听见身后传来一阵类似野兽抢食时发出的声音。鬼手警觉地回头看了看，但并没有发现什么异常。

"难道是我听错了？"鬼手挠挠脑袋，自言自语地继续往回走，但没走几步，那声音又在他耳边响起，而且这一次比头一次更为清晰。不会有错。凭经验，鬼手断定那是某种大型猎食动物发出的，警告入侵者的声音，而且那家伙就藏在附近的某个地方。鬼手观察了一下四周，觉得最有可能为那动物提供藏身处的，唯有离他数尺外的那堆荆棘丛了。鬼手身边没有携带任何猎具，他在树底下捡了一根手臂粗的树枝，走近传出怪声的荆棘丛，试图拨开荆棘，看个究竟。谁知他刚把树枝插进荆棘丛，就只见那个东西从荆棘丛里一跃而出，冲着他扑了过来。

鬼手毕竟是练武之人，反应相当敏捷。虽然没看清向自己扑来的是什么东西，本能地纵身一闪，快速躲到了大树后面，避过了那家伙的攻击。不过，当他看清了的时候，顿时吓得双腿发软，大声呼喊："老虎，老虎在这儿！"

刘胜他们此时也都已起来了，他们大多都在收拾东西，准备启程回村。听到鬼手的高升呼叫，众人随即操起东西，循声奔跑过来。

当大家赶到鬼手所在的位置时，正好看见鬼手被一只斑斓大虎追着，正绕着大松树打转。

"踏破铁鞋无觅处，得来全不费工夫。"刘胜摇摇头，对着大伙喊道，"弟兄们，使劲敲响手中的家伙，把这个大虫驱赶走。"

大家于是使劲地敲打着铁具，发出尖锐刺耳的金属碰撞的声音。这一招还真管用，果真把老虎给吓住了。老虎丢下鬼手逃跑了。大家一路驱赶，一直把老虎赶过了峡谷，才意犹未尽地回到露营的地方。

村里人视老虎为山神，轻易不能猎杀。因此，把它们赶跑就算了。

"怪不得我们那些狗昨晚整夜都没敢吭一声，原来是有老虎。"毕罡说。

"老虎昨夜不可能整夜都在这里吧。要是那样，我们早就成了它的宵夜了。"郭猹说。

"你一过来这里就撞见那只老虎了吗？"刘胜问鬼手。

"不是。是在那堆荆棘丛里发现它的。"鬼手心有余悸地摇摇头，把发现老虎的经过跟大家说了一遍。

"哦？"刘胜若有所思地轻轻抓了抓下巴，朝那堆荆棘丛走去，凭着以往的狩猎经验，以及对老虎本性的认知，他判断荆棘丛中必定藏着老虎的食物。

刘胜用长矛拨开老虎藏身的荆棘，往里瞧了瞧，不禁失声叫道："里面有人。"

听见喊声，大家纷纷围拢了过来，争相往荆棘丛里瞅，果然看见里面躺着一个血肉模糊的人。

"死的还是活的？"毕罡问。

"被老虎叼到这里，估计是凶多吉少了。"郭猹说。

刘胜并没有跟着大家一起瞎猜测，而是小心翼翼地钻进荆棘丛中，用手按着那人的颈动脉，静静地感觉了一会儿，喜出望外说："活的，还活着。"

"真的吗？那得赶紧把他救出来。"郭猹说完，没等刘胜答复就迫不及待地往荆棘丛里钻，打算和刘胜一道把那人抬出来，但当他看清了躺在荆棘丛里的那个人之后，却脸色大变，扭头又钻了出来。

"怎么回事？"毕罡扯住郭磙的手臂问。

"这些人就该喂老虎。"郭磙甩开毕罡的手，气冲冲地说。

"究竟是什么人？让你生这么大的气嘛！"说着，他也钻进了荆棘丛里。

毕罡仔细瞅了瞅，立马也摇头说："怪不得。原来是日本鬼子！"然后问刘胜，"你打算怎么处理他？"

"你说呢？"刘胜反问道。

"看样子反正是活不了了，扔在这里不管就算了，也不用杀他了，免得弄脏了咱们的手。"毕罡说。

"我觉得咱们应该救他。"刘胜说。

"胜哥，你没事吧？"毕罡惊愕地看着刘胜，"这些日本人，大家都恨不得将他们千刀万剐，碎尸万段，你居然还说要救他？你是何用意呀？"

"兄弟，你听我说。"刘胜解释道，"如果他是一个正常的人，咱们公平决斗，杀他一百个，我眼睛都不会眨一下，但他现在是一个身受重伤、毫无还手之力的垂死的人。我们这样杀他，不仅违背了咱们的尚武精神，而且有损咱们的民族大义呀。"

毕罡想了想，咬了咬牙，说："好吧。咱们把他弄回去救活，等他完全伤愈后，我跟他单打独斗。"

"等他伤愈后，你想咋办就咋办。"刘胜笑着说。

就这样，刘胜说服了大家，把那个被老虎不知从哪里叼来的奄奄一息的日本兵抬回了村里。

路上，郭磙和鬼手为日后谁先与这个日本兵决斗争持不下。他们都抢着要先与这个日本人决斗，都希望能亲手宰了这个鬼子。

回到村里后，早有人预先把桂婶请了来。桂婶把日本兵浑身上下检查了一遍，欣慰地说："还好，没有伤到要害，还有救活的机会。"不过，连桂婶也不敢相信，这个日本兵居然命大到可以虎口逃生，这实在是太罕见了。据一些有经验的猎人分析，老虎之所以没有吃掉这个日本兵，是因为这只老虎刚刚吃饱了，肚子不饿。

村民在如何处置这个日本兵的态度上，也是莫衷一是。大多数人都觉得，对这些鬼子实在不应讲仁义，主张把他扔回山沟里去，管他是被野狗吃了也好，被狼、虎吞了也罢，反正就是没有必要救，尤其是在这个粮食和药物都非常短缺的时期。但也有一部分人认为，不能把仇恨与道义混为一谈，不能因为仇恨而背离了道义，尽管这些日本兵大多十恶不赦，但眼下这个是毫无攻击力的伤员，如果见死不救的话，那就显得中国人不人道。所以，必须尽力施救。这部分人主要以刘胜和桂婶为代表，他们最终力排众议，说服了大家，要对这名受伤的日本兵进行救治，并且要尽全力将他治好。

他们在村里腾出了一间柴房，打扫干净，用来安置这个受重伤的日本兵，还安排了专人照顾。

桂婶用中药对日本兵进行医治，效果非常显著，不过十日，日本兵的神志已清醒，可以正常进食，不再用木勺子把煮成牛奶状的粥一点一点地给他喂食；二十日不到，日本兵表面的伤口已完全结痂；一个月之后，在有人搀扶的情况下，这名日本兵已经可以下地活动了。

由于没有伤到内脏，该名日本兵康复得非常好，并没有留下任何后遗症。


# 十九


以郭聂、毕罡等为代表的一派，见日本兵已经痊愈，就迫不及待地召集了村民，把日本兵押了出来，准备按照当初的决定，通过比武方式把这个日本兵给了结了。

在郭聂他们看来，这些倭人只是凭借着先进的武器装备才得以趾高气扬、横行霸道，如果抛开武器，公平决斗的话，用郭聂的话讲："即使捆绑住了双手也能在两招之内取其狗命。"

当天，以郭聂等为首的气势汹汹的村民把日本兵带到了晒谷场上。刘胜和桂婶此时也不好阻止了，跟着一起来到现场，看个究竟。

由于日本兵的衣服已被老虎撕破，不能再穿了，现在身上穿的都是村民提供的衣裳。当身穿村民服装的日本兵被推到晒谷场中央时，乍一看，完全就像是村里的一个普通村民，也许是由于惊吓过度，看起来像个奴才似的佝偻着身子。

郭趸取来两把大刀，将其中一把扔到日本兵跟前，比画着手势，命其捡起大刀与之决斗。但日本兵惶恐地倒退几步，对着郭趸连连摆手表示拒绝。

日本兵的窝囊样子把郭趸给惹火了，他冲上前去，一把揪住日本兵的领口，用手中大刀抵住他的脖子，怒目圆睁地瞪着日本兵，做了个要砍他脑袋的手势，然后将他摔在地上，再次命他捡起大刀决斗。

日本兵似乎彻底明白了郭趸的意思。他反而平静地站了起来，特意走到桂婶面前，向桂婶深深地鞠了个躬，大概是表示对桂婶救命之恩的感谢吧！然后回到郭趸面前，向郭趸轻轻弯了弯腰。当他再度把头抬起时，已是满眼凶光，他并没有捡起地上的刀，而是直接对着郭趸摆开了架势。

"哈哈，空手打呀？"见对方不用刀，郭趸也将手中的大刀扔在一边，说："好吧，爷爷今天就陪你玩玩。"边说边捋起了袖子。

不过，郭趸话音刚落，对方就以迅雷不及掩耳之势跨前一步，一个自上而下劈腿对着他的脑门像锄头般狠狠地劈下来。速度之快，劲道之凌厉，郭趸差点躲避不及，被逼得向后连退几步。没等他站稳，对方顺势向右旋转180度，一个后蹬，直踢郭趸胸口。郭趸这回是避无可避了，慌忙架拳格挡，但对方力道实在太大，而他又毫无防备，整个人被踢得猛退几步后倒下了。

仅仅两脚，这个日本兵就把武艺高强的郭趸给踢倒了，这完全出乎了大家的预料。要知道，郭趸的武功在村中可是排得上名次的呀！现场顿时变得鸦雀无声，就连一直面带微笑的刘胜，见此情景也都脸色突变，抄在胸前的双手不由自主地垂放下来。

日本兵对着郭趸鞠了个躬，说了一句大概是"多有得罪"之类的话。

郭趸恼羞成怒，一个鲤鱼打挺从地上跳了起来，拉开架势就想与日本兵再决高下，却被一旁的毕罡拦住了。

"让我来试试。"毕罡说。

"靠一边去，我还没完呢。"郭聂说。

"哎呀！你不行了，别丢人现眼了，该我了。"毕罡说。

"放屁！我刚才只是太轻敌，没准备好而已。"郭聂说。

"不管什么原因，输了就是输了，要知道，沙场上是不会给你第二次机会的。"毕罡说。

郭聂被毕罡说得无言以对，只好悻悻地退了下来，让给毕罡上。

毕罡与日本兵一来一回几下交手，不但没有占到便宜，而且被对方逼得连连后退。

这个日本兵的拳法是毕罡他们从来没有见过的。出拳快、准、狠，手腿肘并用，没有多少套路，拼的是力量与速度，三两下，就把按照中国传统打法的毕罡打得手忙脚乱。

看着毕罡只有招架之功而无还手之力的狼狈样子，刘胜不禁皱紧了眉头。他之前也一直认为，日本人只是凭借着他们先进的武器才能入侵中国且节节得利的，但今日所见，让他疑惑。"看来，今日中国输的不仅仅是武器，而是整体的实力和素质。"刘胜心里暗自说道。同时，他也为之前没有将这个日本兵捆绑起来严加看管而深感后怕。如果当时他趁大家没有防备而逃走，估计没几个人能阻挡得了他。

这时，围观人群又传来了一阵唏嘘声，刘胜顺着声音望去，只见毕罡已经倒在了地上。

见毕罡被打倒，一旁围观的赵翠似乎显得格外兴奋，手舞足蹈地拍手欢呼，把毕罡气得直想冲上前去扇她两个巴掌。

日本兵照样对着毕罡鞠了个躬。毕罡又气又恼，从地上跳起来，操起大刀对着日本兵就劈。刘胜见状，赶紧上前将他制止。

"慢，让我来会会他。"刘胜说。

刘胜来到日本兵面前，向对方行了个传统的抱拳礼，日本兵也慌忙鞠躬还礼。然后，两人就拳来脚往较量了起来。

刚才，在一旁观察日本兵与郭蛋和毕罡对决的时候，刘胜对眼前这个日本兵的拳法已略知一二，知道对方的优势在于速度和力量，但这恰恰又是他的致命弱点。因为，按这样的打法，对体力的消耗是非常大的，如果不能在短时间内将对方打倒，那么体力将无以为继，最终不打自败。因此，从一开始，刘胜就采取以柔克刚、诱敌进攻的策略，以此来消耗对方的体力。

在经过与前两人的较量后，日本兵发现，这些土包子们简直就是不堪一击，郭蛋和毕罡充其量也就相当于给他提供了一个热身运动。他现在是浑身是劲、状态正佳。按他的估量，不用三分钟就可以把眼前这个年近半百的中国农民放倒，然后就可以大摇大摆地离开这里，回去找他的队伍了。因此，他使出了吃奶之力，一招比一招快、一招比一招狠地对刘胜发起攻击，而这正中了刘胜的下怀。

对方企图一口气吃下刘胜，而刘胜却采取四两拨千斤的打法，不慌不忙地左闪右挡，绕着晒谷场稳步退让。

果然，在经过一轮猛烈进攻后，日本兵的体力已明显跟不上了，动作渐渐慢了下来，并开始出现剧烈的气喘。见时机已到，刘胜微微笑了笑，瞅准机会，左手虚晃了一招，右手掌对着日本兵的胸口闪电般拍打过去。日本兵躲闪不及，胸口挨了刘胜一掌，失去重心，向后踉跄几步。没等他站稳，刘胜紧贴上前，双手左右开弓，对着他的脸狂扇几掌，把日本兵打得眼花缭乱，晕头转向，最后，刘胜一个当心脚，将对方踢倒，结束了比武！

终于把小日本给打倒了，围观村民悬着的心终于放了下来，现场爆出一阵欢呼。有人当即就提着刀上前要结束日本兵的命，但被刘胜制止了。

刘胜命人先将日本兵捆绑起来，带回柴房，听候发落。虽说是听候发落，但郭蛋等人杀意已决——这个日本兵明天必须得死！当晚，在商讨此事时，见刘胜仍面露恻隐之色，郭蛋深感不安，问刘胜道："阿胜，你还在犹豫什么？"

"唉！就这些鬼子对我们的同胞犯下的罪行来讲，他们确实是死有余辜，但真正到了要动手去杀这么一个活生生的、已经被擒获了的人，又实在是于心不忍。"刘胜纠结地说。

"阿胜，你不会这么快就忘了咱们以前是做什么的了吧？杀洋鬼子，你以前可是眼都不眨一下的呀。怎么几年工夫就变成现在这样满腹的妇人之仁呢？"郭疍望着刘胜，愤怒道。

"那是在你死我活的战场，怎么能跟眼下这件事相提并论呢？"刘胜说。

"别忘了日本人现在也是在跟咱们打仗。"郭疍拍打着桌子，焦急地说。他真不知道该如何对刘胜说。在他看来，这件事是最明显不过的了，难道还要费这么多的口舌来摆道理吗？

"但这个日本兵也算是俘虏了，咱们总不能连俘虏都不放过吧？"刘胜反问道。

"哼！他是老虎的俘虏，不是我们的俘虏，况且我们从虎口将他救下，治好了他，已行了人道了，接下来就该清算仇恨了。"郭疍铁青着脸说。

"胜哥，不杀他，你有什么打算？难道要放他走吗？或者你觉得他会投降咱们，将他留下来？"一旁的毕罡也沉不住气了，问道。

"留下来是不可能的，我手中这把刀也不会答应的。咱们跟日本人不共戴天，更不可能与之同饮一口井的水。"郭疍举起手中的大刀晃了晃，断然说道。

"唉！你们看着办吧，这事我不管了。"刘胜内心确实有不杀之意，然而又找不出解决的办法，更说服不了这些把日本人恨到骨子里去的弟兄们，所以只好叹气道。

"好！事情就这么定了，明天我再跟他比武，我一定要亲手宰了他。"郭疍一拳打在桌子上，咬牙切齿道。

第二天一早，郭疍和毕罡带着众人杀气腾腾地来到关押日本兵的柴房，却惊讶地发现柴房空空如也，地上残留着几段先前捆绑日本兵的绳索，日本兵已不在柴房，不知所踪了。

"跑了？"郭疍捡起地上一段绳索惊愕地喊道。再细看绳索的端口，整整齐齐，刀切的痕迹清清楚楚，分明是有人用刀切断了绳索，把日本兵给放走了。"是谁把日本兵放走了！"郭燮举起手中的半截绳子，晃动着问道。

"先别管这个问题了，还是赶紧去把人给追回来吧。"毕罡说。

一语惊醒梦中人。郭燮幡然醒悟，大声喊道："对，赶紧追。"说着，同大家分头追了出去。

由于山下有日军把守，郭燮他们没敢往山脚下追，只在村四周和山腰附近搜寻，但搜索了半天却连日本兵的影子都没见着。

人没追回来，大家决意要揪出放走日本兵的这个人，严加追究。但究竟是谁放走了日本兵呢？

在郭燮他们看来，放走日本兵的肯定就是不想处死这个日本兵的人。如此推断，答案就非常清晰了——刘胜！放走日本兵的非刘胜莫属了。因为，自始至终，刘胜都不愿意杀这个日本兵，正因如此，以偷偷放人的方式来给这个日本兵一条生路，也就合情合理了。

有了明确指向后，郭燮于是带着众人直奔刘胜家，兴师问罪而来。

刘胜扛着锄头刚要出门到地里去干活，抬头忽见郭燮等人气冲冲地朝他小跑而来，他不知原委，于是放下锄头，立在原地静静地等着他们。

"阿胜，你也太让弟兄们失望了。"还没到跟前，郭燮远远就指着刘胜，摇头怒斥道。如此无礼地对刘胜，不仅是他的头一回，也是村里的头一人。

一听郭燮的语气，刘胜先是一怔，随即皱起了眉头，愕然地反问道："阿燮，你这话啥意思？"

"阿胜，咱们都是光明磊落的人，你就别装了。"郭燮说。

"我真的不明白你这话是什么意思？"刘胜头一遭被兄弟如此质问，显得有点困窘和措手不及，说。

"明人不做暗事，你说，日本兵是不是被你放走的？"见刘胜还在装糊涂，郭燮干脆直接挑明了。

"什么？日本兵跑了。"刘胜一听，大惊失色。

刘胜的反应大大超乎了郭燮的预料。从一开始郭燮就认定日本兵是刘胜放走的，但凭多年亲如兄弟的相互了解，郭燮从刘胜的表情里看出，日本兵不像是他放走的！他意识到错怪刘胜了，脸上露出了愧色。

"是的，跑了，我们刚才还以为是你放跑的呢？"郭聂的语气随即缓和了下来，说。

"荒唐！我要放他走还需要偷偷摸摸吗？"刘胜既气恼又焦虑道。

"对不起，我错怪你了。"郭聂脸露愧色道。

"哎呀，现在不是说这话的时候。"刘胜说，"你们周围找过没有？"

"找过了，没找着。"郭聂孩子似的噘着嘴说。

"那就非常糟糕了，山下就驻扎着日本部队，他逃回去后肯定会搬兵来犯的，我们还是赶紧做好应对的准备吧。"刘胜说。

虽然大家都认同刘胜的担忧，但眼下大家最关心的还是究竟是谁放跑了日本兵。郭聂他们围在刘胜家门口就这个问题喧嚷了好一阵子。

离开刘胜家，在回家的路上，郭聂心里始终无法释怀，一直琢磨着谁放跑了日本兵。他几乎把全村人都在脑海里过了一遍，逐一排查，但似乎个个都有嫌疑，而个个似乎都不太可能。

郭聂回到家时，母亲已经把饭做好了。见儿子回来了，她一边抱怨说家里的菜刀找不着了，一边催促郭聂去给赵翠送饭。"聂儿，饭都快凉了，赶紧给你媳妇送去吧。"郭母对着郭聂喊道。

"知道了。"郭聂应道。赵翠还是改不了到村头等待女儿归来的习惯。

郭聂提着饭篮来到村头，远远就看见赵翠坐在溪边那块巨石上，呆呆地看着进村的路。

"翠翠，吃饭了。"来到身边，郭聂放下饭篮子，取出盛着热乎乎饭菜的搪瓷大碗，在赵翠面前晃了晃说。

对郭聂的到来，赵翠似乎已经习以为常了，毫无反应。郭聂取出汤匙，在自己衣袖上擦了擦，准备喂赵翠吃饭。突然，郭聂的眼睛被赵翠手上拿着的一截绳子吸引住了。

"这是从哪里捡来的？"郭聂很自然地伸手要去拿赵翠手中的绳子，但赵翠却把身子转了过去，不愿意把绳子给他。不过，郭聂已经看清了，赵翠手上拿着的绳子，跟遗留在柴房捆绑日本兵的那几截绳子是一模一样的。"难不成她跟这件事有关？"郭蛋真不愿意往这方面想，"来，翠翠，把绳子给我。"郭蛋再次把手伸向赵翠，说。赵翠并不理会他，依然自娱自乐地把玩着手中那截绳子。

大概是日本兵被放走了的原因，郭蛋今天显得非常焦躁。他放下手中的饭碗，腾出手来要去夺赵翠的绳子。

赵翠看似被逼急了，"嗖"地站了起来，做出要跳下巨石的举动。不过，她这么一站起来，好家伙！郭蛋发现她屁股下居然垫着一把菜刀，而这把菜刀正是郭母刚才抱怨找不着了的那把。

事情发展到这里，真相似乎已经摆在眼前了。种种迹象表明，赵翠就是放跑日本兵的那个人。但郭蛋似乎并未死心，他希望能得到赵翠的亲口确认，尽管她不一定会回答，或者她的回答也许并不具备可信性，但他还是问道："翠翠，那个日本兵是你放走的吗？"他凝视着赵翠，眼里是怜爱与无奈。其实，他内心真正想要的答案是"不"。

赵翠依然自顾笑嘻嘻地玩弄着手中的半截绳子，对郭蛋的问题表现出一如既往的无动于衷。

也许是因为日本兵跑了，心情特别坏的原因，郭蛋今天无论对谁都表现出罕见的不耐烦。赵翠的这些他平日习以为常的表情和举动，今日却莫名其妙地令他厌烦与憎恶。郭蛋感到一股怒火直窜脑门，情绪一时失控，对着赵翠吼道："我在问你话呢？"不过，话刚出口，他立马就后悔了。

赵翠被郭蛋的吼叫吓得怔了怔，随即像小孩撒野似瘫坐在石头上，委屈地放声大哭。

她这么一哭，郭蛋心都碎了，连忙伸出手去安抚。谁知他的手刚一碰到赵翠的肩膀，赵翠立马就像触电似的跳了起来，随手抓起菜刀对着郭蛋，做出惊恐的防卫姿势。郭蛋条件反射般，身体往后一缩，连连摆手道："没事没事，翠翠别怕。"

但赵翠不听他的话。她跳下石块，倔强地往村里跑去。

郭茞把饭碗收回到篮子里，快步追了上去，边追边喊："翠翠，你这是去哪儿呀？你还没吃饭呢。"

但赵翠依然没有理会他，继续自顾往前跑，最后把郭茞带到了原先拘押日本兵的柴房前。此时，赵翠又像是换了个人似的，情绪变得非常平静。

"跑了。"赵翠站在柴房门口，指着昏暗的柴房自言自语道。

"哦。你知道他是怎么跑的吗？"郭茞变换了一种方式，学着赵翠，装出一副傻子的模样，问。

赵翠一边举着刀，比画着切割绳子的动作，一边哼哼哈哈地发着喉音，演示她当时是怎么样切断绳子，怎么样把人放走的。

郭茞强作欢颜，对着赵翠竖起了大拇指，然后装出欣赏的表情问道："你干的呀？"

赵翠得意地连连点头。

虽然这是预料中的答案，但郭茞还是感到了一种莫名的悲凉，他现在终于明白赵翠今早为什么起得那么早了。他长长地叹了一口气，脸上掠过一丝苦笑，无奈地说："咱们回家吧。"

也许是刚受到了表扬的原因，赵翠此时变得非常温顺，乖乖地跟着郭茞回了家。


# 二十

清晨时分，日本兵被脸上的一阵难受的瘙痒弄醒。当他睁开眼睛时，发现在他面前站着一个嘻嘻傻笑的女子。女子正在用一枝带叶子的竹枝在他脸上来回扫动。见他突然睁开了眼睛，女子像是受到了惊吓似的蹦出了门外，躲在了墙后。过了一会儿，女子慢慢从门框探出头来，往屋里窥视了一会儿，然后举起一把菜刀，对着日本兵晃了晃，重新跨入门槛，一步步朝日本兵逼近。

日本兵以为女子要杀他，拼命地挣扎着。女子把左手食指放在唇边轻轻吹了一口气，示意他安静，然后用菜刀把捆在他脚上的绳子切断。日本兵一开始还在挣扎，但当他意识到女子的用意后，立马就安静了下来。女子紧接着切断了绑在日本兵手腕上的绳子。

日本兵挣脱了身上残留的绳索，对着女子鞠了个躬，转身逃出了门外，消失在了巷陌中。

看着日本兵逃跑的身影，女子表现得极为亢奋，对着日本兵逃跑的方向使劲地挥手。末了，她从地上捡起一段绳索，蹦蹦跳跳地来到村头，爬上那块几乎天天陪伴她的巨石，一边摇晃着绳子，一边唱着不知道是什么歌谣，等待她久等不归的人。

日本兵逃出西岭村，沿着山路一直往山下跑，并在沿途做了标识。日本兵刚来到山脚下，没走多远，就遇上了日军设立的哨卡，表露身份后，这个日本兵就被接回到了日军营地了。

原来，这个日本兵是日军的一名特种侦察兵，名叫小野。那天，他是在深山老林中执行侦察任务的时候遇上老虎，被老虎叼走的。所幸老虎当天无心吃他，恰恰又遇上了刘胜他们，把他救了下来。他在西岭村治好了伤，恢复了健康，其间郭崀等村民要把他杀掉，却又莫名其妙地被一名傻女子放了。可谓有惊无险！他把自己的幸运归功于天皇的庇佑，回到营地后，立即沐浴更衣，对着天皇的方位三拜九叩，以谢皇恩。紧接着，他就向佐藤详细汇报了此次历险经过，以及他掌握到的西岭村的具体情况，并鼓动佐藤发兵攻打西岭村。

由于之前扫荡西岭村失利，佐藤一直心有余悸，加之现在东江流域的共产党游击队活动越来越频繁，即使是大本营都经常遭到他们的攻击，佐藤甚至还怀疑游击队的总部就设在西岭村，因而那里的防守必定非常坚固。所以，他对小野提出的扫荡西岭村的建议连连摆手说："不！不！不！目前我们的主要任务是稀土矿场，我们的策略是防守为主，不能轻易出兵了。"

但小野一再说那里非常富有，通过扫荡，日军可以收缴到丰富的军需补给。

"算了算了，我们把稀土矿场守护好就行了。"佐藤坚持道。

"难道中佐害怕了？"见佐藤还是不愿意出兵，小野带着讥讽的口吻问道。

"放肆！"佐藤被质问得恼羞成怒，狠狠地抽了小野两记耳光，训道："你怎么可以质疑我？"

小野虽然被打得心里很不服气，无奈官没人家大，唯有忍气吞声，连连点头"嘿！嘿！嘿！"地应个不停。

发泄完了之后，佐藤在屋里烦躁地踱了一圈，突然停在了屋中间，瞪着小野问道："你确定那里没有游击队的主力？"

"我以性命担保，我在那里这么多天，确实没有看到什么游击队。"小野肯定说。

听了小野的保证，佐藤又在屋里踱了一圈，恼羞成怒地把手一挥，发出了第二天进攻西岭村的命令。

日军在小野的引领下，长驱直入，直达西岭村村口，并在溪对岸排好阵势，对着村里枪炮齐发，一阵疯狂扫射，然后就如临大敌般向村中间推进。不过，村里的情况令他们大失所望。整条村都搜遍了，不仅见不着一个人影，更没有小野所说的粮食等军需物品。

扑了个空，本来就不想出兵的佐藤更是把怨气撒在小野身上，再又狠狠地扇了他几记耳光。

小野被打得眼冒金星，敢怒不敢言。为了发泄，小野建议佐藤放火烧村。他的这个建议又招来了佐藤的一顿臭骂。佐藤大骂小野是饭桶。按佐藤的说法，放火烧房子肯定会引起山林大火，而他们的矿场就在山里，山火势必会祸及他们的矿场。

教训完小野后，佐藤嘬着嘴挥了挥手，下令收兵。然而，还没等他们走出村口，队伍后面突然一阵骚乱。佐藤勒住马，示意身边卫兵前去看看究竟发生了什么事。

不一会，前去探听消息的卫兵回来报告说，有一男一女两名中国人突然从山后面跑了下来，现在已被皇军团团围住，等候佐藤中佐处置。

听罢汇报，佐藤皱了皱眉头，调转马首向队伍后头踱去。见佐藤来了，围在一起的日军赶紧让开一个口子，给佐藤进去。

佐藤坐在马上，静静地打量着眼前的这对男女。男的手里拿着一把大刀，满脸杀气；女的看似神智不太正常，对着围住他们的日军嘻嘻地傻笑个不停。佐藤用马鞭指着那名男子，问："你是什么人？"站在马旁的陈祁其实已经认出了对方就是西岭村村民，但依然问道："佐藤中佐问你是什么人。"

虽然身陷日本兵的包围之中，但对方全无惧色，啐了一口，道："我是你爷爷郭昰。"

陈祁一听，顿时恼羞成怒，用枪指着郭昰骂道："你不要命了。"

佐藤轻轻晃了晃马鞭，示意陈祁不要冲动，稍微欠了欠身子，问身边的翻译官："他说什么？"

这真把翻译官给难住了。他总不能把郭昰的原话直接翻译给佐藤听吧！于是翻译官就说郭昰刚才在骂人，想敷衍过去。谁知佐藤一定要翻译官把郭昰的原话翻译给他听。翻译官只好硬着头皮把郭昰原话的意思翻译给了佐藤听。佐藤听了之后，先是脸色一沉，紧接着哈哈大笑道："看来今天我要把我爷爷给杀了。"说完，跳下马，拔出佩刀朝郭昰走去。

一旁的小野早已认出了郭昰，他上前几步，对佐藤鞠了鞠躬，说他希望能亲手把郭昰给宰杀了，以雪之前所受的耻辱。

佐藤看了看郭昰，再看看小野，把指挥刀插回了刀鞘，挥了挥手，做了个应允的手势。

小野再次鞠躬谢过佐藤，转身信步走到郭昰面前，鄙视地对着郭昰冷笑几声，说："你不是一直想杀我吗？今天我就再给你一个机会！"然后叫翻译官把原话翻译给郭昰听。

郭昰也冷笑道："龟孙子，你先别得意，爷爷我这次是绝不会失手的了！"说完扔下大刀，脱去上衣，露出结实的身体。

小野脸上依然挂着冷笑，对着郭昰鞠了个躬，随即以迅雷不及掩耳之势对郭昰手腿并用，发起进攻，企图再次以速度取胜，快速击倒郭昰。

郭昰上回因为过于轻敌，在毫无防备的情况下，还没反应过来就被小野一脚踢倒，心里一直耿耿于怀，本以为已经没有机会雪耻了，没想到小野今天亲自把机会送上门来了，心里别提有多兴奋。他铁下了心，哪怕今天死在这里，也要证明自己的武功并不输给这个小日本。因此，他使出了浑身解数，将小野凌厉的攻击一一化解。

小野上次占了便宜，以为这次也可以跟上回一样，三两招就能将郭昰解决，但没想到郭昰与上次判若两人，不仅轻易躲过了他的连连快速进攻，还频频出招将他击中，令他大为恼怒。比武场上，情绪是取胜的重要因素。小野求胜心切，加上怒气攻心，心浮气躁，犯了大忌，很快就方寸大乱。而郭昰有前车之鉴，知道对方只是速度快而已，至于拳法可以说是毫无奥妙，打来打去，无非就那三板斧，只要躲过了他的第一轮进攻，第二轮他还是重复那几招，对于郭昰这样的高手，要化解就易如反掌了。郭昰沉着应战，很快就控制了节奏，占据了主动，瞅准了一个机会，一掌拍中了对方的风池穴，对方浑身一震，即时僵硬地倒在了地上。现场日军顿时起了一阵骚动。

见小野被击倒，佐藤大吃一惊，拔出指挥刀，要亲自与郭昰比试。陈祁见状慌忙上前劝阻，说对付郭昰这样的贱民，一颗子弹就够了，无须劳驾佐藤中佐亲自动手。

佐藤一掌将陈祁推开，说道："混账！你以为大日本帝国打败中国靠的仅仅是子弹吗？我要让中国人知道，大日本帝国不仅在武器上战胜中国，在武术上也能战胜中国。"说完，指了指地上的大刀，示意郭昰把刀捡起来。

郭昰哼了一下鼻子，用脚尖将刀勾了起来，握在手里掂了掂，拉开马步，准备迎战佐藤。

从刚才郭昰与小野的交手中，佐藤知道眼前这个矮小敦实的中年男子功夫非比寻常，因而不敢有丝毫轻敌。他举着军刀，踩着剪刀步绕郭昰转了一圈，试图找出郭昰的破绽。

郭昰右手紧握刀柄，左手轻抚刀背，右腿弯曲，左脚脚尖点地，左虚右实，成坐弓步，如钉子般立在原地，眼观六路，耳听八方，以静制动。

佐藤转了一圈，没发现什么破绽，于是主动发起攻击，双手举刀，用尽全力，一个泰山压顶对着郭聂猛劈下来。郭聂举刀相迎，往上一架，只听见"哐当"一声，郭聂手中的大刀被佐藤的军刀削去了三分之一，现场顿时爆发一阵喝彩声。

佐藤收回军刀，用手指轻轻弹了弹刀身，望着郭聂不屑地摇了摇头，然后挥刀对着郭聂上中下，劈、砍、刺、挑，一通猛攻。虽然手上只剩下三分之二的刀身，但郭聂尽显高手风范，毫无惧色，举着半截大刀左挡右格，一一化解了对方的进攻。两人就这样你来我往，激战了二十多个回合。佐藤打来打去，不断重复着招式，但对郭聂已全无威胁，而郭聂招式变化多端，神秘莫测，已明显占据了上风。

这时小野已苏醒了过来，他从地上爬了起来，揉了揉耳后隐隐作痛的风池穴位，咬牙切齿地望着与佐藤厮杀的郭聂，掏出手枪，瞅准机会对着郭聂扣动了扳机。

随着"嘭"的一声枪响，只见郭聂的身子猛烈地抽搐了一下，随即身体失去了平衡，向右倾倒了下去。佐藤趁机一个箭步上前，对着郭聂的胸膛猛刺一刀。长长的军刀从郭聂的前胸进去，后背出来，穿透了郭聂的胸脯。

郭聂中刀跪坐在地上，伸出左手抓住刺进了自己身体的日军军刀，右手挥刀向佐藤砍去。佐藤连忙松开握刀的双手，后跳两步，避开了郭聂砍来的半截刀锋。郭聂一刀砍空，顺势将大刀对着佐藤的脑袋扔去。佐藤低头又躲了过去。这时又是"嘭"的一声枪响，小野对着郭聂开了第二枪。郭聂头部中枪，带着身上长长的军刀，倒在了血泊中。佐藤从惊愕中回过神来，冲到小野跟前，狠狠地扇了他几记耳光，骂道："混账！你坏了我跟他的公平决斗，玷污了大日本帝国的武士道精神。"

"嘿！对不起，我自裁谢罪。"小野说着，举枪对着自己的太阳穴就要扣动扳机。佐藤一把夺下他的手枪，又扇了他几个耳光，骂道："混账！把你的命留在战场上吧。"

"嘿！"小野对着佐藤鞠躬道。

赵翠一直坐在地上，笑嘻嘻地看着郭垩打败了小野，再看着郭垩被杀。不过，当她看到郭垩倒下的时候，看着他的那充满了依恋、不舍与牵挂的目光时，她陡然收起了傻笑，幡然醒悟了似的从地上站了起来，慢慢地走到郭垩身旁，伸出颤抖的手，轻轻地抚摸着郭垩的脸颊，眼睛渗出了泪水，滴在了郭垩的脸上。从郭垩最后凝固在嘴角上的那丝笑意显示，他感觉到了赵翠对他的抚摸了。

佐藤拍了拍手掌，重新跨上了马背，刚要下令带赵翠一起收兵回营，四周却突然枪声大作，子弹、箭矢从树林里如雨般向他们倾泻而来，把沉浸在打死郭垩的喜悦中毫无防备的日军打得措手不及。不过，日军毕竟是一支训练有素的队伍，虽然被撂倒了一片，但很快恢复了指挥，开始组织反击。

袭击日军的不是别人，正是刘胜他们。与强大的日军正面交锋并不是刘胜等的本意，他们之所以孤注一掷地攻击，纯粹是出于对兄弟同胞的爱与对敌人的仇恨！

与上次方式相同，早上西岭村收到了落款为"东江纵队"的情报，说日军要进山围剿，让西岭村做好撤离和应对准备。得到这个消息，以郭垩为首的主战派主张组织弟兄们与日军来个硬碰硬，决一死战。然而，刘胜表现得非常理智，他心里清楚，以他们的人数和装备，与日军正面交锋，不能称作是硬碰硬，而只能称之为以卵击石。为了避免不必要的伤亡，保存实力，刘胜毫无商量余地地命令大家立即收拾细软，退到深山去暂避。然而，在撤退过程中，赵翠突然离开了队伍，拔腿就往回跑。郭垩见状，不顾一切地追了上来，一直追回到了村子里，结果就发生了刚才那一幕。郭垩洗刷了先前败给小野的耻辱，以生命捍卫了中华武者的尊严。当在队伍前头开路的刘胜得知郭垩和赵翠跑回了村里之后，大惊失色，立马组织弟兄们，操起弓箭、火铳、土炮等，冒死赶来相救。不过，当他们赶到时，郭垩已经遇害了。

眼看着郭垩被日军活活杀害，弟兄们悲痛欲绝，愤然举起了手中的武器，把满腔怒火射向了日本鬼子。

日军在受到攻击后，很快就组织了反扑。无论是人数还是武器装备，刘胜他们都远不如日军，在日军强大的火力攻势下，只好边打边退，最后被赶进了一个峡谷里。凭借着先进的武器装备和优势兵力，日军把刘胜他们死死地围困在峡谷中，企图等对方弹药耗尽时，攻进峡谷，来个瓮中捉鳖、一网打尽！

讲民族大义、兄弟义气是要付出代价的！刘胜他们已做好了付出代价的准备！他们不约而同地把上衣脱去，此时，大部分人已满身是血，这血有的是自己的，有的是兄弟们的，他们用手掌抹着血涂满了整张脸和身躯，拍打着胸膛，准备一起拼命。

佐藤通过陈祁向刘胜他们喊话，试图劝刘胜他们投降，却遭到了刘胜他们火铳的回应。恼羞成怒的佐藤于是下令对刘胜他们开炮。霎时间，枪炮齐发，地动山摇，刘胜他们被压制得头都抬不起来，看样子，再这样下去，只能束手待毙了。

就在这危亡时刻，日军背后突然枪声大作，不知从哪里杀出一队人马，来者不像是其他村里人，而像是训练有素的正规部队。

"东江纵队！"佐藤脱口惊叫道。出兵前他就担心会遭到共产党游击队的伏击，没想到担心果然变成了现实。看来，与共产党军队交手，真不能抱有侥幸心理。

为了确保矿场和大本营有足够的留守兵力，佐藤此番进山扫荡所带人马并不多，担心遭到围歼，心中非常惊慌，根本不敢恋战，慌忙下令撤退。在经过了一轮激烈的枪战后，佐藤带着部队，丢盔弃甲，狼狈地逃回了双耳寨。

# 二十一

日军逃跑后，袭击日军的队伍陆续走出树林，挥着手向刘胜他们藏身的峡谷走来。刘胜犹豫了一会，领着大伙走出峡谷，迎了上去。

又是一次绝处逢生！每次都是生死关头天降神兵解救了他们。上次是在偷袭双耳寨途中遭到陈祁土匪的伏击，也几乎全军覆没，结果是突然出现一支神秘部队驱散了土匪，解救了他们。这一次救他们的究竟又是谁，他们会不会是同一支部队呢？

"你们受惊了。"领头人握着刘胜的手说，并从上衣口袋里拿出红色五角星。

这个标志一直是刘胜他们寻找和辨认救命恩人的线索。没想到这次又见着他们了，而且又是他们救了西岭村。刘胜此时的心情别提有多激动。他两只手紧紧抓住对方的手说道："感谢你们又一次救了咱们西岭村。"

"这是我们的文队长。"旁边一名警卫员模样的士兵介绍说。

"每次都承蒙你们相救，大恩大德，没齿难忘啊！"刘胜哽咽道。

"老乡言重了，我们都是中华儿女，齐心协力，驱除日寇，是我们的共同使命，你不必谢我们。"文队长说。

"救命之恩，如同再生父母，岂能不谢，日后如有用得着咱们西岭村弟兄的时候，定当肝脑涂地、万死不辞。"刘胜诚挚地说。

"好吧。那就让我们携起手来，共同与日寇战斗到底，消灭日本侵略者。"文队长拍着刘胜的肩膀，微笑着说。

文队长所带领的正是让日本鬼子又恨又怕的、活跃在东江流域的东江纵队某支队，西岭村屡次收到的有关日军来犯的情报信息，正是由他们送来的。文队长的队伍神出鬼没，别说刘胜他们平时很少见到，就连佐藤派出的侦察兵也难觅他们的踪影，除非游击队主动现身。但是，每当游击队现身的时候，总是日军受袭遭殃的时候。游击队经常出其不意地袭击，让日本兵防不胜防、闻风丧胆。

这次与日军交战跟以往一样，也是文队长他们主动出击，出奇制胜的结果。早在头一天晚上，游击队就已获悉了日军要进山扫荡西岭村的情报。文队长一边派人将情报告知了西岭村，一边召集开会，商讨对策。在估量了敌我双方的实力后，大家一致认为，在暗中保护西岭村民前提下，寻找对日军发动袭击的机会。文队长于是进行作战部署，并派人暗中尾随日军，伺机袭击日军，解救刘胜他们。唯一遗憾的是，未能及时救下郭葚。

西岭村村民陆续回到了村里，但遭受了日军洗劫的西岭村此时面目全非，许多房子都已被推倒或损毁。面对毁坏的家园，许多村民都忍不住掩面而泣。

"没关系，我们帮助你们一起重建家园。"文队长一边安慰大家，一边带领游击队帮助村民修复受损房舍。

遭受了丧子之痛，郭葚的母亲一病不起。赵翠却戏剧性地恢复了神智，一夜之间变回了一个看似正常的人，不仅生活可以自理，而且还会主动照顾郭母。不过，郭母却认为是赵翠害死了自己的儿子，坚决不肯原谅赵翠，要赶她走。然而，此时的赵翠任凭郭母怎样指责和驱赶，她就是不走，一边忍受着郭母责骂，一边悉心照料郭母的起居，完全是一个贤惠媳妇的模样。

在游击队停留西岭村帮助村民重建家园期间，刘胜他们进一步加深了对这支队伍的了解，知道这是一支真真实实的抗日救国的队伍，是一支老百姓自己的队伍，因而大受鼓舞，仿佛看到了希望，找到了依靠，包括刘胜在内，都纷纷主动要求加入游击队。文队长根据各人的实际情况，年轻的、没有家庭负担的，就安排他们直接跟队；年纪较大的、有妻室的，如刘胜等人，就让他们以秘密的身份依旧留在西岭村开展生产工作。通过游击队，刘胜他们还了解到了当前的抗战形势，知道日军已经是强弩之末，时日不多了。得知这一情况后，大家都摩拳擦掌，恨不得马上就对这些日寇发起最后一击，将他们统统赶出中国。

修建好房舍后，文队长就带领大部队撤离了。队伍是撤离了，但游击队与西岭村的联系才刚开始。游击队在西岭村设立了秘密联络站，西岭村这边由刘胜做秘密联络人，而游击队方面则指定了一位姓蔡的干事充当联络员。

粉碎了日军对西岭村的围剿后，文队长所率游击队开始谋划一个大行动——彻底摧毁日军的矿场。"再也不能放任日本人肆无忌惮地窃取我们的自然宝藏了。"文队长拍着桌子狠狠地说。

之前，游击队曾经袭击过日军的矿场，但当时由于担心误伤里面的矿工同胞，只是对矿场发动了一次意在骚扰日军的攻击。随着抗日形势的发展，文队长认为已经具备了对日军发动大规模袭击、彻底摧毁日军矿场的条件了。但在袭击行动前，必须想办法取得里面矿工的支持和配合，这样做主要是为了在行动时避免对矿工的误伤，保护好矿场里面的同胞。所以，文队长的当务之急就是要派人混进矿场，把矿工组织起来，配合行动。其实，要进矿场并不难，只要主动被日本兵逮住，通过了他们的拷打盘问，他们认为排除了游击队的嫌疑之后，就会被送到矿场去当劳工，但要在短时间内取得里面矿工的信任，把他们组织起来并非易事。日本兵既担心矿工相互串联勾结闹事，又担心游击队混进去搞破坏，所以对矿工的管理和戒备都非常严苛，稍有嫌疑就会就地处决。为了试探矿工，曾经有陈祁的土匪伪装成矿工，混在里面，假装煽动矿工暴动，有矿工说了两句附和的话，结果就被日本兵拿去枪杀示众了。因此，不熟悉的矿工彼此之间猜忌很深，甚至不敢交流。

当初，陈村被陈祁所害，引狼入室，把日军引到了村里来。日军通过陈祁掌握了陈村的详细情况，捏住了陈村的要害，通过扣押族长来要挟的方式，不仅把陈村的储粮抢夺一空，还将陈村大部分劳力驱赶去筹建矿场，使他们成为替日军采矿的第一拨，也是最艰苦的主力矿工。虽然后来日军不断地抓捕补充矿工，但矿场里面的矿工还是以陈村的人为主，所以，如果想以最快的速度取得矿工们的信任，此人最好是陈村的人，又或者是能取得陈村人信任的人。不过，要特意找一两个陈村人混进矿场，可能就不那么现实了，别说是陈村人，其他村庄的任何一个普通人，要让他们进日本人的矿场去当劳工，他们绝对是唯恐避之不及的。因此，最可行的办法是，游击队派人冒险混进去，再设法与里面的陈村人取得联系，只要取得了陈村人的信任，基本也就掌控主动权了。

蔡干事来到了西岭村，把文队长要摧毁日军矿场的想法跟刘胜说了，征求他的意见。刘胜与蔡干事详细分析了文队长的方案和当前情况后，说："我们村可以派人配合你们混进矿场，只是陈村那一边得想想法子。"

"嗯，文队长也是这么认为的。"蔡干事说。由于陈村是以围屋形式组建的，管理上是宗族式管理，一堵围墙将村里村外完全隔绝，对外来人警惕性非常高，一般情况下，未经允许，外人很难进得了村，加上陈村与土匪陈祁和日军又存在千丝万缕的关系，基于对游击队自身安全的考虑，文队长他们一直没能打通与陈村的联系。文队长的意思是，希望通过刘胜他们先行与陈村联系，试探一下他们的意愿，再实施下一步计划。"如果让你们先和陈村联系，不知你们有没有困难？"蔡干事问。

"西岭村和陈村由于耕种土地、水源等问题，结下了梁子，长期不和，平时基本没有什么来往，所以贸然跟他们取得联系不难，难在信任。"刘胜说，"不过，郭鼋兄弟生前有一次夜闯双耳寨，被日军和土匪追赶，迷路误入了陈村，但陈村不仅没有把他交给日本兵，反而冒险把他保护了起来，由此可见，陈村人也是深明大义的。所以，我认为此事可以办。"

"嗯。"蔡干事对刘胜的说法表示认同，并将此事交由他去落实。为避免走漏风声暴露计划，在具体实施上，得谨慎行事，想个万全之策。

就在刘胜和弟兄们绞尽脑汁，想办法落实蔡干事交办的任务时，发生了一件事情，机会送上门来了。

由于大部分男人都被日本人抓去当劳工了，在陈村很多家庭里，妇女已成了主要的劳动力，正常来说，在这兵荒马乱、鬼子横行的日子，妇女们是能不出门就尽量少出门的，担心一个不好彩遇上了日本兵，那可就倒大霉了。道理大家都懂，但不出门的话，地里的活谁做呀？在生计面前，人身安全只能听天由命。

这天，也不知道是陈村哪家的媳妇，刚干完农活，弄得满身污泥，就泡入了旁边的小溪里，借着芦苇的遮挡，忘我地洗着雪白的身子。日本兵简直就像是猫见到了腥，立马扔下了手中的枪，呱呱地叫喊着"花姑娘"猴急地扑了过去。当她反应过来时，日本兵已到了跟前，一把将她擒住并将她拽到了田边的草地上……

东江流域有一种古老的捕鱼器具叫扳罾。用扳罾捕鱼是刘胜的专长和爱好，不管春夏秋冬，稍微得闲，他就会炒些米糠，扛着扳罾，到就近的河塘湖泊去扳鱼。日本人没有来之前，每一次出去扳鱼，云哥几兄弟都会提鱼篓的提鱼篓，端米糠的端米糠，欢天喜地地跟着他一起去扳鱼。但自从日本兵来了之后，不仅扳鱼的次数大大减少了，为了安全起见，刘胜一般也都不会让小孩跟着去了。

这天，刘胜又心痒痒的，想起了扳鱼。他让妻子去炒了些米糠，自己钻进柴草房，把布满了灰尘蛛网的扳罾搬了出来，准备到山下江边去扳鱼。刘胜把扳罾展开，仔细地检查了一遍。由于太长时间没有使用了，扳罾的底部被老鼠咬穿了几个洞。刘胜取来了竹针和麻线，把破损的洞缝好，就要去扳鱼。云哥几兄弟见了，立马就围拢了上来，嚷着也要跟着去。阿婵扯了扯刘胜的裤脚，轻柔地说："爹爹，我也去。"阿婵已经完全融入了这个家庭，把刘胜当做亲爸爸，把云哥几兄弟当亲兄弟了。

刘胜俯下身子，摸了摸她的小脑袋说："外面危险，你就别去了哈！跟哥哥姐姐在家玩，爹爹扳大鱼回来给你吃哈。"听爹爹这么说，阿婵就默默地站在一边，没再说话了。但其他几兄弟就不那么容易说服了，尤其是云哥，无论如何也要跟着去。甚至孩子的妈妈也帮着说："让阿云跟着去吧，说不定能帮把手呢。"刘胜想了想，把手中的鱼篓和炒米糠递给了云哥，说："那就你来吧，其他的好好在家等着吃鱼。"

云哥接过父亲手中的东西，欢天喜地地跟着一起下山去了。

刘胜带着云哥，沿着秘密小道抄近路下了山，来到江边，在一个芦苇茂密且水流较缓的地方，把扳罾架好，放入河中，再在扳罾所在位置的水面撒一把炒米糠。炒米糠是诱饵，作用是把鱼吸引过来。鱼闻到炒米糠的香味后，就会游过来觅食，自投罗网。

撒下米糠后，刘胜静静地等了大概半袋烟的功夫，然后就轻悠悠地把扳罾拉起。随着扳罾底部渐渐露出水面，大大小小的鱼如同爆米花般在罾网上活蹦乱跳。那些只顾觅食，没有觉察到危险的鱼儿统统落网，成了刘胜的网中之物。

刘胜把扳罾拉近身边，接过云哥递给他的一个小竹兜，把依然在罾网上跳着的鱼儿舀到鱼篓里。然后，稍微调整了一下扳罾的位置，又重新放入河中，撒上米糠，等着再次起罾。就这样重复了四五回，每一罾都有不少的收获。

"看来今天手气不错，再起两罾咱们就可以回家吃鱼了。"刘胜望着云哥，微微地笑着说。

"嗯，鱼篓都快满了。"云哥用力晃了晃鱼篓，稚嫩的脸上洋溢着收获的喜悦。

刘胜的脸上也露出了慈爱的笑容。其实他非常喜欢带小孩一起出来捕鱼或打猎，孩子们那种对捕获猎物充满童真的喜悦，才是他真正的收获。不过，日本人来了之后，他不得不把孩子们的安全放在首位。

刘胜心满意足地再次拉动了扳罾。他和云哥已经说好了，不管这网收获多少，起完这网，他们就打道回府。不过，罾刚起到一半，他们就隐约听到一阵女子的呼救声。"怎么回事？"刘胜惊愕道，一边嘱咐云哥赶紧藏起来，一边把起到一半的扳罾放回水中，然后俯下身子侧耳细听了一会。没错，确实是女子的呼救声，而且声音就来自堤坝后。刘胜再次嘱咐云哥藏匿好，自己则借助荒草的掩护悄悄爬上了堤坝。上到坝顶一看，刘胜顿时怒火中烧，只见堤坝下水田旁的草地上，几名日本兵正按着一名女子，女子拼命挣扎、哀嚎，誓死不从。

见此情景，刘胜恨不得立马冲下去宰了那几个畜生。但他身上并没有带兵器，如果就这样鲁莽地冲下去，估计不等靠近，他就会惨死在鬼子的枪下了。"这可怎么办呢？"刘胜急得如热锅上的蚂蚁，不停地拍打着自己的脑门！突然，他灵机一动，他迅速回到扳罾旁，拎起那个装满了鱼的鱼篓，再跑回到堤坝上，一手拎着鱼篓，一手抓起一条大鱼，高喊着"太君"，向日本兵走去，一边走，一边晃动着高高举起的鱼。

一名负责把风的鬼子端着枪对着他大喝了几声，大概是叫他站住，其他三名鬼子则全然没有理会他，继续合力制服地上那名女子。

刘胜稍微收住了脚步，对着鬼子再又摇晃了一下手中的鱼，装出一副要献鱼的样子。把风的鬼子见状，对着刘胜虚晃了一下手中的枪，示意他慢慢走过去。

刘胜对着把风的鬼子僵硬地笑着，一步一步靠过去，眼睛却不时地瞟着地上绝望挣扎着的那名女子。刘胜心里急呀，巴不得立马上前，三拳两脚结果了这群畜生，救出这名被欺凌的女子。但就在他离鬼子还有将近一丈左右的距离时，鬼子往前几步，示意他将鱼放在地上然后离开。刘胜看了看被三名鬼子压在地上的女子，再看看眼前端枪的鬼子，知道不能再往前走了，于是假装顺从地弯下腰，将鱼篓放下。就在他直起腰杆的一刹那，他猛地一个S步，闪电般蹿到了端枪的鬼子面前，没等鬼子反应过来，右手掌上石块猛地拍在他脑袋上。鬼子没来得及喊一声，就已一命呜呼了。地上那三名鬼子，一个抓住女子的手，一个按住女子的脚，另外一个已扑在女子身上，眼看就要得手了，突然发现刘胜袭击他们的同伴，狼狈地从地上跳了起来，扑向刘胜。

刘胜本来就力大无穷，而此时的他浑身怒火，更是气吞山河、拳如铁锤。只见他如猛虎般冲到鬼子中间，一拳一个，一拳毙命，三名鬼子来不及叫喊一声，就被他送去见阎王了。从此，刘胜三拳打死三个鬼子的事迹就传播开了。方圆十八里，一提起刘胜，可谓无人不知。

收拾完几名鬼子后，刘胜回头看了看这名女子，此时，她已经整理好了身上的衣服，但依然惊魂未定，瘫坐在地上，泣不成声。刘胜慢慢走到她跟前，深深地吐了一口气，说："好了，妹子，没事了，赶紧回家去吧！"

女子用袖子将脸擦拭干净，艰难地站了起来，对着刘胜鞠了个躬，哀伤且羞愧地说了一声："谢谢大哥救命。"

"唉！"刘胜叹了口气。

女子对着刘胜再又鞠了个躬，捡起地上的凉帽，佝偻着身子就要离去。

"老妹，你是哪村的？要不我送你回去？"看着女子可怜的背影，刘胜说。

"不用了，就陈村，不远。"女子无力地指了指前面，有气无力地说。

一听"陈村"二字，刘胜顿时眼前一亮，兴奋地问道："你说你是陈村的？"

见刘胜对陈村如此感兴趣，女子好生纳闷，收住脚步，看着刘胜问道："是的，大哥你是？"

"太好啦。"刘胜拍了一下大腿，高兴地说，"我叫刘胜，西岭村的，我正有事要找你们陈村的人。"

"哦？不知有什么可以帮到大哥呢？"女子问。

"你知道你们村谁有亲人在日本人的矿场里面挖矿吗？"刘胜也不见外了，直接问道。

一听这话，女子叹了一口气，悲伤地说："我的丈夫就在里面。"

"真是踏破铁鞋无觅处，得来全不费工夫啊！"刘胜拍了一下手掌说。

见刘胜对自己的丈夫在日本人矿场里做矿工表现得如此激动，女子大为不解，愕然地看着刘胜，欲言又止。

刘胜仿佛看透了女子的心事，咽了一口唾液，调整了一下心情和表情，说："你能联系到你丈夫吗？"

女子摇了摇头。

"你想带个口信给他吗？"刘胜又问。

女子使劲地点了点头。

"你能告诉我你丈夫叫什么名字吗？"刘胜问。

"你问他的名字做什么？"女子突然警惕起来问。

"你要我们给你丈夫带口信，那得告诉我他叫什么名字呀？"刘胜和善地笑着说。

"他叫阿水。"女子说，再又加了一句："你真能帮我带个口信给他吗？"

"嗯，但必须要让他相信，我们是受你委托的。"

"这个好办。"女子从腰间解下一个小玉器递给刘胜，说："把这个交给他，他会相信你们的。"

"好！"刘胜接过女子的玉器，在手里掂了掂说。

接下来，刘胜还了解到该名女子叫阿莲，家里有年迈的公公婆婆和两个尚未成年的儿子。自从丈夫被日本人抓去做矿工后，家中里里外外的事务几乎全由她一人打理。

"你想我帮你带什么口信给你丈夫？"刘胜问。

"也没有什么特别的话，告诉他家里都好，让他不用担心，叫他一定要保重好身体，无论如何都要活着回家。"说到这，女子不禁又潸然泪下。

"好的，你放心，我们一定帮你把话带到。"刘胜安慰道。

"那就真是太感谢你了。"女子要给刘胜下跪。

刘胜连忙将她扶起来，说："大妹子，千万别这样，我们都是中国人，国难当前，就不要客气，不要分你我了。"

"嗯。"女子揩着眼泪点点头。

"这就对了！"刘胜赞许道，停顿了一下，说："你快回家吧。我也得赶紧回去了。"

女子又感激地"嗯"了一声。

目送阿莲离开后，刘胜立马回到放扳罾处，把日本兵尸体丢进了江里，把枪弹藏起来后，带着云哥匆匆回村。回到西岭村后，刘胜迅速与蔡干事取得了联系，并着手实施打进日本矿场的计划。


# 二十二


西岭村在江下河边有一片水田。这片水田与陈村的水田紧挨在一起，也正是这片水田引发了西岭村与陈村往昔的不少矛盾与争端。随着田里稻子的日渐成熟，为了防止村民抢割私藏，日军对这一片区的巡逻比平时明显加强了许多，遇见有村民收割稻子，一律则没收，如果割稻者是年富力强的，就会押送到矿场去挖矿。所以，无论是陈村还是西岭村，都不敢贸然出来割稻，生怕撞见了日军，落得人稻两空。

不过，也有不怕死的！这天一大早，西岭村的田里居然就有人在埋头割稻。以往，稻子熟了的时候，虽然是自家的稻子，村民们最多也就是晚上偷偷出来，做贼似地能收多少是多少，像这样在光天化日之下收割的，自从日本兵来了之后，是绝无仅有的。

日军应该有哨兵使用望远镜监控着这片稻子，西岭村的人刚到田里，割了还不到一袋烟功夫的稻子，日本兵和土匪就杀气腾腾地赶过来了。

日本兵和土匪如临大敌地把割稻子的人围在中间，用黑乎乎的枪口对着那四个割稻子的人。其中一个应该是陈祁手下的土匪，他上前几步，仔细辨认了一下割稻子的人，然后对日军翻译说："他们应该是本地村民。"

领队的日本兵头目听了翻译的话之后，手一挥，狠狠地抛下一句"统统的带走"。日本兵就汹涌而上，把四人连同他们割下的稻子一起押走了。

这四人不是别人，其中有西岭村的鬼手和毕罡，至于其余两人，也是男子，但似乎是生面孔。他们四人当天就被直接押送到矿场挖矿去了，而这正是他们所希望的。

三天后，午饭时间，毕罡如常和矿工们聚在一个大棚子里吃饭。突然，一名男子来到他跟前，揪着他胸前挂着的一个玉器问："这东西你是哪里弄来的？"

毕罡正蹲在地上，端着一个日本人给矿工配发的小铁盘扒拉着猪都不吃的饭食。听见问话，他抬头看了看对方，对方是一名三十来岁的壮年男子，中等身材，长得很结实。

毕罡警惕地看了看四周，低声说："阿莲的。"

对方脸色刹地变青，揪住毕罡领口，厉声斥问道："说！究竟是怎么回事？"

毕罡不动声色地轻声反问道："你是阿水？"

"你怎么知道我的名字？"对方松开了揪住毕罡的手，惊愕地看着毕罡问。

毕罡解下玉器交给对方，说："阿莲托我把它交给你，让我转告你，家中一切平安，叫你放心、保重。"

对方接过玉器，眼泪随即哗啦啦地涌了出来。

毕罡握住对方的手，安慰道："兄弟，要点耐心，一切都会好起来的！"

对方望着毕罡，感激地点了点头。

与陈村的阿水接上头之后，毕罡等人接下来就开始实施他们的方案了。

由于有阿莲的信物为证，阿水从此就不把毕罡当外人。虽然矿场的工作非常艰辛，彼此交流的机会甚少，但在短暂的接触中，毕罡发现阿水为人非常正直可靠，是一个能托付大事的人，两人很快就建立了亲兄弟般的关系。

当阿水知道了毕罡等人的来意后，他狠狠地拍了一下自己的大腿，咬牙切齿道："老子早就盼望着有这么一天了。"

当天被日军一同抓来送到矿场的四人当中，除了毕罡和鬼手，另外两人一个是蔡干事，一个是游击队员刘虎，他们此行正是为实施游击队计划而来的。有了阿水从中作伐，这四人很快就融入了以陈村人占大多数的矿工群体中。蔡干事表现出了他超常的开展群众工作的能力，很快就把矿工发动起来了。矿工对日军的这个矿场早就恨之入骨，欲除之而后快了，只是一直苦于没有领头人，所以只能默默地承受煎熬。蔡干事等人的到来，无异于在茫茫大海中发现了一座灯塔，立即为矿工们指明了方向。

把矿工发动起来是文队长交给蔡干事任务中的第一步。至今为止，这一步已经完成，紧接着，他们着手实施第二步计划——把工作开展情况传递给文队长，并约定行动时间。

这一步计划实施起来比第一步困难许多。矿场四周有铁丝网围着，沿着铁丝网边上，除了每隔一段距离都设有固定的岗哨外，还有机动巡逻队。白天就更不用说，即使到了晚上，探照灯也将整个矿场照得如同白昼。所以，无论白天还是黑夜，想要躲过这些固定和流动的日本哨兵把情报送出去，绝非一件易事。

蔡干事会同毕罡等人，通过仔细观察分析，最终商定了一个大胆的方案，他们要从矿场的大门把情报送出去。

已经一连下了几天的雨。这天一早，雨势仍未见减弱。矿工们吃过日本兵派发的所谓早饭后，就被赶往不同的岗位开始一天又苦又累的劳动了。

毕罡他们是四个新人，大概是担心他们在矿井内搞破坏的原因，对他们这些"未经考验"的新人是不允许进入矿井的，只能在外面做些装运活。

日本兵的卡车队固定一周来一次，把挖出来的矿土运到江边码头，再装船运走，而今天正是卡车队要来的日子。

中午时分，一支荷枪实弹的日军摩托车队护送着五辆大卡车缓缓开进了矿场。

卡车在堆成小山一样的稀土矿物堆前停好，司机和押送人员就到营房里用餐去了，现场只留下少量日本兵监督矿工装车。蔡干事和毕罡等四人一边和其他矿工一起将一袋袋稀土搬上卡车，一边静静地等待脱身机会。

这时，在车队另一头，两名正在装运稀土的矿工突然厮打了起来。他们在地上扭打成一团，弄得满身泥水。大概是他们的狼狈样子把日军守卫给逗乐了，他们并没有上前制止打斗，而是在一旁幸灾乐祸地看着他们厮打。其他矿工也都停下了手中的活，一起围观起哄。两个人的"战事"把所有人的注意力都吸引了过去。

机会来了，蔡干事对着身边的刘虎和鬼手使了个眼神，两人会意地点了点头，趁日军守卫不注意，就地一滚，快速钻进了一辆卡车底下，趴在了车大梁上。仿佛是事先约定好了似的，鬼手和刘虎刚刚藏身好，那边两个矿工的打斗立马就停了下来，正看得起劲的日本兵见两人突然不打了，大失所望之余，恼羞成怒，举起枪托一阵乱砸，将打架围观者赶回了工作岗位。

车填满了，日本兵的肚子也填满了，按照以往的惯例，车队一装载完毕立马就会走，但这个时候天却下起了暴雨，也许是出于行车安全的考虑，车队一直等到下午雨稍微小了才慢悠悠地开出了矿场，比平时晚了三个小时。

日军对运送稀土这一事可谓下足了本钱，为确保万无一失，每一次都动用大批日军，不仅有配备最先进武器的摩托车机械部队护送，沿途还有机动巡逻侦察队，所以，虽然游击队多次对其发动袭击，都未能把他们的运输线摧毁。

游击队员刘虎和鬼手趴在改装卡车底部的大梁上，沿途伺机下车，但日本车队在途中并没有给他们任何机会，一直将他们连同稀土运到了江边码头。到达江边时已经是夜晚了。所幸两位都是身怀绝技的高手，否则，别说随车在崎岖的山路上颠簸，哪怕只是静静地趴在车大梁上，这么长时间也不是一般人能支撑得了的。

一到码头，日军立马喝令等候在码头的民工卸货装船。

刘虎和鬼手从车梁回落到地面，趴在车底下观察了一会儿，趁无人注意，快速钻出了车底，混入了搬运工中，一边假装和大家一块卸货装船，一边偷偷观察周围环境，寻找脱身机会。刘虎发现，码头的戒备丝毫不比矿场的宽松。从码头通往外面只有一条陆路通道，而这条通道可谓守备森严，不仅岗哨林立，而且还设有几道栅栏，刘虎和鬼手想要在岗哨眼皮底下从这里走出去简直比登天还难。他们唯一可能的只有从水上或随船出去了。

刘虎和鬼手仿佛心有灵犀似的相互对望了一眼，借着黑夜的掩护，趁搬土上船的时候，神不知鬼不觉地在船上一个隐蔽的角落里藏了起来。

大概到了凌晨时分，刘虎和鬼手感觉到船身剧烈地晃动了一下，接着响起了突突的电机声，船启动了。刘虎和鬼手这才长长地松了一口气。

船行驶了一段时间，刘虎和鬼手估算着船大概已经驶出了码头，于是悄悄地爬出了藏身的地方，探头出来想看看周围的情况。此时，雨虽然已停，但四周黑乎乎的，什么也看不清。

这时，刘虎和鬼手感觉到，隐约有脚步声朝他们走来。经验告诉刘虎，这应该是日军船上的巡逻兵。刘虎赶紧拉着鬼手缩回到了之前藏身的角落。果然，他们刚刚躲藏好，两名手持长枪的日本兵就沿着甲板一路巡了过来，而且偏偏就在刘虎两人藏身的角落旁停住了。刘虎和鬼手紧握着拳头，屏住呼吸，心里盼望着这两个日本兵快点走开。谁知这两个日本兵不但没有走开，反而就地坐下，掏出香烟抽了起来，而偏偏就在这时候，鬼手一时心焦，手肘碰到了放在稀土堆上的一个油漆罐，油漆罐"咣当"一声滚落到了甲板上。

听见声音，两个日本兵立马从地上蹦了起来，端起枪指着刘虎和鬼手的藏身处，大喝了一声。看来这次是避无可避了。刘虎使劲握了握鬼手的手，示意他留在原地，然后举起双手，只身从藏身的角落里走了出来。

两个日本兵见稀土堆里冒出一个人来，先是吃了一惊，但当他们看清楚了出来的只是一个瘦小个子时，即时又松了一口气。其中一个日本兵走上前去，要将刘虎按倒。但他哪里知道，刘虎个子长得矮小，却非常结实干练，而且拳脚了得，在游击队中人称"悍虎"，是出了名的武林高手。

日本兵左手拿枪，伸出右手就要去按刘虎的后颈背。刘虎心想："来得正好！"只见他头一低，微微转动了一下脖子，避开对方的手，随即迅速伸出右手扣紧对方按过来的手掌，往上提拉，左手同时压住对方手肘，猛地一挫。一拉一挫，日本兵还没反应过来，手臂就"咔嚓"一声被刘虎挫得脱了臼！而几乎就在同时，刘虎左手变掌，如刀般迅速向脖颈劈去，右手疾速抓住日军喉头，日军喉咙"咔嚓"一声应声碎裂，瞬间倒地身亡。另外一名日军吓得目瞪口呆，不想旁边突然窜出一条黑影，日本兵还没来得及想明白是怎么回事，不等他叫喊一声，喉管就整条扭断了，气绝而亡。这个黑影不是别人，正是鬼手。他在倒地日军的衣服上一边擦着手，一边骂道："这些鬼子真臭。"

刘虎和鬼手捡取甲板上日军的枪械，将两具日军尸体推下了船。缴获的武器中除了两支步枪外，还有 8 颗手雷。

"我们赶紧跳船离开这里吧！"鬼手说。

"等等"刘虎说。握着从日军手里缴获的武器，他突然萌生了一个大胆的想法。"我们把这船给搞掉。"刘虎说。

"好！怎么弄？"听刘虎这么一说，鬼手也来劲了，跃跃欲试地问道。

"用这个呀！"刘虎晃了晃手中的手雷说。

"跟我来。"刘虎说，和鬼手回到了堆放稀土的船舱。在码头装运稀土的时候，刘虎就已经注意到了堆放稀土的船舱里有几只大铁桶，并且知道那些铁桶里面装的都是汽油或柴油。看着那几个大铁桶，刘虎当时就已萌生了利用这些汽油炸掉稀土船的念头。

刘虎和鬼手解下了一些绑扎稀土袋的绳子，再把绳子一段一段连接起来，大概有将近四五十米长，他们将绳子的其中一端绑紧油桶，把缴获手雷的保险针拉掉，然后把手雷放在那个大铁桶旁边，再用稀土袋将手雷固定稳。

弄好了之后，刘虎轻轻拉了拉绳子，试了试力道和方向，感觉挺满意，然后把绳索的另外一端捆绑在自己的手腕上，向鬼手示意他弃船下水。

恰恰就在这时候，船的另一头传来了嘈杂的脚步声，从声音判断，人数还不少。事不宜迟，得赶紧离船。

刘虎和鬼手朝船舷下看了看，还好，这是一艘普通的民用船，船舷离水面距离并不高。两人弯下腰，扒着船舷把身体轻轻吊了下去，无声无息地下了水，游离了货船。他们刚离开不久，十多个日本兵就巡查到了他们刚才藏身的地方。日军应该是发现了他们的两名巡逻兵不见了，正在满船寻找。

由于担心日军发现手雷的秘密，虽然引绳还没有完全放尽，刘虎就已迫不及待地拉动了绳子。他拽了一下绳子，但没有拉动，感觉绳子被什么绊住了。他又拽了一次还是没有拉动。两次都没有拉动引绳，刘虎心里咯噔一下，心想："坏了！"情急之下，他用尽全身力气猛地一拽，几乎就在同一时间，船上一个日本兵"咚"的一声，被拽倒在了甲板上，原来引绳刚才是被这个日本兵踩在了脚下了。被拽倒的日本兵狼狈地从地上爬了起来，呱呱地大喊大叫了一串日语，紧接着船上所有灯光和手电筒似乎同时打开，把船的四周照得如同白昼。刘虎和鬼手见状，连忙潜入水中。就在下潜的同时，刘虎借着惯性再次拉动了绳索。

虽然已潜入了水底，但刘虎和鬼手依然能感觉到接连爆炸巨响和冲击波。当两人拼命地潜游离爆炸点，最后因耗尽了肺里的氧气重新浮出水面时，运载稀土的船只已经在一片火海中完全倾覆了。

刘虎和鬼手游上了岸，仰卧在堤岸上，欣赏着日军的稀土船带着冲天火光渐渐沉入江底的壮观画面。歇息片刻后，刘虎稍微辨别了一下方向，带着鬼手朝东边走去。此时已接近天亮了。他们蹚过了一条小河，翻越了一座山，来到了山脚下的一个小村庄。转过一个山嘴，村头一栋亮着灯的房子远远就映入了刘虎和鬼手的眼帘。刘虎带着鬼手径直来到屋门前。刘虎站在门口，一重三轻地连敲了四下木门。过了一会儿，里面传回来了三轻一重的敲击门板的声音。

听到回复，刘虎的表情豁然开朗，隔着门对着里面轻声说："开门，我是阿虎。"

话音刚落，门就"吱呀"一声打开了，一位大婶迎了出来，抓着刘虎的手，激动地说："终于把你等回来了，文队长都派人来询问过好几回了。"边说边把他和鬼手让进了屋里。

"嗯，我一会就去见他。"刘虎说，指着鬼手，"这是新加入我们队伍的同志，人称鬼手，武功了得。"然后对鬼手说，"这是文婶。"

文婶把鬼手上下打量了一番，说："我知道你。"然后拍了拍他身上的湿衣服，问，"饿了吧！"

"嗯。"鬼手直率地点了点头。

文婶扭头对刘虎说："阿虎，你和这位兄弟到后屋把身上的湿衣服换了，我去给你们拿吃的。"

"好！"刘虎应道，领着鬼手进了后屋。

刘虎熟练地打开靠墙的一个松木柜子，取出两套男装，把其中一套扔给鬼手，说："换上吧，这是我们备用的。"

当两人换好衣服出来时，文婶已经把一盘水蒸芋头放在了方木桌上了。

"你们先吃，我去给你们煮菜汤。"说着，文婶转身又进了厨房。

"坐吧！"刘虎指了指方桌说。两人就着桌子面对面坐下，刘虎拿起一个芋头递给鬼手，说："给！"

"我自己来。"鬼手说，从盘里拿起一个芋头，熟练地剥了起来。

"这是我们的一个联络驿站，文婶是这个联络站的负责人。"刘虎一边剥着芋头一边介绍说。

"哦！"鬼手咬了一口芋头，应道。

两人实在是太饿了，一盘芋头很快就被他们消灭掉了。这时，菜汤也上来了，每人又喝了一搪瓷大碗菜汤。放下大碗，刘虎摸摸肚子，满足地说：

"真饱！谢谢您啦，文婶。"

"谢啥？我的任务就是照顾好你们。"文婶摆摆手说，"你们先去歇一会儿，养养精神吧！"

"也好。"刘虎说，和鬼手进了后屋歇息去了。

文婶收拾好东西，把刘虎和鬼手换下的湿衣服拿去洗干净，晾了起来。此时天已大亮了。

刘虎和鬼手在后屋眯了一会儿就起来了。他们告别文婶去寻找文队长率领的大部队了。


# 二十三

刘虎通过游击队紧急情况下特殊的联络方式，在当天傍晚找到了队伍，把在矿场内开展工作的情况和蔡干事的设想向文队长作了汇报。文队长非常赞同蔡干事的行动方案。

按照蔡干事提出的方案，游击队在矿区周边埋伏好，做好攻击准备后，就在矿场对面的山头上连发三颗信号弹作为行动号令，行动时间定在刘虎和鬼手潜出矿场的第五天午夜12点。待战斗打响后，矿区内的矿工马上采取内应行动，点燃储油罐，引爆油库，与外面的游击队里应外合，摧毁矿场，然后带领矿工趁乱冲出矿场，撤退到山里指定地点，与游击队会合。

按照目前的情况，这个方案是比较可行，也是大家比较认可的，因为矿场里外无法随时沟通，矿场内的矿工准备就绪后，什么时候采取行动，主动权掌握在外围游击队手中，蔡干事他们能做的就是在约定的时间里等候信号。不过，大家都很清楚，这个方案是建立在刘虎和鬼手成功潜出矿场并顺利与文队长取得联系的基础上的，如果刘虎和鬼手途中出了什么意外，那么这个计划就无法实现了。

确定了行动方案后，文队长立马召集队伍，开赴目的地，按预定的时间抵达了日军矿场附近的山头。

经过一番调遣安排，各个小分队队长带领所属队员进入了各自位置，各就各位隐蔽好，等候作战命令。按约定，午夜 12 点一到，文队长亲自朝天空发射三颗信号弹，各小分队将从不同方位，按照事先安排发起攻击。

由于对矿场熟悉，鬼手随同刘虎被安排在第一小分队。他们先在矿场北面埋伏，待南面的战友发起攻击，把日军兵力吸引过去之后，他们就趁乱剪开北面的铁丝网，为矿场里面的矿工打开一条逃生通道，引导并掩护矿工撤离。这也是事先蔡干事提出的方案。

那天，两位矿工按照预先设计，上演了一场精彩逼真的打斗，吸引了日本哨兵的注意，成功掩护了刘虎和鬼手藏匿到日军的卡车里，潜出了矿场。自从刘虎他们离开矿场后，蔡干事就焦急地等待着行动的日子。

今天已是刘虎和鬼手离开后的第五天了，如果一切顺利的话，行动应该就在今晚。所以，蔡干事等人都进入了战斗状态。晚饭后，虽然已被赶进了睡觉的工棚，但蔡干事和毕罡、阿水他们都绷紧着神经，期待着那约定的信号弹在夜空升起。

眼看就到午夜了，外面显得比以往更加宁静，丝毫不像马上就会有战斗的迹象。就在大家心里扑通加速跳时，对面山头响起了三声类似枪响的声音，三颗耀眼的信号弹冲上了半空，突然把夜空照得通亮。

看见信号弹，蔡干事等人触电般弹了起来。蔡干事手里紧攥着从伙房工人那里弄来的火柴，毕罡和阿水每人从地上抱起一捆早已准备好了的干柴，紧靠在门口，只等战斗一打响他们就冲出去。

日军被突如其来的信号弹弄得满头雾水，等他们回过神来时，南面已是枪声大作了。日军被打得乱作一团，叫喊着反击。见时机已到，蔡干事他们首先干掉了两名日军守卫，带着大家倾巢而出。

冲出了工棚后，蔡干事和毕罡、阿水，带着几名陈村村民，直奔油库。其余矿工则按原定计划，朝北面撤离。

按照行动方案，矿场南面的游击队率先开火，目的是吸引日军的火力，掩护矿场里面的蔡干事炸掉油库，而埋伏在北面的第一分队则剪破铁丝网，为矿工打开一个逃生口。为了避免伤害到矿场里的矿工，在攻击过程中，游击队根据刘虎带出来的矿场日军兵员位置图，有效地避开了矿工住宿的棚区及矿工撤退的线路。因而，虽然游击队的攻势很猛烈，却没有伤到矿工。

在南面游击队与日军激烈交火的同时，北面的第一小分队悄悄地靠近铁丝网，迅速把铁丝网剪开了几个大洞。铁丝网刚剪开，矿工们已冲到了跟前，潮水般从那几个口子逃出了矿场。而日军忙于应付南面的攻击，根本无暇顾及逃跑的矿工，所以，矿工基本没有遭到日军的阻拦，都顺利地逃了出来。

蔡干事带着毕罡等人摸近了位于矿井入口处的油库。所谓油库，其实也就是用于存放汽油、柴油油桶的木棚。这些油是供日军的汽车和发电使用的。

油库的两名日军守卫匍匐在地上，全部注意力都集中在了南面，完全没有意识到真正的威胁其实是在身后。

蔡干事和毕罡悄悄来到日军守卫的身后，和毕罡比划了一下手势，一人朝着一个目标扑了上去。两名日本兵还没反应过来，脖子就已被拧断，一命呜呼了。

没想到事情进展得如此顺利。看来，带来的火柴和干草都用不上了。解决了守卫后，蔡干事和鬼手缴了守卫的步枪等武器，和众人合力把几个油桶扳倒，推到了矿井入口。待大家退到安全位置后，蔡干事举起步枪对着油桶扣动了扳机。"嘭"的一声，火红的子弹穿透了汽油桶。随着一声惊天巨响，汽油桶轰然炸开，并引发了旁边几个油桶的连环爆炸，将整个矿井炸得坍塌了下去，汽油同时又燃起熊熊大火，矿洞内外顿时陷入了一片火海。

油桶爆炸引发的巨响和冲天火光使得日军方寸大乱。蔡干事和毕罡、阿水等人趁乱从北面的缺口冲出了矿场。

见蔡干事等人已全部安全撤出，第一分队立马向天空发射了三颗信号弹。南边队友看到信号弹，知道矿工已完全撤离，就再也没有顾虑了，对矿场的日军发起了更加猛烈的攻击。第一分队则护送着矿工往深山转移。

经过轮番攻击后，南面的游击队见矿场已毁、矿工也成功撤离了，目的已达到了，于是也边打边撤出了战场。

由于不知道游击队的虚实，驻守矿场的日军并不敢追击，原地等待增援。当佐藤带着增援部队赶到时，游击队和矿工已无影无踪了。

看着被毁坏殆尽的矿场，佐藤气得连扇了守军头领几个耳光。

一旁的陈祁献媚地上前几步，对佐藤说："太君，中国有句古话，跑得了和尚跑不了庙呀！"

"什么意思？"佐藤瞪着他问。

"太君，这些矿工大部分都是陈村人，我敢断定，他们逃离矿场后，一定会返回陈村。我们可以立即赶赴陈村，把那些逃跑的矿工抓回来，一是可以重新开挖矿土，二是可以审问他们，查出他们与游击队的联络人，说不定还可以找出游击队的藏身之处呢！"陈祁说。

佐藤一听，觉得有理，手一挥，带着部队气势汹汹地杀向陈村。

三百多矿工跟着游击队撤退到了深山，来到一处相对宽阔的山沟，此时已是日上三竿。大家原地略作休整。趁着休息的时间，蔡干事把矿工召集在一起，问大家接下来有什么打算。

当中有人说想回陈村与家人团聚，但阿水提醒大家说："我觉得，鬼子肯定不会善罢甘休，肯定会去陈村抓人的，如果我们此时回去，无异于自投罗网。我们还是跟着游击队走吧！"

其他矿工觉得有理，纷纷表示要跟着游击队走。

就这样，除了少数坚持要回家的，大部分矿工都跟着游击队消失在了茫茫的林海中。

坚持回家的人当中，有一个叫陈继木的陈村人，他之所以这么急着要回家，是因为放不下家中的妻子。他被日本人抓到矿场时，妻子已怀胎十月，将近临盆。自从他被日军关押在矿场挖矿以来，家中音信全无。生男生女、母子是否平安？他一概不知。这些日子，他被焦虑折磨得失魂落魄，无时无刻不挂念着家里妻子。所以，一旦有机会可以回家，他是恨不得能长出翅膀，马上飞回家去与妻子团聚，哪还顾得上个人安危呢！

不过，正如阿水所言，陈继木刚回到村口，还没来得及回家与家人见面，就被埋伏在村口的日军抓住了。

日本人对他先是利诱不成，后是严刑拷打，逼问他说出村里哪些人是游击队的人，以及要他供出游击队的行踪。由于见妻儿心切，避重就轻，最后只好瞎编了游击队的藏身之处。

日本人信以为真，佐藤向省城申请来了增援部队，按照陈继木提供的线路，押着陈继木前往围剿。日军兴师动众，在山里折腾了大半个月，但一无所获。

日军大为震怒，在出山之前把陈继木给枪毙了。可怜的陈继木，至死都未能见上妻儿一面。

找不到游击队，如狂犬般的佐藤领军直奔西岭村，打算血洗西岭村。但西岭村一早就得到了游击队情报，全村老幼提前转移到了安全地方，躲过了一劫。

还是陈祁那句话："跑了和尚跑不了庙！"人跑了，房子还在。佐藤下令放火烧村。这回佐藤就不再担心会引发山火影响他们的矿场了。不仅不担心，反而希望通过烧山把藏在山上的游击队逼出来。此举果然引发了山林大火。大火持续了将近半个月，如果不是一场大雨将火浇灭了，真不知道这场山火会烧到什么时候！

烧了西岭村，佐藤再回师到陈村，把福荣叔等十多位陈村长辈抓了起来，逼他们说出那些逃出矿场的人的去向。毫无疑问，这些人对日军所要了解的情况也是一问三不知。日军问不出个子丑寅卯，恼羞成怒，要把他们统统杀了。但陈祁认为现在还不是杀福荣叔的时候，担心杀了福荣叔，陈村会变得群龙无首，更不好掌控，所以力劝佐藤枪下留人。陈祁对佐藤而言目前还是有用之人，既然他这么说，佐藤于是就给了他一个顺水人情，没有杀福荣叔，但杀了其他十多个无辜的长辈，烧了十几栋民房，余怒未消地返回了山寨。

# 二十四

佐藤对中国人是既藐视又十分偏见，认为中华民族是一个已经自私、软弱的民族，应该予以诛灭，恨不得杀掉他所遇见的每一个中国人。然而，唯独对他的"干女儿"顺女格外恩宠。

很难理解佐藤为什么会对顺女如此开恩，以至于要收她为"干女儿"，是因为这个小女孩身上有一股有别于其他中国女人的狼性？抑或是她小小年纪就有由内而外、富有弹性张力的身体？就连陈祁也觉得难以理解。

时间过得飞快，一眨眼已过了将近三年了。顺女早熟的迹象非常明显，但不知从什么时候开始，她突然变得焦躁起来。佐藤对此也显得非常的不解和烦躁，直到突然有一天发现她隆起的肚子，才恍然大悟，甚至欣喜若狂。从此，顺女得到了佐藤安排的更加无微不至的照顾。

与顺女的焦躁截然相反，佐藤却整日喜形于色。他要当爸爸了！而且这个孩子是他征服中国时出生的，将具有非同寻常的意义。他计划好了，等孩子长大后，他要他留在中国，让下一代更好地效力天皇。不过，五个月后，他的梦想却在一个清晨被一阵痛苦急促的呻吟声击得粉碎。当他循声在侧房看到了满身是血的顺女时，从她身上掉下来的，泡在尿盆里的那坨血肉模糊的东西已全无生命迹象了。

佐藤气得捶胸顿足，上前就给了顺女两巴掌。如果不是担心找不到可以替代的玩物，他真会一枪把她给毙了。

不过，随着太平洋战争的爆发，恰恰就在这个时候，文队长他们接到了一个非常重要的任务，就是参与营救一批身陷香港的爱国文化人士，具体任务是在大涌湾接应被营救人士，并护送他们转移。

房子被日军烧毁后，很多如毕罡、鬼手等单身的西岭村村民，干脆就连房子也不去修复了，直接就加入了游击队，跟着游击队风餐露宿打鬼子。

毕罡、鬼手和新加入游击队的陈村阿水被安排加入此次营救行动。当然，这样的行动肯定也少不了刘胜。他们随同蔡干事、刘虎等一道，前往大涌湾，负责接应从水路撤回的两位爱国文化人士。阿水加入游击队是得到妻子阿莲大力支持的。阿莲上次险遭日寇奸污，她对日寇可谓恨之入骨。她力劝阿水参加游击队，打日寇。阿水原本还担心家里上有老、下有小的，单靠阿莲一个妇道人家忙不过来。但阿莲说："你以前被日本人抓去当矿工了，家里不也剩我一个人吗？我不也把这个家照顾得妥妥帖帖吗？去吧，放心去吧，多杀几个倭寇，为你老婆出口恶气！"有了妻子这么些话，阿水也就安下心来跟着游击队干了。

游击队一直在大涌沿岸活动，与当地渔民关系密切，得到了当地不少渔民或明或暗的帮助。在过往的行动中，很多具体工作都是由蔡干事负责联系，大涌渔村的村民都对他非常熟悉，上级派他负责此次行动，也是出于他对当地情况熟悉的考量。

蔡干事一行十多人，中午时分就抵达了大涌湾。蔡干事安排刘虎领着其余队员在山上隐蔽起来，自己和刘胜先行进入大涌渔村。他俩沿着一条被雨水冲刷而成的狭窄的山沟下了山，悄悄地进入了大涌渔村，径直来到靠近山边的一栋石头房子前，敲响了房门。

开门的是一位皮肤黝黑的大叔。一见到蔡干事，大叔二话不说，直接就拉着他的手把他请进了屋内。

"老婆子，煮甜茶，上茶粿！"大叔对着里屋喊道。

"来了！"一位慈眉善目、体态丰腴的大婶一边答应着，一边用胸前的围巾搓着手，从里屋走了出来，见到蔡干事，欢喜之情溢于言表，热情地招呼说："哦，你们来了！坐。我这就去煮茶。"

"赖婶不用客气！"蔡干事向对方拱拱手说。

"让她去吧！"大叔轻轻拍了拍蔡干事的肩膀，向刘胜点点头说。坐定后，大叔直截了当地问道："你们这次来又有什么任务？"

蔡干事爽朗地笑了笑说："不瞒您说，此次来还真又要麻烦赖叔您呀！"大叔姓赖，是地道的本地人。

"嗨！你还跟我客气。"赖叔使劲地拍了一下大腿说："你们的事就是我们的事，就是我们老百姓的事，帮你们就是帮我们自己。"

蔡干事对着赖叔拱了拱手，感慨地说："有您这样深明大义的人，何愁打不败日本鬼子！"

赖叔由衷地说："唉！我能管什么用？关键还得靠你们。"

这时赖婶的甜茶已经煮好，连同几碟茶粿一同端了出来，摆在了他们面前的桌上，"喝茶！吃茶粿！"赖婶依然慈祥地微笑着说。

没等蔡干事说话，赖叔就往他和刘胜每人手里塞了一个茶粿，说："快吃！"

蔡干事手里拿着茶粿，掂量了一下，说："赖叔，我们此行的目的，是想请你们帮忙到对岸接两个人。"

"好呀！具体要我们怎么做？"赖叔爽快地说。

蔡干事于是把营救计划跟赖叔详细地说了一遍。

赖叔听完之后，又拍了一下大腿，说："这有啥难？你们尽管放心好了，这事包在我身上。"

"好！那就拜托了！"蔡干事站起身向赖叔握了握手说。

与赖叔商量妥当之后，蔡干事和刘胜就回到了山上，与其他人员一起原地等待，准备入夜开展行动。

蔡干事和刘胜刚走不久，赖叔就戴上一顶大斗笠，手提鱼叉，出门做蔡干事交办的事去了。

半夜以后，蔡干事带着游击队员如约来到海边，三条带篷的渔船已在岸边等候他们多时了。游击队员分别登上了那三条渔船，向对岸香港划去。

蔡干事乘坐的是赖叔的渔船。赖叔手执鱼叉，迎风站立在船头。他目光如炬，紧盯着海面的动静。船尾负责划船的，是一个精壮的小伙子。三条渔船呈品字形驶往对面海域。

将到半途时，蔡干事钻出了船舱，来到船头站在赖叔身边，看了看天空，欣慰地说："幸亏今晚天公作美，没有风雨也无浪。"

"是呀！要是有风浪，我们这些小渔船根本就出不了海，看来连老天爷都在帮我们。"赖叔说，眼睛始终直直地盯着远方。过了一会儿，他指着远处的海面说："那些也是我们的船。"

"在哪儿？"蔡干事睁大眼睛，使劲地在海面搜寻，看了半天才恍然大悟地"哦"了一声！在灰暗的海面上，如果不是听赖叔说，蔡干事还真没留意那些零星地散落在他们渔船四周的"黑包包"竟也是渔船。

"万一被日本人发现了，那些船只可以掩护咱们。"赖叔说。

蔡干事握了握赖叔的手说："还是您想得周到呀！"蔡干事原先只提出让赖叔安排三条船，送他们到对面去接两个人，没想到赖叔却动员了这么多条船来。

"哈哈。这个我还真比你有经验。"赖叔当仁不让地说。

赖叔说的是真话。当地渔民以前经常会到对面香港运一些生活、医疗等物资回来，也经常遭到英国巡逻艇的拦截、查缉。为了增加运送成功机会，渔民们就组织起来，搞"麻雀"战术，形成忽聚忽散、忽东忽西的局面，真真假假，扰乱英军的注意力，让英军巡逻艇顾此失彼，无法同时追逐多只"兔子"，这样一来，运送的成功率就大大地增加了。驻港英军投降日军后，海上巡逻就由日军接替了。与英军相比，日军就残暴多了。日军实施了封海，发现私自出海的渔船，轻则没收船只货物，重则开炮将渔船击沉。所以，自从日军侵占香港后，渔民就再也不敢随便出海了，有时为生计所迫，不得不出海，也都非常小心谨慎。为了协助游击队顺利把人接回来，赖叔动员了几乎全村渔船，目的就是要掩护游击队接人的船只，确保行动的万无一失。事先，赖叔已经把风险跟大家都挑明了，说谁要是害怕的话，可以不参加，但没有一人退却。

赖叔今天带蔡干事走的这条航线，是渔民偷运物资从水路去对岸香港的首选线路。但实际上，这个水域两岸之间的距离并不是最短的，之所以选择这里，是因为这个水域海浪小、暗礁和岛屿非常多。岛屿多很重要，遇上日军巡逻艇时，可以随时隐蔽。至于暗礁，则有利于甩掉日军大型舰艇，因为大型日军舰艇吃水深，容易撞上暗礁，所以他们平时都会尽量绕开这片水域。

去的路上还算顺利，沿途并没有遇到日军巡逻艇，半个小时左右，载着游击队员的三条渔船，悄无声息地停靠在港界沿岸的一处岩石下了。

蔡干事按照事先约定的暗号，用一根竹筒连续击打了三下船舷。过了一会，岸上传回来了三声敲打竹筒的声音。

听见回复声，蔡干事赶紧又回应了三下敲舷声。击舷声刚落，从岸边突兀的岩石后走出来几个人，径直朝船走来。蔡干事见状，连忙带着几名游击队员跳下渔船，迎了上去。走近了，才看清对方是四个游击队员护着两名身穿白色西装，头戴白色礼帽的中年男子。

对方为首的一名游击队员向蔡干事伸出了双手。蔡干事深情地握着对方的手，说："可算接着你们了。"

"这两位先生就交给你们了。"对方指着夹在他们中间的两位白色装束的先生说。

"放心吧！我们一定护送他们到安全地方。"蔡干事说。

"好！你们赶紧上船，以免耽误时间。"对方说。

蔡干事点了点头，领着两位先生上了自己乘坐的渔船，进了船舱。蔡干事不忘从船舱探出头来，对着岸上的游击队挥了挥手，轻轻喊道："再见！"

蔡干事和两位先生乘坐的船在中间，另外两条船分别一前一后护着，三条船成一条直线原路返回。跟来的时候一样，一路风平浪静，非常顺利。

"看来，此次行动还挺顺利。"蔡干事心想，轻轻地舒了一口气。不过，站在船头的赖叔却丝毫也没有放松警惕，凭经验，他担心日军的巡逻艇随时都有可能出现。

果然刚转过一个岛礁，走在前面的渔船就突然停了下来。出状况了！赖叔心想，连忙招手让划桨的小伙子停下。

"发生什么事了？"蔡干事感觉到船不动了，从船舱探出头来问。

这时，只见走在前面的船正轻轻地往后划。

"有情况！"赖叔悄声说。赖叔的话使船上的气氛骤然紧张了起来。蔡干事和其他游击队员不约而同地握紧了手中的枪。

前面那条船退到赖叔船边，蹲在船头把风的中年渔民压低嗓子对赖叔说："有日军巡逻艇。"

"准备战斗。"听见这个情况，蔡干事本能地拉开了枪的保险栓，轻声命令道。

"别急。"赖叔制止道，"这地方我熟悉，听我的。"说完，对着另两条渔船指了指旁边的岛礁。三条渔船不约而同地调转船头，向岛礁划去。渔船刚刚藏进岛礁的大石缝里，日军的巡逻艇打着探照灯从他们藏身的岛礁驶了过去。总算有惊无险，大家不禁松了一口气。

"这里还并不是最危险的。"赖叔说，"最危险的水域在前面，过了这里，前面的水域水面开阔，基本没有可供隐蔽的岛礁，如果在那里撞上日军巡逻艇，就得动用其他渔船来作掩护了。"

说话间，三条渔船已划出了石缝，恢复了原来的队形，朝大陆方向划去。

果然，绕出了岛礁群后，展现在眼前的是灰蒙蒙一片平坦的海域。一进到这片海域，蔡干事他们就感觉到船明显加快了速度。然而，就在他们离岸边只剩下几百米时，左侧岸边的山嘴突然冒出一条日本巡逻艇，巡逻艇打着探照灯直冲他们三条渔船的方向驶来。而且，蔡干事他们已经感觉到探照灯在他们的渔船上晃来晃去了。

"日本人是不是已经发现我们了？"蔡干事轻声问赖叔。

"应该没有。如果发现了，他们早就开枪了。"赖叔说，顿了顿，补充道："你别看他们的探照灯这么晃来晃去，但距离这么远，他们根本分不清我们是海水还是渔船，只要我们不要亮灯，他们就很难发现我们。"

话虽这么说，但蔡干事已做好了最坏打算，他们给两位先生套上了用毛竹筒做成的救生圈，以防不测，同时命令所有队员准备战斗。

正当游击队员们剑拔弩张，准备拼命时，日军巡逻艇的右后方岛礁处突然亮起了一盏渔火。

"我们负责掩护的渔船终于派上用场了。"赖叔欣慰地说。

日军巡逻艇大概也发现了那盏渔灯，立马转舵，朝渔灯方向开去。但刚驶出不久，那盏渔灯就灭了，取而代之的是在它的左前方亮起了另外一盏渔灯。日军巡逻艇对着刚刚熄灭了渔灯的位置扫射了一通机枪，然后调转船头朝刚亮起的渔灯驶去。同样，刚亮起的那盏渔灯闪了两闪又熄灭了。而几乎同时，另一方向又亮起了另外一盏渔灯。日军哪经得起这般戏弄，疯狂、胡乱地扫射，而就在日本巡逻艇像无头苍蝇团团转之际，载着游击队的三条渔船已快速靠岸，蔡干事等人护着两位先生顺利登上了岸。

上岸后，蔡干事来不及对赖叔多说感谢的话，就带着队员，保护着两位先生攀上渔村的后山，消失在了森林中。

这次行动非常成功，游击队不仅将两位文化人士安全护送到了指定的地点，而且据蔡干事事后了解，所有参与行动的渔民全都毫发无损，安全返回。这次营救行动也让文队长这支游击分队感受到了日寇海上的威胁与猖獗，决定要好好教训教训他们。就在营救行动结束后不到一个月，在当地渔民的协助下，文队长组织发动了两次海上突袭，重创了两艘日军海上巡逻艇，有力地打击了当地日军的嚣张气焰。

# 二十五

佐藤本还幻想着抓捕劳工，重新开挖稀土矿，但太平洋战争的爆发和中国抗日力量不断壮大，已使战争形势发生了根本改变，攻守的态势也完全扭转，日军整体上已被迫进入了战略防御阶段，而中国抗日力量在战场上明显取得了主动权。在这样的形势下，佐藤只能缩回他的爪子，除了凭借精良的武器装备，偶尔到周边村落进行快速的扫荡，顺便抢些粮食等物资外，其余时间都只能窝在陈祁的山寨里了。

不过，佐藤利用陈祁这个山寨作为据点，扼住了东江河道运输的咽喉，严重影响了抗日救国物资的运送。文队长已得到了上级指示，尽快组织力量，拔掉佐藤这根毒刺，确保抗战物资运输线的安全畅通。

　　完成任务刻不容缓，但由于双耳寨地势险要，易守难攻，加上日军武器装备精良，如果采取强攻的方法，不但不能奏效，还会给游击队带来严重的伤亡。所以，文队长决定采用智取的方法，扬长避短，拿下双耳寨，把日寇和土匪这根"双料毒刺"同时拔掉。

　　日军武器厉害，比枪炮武器，游击队占不了便宜，但游击队的优势是人多，只要设法靠近日军，与之短兵相接，就有取胜的把握，而且会将我方的损失降到最低限度。

　　佐藤所部的日渐收缩，日军对周边村落的掌控和影响也越来越小了，那些被日军抓去当矿工，被游击队解救后毅然加入了游击队的陈村村民，现在已经可以大摇大摆地回家。他们回去把要端掉日军和陈祁土匪窝的消息一说，村民们立即热烈响应，许多村民主动提出要参加歼灭日军和土匪的行动，甚至远在海边的大涌村渔民，知道这个消息后，也都要求参加战斗。至于西岭村，就更不用说了，刘胜发动了全村有战斗力的村民，随时投入战斗。

　　省城日军几乎每隔三天就会有两辆卡车运送军需物资到山寨上来。文队长他们掌握到这一规律后，决定利用好这个机会。在拟定了行动计划后，就在日军供给车来的头一天夜里，文队长趁着夜色的掩护，亲自带领游击队主力及西岭、陈村、大涌渔村等自愿参与作战的村民，埋伏在双耳寨口的树林里，负责从正面攻入双耳寨。安排了武艺高强的游击队员和刘胜等西岭村高手埋伏在山寨后面，等前面打响后，他们就趁乱从上次郭疍夜闯山寨的那面悬崖攀上双耳寨，与正面进攻的队伍前后夹击，一举夺下双耳寨。而整个行动的关键在蔡干事，由他负责带队半路夺取那两辆日军补给车，再以这两辆车为前锋，率先攻入双耳寨。

　　行动当天，蔡干事带着一队人马埋伏在日军车辆途经的甘蔗林里，同时安排了几名女游击队员乔装成村姑，在马路两旁的甘蔗地里劳作，等候日军车辆的到来。

烈日当空，队员们在闷热的甘蔗林里一直等到下午两点多，终于等来了期待中的日军车辆。就在日军车辆差不多来到跟前时，女游击队员们才仿佛如梦方醒似的四散逃跑，吸引日军的注意。车上司机和押车的日本兵一看这么多花姑娘，顿时兽性大发，猴急地刹住车，除了几名日本兵留守外，其余的都争先恐后跳下车去，追逐女游击队员。女游击队员故意分散逃跑，把日本兵分开引入了甘蔗林。

过了一阵子，日本兵陆续押着被他们擒获的女游击队员从甘蔗林走了出来，朝停靠在路边的那两辆日军卡车走去。

卡车上留守的日本兵看见自己的同胞押着这么多花姑娘回来，个个欢呼雀跃，手舞足蹈地下车相迎。直到到了跟前，他们才惊愕地发现，眼前这些穿着皇军军装的陌生人并不是自己人，但为时已晚了。对方以迅雷不及掩耳之势，将他们统统勒杀。原来这些"日本兵"都是游击队员假扮的，他们身上穿的正是刚才追逐女游击队员进入甘蔗林的那些日本兵衣服。那些豺狼一进入甘蔗林就被事先埋伏的游击队员送去见阎王了。

蔡干事让游击队员迅速换上日军军装，然后粗略地查看了一下车上的物资，发现车上装的物资，除了食品、药物外，还有弹药、汽柴油等。蔡干事把车上部分游击队急用的物资，比如药物、子弹等卸了下来，交由女游击队员及随同的村民处置，另外往车上搬了一些炸药包，自己带着乔装成日军的游击队员，开着缴获的两辆卡车直奔双耳寨。为了确保此次行动的顺利进行，文队长还特意要求上级临时派了一名精通日语的同志前来协助，而这位同志就坐在前面那辆卡车的副驾驶座上。文队长本来是向上级申请派两名日语翻译，但由于人才缺乏，上级最终只给他们派了一名翻译。

文队长所带领的埋伏在树林里的队伍，一直紧绷着神经，密切地留意着寨上寨下的动静，只要运送物资的卡车一到，突破了日军的岗哨，对双耳寨率先发起攻击后，他们的队伍就立即行动，以出弦箭矢之势杀上山寨。但一直等到将近傍晚，都不见有卡车来，文队长心里不禁打起鼓来。而偏偏就在这个时候，一小队日本兵鬼使神差地走出双耳寨，朝树林方向走来。

"万一日本兵进来，肯定就会发现埋伏的游击队，这样一来，不仅前功尽弃，而且很有可能会遭到日军炮火的攻击，伤亡可就大了！"文队长心里不停地嘀咕道。

然而，就在日本兵沿着马路一直走过来，眼看就要接近树林时，马路另一头突然传来了连串急促的汽车喇叭声。虽然被树木遮挡了视线，看不到来车的情况，但从那队日本兵分立在马路两边，呱呱地叫喊着摆出欢迎的姿势看，文队长猜测日军的补给车到了。果然，不一会儿，两辆日军大卡车卷着一路尘土从那队日本兵面前呼啸而过。那队日本兵则兴奋地、连蹦带跳地欢呼着跟在大卡车后面一路小跑追了上去。

预计中的日军补给车终于来了，虽然还不能确定蔡干事他们是否已经得手，但文队长对身边的传令员命令道："传令下去，按原定计划，各就各位，准备战斗！"

卡车来到了第一道岗哨前，扔下了几箱物资，顺利地通过了该道岗。过了岗哨，卡车进入了山寨，沿着羊肠一样的山路缓慢地朝山上的营房驶去。同样扔下了几箱物资，第二道关卡的岗哨愉快地为他们移开了路障。一切是那样的顺利，以至于文队长也产生了疑惑，怀疑那车上的人究竟是蔡干事所带的游击队员还是日本兵？如果车上载的是日本兵，那么问题就非常严重了，说明蔡干事他们失手了。

一会儿，卡车行驶到半山腰时，后面那辆车突然在两个岗哨之间停了下来。车上的"日军"纷纷下车，忙而有序地不知道在干什么？而走在前面的那辆卡车却加速继续往上驶去，一直开到了日军营房前才戛然停下。这辆车上乘坐的正是蔡干事等游击队员，停车后，他们在车厢里点燃了一个炸药包，然后迅速下车离去。他们刚刚转过一栋建筑，点燃在车上的炸药包就爆炸了，并且引发了车上其他炸药和汽油的连环爆炸。而几乎就在同时，停在半山腰的那辆卡车也发生了震耳欲聋的爆炸，存放在车上的汽油桶、柴油桶被炸得飞了出去，带着熊熊的烈火朝山下滚去，并接连发生了爆炸，把位于山腰和山脚下的日军岗哨和哨兵炸得七零八落、血肉横飞。

文队长一见，喜出望外。没错了！就是他们了。手一挥，命令道："行动！"号令员立即吹起了进攻的号角。

号角一响，事先隐蔽的游击队员和自愿参战的村民像潮水般涌出了森林，如猛虎一样杀向山寨，与蔡干事率领的游击队里外夹攻，把毫无准备的日军守卫杀得晕头转向、手足无措。与此同时，刘虎、刘胜、毕罡、鬼手等利用钩索，从后山迅速爬上了山寨，从后面发起了进攻，将本来就乱作一团的日军和土匪杀得丢盔弃甲、哭爹叫娘。

日军重型武器一点儿也发挥不了作用。文队长率领的部队顺利从正面攻上了山寨，与日军短兵相接，打起了肉搏战。

与日军的武器全无用武之地相比，游击队和民众的白刃战，以及数量上的优势，在近距离的搏杀中发挥得淋漓尽致，完全占据了绝对优势，控制了战场。日军和土匪被杀的杀、降的降、逃的逃，完全失去了战斗力。

陈祁趁乱从一条秘密小道只身逃下了山寨，逃进了山里。

佐藤意识到他们的末日已到，但他并不打算逃跑，他要以武士道自裁的方式向天皇表示效忠，但在死之前，他必须先除掉顺女。

当他提着锋利的军刀，如丧家之犬般闯进了顺女的房间时，却惊愕地发现，那个平时在他面前甚少言语的小妖精，正紧握着一把手枪瞄准了他的脑门。

面对冰冷的枪口，佐藤又恼又怒。举起军刀大喊"八嘎"向顺女冲过去。

顺女不慌不忙对着他的头连开了三枪，佐藤应声倒在了血泊中。然而顺女却仿佛还没有解恨，对着已经倒在了地上的佐藤，继续猛扣扳机，直到把枪里的子弹全部打完。

毕罡和鬼手在聚义厅里与正在做困兽斗的小野撞了个正着。仇人见面，分外眼红，毕罡要报上次被小野击倒的奇耻大辱，争着要与小野决斗。鬼手只好先且站在一旁观战。

上次在西岭村，由于不熟悉跆拳道的战法，毕罡败给了小野，落下了奇耻大辱，一直耿耿于怀，做梦都想找机会报仇雪耻，没想到今天居然把这个机会盼来了。毕罡双眼紧瞪着小野，把拳头捏得咯咯作响。

小野一看是手下败将，脸上掠过一丝轻蔑的笑。他脱下上衣，将手中军刀从头到尾捋了一遍，然后将衣服扔在一边，光着膀子，挥刀向毕罡冲来，完全是一副鱼死网破的架势。

自从上次败给了这个"小日本"后，毕罡他们几个一直在琢磨和苦练破解对方的招式。今天，检验的时刻到了。

毕罡也脱去上衣，双手紧握大刀，迎了上去。

小野冲上来，高举军刀，对着毕罡就是一个泰山压顶，用尽全力朝毕罡的脑袋劈下来！

毕罡之前与小野是赤手过招，并没有见识过日本军刀的厉害。见小野的军刀劈过来，他大喊一声："来得正好！"舞动大刀一个青龙摆尾，自下而上向对方的军刀砍去，来个硬碰硬！

随着"咣当"一声响，毕罡感到手中的大刀突然失去了重量，几乎就在同时，半截大刀"咣当"一声掉在了他跟前。

毕罡下意识地用眼睛余光瞟了一眼自己手中大刀，惊愕地发现，原本完整的大刀，被砍去了近半截。

毕罡怔了怔，略一迟疑，小野的军刀已向他拦腰砍来，吓得毕罡连忙跳出圈外。

早已在一旁跃跃欲试的鬼手见状，慌忙挥舞长枪挡在毕罡和小野中间，架住小野的军刀，扭头对毕罡说："兄弟，你歇一会儿，让我来！"他话没说完，小野的军刀已向他劈头砍来。

鬼手从对方一刀砍断了毕罡的大刀中领略到了日本军刀的威力，所以，他并不用枪去与对方的刀硬碰硬，而是耍了个枪花，避开对方的刀锋，使了个双臂震枪。"啪"的一声，枪尖如藤条般打在了小野的手腕上。小野感觉一阵剧痛，军刀几乎脱手。

小野抻了抻脖子，定定神，稍作调整，再度挥刀向鬼手发起进攻。

经过刚才那两三枪，鬼手已摸清了对方刀法的路数，心中觉得能稳操胜券，决定跟小野好好玩玩。中国武术在冷兵器这一块，可谓登峰造极、出神入化，更何况枪又是兵器之王，挑、打、扫、拨，无所不能。相比之下，小野的刀法就三招：劈、砍、刺。重复了几次后，小野这"三板斧"对鬼手就再也构不成威胁了，几个回合下来，小野就只有招架之功，毫无还手之力了。最后，鬼手卖了个破绽，假装脚底打滑，跟跄了一下，看似要跌倒。步步败退的小野一看，真以为有机可乘，挥刀又一个泰山压顶，直劈鬼手项上头颅，而他自己却中门大开。鬼手见状，大喊一声："来得好！"双臂使劲一震，一个青龙绞水，长枪耍了个枪花，直插对方胸口。只听见小野"啊"的一声惨叫，鬼手的长枪从他前胸进入，直透后背。鬼手再一使劲，大吼一声："嗨！"将小野整个挑了起来，甩了出去，扑通一声，撞在了墙上，一命呜呼。

鬼手把枪往地上一挫，对着毕罡得意地挤了挤眼睛。毕罡满脸不服但又无可奈何地摇了摇头，转身冲出了聚义厅，寻找藏匿的日军和土匪。

攻入山寨后，刘胜心里特别惦记着一件事，那就是找到并救出顺女，这是郭罡生前一直想做却没有做到的事。虽然郭罡已经不在了，但也正因如此，他这个做兄弟的必须完成他的遗愿。这些年来，刘胜连做梦都惦记着这件事情。不仅他自己惦记着，进攻前，他还特意交代了毕罡、鬼手等兄弟，要他们务必留意，一旦发现顺女，无论如何都要想尽办法把她带回到她的母亲赵翠身边。

这次行动几乎全歼了盘踞在山寨里的日军和土匪，解救了一群被掳上山当慰安妇的妇女，但找遍了整座山寨，刘胜他们都没有发现顺女的踪影。最后，在一个被解救的妇女那里了解到，顺女一直居住在佐藤的营房里，大家于是让这名妇女带路，找到了佐藤的营房。佐藤的尸体仍然在地上，但不见顺女的踪影。

"赶紧四处找找，活要见人，死要见尸！"刘胜吩咐毕罡他们说。

"日本人平日对她看得非常紧，她不会走远的，如果没被日本人或土匪掳走或杀害的话，估计就藏在屋里。"带路的那名妇女说，扯着嗓子喊道："顺女，你在哪里，快出来吧！这些好人救咱们来了！"但一连喊了好几声，都不见有人回应。毕罢他们把房子里里外外搜了一遍，结果还是什么都没有发现。

"你想想，她还有可能藏在什么地方？"刘胜问那名妇女。

"这我就实在不知道了。"那名妇女摇摇头说。然而，她话音刚落，头顶上突然传来了一声响亮的撞击声，大家不约而同地抬头观望，发现房顶有一层看似挺结实的木质天花板。大家的第一反应就是，天花板里藏着人，而且可能就是顺女。然而天花板并没有明显的入口，如果顺女真的是藏在天花板里的话，那么她是从哪里进去的呢？不过随着靠墙角处一块方木板的突然掉落，刘胜他们的疑虑立马就被打消了。木板脱落后，天花板露出了一个大窟窿，紧接着，一个小姑娘的脑袋从那个窟窿里探了出来，彷徨、充满戒心地看着屋里的人。

"顺女！"带路的那名妇女指着那个小姑娘，兴奋地喊道。

几年没见，虽然刘胜已认不出那个小女孩了，但本能地快步上前，走到那个窟窿下面，伸出双臂，说："下来吧！孩子！"眼睛噙着泪水。

顺女从窟窿里滑了下来，落在了刘胜的怀里。刘胜将她稳稳地抱到了地上。

以刘胜为首的西岭村人称心如意地找到了顺女，但陈村人却没能找到他们要找的人——陈祁。开战前，陈村长者给他们村的参战人员交了一项使命，就是不管死活，都要把陈祁这个欺宗灭祖的逆贼带回村里来，他们要用他的脑袋来祭祖。但他们找遍了整个山寨都找不到陈祁，对陈村来说，这真是莫大的遗憾之事。

清理完战场后，游击队一把火将双耳寨烧成了灰烬，向被解救出来的妇女发放了路费，让她们自行回家谋生。

顺女则被刘胜他们接回了西岭村，交还给了赵翠。

看着眼前这个陌生的亲骨肉，赵翠的眼泪如决堤的水坝，一涌而出！悲喜交加的她，哽咽良久才"哇"的一声，紧紧搂住对方，撕心裂肺地号啕大哭。

郭犇被日本人杀死之后，郭母一病不起，而赵翠却奇迹地清醒了过来，恢复了理智，虽然被郭母一再埋怨，甚至驱赶，但依然不离不弃，留下来悉心照料郭母。

前阵子，郭母在悲伤与病痛的双重折磨下含恨离世。在刘胜等人的帮助下，赵翠把郭母的后事简单却又不失体面地料理了。赵翠原本忙着照顾老人家，精神有所寄托，日子过得还算充实，但郭母去世后，赵翠转而更加沉溺于对失散女儿的思念，身体变得越来越差，精神时好时坏，有时甚至连饭都不能自己做，靠村民这家送一碗、那家送一碗度日。这些，刘胜他们是看在眼里，急在心里。他们都知道，眼下能救治赵翠的，只有她的女儿顺女了。一听说游击队要攻打双耳寨，刘胜是举双手赞成，积极发动村民参与行动，其中的原因之一，就是希望能尽快灭了那群日寇土匪，救出赵翠的女儿顺女，让她们母女团圆，从而治愈赵翠的心病。当然，前提是顺女仍然活着，而且大家都相信她仍然活着。

果然，女儿回到身边后，赵翠的精神状况立马就有了好转，并渐渐地康复了。

# 二十六

双耳寨被灭了，陈祁只身从秘密通道逃出了山寨，遁入了深山老林，仓皇逃命。虽然，这并不是他第一次亡命天涯，但他心里却充斥着落寞和沮丧。早年，一直被乡邻所不齿，饱受屈辱的他毅然从军，希望以此改变命运、出人头地，而且还真有所建树，凭借他的圆滑和机智，很快就在清军里混了个队目头衔。正当他踌躇满志，准备好好干一番大事业时，他的"米饭班主"大清王朝却轰然倒塌，他的功名利禄也随之成了水中月镜中花。日军来了，他原以为能通过投靠日军完成他人生未了之心愿，然而，没想到小日本竟是如此虎头蛇尾；他原以为日军真的能征服中国，还幻想着日本天皇任命个什么官给他做呢！没想到竟成了黄粱美梦。

陈祁如丧家之犬在深山老林里疯狂奔跑逃命，直到气喘不止、浑身乏力，瘫倒在一棵大树下。他做梦也没想到，有了日本军队的把守，山寨竟也这么不堪一击。他从来没预料到自己会走到今天如此狼狈的地步，从来没有任何出逃的想法和准备，以至于如此仓促，除了手里的一把手枪，吃的、喝的，什么也没有带上。

缓过气来后，陈祁慢慢从地上爬起来，靠在树干上，不停地喘着粗气。此时，他感觉唇干舌燥、饥肠辘辘。他摸了摸身边，想找点吃的或喝的，毫无疑问，除了那把破枪，他什么也没找着。

"得找些喝的和吃的。"陈祁心想，勉强支撑着站了起来，凭感觉，朝他认为可能有水的方向步履蹒跚地寻去。转过一个山坳，就看见一条沟壑横在他面前，那是一条被雨水冲刷而成的沟壑，表面覆盖着一层坚硬的黄土，沟壑里看不到水，但陈祁坚信，沿着这条沟壑一直往下走，肯定可以找到饮水。他连滚带爬地滑进了那条沟壑，扶着沟壑的黄土壁往前寻找，但走了好长一段距离，除了发现了一棵零星地结着果子的酸果树外，他一滴水也没有找到，更没发现其他可以充饥的东西。陈祁摘了几颗酸果子放进嘴里轻轻一嚼，立即就忍不住吐了出来。酸果子又苦又涩，实在无法下咽，但他并没有气馁，他对自己非常自信，前半辈子之所以能做出几件让自己引以为荣的事情，正是出于他对直觉的自信和执着。所以，这一次，他直觉认为沿着这条沟壑走下去，就一定有水。另外，他陈祁自以为还没走到绝路，还有一番大事业等着他去干呢！

这么想了之后，陈祁顿感浑身像打了鸡血似的，体力陡增，快步继续前行，但刚转过一个弯，他的去路就被卡在沟壑中间的一块巨石挡住。陈祁恼怒地踢了巨石两脚，嘴里骂道："挡我者死！挡我者死！"但发泄归发泄，最终他还得想办法绕过去。陈祁退后两步，看着石头思量片刻。他发现想要过去有两种方法，一是爬上滑溜石头攀越过去，另外就是从巨石底部的缝隙里钻过去。石头有点高有点陡。"傻瓜才会选择攀越过去呢！"陈祁心想。最后他选择了从巨石的"胯下"钻过去。

陈祁蹲下身子用手比划了一下，虽然石头底部的缝隙有点窄，但应该还是容得下他钻过去的。他于是趴在地上，像狗似的爬进了石头缝。头顺利地进去了，但肩膀肉太厚实，费了好大的劲才把肩膀挤了进去，却被卡在了中间，进退不得。"妈呀！早知道从上面攀过去还好。"陈祁挣扎着，心里懊恼地说。

正当陈祁进退两难之际，他突然感觉到他的头皮像是被大鸟的喙啄了一下似的，一阵剧痛！他"啊"地大叫一声，试图翻转身来看看究竟是什么东西在啄他，但由于缝隙太窄，他根本无法动弹。他想伸手去摸一摸，但手也被卡住了，动弹不得。这时他又被使劲地啄了一下，而且这次比刚才啄得更狠，啄得陈祁钻心似的疼，一种不祥的预感向他袭来，他意识到有动物在对他发起试探性的攻击。他使劲地蠕动身体，试图往后退出石头缝。但他刚刚向后移动了一下身体，一条布袋一样的口腔咬住了他的整个头颅，他痛得几乎失去了知觉，感觉到眼球被咬破了，眼前一片漆黑，满脸黏糊糊的，像是血又像是那怪兽的唾液。

那家伙用力把陈祁整个人拖出了石头缝，随即像一根巨大的麻绳似的迅速将他整个身体死死缠住。

陈祁恐怖地意识到，那是一条巨大的蛇。他感觉身体仿佛被千斤重的物体挤压着一样，不断地紧缩。他甚至听到自己身体的骨头被压断的声音，呼吸越来越困难，最后根本就无法呼吸了。

陈祁被一条巨蟒吞食掉了。而吞掉他的，正是多年前吞食了郭趸家老黑狗的那条巨蟒。陈祁做梦也没想到，自己竟落得跟狗一样的下场。

看来直觉经常是会骗人的。陈祁就是被他自己的直觉骗了。不过，与其说是直觉骗了他，倒不如说是他的品格使然。一个人的品格往往决定他要走的路。一个人是如此，一个国家、一个民族亦是如此。日本乃弹丸之地，野蛮、贪婪、自大导致了它不自量力地发动了这场侵略战争，妄图侵占和统治中国这个有五千多年历史的文明古国。这是一场从一开始就注定要失败的非正义的战争！

随着两颗原子弹在广岛和长崎被引爆，苏联对日宣战，抗战进入战略反攻阶段，日本帝国主义已走投无路，不得不宣布无条件投降，中国人民结束了艰苦卓绝的抗战，迎来了抗日战争的最终胜利！

日本投降了，赵翠母女想到的第一件事就是回乡寻亲。

# 二十七

女儿虽然回到了身边，但赵翠感觉到顺女不仅变了个模样，性格也完全变了，变得非常冷漠，沉默寡言，但非常独立。母女久别重逢，理应有很多话要讲，赵翠也多次尝试主动与顺女沟通，让她讲讲这些年的经历和遭遇，但顺女对自己这几年的经历三缄其口，始终不愿意提及她在双耳寨的事情。不仅她自己不愿意提及，赵翠稍微触及这个话题，她都显得非常烦躁，甚至暴跳如雷。晚上，赵翠想和她睡在一起，她却无论如何也不肯跟赵翠同睡一张床。每次洗澡也都生怕赵翠看见她的身体似的，一定要把赵翠支开才肯脱衣服。她越是这样，越是不想让赵翠看她的身体，就越是引起了母亲的好奇和担心。"难不成她的身体有什么见不得人的地方？"赵翠心想。不过，赵翠最终还是发现了其中的秘密。原来顺女的私处健康状况十分糟糕，又红又肿，发出阵阵恶臭。忧心忡忡的赵翠于是找到了桂婶，求她帮忙给顺女医治。

听完了赵翠的述说，桂婶长长地叹了一口气，说："唉！一个小女孩，落入那些禽兽手中，能捡回一条命就算万幸了。得这种病也是预料中的事了。那个部位的病好治，难治的是心里头的病呀！真是苦了这个娃了。"桂婶用袖子揩了揩眼泪，接着说，"你等着，明天我就把药送过来。"

第二天，桂婶把一捆刚从山上采挖来的草药送到了赵翠家里。本来，桂婶是想亲自查看一下顺女患病的部位，具体了解一下病情的，但顺女非常抗拒，无论如何也不让桂婶看。

"也罢！"桂婶说，"不看也能猜个八九不离十了，错不了。用这些草药煮水内服外洗，每天早中晚三次，用上十天，该好的会好，好不了我也没办法了。"

见母亲居然把她的隐私告诉了别人，顺女非常生气。不管赵翠怎么苦口婆心地规劝，她都死活不肯用药。

心力交瘁的赵翠实在是无计可施，无助地蹲在地上悲戚地哭诉道："妈身边就你一个亲人了，你不肯治病，若是有什么三长两短，妈也不活了！"

见赵翠哭得这么伤心，顺女也忍不住哭了。她拭了拭眼泪，说："你别哭，我用药就是了。"

果然，顺女用了五六天桂婶的药之后，效果就出来了，红肿消了，也不痛不痒了，十天后就基本痊愈。

顺女的病好了之后，母女俩告别西岭村的乡亲，踏上了回乡寻亲之路。

母女俩靠着西岭村的乡亲们临别时赠送的钱粮，朝着家乡的方向，晓行夜宿，一路北上。

虽说日本已经投降了，抗战已经胜利了，但赵翠她们看不到胜利后的喜庆和欢乐。她们沿途看到的都是颓垣断壁、残檐败瓦，一片肃杀景象。路上交通住宿都很不方便，而且盗匪猖獗，路途非常艰难。加上赵翠这些年所受精神打击太大，身体非常虚弱，幸而顺女虽然性格孤僻，不愿交流，但做起事来像个小伙子似的，一路精心照顾着赵翠。

都记不清走了多少个日夜，经历了多少的风险，遭受了多少地痞、兵匪的凌辱，赵翠和顺女终于回到了故乡。

然而，她们回到故乡后所看到的比她们在路上的遭遇更让她们绝望！如果说路途的重重险阻都没能动摇她们回乡寻亲的决心的话，那是因为她们盼望能找到亲人，这一信念一直在支撑着她们。一路上，每当感到倦怠或绝望时，宽大、温暖的家，以及顺女她爹可掬的笑容就会出现在她们眼前，她们甚至想象着顺女她爹走出门来迎接她们母女进屋的情景。正是这一温暖的期盼，令她们归心似箭，百折不挠。

她们真正回家时，现实却让她们完全绝望了。她们的家园已经不复存在了，偌大一座宅院被那场决堤的洪水冲得一干二净，几乎毫无痕迹，更别说见到期待的人了！虽经多方打听，却始终打听不到顺女父亲的半点消息。

母女俩进了城，在一家十分简陋的旅店住了下来，继续找寻顺女她爹的下落，但此时，她们身上的盘缠已所剩无几了。

一开始，母女俩省吃俭用，白天外出寻亲，夜晚回旅店歇息。这样的日子持续了个把月时间，直到花光了身上所有盘缠。而恰逢此时，赵翠又因为奔波劳累，一病不起。拖欠了数天房费后，店主对她们下达了逐客令，要求她们立即搬走。顺女苦苦哀求，希望店主能发发慈悲，宽限几日。

"即使我宽限你们几日，但到时你们又能拿什么来支付房租呢？"店主是一位精瘦的、长着一对凸眼的老妇人，她用中指弹了弹手中的卷烟灰，不怀好意地打量着顺女说。

"我去找事做，挣钱支付房租。"顺女说。

"哼！找事做？你？"老妇人不屑地摇了摇头说，"别说你一个小女孩，现在这时势，多精壮的男人都找不到活干。"

"这个不用你管，我试试就知道。"顺女说。

"好吧！那就宽限你们几天，就当是老娘我行善积福。"老妇人使劲地吸了一口烟，轻蔑地说。

果如老妇人所说，顺女在外头奔波了数日，想找点活做做，挣点生活费，结果是连连碰壁，一无所获。最后时限已到，这回老妇人是毫无商量余地了，要顺女母女立即搬走，但搬走前必须把所欠房租结清。顺女母女早几天已囊空如洗，哪里有钱结账？只得哀求老妇人再宽限几天。

"再宽限是不可能的了！我可是也要吃饭的。"老妇人说，"不过，看你们这么可怜，我实在不忍心见死不救。如果你们确实没有别的办法，我指条路给你们走吧，只是不知道你愿不愿意？"

"你说！"顺女迫不及待地说。

"我手头上有一个买卖，你去应付了，拿点酬劳，应对房租应该是不成问题的。"老妇人瞟了顺女一眼说。

顺女从老妇人的神色里已经猜到了她所说的买卖是什么了，她想了想，说："好吧！在哪里？"

老妇人咧着嘴笑了笑，站起身来，说："随我来吧！"老妇人把顺女带到二楼，在一个客房门前停下，敲开了房门。

开门的是一个秃顶瘦小的老头，他探出头来打量了一下顺女，猥琐地笑了笑，猴急地说："进来吧！"

老妇人将顺女往前一推，说："侍候好了，这位爷不会亏待你的。"

"行了！行了！去吧！去吧！"老头一把将顺女拉了进去，不耐烦地对着老妇人甩了甩手，随手关上了房门。

将近一个时辰后，老头光着上身，把顺女送到门口，嬉皮笑脸地说："下次还来找你。"边说边将瘦瘪的脸颊凑近顺女的脸蛋，要亲顺女。顺女一把将他推开，甩了一下头发，快步离开了房间。

顺女来到楼下，将一块银元狠狠地拍在老妇人面前的桌上，说："之前和以后的房租一并扣。"

老妇人拿起那块银元，用手指搓了搓，揣进了怀里，叼着烟，不紧不慢地说："这块银元也顶不了几天。"摘下嘴里的烟，弹了弹，问："日后有买卖还做吗？"

顺女瞪着老妇人，咬着牙说："做！但不许告诉我妈，否则我杀了你！"

老妇人咧嘴笑了笑，没有说话。

顺女走了之后，老妇人立马就回到二楼，敲开了刚才那老头的房门，伸手道："我的呢？"

老头厌恶地把一块银元扔到了老妇人的怀里，说："拿去。滚！"

在接下来的日子里，老妇人不仅介绍本店的客人给顺女，有时还介绍她到别的店去接客，凭借着这门买卖，顺女和母亲得以在老妇人的旅店继续住下，继续在城里寻找顺女她爹的下落。

这天，老妇人又把顺女叫到跟前，告诉她在醉仙楼有个买卖，叫她马上去一趟。临别时老妇人还不忘加一句："这是位有钱的大客，侍候好一点！"

顺女叫了一辆黄包车来到了醉仙楼，在"大茶壶"的引领下进入了一个包间。

一个略显肥胖的商人模样的中年男子，独坐在房中央一张圆桌旁自斟自饮。他抬头打量了一下顺女，指了指身边的一把椅子说："这边坐吧！"

就在对方抬头的一刹那，顺女心里一惊，觉得对方好生面熟，感觉在哪见过此人，但一时却又记不起来。

顺女没有在男子示意的椅子上坐下，而是径直走到床边，麻木地解扣脱衣。

"不急！先过来陪我喝杯酒。"男子说。

"我不喝酒。"说着，顺女已躺在了床上。

"怎么比我还急呀？"见此，对方放下杯子，朝她走来。

完事后，对方让"大茶壶"把菜拿去热了，让顺女陪他一起再吃点。

顺女与对方面对面坐着，她仔细地端详着对方，越看越觉得对方面熟，突然，她脑海里掠过一个名字，不禁脱口而出，喊道："张翔叔叔！"

对方一听，触电般的猛地从椅子上跳了起来，后退几步，打量着顺女，惶恐地问道："你是谁？你怎么知道我的名字？"

"张翔叔叔，我是许开泰的女儿许顺儿。"顺女说。

"啊？你是开泰兄的千金顺儿？"听毕顺女的自我介绍，对方更加惶恐了，"你怎么不早说呢！"

"我一开始只觉得你面熟，但想不起你是谁！"顺女说。

"哎呀！我都认不出你来了。这些年你们都上哪儿去了呀？"对方用拳头捶打着自己的手掌，一副懊悔、痛惜的样子说。

顺女于是把黄河决堤，家人被冲散，自己和母亲流落他乡，如今回来寻找父亲的前后经过，含泪向这位张翔叔叔详细地述说了一遍。

这位张翔叔叔是顺女父亲许开泰之前的生意伙伴兼拜把子兄弟，以前经常到顺女家来，还多次抱过顺女，所以顺女对他有印象。张翔是顺女跟同母亲回来寻亲所遇见的第一个熟人，难以抑制激动之情，禁不住哗哗地流下了眼泪。

"之前我也听说了你们家的遭遇，也试图寻找你们，只是人海茫茫，杳无音信呀！"听了顺女的叙说后，这位张翔叔叔看似非常伤怀，不停地擦拭着眼睛。

"张翔叔叔，你后来有听说过我爸爸的消息吗？"顺女擦了擦眼泪，问。

"哎呀！没有呀！一直没有呀！"张翔无奈地摇摇头说，"不过，你放心，我一定发动熟人去寻找开泰兄的下落，有消息立马通知你们。"

"谢谢张叔叔！"顺女对着张翔鞠了个躬说。

"侄女不用客气！我和开泰是兄弟，你们的事也就是我的事。"张翔对着顺女摆摆手说。当听说顺女和她妈妈就住在不远处的一个旅店时，张翔取出一沓钞票，塞给顺女，说："这个你先拿回去安置好生活，照顾好你妈妈，有时间我会去看望你和赵翠嫂子的。"说完就匆匆离去了。

自从顺女找到工作挣到钱后，赵翠就有钱看病抓药了，伙食也有了很大改善，身体有了明显的好转。赵翠把这一切都归功于女儿的能干。女儿在外面找到了好的事做，挣到了钱了。至于女儿在外面做的是什么活，她却一概不知。

今天顺女出去了，赵翠在旅馆闷得慌，就独自出来街上走走，散散心，路上遇见了一个卖大枣的老农，见老农挺可怜的，而且所剩的枣也并不多了，赵翠于是就把老农的枣全买了下来。回到旅店，路过门厅时，见店主老妇人独自坐在柜台后抽闷烟，赵翠于是就主动上前与老妇人搭起了话。

"大姐吃过了没？"赵翠问，脸上绽放着难得的笑容。

"早着呢！"老妇人瞟了赵翠一眼，皮笑肉不笑地说。

"哦！来，吃些枣，先垫垫！"赵翠掏出一把大枣放在老妇人面前，说。

老妇人瞟了一眼那枣子，吐了一口烟雾，冷冷地说："嗬！吃上枣了？日子过得蛮不错嘛！"

"嗨！瞧你说的。"赵翠咧嘴笑说，"都是那个丫头争气，找了个能挣钱的活。"

"是呀！你真有福气，养了这么个能干孝顺的女儿。"老妇人眯起眼睛说。

"哪里！您过奖了，其实她脾气倔得很。"赵翠嘴上责怪着，心里却是美滋滋的。

老妇人脸上掠过一丝不屑的冷笑，叹气般吐了一口烟，突然对着门外努了努嘴，说："呀！你的乖女儿回来啦！"

赵翠顺着老妇人示意的方向望去，刚好看见门外的顺女从黄包车上下来，于是快步迎了上去，殷勤地说："顺儿，回来了！"

顺女只是"嗯"了一声，没有说话，径直入了旅店。

看见顺女进来，老妇人掐了掐手中的烟，不紧不慢地说："你可回来了？你妈刚才夸奖你呢！"

顺女皱起眉头转身审视般看了母亲一眼，问："你们刚才在说我什么？"

"嗨！能说你什么！"赵翠笑嘻嘻地说，"快回房，回房吃枣子！"

"你先回房，我有话要跟老板娘说。"顺女说。

"有什么话连妈妈都不能听的。"赵翠似乎不愿意先行离开。

"你怎么这么啰唆，叫你先回去你就先回去！"顺女很不耐烦地说。

"好好好！我走就是了。"赵翠无奈地对着老妇人摇了摇头，笑嘻嘻地说。

待母亲走远后，顺女凑近店主的耳边，厉声问道："你把我的事透露给她听了？"

"你的什么事情？我根本就不知道你有什么事情。"老妇人装出一脸愕然的样子反问道。

"你别装蒜。如果让我妈知道我这事，我非杀了你不可，我说到做到！"顺女恶狠狠瞪着老妇人警告说。

老妇人似乎被顺女的话激怒了。她使劲地拍了一下桌子，骂道："去你娘的。我告诉你，你的臭事我不会管。即便管了，也轮不到你这小婊子来威胁我！"

"那好。咱们走着瞧！"顺女指着老妇人怒斥道，转身刚要离去，却被老妇人叫住了。

"站住。"老妇人说。

"你想干什么呀？"顺女转过身来，满脸怒气地问道。

"你别装蒜了。我的这个呢？"老妇人伸出右手，快速地搓了搓拇指和食指，示意道。

虽然仍在气头上，但顺女还是强忍着怒火，从怀里掏出几张钞票摔在桌面上，二话没说，转身噔噔噔地离去了。

老妇人哼了一下鼻子，捡起桌面的钞票，沾着口水数了一遍，数完后随手甩了甩，把钞票揣进了怀里，鄙夷地骂了一句："小婊子！"

回房后，顺女迫不及待地把在外头遇见了张翔的事跟赵翠说了。

一听说张翔这个名字，赵翠立即双眼发亮。"张翔？就是你爸的那个结拜兄弟？"赵翠抓着顺女的手，连声问道："他在哪儿？他有没有你爸爸的消息？"

顺女摇摇头，沮丧地说："不知道！没有。"

"你怎么也不问问他住在哪里，日后好找他呀！"赵翠责怪道，"我告诉他我们住在这里了，他说他会来看我们的。"顺女说，从袋子里掏出一沓钞票，"这是他给的。"

赵翠捧起那沓钞票，既惊讶又感激地说："都这个时势了，他居然还能如此关照咱娘俩，给了咱们这么多钱。真不愧是你爸的好兄弟、你的好叔叔呀！见了他得好好感谢他才行。只是不知道他什么时候才会来看咱们。"

"应该不会太久。"顺女蛮有把握地说。

"真希望能尽快见着他，再求他打听一下你爸爸的下落。"赵翠呆呆地看着门外说。

张翔就好比在赵翠母女心中种下的一颗希望的种子，母女俩日夜盼望着他的到来，盼望着他能带来失踪亲人的消息！但自从在醉仙楼与顺女分别之后，张翔就像是人间蒸发一样，再也没有出现过了。赵翠母女的心情由一开始的满怀希望，到变成了失望，再到后来把他这个人给淡忘了。

由于担心赵翠会从店主那里听到自己的事情，顺女不想再在这个店里住下去了，她要和母亲搬出去另觅新的住处，但遭到了店主老妇人的威胁。

"翅膀硬了，想撇开我了，是吗？做梦！"老妇人恶狠狠地说。

"你觉得你能硬把我留下来吗？"顺女不甘示弱说。

"你敢走，我就把你的事告诉你妈。让她知道自己的女儿是做什么的！如果她知道自己的女儿是个小娼妓，不知道她还能不能像现在这样以你为荣。"老妇人冷笑着威胁说。

"你敢这么做，我就杀了你。"顺女目光如剑般瞪着老妇人的脸说。

外表看似温顺的顺女突然变得满脸戾气，委实让老妇人心中掠过一丝寒气，但她依然强作镇定，虚张声势地说："虽然我这把老骨头不值几个钱，但也轮不到你这个小婊子来要挟我。不信，咱们走着瞧！"

"走着瞧就走着瞧！"顺女以牙还牙道。

第二天，顺女带着母亲不辞而别，离开老妇人的旅店，准备搬到新租住的出租屋去住。出门时，不知就里的赵翠说不辞而别太没礼貌了，一定要当面向店主辞行。

"怎么能这么不讲礼数呢！人家对我们这么好，关照了我们这么长时间，现在要走了，向人家道声别、道声谢也是应该的嘛！"赵翠说，"再说了，我们是不是应该把新住址告诉老板娘，万一你张翔叔叔哪天找到这里来了，也好让老板娘告诉他上新住址找咱们呀！"

顺女气鼓鼓地拉着赵翠的手，二话没说，快步离开了老妇人的旅店，上了一辆等候在门外的黄包车，直奔新住处。

在新住处安顿下来后，刚开始顺女多少有点担心那个老妇人不肯罢休，弄些麻烦事出来，但时间一天天过去了，并没有什么事情发生。

顺女和母亲住进一座两层小庭院。房东把二楼租给了她母女俩，一楼租给了其他人。二楼的房租比一楼稍微高些，但以顺女目前的收入，应付房租不仅绰绰有余，还能让母亲过上安稳的生活。顺女现在在一家茶馆里找到了一份相对稳定的工作，当然，有人介绍外面的客户，或是有老客户找上来，她都会接。就这样，顺女一边工作，一边探问茶馆客人，继续寻找父亲的下落。

# 二十八

日本投降了，而且听说国共在进行和平谈判，大家都松了一口气，以为战争真的要结束了，渴望已久的和平马上就要到来了。西岭、陈村那些为躲避日寇而外出，或临时跟随着游击队的村民，都纷纷回到了村里，回家与亲人团聚，准备好好耕种，并满怀憧憬地祈求五谷丰登，安居乐业。

鬼手、毕罡和阿水等游击队员也都告假回村，打算好好享受一下战乱后的和平生活。尤其是陈村的阿水，小孩出生的时候，他正好被日军抓去当了矿工，未能守候在妻子和小孩的身边，始终觉得自己没有尽到丈夫和父亲的职责。妻子在家里当爹又当妈，做媳妇又做儿子，任劳任怨不在话下，还有那次因为出村耕种，差点被日寇糟蹋了，让阿水倍感心痛和愧疚。所以，一旦认为战争结束，天下和平了，他就在第一时间回到家里，与妻儿父母团聚，希望能好好补偿他们。

相对于大多数百姓安居乐业的心愿而言，桂婶的心愿有些不同，她希望尽快替阿好找到亲生父母。她的这个心愿跟刘胜不谋而合。刘胜也一直惦记着阿婵身世的事。之前，桂婶和刘胜经常谈起过阿好和阿婵的事，觉得这两个娃挺可怜的，都希望能帮助她们找到自己的亲人，只是那时日寇在神州肆虐，中国都处在兵荒马乱之中，别说找亲人，能保住命都已经万幸了。现在太平了，两位长辈都觉得是时候替两个娃寻亲了。

由于两个娃中的一个年龄太小，另一个是被山洪冲下山，昏死过去，几乎丢掉性命，导致失忆，对各自的身世都毫无印象，一无所知。现在要帮她们寻找亲人，简直就是大海捞针！无奈之下，他们唯有求助当地国民政府部门。

接待他们的官员听说他们要为两位小女孩寻亲，两手一摊，无奈地说："像她们这样的情况多着呢！我们哪儿有这闲工夫？"

本来寄希望于政府，但连政府都说无能为力，此事也就搁置下来了。

转眼又快到春节，对西岭村等周边百姓来讲，这个春节有着不一般的意义。因为这是日寇投降后的第一个春节，由于日寇的侵略而中断多年的春节"抢灯"活动又可以重新开始。

距春节还有两个多月，西岭村村民已迫不及待、跃跃欲试了！刘胜叫人取出尘封已久、布满了灰尘的舞狮道具，该擦拭的擦拭、要修补的修补，拾掇整齐。然后，召集了原班人马，敲起锣、打起鼓，仿佛已蛰伏多年的狮子又雄赳赳舞起来了。不过跟以往相比，今年的舞狮队伍中少了一个重量级人物——最好的藤牌手郭垦。虽然郭垦被害已经过去很长时间了，但大家心里始终没有忘记这位耿直忠厚、武艺高强且义薄云天的好兄弟。此情此景，更是平添了几分怀念和悲伤之情。

陈村也早就投入了春节"抢灯"舞狮活动的筹备之中。历年来，每次与西岭村争抢"头灯"，皆输给了西岭村，陈村人心里一直不服输，连做梦都想着有朝一日能翻转，战胜西岭村。对抗战胜利后的首次"抢灯"活动，这种愿望尤为强烈，迫切希望能拔得头筹，开个好头。因此，在准备的这段日子里，陈村的伙计们练得特别卖劲。双方都想赢，看来一场恶斗在所难免。

以往的春节舞狮"抢灯"活动，一般都是西岭村和陈村争抢得最为厉害，因为他们两个村是最强的，且实力相当。每年都是他们两个村在抢占鳌头，而其他村庄都只是陪衬，都抱着参与的心态来对待，无论是时间、人力和经费的投入，都远不如西岭村和陈村。但今年的情况不大一样，大家似乎都有一种默契，就是要将新年与打败日寇一起庆贺，各村各寨的热情空前高涨，就连远在海边的大涌渔村也组队参加，只不过他们带来的不是舞狮，而是舞渔灯，要为这个盛大的活动助兴。

由于参与的村队太多，阵容太大，为了组织好此次活动，避免混乱和不公平竞争，经游击队文队长的上下协调，最终成立了一个协商会，统筹安排今年甚至是以后每年的抢灯活动。协商会组建后，重新商定了抢灯的活动规则，活动的形式也做了调整，将"抢灯"活动分成两场来进行，一场是集体舞狮表演，各队轮番上台表演，由协商会以及乡绅组成的评委评分，按照得分排列名次。另一场是各村选派武艺高强的代表上台比武。两场成绩加起来，得分高的就是冠军，就能把"头灯"扛回村。这样做的目的是要改变以往那种打群架式的比拼，避免造成相互伤害，实行文明竞赛。这个方案的提出，完全是游击队文队长的功劳。他看到了舞狮抢灯活动以前存在的问题，不仅派游击队员全程参与了这次舞狮庆祝活动的筹备工作，协助制定比赛规则，还喊出了"友谊第一、比赛第二"新口号。

一眨眼工夫，春节就到了，快得让人感觉很多东西都还没有准备好，甚至让人有点手忙脚乱。

大年初二一大早，各村敲锣打鼓，舞着雄狮，放着鞭炮，浩浩荡荡的队伍聚集在了沙河圩孝女祠门前的广场上，把偌大一个广场挤得水泄不通。由于日寇的入侵，这个孝女祠已经门庭冷落多年，今日终于迎来了久违的香火，恢复了往昔的热闹。穿着红红绿绿的男女老少，个个脸上都挂着久违的幸福的笑容，整个广场的人都沉醉在节日的欢乐海洋之中。

待各村各队到齐后，协商会主持人宣布了比赛规则，然后是各村代表抽取上台献艺的序号。

大涌渔村第一次参加这样的活动，同时也是唯一一支不是舞狮子的参赛队伍，被安排在第一个上台，表演他们村的独门技艺——渔灯舞。

文队长亲自到场观看，还是比赛评委之一，但是，他差点落入了国民党反动军队的手中。

大涌渔村的表演刚要开始，广场外围不知为何突然一阵骚动。骚动从外围迅速传到了人群中央。人群中不明就里的人开始探听消息，或引颈张望，或交头接耳，声音越来越大、越来越嘈杂。这时，不知道是谁突然大声喊道："国军来了！"喊声如同当头棒喝，把在场的人全都镇住了，现场顿时变得鸦雀无声。人们屏息翘首，悬着心等待着，不知道接下来将要发生什么事情。

一名身穿戎装的国军军官带着一队全副武装的国军士兵快步跨到台上，高声宣布："有人举报'共匪'混在你们当中，企图煽动滋事，我们奉命前来缉拿，请大家保持安静，从广场入口排队出去接受检查。"

这名军官的话如同往池塘里投进了一块大石头，立即激起了波浪，在场民众一片哗然。

"不是说国共已经和谈了吗？怎么突然又冒出'共匪'称谓来？"有人不解地窃窃私语。

"他所说的人不会是文队长吧？"有人低声问。

"不管是谁，决不能让他们落入这群豆腐兵手中。"有人低沉地说。

"我们只是舞灯会，没有你们说的什么匪。"人群中有人大声嚷道。

"不要影响我们的灯会，赶紧下去！"有人附和着大声喊道。

这一声"下去"，仿佛是平地一声雷，立即爆燃了群众的激昂情绪，广场上顿时喊"下去"声四起，如潮汹涌。

军官掏出手枪，朝天放了三枪，其他士兵也随即拉动了枪栓，黑乎乎的枪口对准了民众。这时，大家才发现，他们已经被一批荷枪实弹的国军团团围住，但民众似乎并没有被眼下这些士兵吓住。

"你们别在这里吓唬人！"有人叫喊道，"日本鬼子咱们都不怕，难道还怕你们不成？"

"当初打日本人时怎么不见你们这么神勇？"有人高声喊道。

在台上就座的协商会成员福荣叔和赖叔等人，担心事态发展下去会引发冲突，造成伤害，连忙一边安抚大家，一边走到那名军官面前，作揖道："老总，我们这个舞狮灯会，一来是过年乐一乐，二来也是为了庆祝打败了日本鬼子，并没有你们所说的那么复杂，你们就行行好，让我们把比赛搞完了。到那时，你们想干嘛干嘛，就悉听尊便好了。"

"我们这次来是奉命行事，刻不容缓！请你们马上从广场入口处出去，否则以妨碍军务处置！"那名军官毫不客气地怒斥道。

"我们不怕处置！"人群中一位中年男子站了出来，拍着胸口高声喊道。

被如此当众顶撞，国军军官顿时恼羞成怒，对准该名男子的大腿就是一枪。男子中枪应声跪倒在地，两眼怒视着这名发狂的军官。

这一枪果然有效，把在场的人一下子镇住了。

谁也没想到这些所谓政府军居然会对自己的同胞开枪。福荣叔气得浑身颤抖，指着那名国军军官怒斥道："你你你……"却半天说不出一句话。

台下的人在经历了瞬间的惊愕和沉寂后，仿佛突然醒悟了似的，愤怒地叫喊着冲向那些士兵。国军士兵朝天放了一通枪，眼睁睁地看着他们潮水般冲出了广场。文队长等游击队员趁乱也撤离了现场。

第二天，大家才知道国共谈判破裂了，蒋介石终于撕破了伪装的面具，发动了全面内战。

在接下来的日子里，国民党爪牙对他们认为游击队活动的西岭村、陈村、大涌渔村等村庄大肆展开搜捕，但凡发现跟游击队有过联系和接触的，一律逮捕，反抗者当场枪毙。本以为日军投降了，就可以过上安稳日子的村民，没想到又陷入了白色恐怖之中。为了躲避国民党的迫害，那些当年曾经跟随游击队一起打日本鬼子的人，又跟随游击队再度进山打起了游击。不过，这次他们打的不是日寇，而是挑起内战的蒋介石反动军队。

# 二十九

相对于农村来说，城市的白色恐怖更加令人发指。军统特务、宪兵，不分昼夜，全城搜捕共产党和亲共分子，弄得人心惶惶、不可终日，令刚刚经历了日军蹂躏，还没来得及喘息的国家再度陷入了混乱局面。

时局的再次动乱完全打乱了赵翠母女的寻亲计划。现在，赵翠母女别说寻亲，能确保自己平安就已经是万幸了！顺女上班的茶馆老板见时势不妙，不容多想，匆忙把茶馆关闭，携家眷细软跑到香港去了。顺女因此失去了工作，不得不又干回了以前那种全职应召的活，但眼下这时局，又有几个男人能动这个心思呢？顺女的收入大大减少，母女俩的生计再度陷入了困境。这时，顺女又想起那个张翔叔叔。她多次回到"醉仙楼"，希望能在那里再次遇见张翔，但每次都失望而回。

其实，张翔一直与顺女的父亲许开泰保持着联系。上次水灾的时候，他们两人正好一起在外地置办货物。黄河突然决堤引发的洪水，将他们的归路完全切断，加上日寇为患，许开泰虽心急如焚、归心似箭，却一直无法回家，家人是死是活，无从得知。直到一年多以后，许开泰才东躲西藏地绕道回到了家乡，但他看到的一切让他撕心裂肺、肝肠寸断。他的家乡已面目全非了，他家宅院的原址已变成了一个沙堆。他的家人更是生不见人，死不见尸！许开泰托人四处找寻，却始终没有妻子女儿的音信。到后来，他甚至怀疑他的妻女已不在人世了。

在多方寻人不果后，许开泰离开了家乡这块伤心地，来到了香港发展，但走之前，还是嘱托留在内地的好兄弟张翔替他继续寻找妻子女儿的下落。

在"醉仙楼"里，当张翔得知自己遇上的正是兄弟许开泰委托自己找寻多年的人时，激动得几乎掉下了眼泪，差点就要握着顺女的手说："我终于找到你们了！"但话到嘴边，立马又止住了。他真不知道日后该如何面对许开泰。他想着，如果许开泰知道自己的女儿居然沦落到这种境地，颜面尽失，会当即气死；如果许开泰知道自己的好兄弟居然嫖宿了自己亲生的女儿，估计会开枪把他打死的。究竟该如何是好？张翔陷入了矛盾之中。离开"醉仙楼"后，他一直饱受这种痛苦的煎熬，始终没有勇气去见赵翠母女，也不敢告知身在香港的许开泰说人已找到了。

随着内战的爆发，张翔已做好了转移香港的打算。先行移居到香港的许开泰发展得非常好，并且已经答应接纳他，给他铺垫好了路子。

掐着日子动身前，在收拾物品时，张翔突然记起还有一件传家的宝贝放在当铺没有赎回来，于是匆匆忙忙赶到当铺，把东西赎了回来。这是一件宋代汝窑瓷瓶，具有很高的收藏价值。

张翔将瓷瓶仔细检查了一遍之后，把瓷瓶放入了一个小木箱，木框内垫上碎布、稻草，填满稻壳，装箱好之后，再用绳子捆住，拎着走出了当铺。张翔走的时候，当铺伙计不无庆幸地告诉张翔，说幸亏他来得及时，稍晚一天当铺就要关门歇业了。

张翔拎着小木箱出了当铺，本想叫辆黄包车，但在原地等了好久都不见有车。他掏出怀表看了看，时间已不早了，既然叫不到车，于是就步行回家。

他徒步走过了两条街，转入了一条狭小、阴暗的小巷。小巷静悄悄的，除了张翔自己的脚步声，其它什么声音也没有，静得可怕。

一只黄色土猫从张翔面前的十字巷口快速跑过，把张翔吓了一跳。他停下步子，深深地吸了一口气，下意识地拽紧手中的木箱，不由自主地加快了脚步，一心想尽快穿过这条静得让人窒息的小巷。

让张翔意想不到的是，这条小巷竟成了他人生的最后一程。

当他来到十字巷口时，横巷两边同时闪出来两名彪形大汉，没等张翔反应过来，其中一个人就已将一把大砍刀架在了他的后颈上了，另一个人则伸手去夺他的木箱和皮袋。

木箱装着的是价值连城的古瓷器，皮袋里装着的是一些重要票据、现款，全部身家性命几乎都在手里了，张翔岂肯松手就范。他死死拽着手里的东西，无论如何都不肯松手。没想到拿刀的抢匪见张翔不肯松手，二话没说，对着他的手臂斫一刀。两人夺过木箱和皮袋就走，走之前还往张翔的腹部补了一刀。

张翔当即就痛得晕死了过去。不知过了多久，他从昏迷中醒了过来，但此时的他已非常虚弱，近乎奄奄一息。他艰难地睁开眼睛，朦朦胧胧地看见一只黄色的土猫蹲在他的血泊边上，不停地舔舐着地上的血。他尝试着动了动身躯，但身体非常僵硬，仿佛已经不属于他的了。他感觉浑身发冷，他意识到自己快要死了。这时，他隐隐约约地感觉到有脚步声从他身边走过。求生的本能令他憋足了最后一口气，艰难地吐出了两个字——"救命"。

突如其来的呼救声把来人吓了一跳。她先是惊慌失措地猛地跳开，快速奔跑了几步，然后慢慢地收住了步子，远远地打量着倒在血泊中的人。

张翔再次虚弱地吐出："救命！"

她这次是听清楚了，心有余悸地前后张望了一会，蹑手蹑脚地向他走了过来，俯下身子，凑近张翔的脸看了看，惊叫道："张翔叔叔！"

一个垂死绝望之人，突然听见有人喊自己的名字，精神猛地为之一振。他睁大了眼睛，看着蹲在自己身边的这个女子，激动、懊悔、欣慰之情，一股脑儿地涌上了心头，眼泪哗啦啦地往下流，很虚弱地问："你是顺儿？"

"是的！我是顺儿！张翔叔叔，是谁把你害成这样子的？"顺女又急又怕，不知该怎样做是好！

张翔微弱而又断断续续地说："我告诉你，你爸爸还——活——着，他在——香——港。"说完就咽气了。

好不容易再次见到了张翔叔叔，但成了永别。虽然得知父亲在香港，但人海茫茫，怎么去找呢？

这时来了两名警察模样的人，对着顺女吆喝道："干什么的？发生什么事了？"

顺女连忙站起来，战战兢兢地说："不知道，我路过时就见他躺在这里了。"

其中一个警察低下头看了看地上的尸体，再抬头用审视的目光瞪着顺女，问："人是不是你杀的？"

一听这话，顺女吓得脸色铁青，连连摆手说："不是不是！"

"不要管那么多了，先抓回去关起来好好审问审问再说。"另外一名警察瞅着顺女丰满的胸部，向着他的同伴使了个眼色，不由分说地上前将顺女控制住。

真是无妄之灾。顺女有口难辩！

对方把顺女带进了旁边一间废弃的民房里，其中一个留在门口把风，另一个把顺女按倒在地，并伸手去解顺女的衣服。

"你要干什么？"顺女捂着胸口，半是疑惑，半是惶恐地看着对方问。

"少啰唆，配合点，把咱哥俩侍候好了，就放你走，否则，把你抓回去当死囚关起来。"对方恶狠狠地说。

此时的顺女已六神无主，任由对方摆布了。

就这样，两名警察在小屋里把顺女轮奸了。

后面那名警察完事后，坐在地上，双手后撑着地，一边喘气，一边看着顺女说："哥，如何处置她？"

"咱们是守信用的人，让她走吧！"另一名警察说。

"外面那个人怎么办呀？"顺女一边穿上裤子，一边颤颤地问。

"哎哟！活人都顾不上了，你还关心起死人呢？"那个被称作哥的警察挖苦道。

"他是我的亲人！"顺女说。

"哦？那么你知道是谁把他杀死的吗？"警察问。

"不知道！我路过时他就这样了。"顺女说。

"唉！兵荒马乱的，这样的事情不足为奇。我们就当他是被共匪杀死的处理掉就行了，你也别多事了，快跑吧！"警察说。

顺女也就不敢再说什么了，默不作声地弄整齐了身上的衣服，小跑着离开了。

顺女快步走出小巷，迫不及待地回到家，把遇见了张翔及张翔说的话讲给了赵翠听。

"真的！"赵翠一听顺女说丈夫还在世，触电般从椅子上弹了起来，"我就说嘛！你爸爸肯定在世的。"赵翠在屋里兴奋地踱来踱去，沉浸在忘我的喜悦中，"快！快叫你的张叔带我们去找你爸！"

"张叔已经死了！"顺女无奈地说。

"啊？！怎么回事？"赵翠的情绪从欢喜的顶峰一下子跌落到了谷底。她骤然止步，呆立在屋中央，惊愕地看着顺女，半天回不过神来。

"不知道什么人杀死他了！"顺女说。

赵翠更为惊讶地"啊"一声，"那他有没有告诉你，你爸爸的具体住址？"

"没有！只知道人在香港。"顺女蔫了似的说。

"唉！只知道在香港有什么用！香港那么大，上哪儿去找？"赵翠像个泄气的皮球，怪责道，"你干吗不问清楚呢？"

"人都死了，我问谁去？要不要我跟着他去那边问清楚了回来告诉你！"顺女恼怒道。

"你呀！尽说瞎话气我。"赵翠用手指头戳了一下顺女的额头说。

经再三考虑，赵翠打算先回西岭村，再从西岭村取道香港，寻找丈夫许开泰，因为西岭村离香港并不远。这个主意得到了顺女的赞同。

说走就走，母女俩第二天一早就动身了。经历了数月的跋涉，历尽了千辛万苦，她们又回到了西岭村。

对于赵翠母女的回归，西岭村村民是既觉得意外，又感到高兴。在刘胜的带领下，村民三下五除二，合力帮赵翠把她原来居住的郭癐家的房子收拾干净，配齐家具，让她们母女安顿了下来。

当刘胜等得知赵翠此行回来的目的是计划取道香港，寻找失散的丈夫时，表示会竭尽全力帮助她们，但同时，又对她们的前景表露出了担忧。

"现在兵荒马乱的，你们独自去香港，万一有什么事，有谁能帮你们呀？"刘胜忧虑地说。

"无论多艰险，我们都要去找到他！"赵翠说。

"好吧！既然如此，我就帮你们一把吧！"刘胜说。

刘胜通过大涌渔村的赖叔，从海路把赵翠母女送到了香港。踏上了香港这个陌生的地方，赵翠母女从此开始了漫长而艰辛的寻亲历程。

# 三十

村头那条小溪，一到夏天，就成了娃娃们欢乐嬉戏的天堂，成群的小伙伴，不分男女，光着屁股，挤在并不宽阔，却非常清澈的溪水里嬉闹解暑。正因为有了这条溪，村里头大部分娃娃，无论男女都无师自通，自幼就学会了游泳。突然有一天，阿好和阿婵从男娃子注视她们身体的目光中意识到了她们和男娃之间的差别，从此就再也不愿意同男娃子们在同一个地方泡澡了。

这天，正值盛夏，午后的阳光如火般炙烤着大地，苦楝树上的知了不知道究竟是因为烦躁还是因为兴奋，急速地奏着喧嚣而单调的曲子。而此时的村头小溪，光溜溜身子的娃们挤在清凉的溪水中尽情地嬉戏打闹，他们就用这样的方式来打发炎炎夏日。阿好、阿婵、阿春等几个丫头一同来到溪边，沿着堤坝溯溪而上，到她们另觅的隐秘的地方玩水。当她们路过男娃子的地方时，引起了男娃们莫名的兴奋，他们一边叫喊着，一边用手掌朝她们使劲地泼水，吓得她们赶紧举手遮挡，快步逃离了这群捣蛋鬼的地盘。

阿好她们来到了自己泡水的地点，迫不及待地把衣服脱掉，胡乱地扔在溪边的草地上，一个个光溜溜着身子扑通扑通地跳入了清澈的溪水中，尽情地嬉戏玩耍。

她们在凉快的溪水里消磨了整整一个下午，正当她们上岸，准备穿衣回家时，却发现衣服不见了。就在她们茫然之间，竹林后突然传来了恶作剧般"哈哈哈"的笑声。听见笑声，女娃们猛然醒悟，慌忙扑回了溪里，泡入水中，几乎就在同一时间，一群光着身子的男娃就从竹林后蹦蹦跳跳地出来，手中举着竹枝，竹枝上挂着的正是她们的衣服。男娃们一边示威似摇晃着竹枝上的衣服，一边像是打了胜仗似的对泡在溪水中的女娃们又唱又跳。

"快把衣服还给我们！"阿好对着岸上的男娃们喊道。

"你们上来拿呀！"男娃挑逗道。

"臭赖皮。不要脸。等我上岸后看我怎么收拾你们！"阿好噘着嘴怒斥道。

"那就赶紧上来收拾我们。我们的皮痒着呢！"男娃们露出不屑的表情道。

"你们别以为我不敢上来。"阿好憎恶地看着岸上的那群捣蛋鬼说。

"那就上来吧！"男娃们一边继续摇晃着手中的竹枝，一边不怀好意地怂恿道。

"上来就上来。"说着，阿好从溪底抓起一把沙子，奋力朝岸上撒去，几乎同时，一跃而起，随手操起溪边的一条枯树枝，朝那群男娃扑去，吓得那群顽皮鬼扔下手中的衣物，四散逃跑。阿好岂肯就此罢休，追了上去，揪住了一个跑在后头的男娃，把他按倒在地，用手中树枝对着他的光屁股狠狠地抽了起来，把他抽得连声求饶。最后，阿好对着他的屁股使劲地补上一脚，斥问道："以后还敢不敢耍我们？"

"不敢了，不敢了。"那男娃哭丧着脸求饶道。

"这次姑且饶了你，下次再敢恶作剧，看我打花你的屁股。"阿好说。

"下次再敢，任由你打。"男娃继续求饶道。

"那还不快滚。"阿好将手中树枝折成两截，往地上一扔，气犹未消地说。

那可怜的娃一听，连滚带爬，瞬间逃得无影无踪。

教训完那群顽皮的家伙后，阿好拍了拍手上沾着的泥沙，回到了放衣服的地方。这时阿春和阿婵等已经穿好了衣服，原地等着她了。由于在追打的过程中弄脏了身体，阿好回到溪中，打算再洗洗身子。谁知她刚一泡入水中，就感觉到大腿内侧一阵刺痛。她心里一慌，胡乱洗一下身子就赶紧回到了岸上。原来，她的大腿内侧划破了一道伤口，所幸的是伤口并不深，应该是在追赶那些顽皮鬼时，被岸上的茅草之类的物体划伤的。

"姐姐，你那里怎么会流血？"一直在一旁默不作声的阿婵，突然指着阿好的下身好奇地问。

"蠢猪。有什么奇怪的？人长大了就会有！"没等阿好回答，阿春就厌恶地瞪了阿婵一眼，说。

"她还小，不懂嘛！"阿好对着一脸委屈的阿婵笑了笑，转头对阿春说。

"她就是蠢。猪一样的东西。"阿春不依不饶地继续数落道。

阿春刁蛮任性，经常欺负阿婵，阿好早就有所耳闻，但见她竟如此不讲理，实在是看不下去，说："你有完没完？她不就是年纪小不懂而已嘛！"

"我说她，关你什么事？"阿春不甘示弱地说。

"就关我事了，又怎么样？"阿好一听，不禁来气了，上前一步，用身体顶着阿春，说。

"关你事？有本事你让她去你家住，去你家吃饭呀！"阿春说。

"去就去！"阿好快速穿上衣服，一把拽着阿婵的手，说，"走！去我家！"说着，拉着阿婵朝自家方向走去。阿婵一边机械地跟着阿好往前走，一边似乎于心不忍地不住地回头看着呆立在原地的阿春，怯怯地说："她会不高兴的。"

"管她呢！"阿好说。

回到家后，一进家门，阿好就大声喊道："奶奶，以后阿婵就在我们家住了。"

桂婶从里屋走了出来，眯起眼睛看了看惾窣地贴在阿好身后的阿婵，问："怎么了？"

"那个臭阿春要赶阿婵走，不让阿婵在她家住了。"阿好气鼓鼓地说。

"哦？有这样的事？"桂婶笑吟吟地说。

"奶奶，阿婵以后就在我们家住了，可以吗？"阿好问。

"可以，可以。"桂婶上前拍着阿婵的肩膀，怜爱地说，"奶奶可喜欢咱们的阿婵了。"

"以后都不走了，永远住在我们家，可以吗？"阿好看着桂婶，进一步核实道。

"可以。只要你们喜欢，住多久都可以。"桂婶点着头，慈祥地说。

"哦！太好了。"阿好高兴地跳了起来嚷道。

不过，当天傍晚刘胜就过来找人了。“桂婶，听阿春说，阿婵在你这边？”刚一进门，刘胜就乐呵呵地问道。

“喏，在吃饭。”桂婶迎了出来，对着围在餐桌前吃饭的阿好和阿婵努了努嘴巴，说。

“哎呀！老在你家吃饭，哪好意思哦。”刘胜满脸过意不去的样子说。

“嗨！这有啥？小孩子，吃得了多少。”桂婶说。

“哎呀！太麻烦你了。”刘胜说。

“不说这话哈！”桂婶制止道，“她能来我高兴都还来不及呢！”

“好吧！吃饱了就回家哈。”刘胜对着阿婵笑道。

“她不回家。她以后都在我家住了！”没等阿婵回答，阿好就对着刘胜抢先说道。

“哈哈哈！这怎么行。”刘胜哈哈笑道。

“怎么不行？反正你家阿春不喜欢她。”阿好噘着嘴巴说。

“你们吵架了？”刘胜露出惊讶的表情道。

“是阿春骂她，不让她回你们家。”阿好说。

“哦！我回去教训她。”刘胜依然笑着说。

“你去吧！好好说说她，等她不再骂阿婵了，阿婵才回去！”阿好说。

“哈哈！这孩子……”刘胜无奈地摇摇头，笑道。

“就让她在这住几天吧！小孩子喜欢热闹。”一旁的桂婶说。

“好是好，只是要给您添麻烦了。”刘胜说。

“不麻烦啰！又不是第一次。你赶紧回去吧！不要在这里吓着小孩。”桂婶甩甩手说。

“那好吧！”刘胜挠了挠下巴，对阿婵说：“你就在桂奶奶这里住几天吧！不过你得听话，不要给桂奶奶惹麻烦哈！”

阿婵扒拉着饭碗，望着刘胜，应道：“嗯！”

刘胜对着阿婵笑了笑，然后就与桂婶告辞了。他一走，阿好和阿婵立马就如释重负地大大地喘了一口气，互相对望了一眼，脸上露出了轻松的笑容。

阿婵就这样在桂婵家暂住了下来。当天晚上，桂婵和阿好、阿婵三人就像是亲生婆孙一样，一起挤在了桂婵那张宽大的樟木雕花大床上。刚一躺下，阿好就问桂婵："奶奶，你什么时候上山去采药呀？我们已经好长时间没有上山采药了。"

"如果不下雨的话，我正打算明天就到山上去转转。"桂婵说，"怎么了？你腿痒痒了？"

"我是想，现在有阿婵和我做伴了，你应该可以放心我和阿婵去替你采药了吧！"阿好说。

"这怎么行？"桂婵说。

"为什么不行吗？"阿好噘着嘴巴反问道。

平日，桂婵经常要到山上去采草药，这些草药既是给病人治病所需，同时，采集的药材晒干后拿到圩上去卖，也是桂婵的主要收入来源。随着年龄的增大，桂婵发现腿脚越来越不灵光了，走起山路来也感觉越来越吃力。幸而有了阿好，她变老了，而阿好却渐渐长大了，可以陪她上山采药，相互可以有个照应。实际上，阿好跟随桂婵上山，不仅仅是陪伴那么简单，很多体力上的活，比如扛铁锹、背药篓等都可以帮上忙。阿好在跟随桂婵采药的过程中，接触和认识了许多中草药，桂婵本来就有意将自己的医术传授给阿好，所以每遇到一种新的草药，都会耐心给阿好讲解草药的名称、功效以及药理。阿好天生聪慧，过目不忘，很快对一些常用、常见的中草药的名称、药效已熟记于心。阿好对这方面也表现出了极大的自信和兴趣，常常非常认真地对桂婵说："奶奶，以后就让我替你上山去采药吧！你年纪大了，就不要这么辛苦了，在家歇着就好。"

但桂婵始终把她的话当做童言。她怎么可能放心让她独自上山呢？

"你们还是孩子，我不放心！再说了，好多药你都还不认识呢！"桂婵说。

"哦！"阿好噘着嘴应道，心里明显还是不服气。

"别想那么多了。如果你们愿意，明天就一起陪我上山采药吧！"桂婵轻轻拧了一下阿好的耳朵说。

197

"好吧！"阿好带着期待地应道。

第二天一早，桂婶做好了早饭，把家里养的鸡、猪等料理好，然后唤醒两个女娃，一起吃过早饭，带上干粮、水和竹篓、铁锹等，兴致勃勃地上山采药去了。

干粮和水放在药篓里，由阿好背着，铁锹则被阿婵抢去扛在了肩上，但走了一段山路之后，那把并不是很重的铁锹就已让阿婵露出了吃力的窘态了。阿好见状，将手伸向阿婵，说："把铁锹给我吧！"但一旁的桂婶抢先把铁锹接了过去，在手上掂了掂，说："这个还是我来拿吧！可以当拐杖。"

南面山坡面朝东江，空气潮湿，泥土松软肥沃，很适合植物生长，除了满山的蒲公英外，生长着板蓝根、金钱草、芦荟、灵芝、何首乌、鸡骨草等名贵草药，正因如此，桂婶经常来这里采药。桂婶带着两个女娃爬上山坡，如山羊觅食般寻找各种野生药材。每发现一种药材，桂婶都会耐心地向两个孩子讲解一番。阿好对桂婶的讲解听得津津有味，但阿婵却表现得心不在焉。她似乎对飞虫花鸟更感兴趣，她一会儿轻抚着蒲公英，一会儿追赶着蝴蝶，玩得不亦乐乎。

桂婶弯着腰，揪着山坡上的草或小树丫，一边往山坡上爬，一边寻找采挖目标。阿好则背着药篓，手持铁锹，紧随其后，只要发现她认识的草药，没等桂婶招呼，她就抢上前去，抡起铁锹，利索地将它挖了出来，塞进药篓里。

婆孙俩沿着山坡边爬边找，收获了不少名贵草药。在日寇入侵期间，担心遇上日本鬼子，桂婶和其他药农上山采药的次数明显减少，正因为如此，山上的草药，除了一年生的草本植物外，多年生的如何首乌、灵芝等，都长足了年份，品质上乘。桂婶和阿好今天就一连挖了几支上好的何首乌。

阿好刚把鸡骨草塞进了药篓，在前面的桂婶就使劲地朝她招手，激动地喊道："快！快！快！"

阿好抬头朝桂婶手指的方向望去，就在距离她们约二十米的头顶山坡上，一个黑乎乎的枯树头周围长着一丛红彤彤的东西，当中有的像撑开的雨伞。

"灵芝！灵芝！"阿好兴奋地大声喊道。没错，那正是灵芝。阿好揪着草梢快速爬到了那丛灵芝跟前。

虽然只是个孩子，但阿好凭借其从桂婶那里学得的知识，知道这是质量上乘的灵芝，是灵芝中的珍品。她端详着眼前这赤红的油亮的灵芝，激动地向桂婶连连招手道："奶奶，快来！"

桂婶终于气喘吁吁地爬了上来。急促爬山给她带来体力的消耗，她伸出颤抖的手，轻轻地抚摸了一下其中的一株灵芝，恨不得把这丛集天地精华于一体的仙物搂入怀里，但又害怕会弄坏了它。

"好东西！"桂婶说，激动得眼泪都快要掉下来了。

"奶奶，这灵芝长了挺久了吧？大概有多少岁了呀？"

"不好说！这些是平盖灵芝，二十来岁应该有吧！"

"真的呀？岂不是比我的年龄还要大呀？"

"呵呵！差不多吧！"

"为什么我们以前没有发现它呢？"

"山那么大，灵芝这么小，得靠缘分才能碰得上呀！"

"嗯！太漂亮了！奶奶，我们能不能不要采它呀？"

"嗯！我也有点舍不得把它给采了。"桂婶不无惋惜地说，"不过，天地万物都有它的使命，灵芝也不例外，让物尽其用，发挥它治病救人的效用，这才是我们该做的，也是它们最好的归宿。"

"哦！"阿好点点头似懂非懂地应道。

婆孙俩对着灵芝欣赏、赞叹了一番之后，小心翼翼地将它采入了篓中。

还没到中午，药篓就已经装得满满的。桂婶于是带着两个孩子打道回府。她们来到半山腰的一条溪边，要在这里把草药清洗干净了才带回家。一到溪边，把东西一放，阿好和阿婵就迫不及待地脱去衣服，泡入清凉的溪水里嬉戏了。桂婶将药篓里的草药倒出来，堆在麻石上开始清洗。阿好和阿婵在水里嬉闹了一会儿后，也蹚着溪水走了过来，半泡在水中，一起帮桂婶清洗草药。她们把清洗好的草药均匀地晾晒在溪边的麻石上。

活忙完了之后，桂婶洗干净手脚，打开干粮包，招呼阿好和阿婵上岸来吃东西。

经过整整一个上午的翻山越岭，两个孩子也早已有了饥饿感，衣服来不及穿，就直接爬到岸上，拿起干粮就吃。她们的干粮是蒸木薯饼，饼上面撒下些炒花生碎，吃起来非常香甜。

吃完"午餐"，再又歇息了一会儿，桂婶小心翼翼地把草药收回到篓中，阿好则不等吩咐，一把背起药篓，三人满怀丰收的喜悦原路下山返家。

这是阿婵第一次跟着出来采药，感觉非常开心，自始至终都表现得非常好奇和兴奋，翻越了大半天的山岭，依然看不出丝毫疲倦，一直在前面蹦蹦跳跳地拍打着路边的蒲公英，快乐得像一只小鸟。

山路忽左忽右、忽上忽下，兜兜转转，前面又迎来了一条湍急的山涧。山涧大概有七八米宽，两边是直直的悬崖，岸上距离水面大概有三四米高，山涧之间横着一根箩筐般粗的干杉树，供来往行人过涧之用。干杉树朝上的那一面，树皮早已剥落，经日晒雨淋变得乌黑；树干两侧长满了青苔，一看就能感觉到岁月的久远。来的时候，阿婵害怕，不敢独自过桥，要由阿好牵着走，现在已走过一次，阿婵已不仅不害怕，心里反而有点小期待，远远看见那独木桥，就迫不及待地踏了上去，蹦蹦跳跳地走到了中间，回过头来炫耀地看着阿好和桂婶。

"当心呀！"看着阿婵露出开心的样子，桂婶替她在桥上的调皮动作捏了一把汗，焦急地朝她喊道。谁知她话音未落，阿婵已在桥上失去了平衡，扑通一声掉到溪涧水潭里，把桂婶急得一声大叫。但没等她回过神来，阿好就已扑通一声，连人带篓跳进了山涧潭水中，去救阿婵了。

这段山涧潭水虽然有点深，但所幸没有什么突兀、锋利的岩石，阿婵的失足坠落还是阿好的纵身跳下，都没有给她们造成筋骨损伤性的身体伤害。

阿婵不会游泳，但阿好水性非常好。跳到水里后，阿好迅速挣开了药篓，奋力向阿婵游去。阿婵掉入水中，像一只落水的雏鸟，开始双手使劲地拍打着水面，接着身体时浮时沉，在水里拼命挣扎着。

阿好快速游到阿婵身边，伸手去拉她，不料阿婵却一把将她死死抱住。阿好双手被阿婵抱住，动弹不得，身体随着阿婵一起往下沉。桥上的桂婵一看，心里叫苦："不得了"，不顾一切地提着铁锹也纵身跳了下去。桂婵毕竟阅历丰富，下水后，她并没有直接靠近阿好她们，而是将铁锹的木柄向她们伸了过去。

阿婵早已吓得魂不附体了，她眼里的救命稻草只有阿好，故而死死抱住她不放。阿好虽然被阿婵抱住了，头脑却还算清醒，见有东西伸过来，立即一把抓住。

桂婵一手捏住铁锹的另一端，一手抓住涧边的一根树枝，用力将阿好连同阿婵一同拉了过来。

离开了深水区，阿好双脚接触到水底的石块后，心立刻安定下来。她挣脱了阿婵抱着她的双手，反手把她推到了岸边。

上岸后，阿婵依然惊魂未定，佝偻着身子，浑身颤抖。桂婵和阿好费了好大力气才使她平复了下来。

当三人的湿衣服晾到半干，准备穿上回家时，大家才发现药篓不见了。

"我的药篓呢？我的药篓落在溪里了。"阿好一边焦急地喊着，一边攀着山涧边上的乱石朝下游走去，希望能找回药篓，但走了一段距离后，发现前面山涧水位落差太大，水流非常湍急，无法往前走了。无奈之下，只好沮丧而返。

远远看见阿好两手空空地回来，桂婵于是抢先安慰道："找不到就算了。"

"上岸后我从岸上往下找。"阿好心有不甘地说。

"估计早就被水冲到哪里去了。算了吧，不找了。"桂婵说。

"我不！我一定要把药篓里的灵芝找回来。"阿好倔强地说。

到岸上后，阿好拔腿就朝着山涧下游方向跑去。

"你去哪儿？"看着阿好的背影，桂婵焦急地喊道。

"我去找药篓。"阿好头也不回地说。

"唉！这孩子真倔。"桂婶无奈地摇头道，"当心——"

山涧沿岸到处荆棘丛生、乱石成堆，并没有路可以走。虽然阿好没有穿鞋，但这并不影响她寻找药篓和灵芝。她踩过一堆堆乱石，穿过一丛丛荆棘，顺着溪流方向一路往下找，大有找不到不回头的决心。

劝阻不了阿好，桂婶唯有安下心来，和阿婵在原地等着，但她对阿好能找回药篓并不抱希望。

桂婶在一块平整的石块上坐了下来，阿婵则依偎在她的腿间，浑身还不停地颤抖，分明还没有从刚才坠桥溺水的惊吓中恢复过来。桂婶轻轻地抚摸着她的头发，脸上始终挂着怜爱。

"还害怕吗？"桂婶微笑着问。

阿婵木讷地摇了摇头。

"那就好！冷了吧？"桂婶扯了扯她身上衣服说。

阿婵怯怯地点了点头。

"唉！阿好那犟驴，叫她不要去找药篓了，耽误了我们阿婵回家。"桂婶抓着阿婵的小手，使劲地搓了搓，抬头望着阿好跑出去的方向，轻轻地责怪道。

然而，让桂婶没想到的是，不一会儿工夫，阿好居然背着药篓跑了回来。

"大部分灵芝和草药都捡回来了，其余的不知道被水冲到哪里去了。"阿好气喘吁吁地说，难掩心中的兴奋。

"能找回来这么多，已经很不错了！"桂婶抚摸着阿好湿漉漉的头发，说，"阿婵说冷，咱们还是赶紧回家吧！免得把她冻坏了。"

大概是因为落水湿身，受了风寒的原因，回家换过衣服后，桂婶和阿婵均感到身体不舒服。阿好虽然也落水了，也是湿着身子回来，但她体质好，一点事儿也没有，于是就主动照顾起这一老一少来。

她记得她捡回来的药篓里有一捆板蓝根。板蓝根可是治疗感冒的良药。

她翻了一下药篓，果然找到了那捆板蓝根。她把板蓝根洗干净，用瓦锅熬了水给桂婶和阿婵喝，紧接着就马不停蹄地准备晚饭。考虑到奶奶和阿婵身体不舒服，胃口不好，阿好就给大家煮了粥，蒸了一碟河鱼干当菜。

阿婵落水感冒的事很快就传到了刘胜的耳朵里，当天晚上，刘胜就过来把阿婵接回家了。


# 三十一

抗战胜利后，中国共产党领导下的东江纵队奉命将主力北撤山东，毕罡、鬼手、阿水等人都随文队长他们北上山东去了。他们这一走，就再也没有回来，阿水牺牲了，至于毕罡和鬼手，他俩牺牲在抗美援朝的战场上。

在香港的赵翠和顺女从近期不断涌入香港的大批内地政商人员和难民中，也明显感觉到了内地时局的紧张。

当初，在刘胜等人的协助下，赵翠携同女儿从水路来到了香港，寻找失散的丈夫。一进入香港这个完全陌生的地方，赵翠母女就感受到人生地不熟的艰难。都说香港只是弹丸之地，找人应该不难，但在这里寻亲比她们原先想象的还要难。

母女俩是在夜间进入香港的。当天夜里，下了船，上了岸，四周黑灯瞎火的，根本就不知道该往哪个方向走。她们爬上了岸边一个长满了蒲公英的山坡，往香港方向望去，但除了看见远处山脚一盏忽明忽暗的昏黄的灯光外，四周黑乎乎的，什么也没看到。不过，那盏灯就恍如茫茫大海中的一座灯塔，为母女俩指明了方向。赵翠和顺女相互看了一眼，不约而同地朝着灯光方向走去。在她们心里，当务之急就是找一家愿意收留她们的好心人家。之前，她们曾听闻，只要有人家愿意收留她们，借钱给她们办理居留证，那么她们就可以在香港正正当当地住下来，成为香港居民，然后就可以找份工作，一边工作一边寻找她们的亲人。

都说上山容易下山难，刚才往山坡上爬的时候并不感觉有多难，下山坡却容易跛脚，有些地方坡度太大，赵翠一连扑倒了好几次。顺女年轻，她搀扶着赵翠，揪着蒲公英，一步一步往下挪，途中爬过数道也许是军事用途的壕沟，被荆棘划了无数次，好不容易才下到了山脚。山脚下有一条还算宽敞的土路，土路绕着弯弯曲曲的山边一直通到那盏灯所在的位置。

　　路两旁长满了人头高的布惊树，母女俩紧贴着布惊树，向灯光方向摸索过去，她们期盼着，那灯光处有一户愿意收留或帮助她们的好心人家。她们心里都暗暗地想，如果户主愿意收留她们，而且愿意借钱给她们办理居住证明的话，那么，等她们找到亲人后，一定好好报答对方。

　　不过，她们的美好愿望很快就破灭了。来到灯光所在的位置后，母女俩失望地发现，那盏灯光并不是来自什么人家，而是一个岗亭。岗亭里空空如也，什么也没有！这一结果像在她们头上浇了一盆冷水，让她们垂头丧气。由于担心碰上哨兵，母女俩并不敢在岗亭逗留，她们借着路边布惊树的掩护，沿着土路继续往前赶。

　　也不知道走了多远的路，她们来到了一片芭蕉林里，这时候东方的天边已微微发白，赶了一整夜的路，母女俩是又渴又累，她们扯了一片芭蕉叶铺在地上，打算坐下来休息一会儿。谁知她们屁股还没坐热，就听见身后传来咔嚓一声响亮的金属撞击的声音。母女俩触电似的不约而同从地上跳了起来。

　　在昏暗的光线下，她们看到一个身穿制服的高大男子站在她们身后，用枪指着她们。刚才她们听见的金属撞击声，正是这名男子拉枪栓的声音。

　　对方说了一大通话，但母女俩一句也听不懂，不过却能感觉得出来，对方是在命令她们按他的指令往前走。

　　这名男子押着母女俩在山边兜兜转转一直走。他们先是穿过一片菜园地，接着是绕过了一个山嘴，天亮时分，他们来到一栋紧靠山体而建的石头房子前。房前院子里蹲着两只黄麻色的狼犬。一看见陌生人，两只狼犬立即凶猛地冲了上来，吓得赵翠母女尖叫着紧紧搂抱在了一起。

这名男子对着狼犬呵斥了一声，狼犬立马就乖巧了下来，摇头摆尾地凑到赵翠母女脚跟前嗅了嗅，再又走近这名男子身边，在他腿间来回蹭了几圈，然后就兴奋地跑到前头引路去了。

这名男子把赵翠母女押进了屋里，反手关上门，示意她们面对墙壁跪在地上。虽然不知道对方什么来头、想干什么，但凭对方的衣着打扮，赵翠母女心里首先想到的就是遇上香港的边防哨兵了，她们可能要被关起来了。

果然，这名男子取来一条长长的铁链，把赵翠母女锁在了一起。这时候，天已大亮了，母女俩才终于看清了眼前这个身穿制服的男人是一个脸黑得像木炭似的外国人，怪不得他讲的话她们一句都听不懂！

男子把母女俩带进了里屋。他推开了靠墙的一个衣柜，衣柜后面的墙壁上居然有一个门。这个门安装了里外两重门，靠外的是木板门，里面是铁门。男子依次将木门和铁门打开，呈现在母女俩眼前的是一间昏暗的石室。男子按了按墙上的一个开关，石室顿时亮起了灯光，没等赵翠母女反应过来，她们就被男子一把推进了石室。

灯光下惊魂未定的母女俩环视了一圈石室，发现这彻头彻尾是一间密室。密室靠里面墙的位置摆着一张可容纳两人睡觉的铁架床，紧挨着床头有一张长方形木桌，屋子另一端摆放了些洗漱用具，一条接了水龙头的水管从墙上穿了进来，墙角处有一个杯口大小的下水口，下水口旁边有一个冲水茅坑，屋里生活起居所需物品和设施一应俱全。

男子把拴着赵翠母女的铁链锁在铁床的床头上，然后比划了一阵子手势，意思大概是告知赵翠母女喝水、如厕、睡觉等相关注意事项。比划完毕，男子退出密室，锁上铁门，将这对可怜的母女关在了密室里。

"那个是什么人？他把我们关在这里做什么？"男子离开后，赵翠抓着顺女的手，惶恐不安地问。

顺女表现得比母亲淡定许多，她一语不发，向墙角走去……还好，锁着她们的铁链够长。她来到水龙头前，俯下身子，用嘴巴接着水龙头喝了几口水，用袖子抹了抹嘴巴，长长吐了一口气，笑着说："水咸咸的，真好喝。"

"都什么时候了？你还笑得出来。"赵翠嗔怪道。

"事到如今，不这样又还能怎样？"顺女无所谓地说。

"得想办法出去呀！"赵翠见她一副若无其事的样子，更加焦急了。

"想办法出去？"顺女苦笑了一下，"这时候除了听天由命，什么也做不了。"说着，顺女打了个哈欠，往床上一躺，大大咧咧地伸了个懒腰，"累死了，先睡一会儿。"话没说完，就呼呼地睡着了。

身陷恶境，吉凶未卜，女儿居然如此将人身安危不当一回事，赵翠既气恼，又伤心害怕，忍不住掩面而泣。

不知过了多久，外头传来了开门的声音，随着铁门被打开，进来一个手端托盘，一身素色穿着的男子，虽然着装已换，但赵翠一眼就认出，这正是刚才那名男子。见到这名男子，赵翠如见到了鬼一样，慌忙把顺女推醒。

男子在桌子上放下托盘。赵翠瞟了一眼托盘，里面有面包、肉肠、牛奶等食物和饮品。男子指了指赵翠母女和那些食物，示意她们吃。

赵翠哪敢吃，紧紧缩在顺女身后，一动不敢动。刚被赵翠弄醒的顺女揉了揉惺忪的眼睛，扭头瞧见桌上的食物，精神一振，扑了上去，抓起食物旁若无人地狼吞虎咽起来。

男子对着顺女点了点头，似乎对她的表现非常满意，但赵翠的表现令他很反感。他如豺狼般瞪大眼睛死死地瞅着赵翠，再又指了指那些食物。赵翠吓得赶紧转过身去，学顺女的样子，抓起食物就往嘴里塞。男子这才似笑非笑地哼了一下，然后锁上门离开了密室。

赵翠跟女儿一样，也早已饥肠辘辘了，男子离开后，赵翠紧绷的神经稍一放松，饥饿感几乎占据了她的全身。她把那碗牛奶喝了个精光，并一口气吃了几块面包。

至于顺女就更不客气了，除了赵翠吃掉的那部分，她把其余食物吃得一点不剩。吃饱后，她揉着圆滚滚的肚子，美美地打起了饱嗝。

"太好吃了！从来没有吃过这么好吃的东西。"顺女笑着道。

"都什么时候了，还有心笑！"赵翠说。

"我看这个人不像是想要害我们的样子。"顺女说。

"我看你是好歹都分不清了！都把我们关在这里了，还说不想害我们？"赵翠焦虑地摇摇头说。

顺女瞅了一眼天花板，像是看透了什么似的，冷冷地笑了笑。

这时候，密室的门再次打开，男子再次出现。他走到桌前，瞅了瞅空空的托盘，见食物已被吃干净，满意地点了点头。他干练地将桌子收拾干净，把托盘连同餐具端了出去。刚一出去，他就回来了。他站在赵翠母女面前，色眯眯地一会看看赵翠，一会看看顺女，最后把手伸向了赵翠。

"你要干吗？"赵翠连忙甩开男子的手，惶恐地往床里挪，但一切都是徒劳的。男子已用力抓住了她的手，打开了她手上的锁链，拽起她就往外走。

"你要干什么？你想干什么？"赵翠拼命地挣扎着，歇斯底里地喊着："顺女！顺女！快救妈妈！"

顺女见状，慌忙从床上跳下来，冲上前去试图拉住赵翠，但被男子一把推回了床上。

男子将赵翠带出了密室，重新锁上了密室的门，然后把赵翠拖进了一个大卧室。卧室连带着一个宽大透明的放置了大浴缸的浴室。男子将房门锁上，指着浴室比划了一下手势，意思大概是叫赵翠进浴室沐浴。

赵翠似乎意识到对方要做什么，吓得三魂不见七魄。

赵翠被迫站在水龙头下淋浴，薄薄的衬衫紧贴着她的前胸后背。

黑人男子明显是被赵翠优美的身躯惊呆了！他一直微微张着嘴巴，双眼淫邪而贪婪地在赵翠丰满的身体上来回游荡。而赵翠却像一只可怜无助的小羔羊，站在浴室里，双手抱乳，如筛糠似的颤抖个不停。

黑人男子一步一步凑到赵翠面前，拉开她的双手，伸手进去轻轻地抚摸了一下她的乳房。赵翠赶紧用双臂护住自己的乳房。男子随即凶神恶煞般瞪着她，示意她将手移开。惊骇之下，赵翠只得松开双手，如僵尸般任由对方玩弄，不仅不敢反抗，就连大气也不敢喘一口。过足了手瘾之后，男子抽回双手，迅速地脱去她的衣服，抱着赵翠放进了浴缸。此时的赵翠闭紧着双眼，任凭着对方摆弄……

当赵翠近乎虚脱地回到密室时，顺女瞟了她一眼，从她湿漉漉像打了结一样的头发以及呆滞的眼神中，顺女已知道发生了什么事。顺女倒是显得很平静，仿佛这一切都在她的预料之中。

把赵翠送回来后，男子没再给她上锁，不仅没给她上锁，而且还把顺女手上的铁链也解开了。男子将铁链卷成一捆，抱出了密室，临近密室门口时，不忘回头对着顺女挑逗地挤了挤眼睛，但让他没想到的是，顺女居然也对着他挤了挤眼睛，令他顿时心花绽放。

回到密室后，赵翠一直呆呆地坐在床沿上，始终不敢抬头看女儿一眼。顺女并没有去安慰她，甚至根本就没有搭理她。她揉了揉被铁链锁痛了的手腕，在墙角的茅坑里解了手，一声不吭地爬到床内侧继续躺下睡觉。

不知过了多久，顺女被开铁门的声音吵醒。她揉了揉眼睛，懒洋洋地坐了起来。

开门的还是那名男子，手里还是端着那个食物托盘。男子把食物放在木桌上，示意她们吃。这大概是午饭了。赵翠依然像丢了魂似的，木讷地坐在床沿上一动不动。

顺女从床上爬起来，看了看食物，还是牛奶面包，似乎兴趣不大。她用手摸了摸自己的背部，对着男子比划了一下手势，意思是她想洗澡。

他看了看顺女，再看看赵翠，欣然地对着密室门偏一下脑袋、努一下嘴。

顺女没等他开门，就迫不及待地抢先朝密室门走去。一直像丢了魂似的赵翠，见顺女要跟男子走，突然疯了一样跳起来，叫喊着冲上前去拽住顺女的手，说什么也不让她出去。顺女挣扎了几下，没有挣脱，心里一着急，抬脚对着赵翠踹了过去。赵翠被女儿踹得噔噔噔往后跟跄几步，跌坐在床上。男子见状，忍不住哈哈大笑起来。他快速打开铁门，将顺女护送了出去。当赵翠再次冲上前来想拉住顺女时，密室门已被男子牢牢锁上了。

出了密室，来到外面的石屋，顺女立马有一种被释放了的感觉。她环视了一下整个房子，发现房门、窗户都是铁做的，并且都严严实实地上了锁。

他轻轻推了她一下，将她带进了那个大卧室，指了指浴室，示意那是她洗澡的地方。一进卧室，顺女立马就注意到了靠在床头上的那杆长枪。

顺女快步走到浴室的大镜子前，对着镜子，端详了一下自己的容貌，抬起左手捋了一下头发，然后转身对着男子用手指摆了个剪头发的姿势，意思是想剪一下头发，向男子要剪刀。

他疑虑地看着顺女，犹豫了一下，最终还是向厨房走去了。当他从厨房的橱柜里翻出了一把厨具剪刀，回到卧室时，却发现顺女正用他放在床头的那杆枪指着他。他先是惊愕地望着顺女，但他不相信这个小女孩懂得，而且有足够的勇气开枪，后是摇摇头、摆摆手、笑了笑，从容地向顺女走去。如果他知道这个小女孩的童年曾经经历过什么，他也许就不会如此盲目自信。随着"砰"一声响，一个大洞贯穿了他的胸部。他来不及哼一声，就已一命呜呼。

在密室里的赵翠听见枪响，感觉到出事了，吓得魂不附体。她惊叫一声，扑向那扇小门，歇斯底里地呼喊着顺女的名字。当顺女打开密室的门，出现在了她眼前时，赵翠惊喜交加，一把将她抱住，痛哭不止。

"你、你、你做了什么？发生什么事了？"赵翠语无伦次道。

顺女并没有直接回答赵翠的话，拉着她的手几步跑到大门口，"别问这么多了！赶紧逃命吧！"说着，顺女打开大门就往外冲。门外那两条狼犬大概是被刚才的枪声吓着了，已跑得无影无踪。

顺女和赵翠跑出了院子，沿着山脚下那条弯弯曲曲的马路一路狂奔。

跑了一段路之后，迎面来到了一个三岔口。从路的走向看，左边是继续绕着山边走的，右边则可能是通往山外的。母女俩立在三岔路口，略微迟疑了一下，选择了右边那条可能通往山外的路。

果然，沿着马路拐过一个山包，穿过了一片竹林，走上一座架在一条小溪上的独孔石桥后，出现在她们眼前的是一条宽阔的大马路。

母女俩再次辨别了一下方向，这次她们选择了左转。

她们在大马路上刚走了一会儿，就听见背后传来汽车声，一辆小汽车转出山尖，卷着尘土朝她们风驰电掣而来。由于担心被追捕，母女俩都想找地方躲，但已来不及了，车很快就来到了她们跟前。可幸运的是，汽车从她们身边呼啸而过，除了卷起的灰尘外，车上的人并没有理会她们。

看着渐渐远去的汽车，母女俩如释重负地拍了拍胸口，大大地松了一口气。她们刚才多么担心汽车上的人会下来盘问甚至是把她们给抓起来呀！之后，又有数辆大大小小的汽车从她们身边经过，但都没有理会她们。

看来母女俩是选对了方向。在走了将近一个多小时后，她们已能看到前方稀稀散散的民居。

是继续朝民居方向走去，还是避开民居？母女俩的意见产生了分歧。

赵翠总觉得警察在追捕她们，要绕开民居，以免被人发现。顺女则认为赵翠的担心是多余的，坚持要到民居去找人寻求帮助。

开始的时候，母女俩各持己见，谁也不肯让步。最后顺女撂下一句话："你如果怕的话，那么你就自己走吧！"

此话一出，赵翠顿时无言以对。她怎么可能离开顺女自己走呢？唯有乖乖地跟着顺女朝民居方向走去。

她们来到近前一看，发现这原来是一个村庄。村头一块大石上面刻着几个红漆字——"元朗村"。

虽说她们是奔着这里来的，但真正来到之后，她们又胆怯了。进村还是不进村，她们立在村头，犹豫不已。

这时，一个干瘦的中年男子拉着行李车从村外回来，身后跟着一个八九岁的小女孩，看似父女俩。

男子一副心事重重的样子，低着头弯着腰，吃力而疲惫地从赵翠母女面前走过，全然没有留意她们。倒是他身后的小女孩，表现得颇为机灵和活泼，从顺女她们面前走过时，一直好奇地打量着这一对漂亮的母女。顺女挑逗地朝她挤了挤眼睛，小女孩咧嘴笑了笑，蹦蹦跳跳地快步赶上了前面的男子，扯了扯男子的衣服，说："爸爸，她俩好像不是我们村里的人。"

男子这才留意到赵翠母女，他抬起头来，用疲惫的眼睛看了看赵翠母女，继续朝前走了几步，却又像是突然想起了什么似的，停下了脚步，回头问道："你们是从哪里来的？"

赵翠还在犹豫，但顺女已经抢先回答了："我们是从那边逃难过来的。"

"哦！"男子若有所思地应道，接着问："你们这是要去哪里？"

"不知道。"顺女应道。

"有亲戚接应你们吗？"

"没有。"

"这样子呀？"男子仔细地把赵翠上下打量了一番，接着问道，"那么，你们有什么打算吗？"

"没有。只能看有没有好心人愿意收留我们，等我们落稳脚跟，找到工作以后再作回报了。"顺女说。

"唉！这年头，要在这边落稳脚跟找工作，谈何容易啊！"男子摇摇头叹息道，"我们这里经常遇见像你们这些从那边过来的人。你们跑过来干什么？这边其实并没有你们想象中那么好。"

"我们是……"顺女刚想说"我们是来找亲人的"，但话到嘴边却又改口道，"我们是没办法才过来的，那边实在待不下去。"

"这样子吧，兵荒马乱的，看你们两个挺不容易的，如果不嫌弃，你们就姑且到我家歇歇脚吧！"男子说。

"那就打扰你们了！"顺女不客气地说，朝着男子深深地鞠了个躬。一直在一旁没有说话的赵翠则扯了扯顺女的衣服，大概是提醒她不要轻易相信别人，但顺女并没有理会她，向男子迈步走去。赵翠只得也快步跟上。

走到跟前，顺女主动伸过手去，小女孩向顺女挤着眼睛笑了笑，欣然地把小手递给了她。顺女抓起小女孩的手，跟在男子身后，一同进了元朗村。小女孩显得特别开心，一路上使劲地甩动着小手，又蹦又跳，径直来到了家门口。

男子放下行李车，从腰间掏出钥匙，把门打开，对着门口抬了一下手臂，说："进屋吧！"

不等他说完，小女孩就已拖着顺女的手，抢先跨进了家门。

这是两室一厅的房子。一个客厅连着两间卧室。厅里有一张圆餐桌和一张木制长沙发，靠墙的位置摆放着一高一矮两个木制柜子，矮的是食品餐柜，另一个是杂物柜。这个厅是用作会客厅又当作餐厅用的了。进到屋里后，顺女才发现，香港与她原先想象的差距甚大，正如男子刚才所说的，香港人的生活条件并没有她想象中那么好。尤其是住宿条件，单从房子来讲，甚至还比不上她住过的西岭村的房子。但是，这屋内摆设及用具很多都是顺女在内地没有见过的。

"坐吧。"男子把行李车放在餐桌底下，指了指靠墙的一张木制长沙发说。

"谢谢。"赵翠拘谨地对着男子鞠了个躬说。

待赵翠母女坐下之后，男子分别给她们倒了一杯水，小女孩则打开紧靠餐桌的那个餐柜，捧出一个深蓝色的糖果盒，打开盖子，抓了一把糖果塞到顺女手中说："姐姐吃糖。"

男子往自己专用的沾满了黄色茶垢的白色瓷杯里加了些水，在赵翠和顺女对面坐下，呷了一口水，不紧不慢地说："喝水吧。"

"真是太感谢您了。日后我们一定会报答您的大恩大德的。"赵翠双手捧着水杯，频频点头道。

"我们村几乎每户人家都接待过你们那边过来的人。"男子说，"你们之前，我还资助了一个你们那边的年轻人呢。"

"你们都是大好人。菩萨一定会保佑你们的。"赵翠双手合掌道。

"唉！都是中国人，能帮就帮呗。"男子一脸豁达的样子，接着问道："对了，还没问你们贵姓呢。"

"免贵姓赵，我叫赵翠，这个是我女儿顺女。"赵翠说。

正在一旁逗小女孩玩的顺女听见赵翠的介绍，扭头对着男子礼节性地微笑着点了点头。男子也对她微微笑了笑。

"听你们刚才说，你们在这边也是无亲无故的，跑过这边来干什么？"男子问。

"这个嘛……"赵翠一时不知该怎么回答，最后还是顺女给她解了围。

"不是打仗吗？"顺女说，"我们是逃避战乱来的。"

"那么你们日后有什么打算呢？"男子问。

赵翠刚想开口，一旁的顺女又抢先替她回答道："没有。有口饭吃就行。"

男子再度快速地将赵翠母女仔细打量了一遍，摆出一副诚恳的样子说："如果你们没有别处可去，就先在我这里住下吧。反正这个家就我和女儿两个人。"

"那真是太感谢您了。"赵翠站起来对着男子再次鞠躬道，"不过您放心，一旦找到工作，我们就马上搬走，不会负累你们的。"

"不客气。也不用急，只要你们愿意，你们想住多久就住多久。"男子说。

"姐姐，以后你们就住在我家，不要走了。好吗？"听爸爸这么讲，小女孩拉着顺女的手央求着说。

"好呀。"顺女捏了捏小女孩清瘦的小脸蛋说。

"好耶，好耶。姐姐以后不走了。"小女孩听了顺女的话后，高兴地蹦跳着拍起手来。

赵翠伸手抚摸了一下小女孩的后脑勺，笑着说："这孩子真可爱。"转而问那男子道："对了，一直忙着聊天，忘了请教大哥怎么称呼呢？"

"我叫余光，大家都叫我光子。"男子说，指着小女孩，"我女儿叫阿敏。"

"阿敏。"顺女轻轻扯着小女孩两边的耳朵说。

就这样，赵翠母女暂时在余光家里住了下来。不久，余光以亲人的名义，给赵翠母女办理了身份登记材料，赵翠母女就名正言顺地在香港落脚了。

# 三十二

刘胜的大儿子云哥，从小就跟邻村一个叫阿稳的女孩定了亲，这个女孩是刘胜一位至交的女儿，也是出身武术世家，比云哥大整整八岁。阿稳不仅年纪比云哥大，个头也高高大大，手大腰粗，脚板显得又宽又大。云哥不喜欢这样子的女孩子，刘胜每次提起要给他们成亲，他都以各种理由推搪，所以他与阿稳姑娘一直没有完婚。

随着年纪越来越大，女方家长一再催促，刘胜再也不能让云哥推搪了，与女方家长商量之后，择了个吉日，给云哥和阿稳完了婚。

喜宴当日，阿好也去吃喜宴，当她看到新娘的长相时，拉着阿婵说："你这个嫂子配不上云哥。"边说边看着阿婵的眼睛，大概是希望能从她的表情里看到她对自己的认同。

阿婵端着碗，咀嚼着饭菜，眼睛却看着穿梭在客人当中向客人敬酒，接受客人祝福的云哥和新娘，阿好根本没能从她的表情里看出什么。

后来的日子，每当在一起玩耍的时候，无论是当着云哥的面还是在他的背后，阿好都没少揶揄云哥，说他是一朵鲜花插在牛粪上。而云哥却表现得一脸无奈。尽管如此，第二年，阿稳还是如期给云哥生了个儿子。桂婵给接的生。看着那个比拳头还小的早产儿，就连桂婵也禁不住连连摇头。云哥的母亲更是一脸担忧的样子。

"养得大吗？"云哥母亲瞅着桂婵手掌中如老鼠般的新生儿，忧心忡忡地说。

"有肠有肚子的，怎么会养不大！"桂婵连忙制止她，免得她再说出些不吉利的话出来。

虽然婴儿月份不足，但阿稳的奶水相当充足。大概是因为坐月子时每天都吃客家传统的黄酒煮鸡的原因，阿稳奶子胀得像两个大木瓜，奶水多得婴儿喝不完。婴儿不但能吃能睡，正如桂婵所说小孩养着养着就大了，而且身体越长越结实，就像他妈妈阿稳一样，长得又大又胖，把云哥母亲这个做奶奶的乐得简直就合不拢嘴。大概是由于小孩出生时过于瘦小的原因，家里人给他取了个形象的小名"赖果子"，该地方言是瘦小的、发育不良的意思。

阿稳虽然样子长得皮粗肉糙了些，但任劳任怨、贤良淑德，在村里有口皆碑。最让人称道的是，她的力气非常大，与她相比，许多成年男子都甘拜下风。小孩刚一满月，阿稳就主动把家里里外外打理得井井有条，把家翁家姆、叔叔姑姑侍候得称心如意。但这么好的人，偏偏没有好的结局。小孩将满两岁的前一天，她带着小孩到地里干活，如果她听婆婆的话，把小孩留在家里，也许悲剧是可以避免的。

阿稳是用背带背着小孩出门的。后山的一块地，原本是种麦子的梯田，现在种上了花生，她要给花生除草。阿稳开始时是一直背着儿子干活的，但后来儿子不愿意了，使劲挣扎着要下来自己玩，阿稳只好解开背带，把儿子放了下来。小孩一落到地上就乐开了花，活蹦乱跳地满地跑，一会儿揪一下花生叶，一会儿爬到田埂上摘野花，一会儿去抓蒲公英上的蝴蝶。小孩高兴，阿稳当然也非常开心了，一边低头锄草松土，一边不时地抬头看看活泼可爱的儿子，脸上挂满了幸福的笑容，就连她自己都不敢相信，眼下这个长得像小铁桶似的儿子，出生时居然还没有老鼠大。而这一切都得归功于她的精心哺育。她真为自己感到骄傲。

悲剧往往就在不经意间发生。就在阿稳完全沉浸在忘我的幸福之中时，耳边突然听到了儿子大声的尖叫，把阿稳从陶醉中惊醒，她猛地抬头朝儿子方向看去，惊愕地发现一个黑乎乎的东西正龇牙咧嘴地一步步朝她儿子逼近。

"狗熊。"阿稳脱口而出，无暇多想，举着锄头奋不顾身朝它冲去。

狗熊的尖嘴几乎已触碰到了小孩的脸蛋，突然见阿稳向它冲来，于是放开小孩，笨拙地向阿稳迎了过来。

面对这只大狗熊，救子心切的阿稳毫无惧色，对着狗熊的头部狠狠地一锄挖下去，却只砸中了狗熊的耳朵。

狗熊受到攻击，顿时变得狂躁起来，牙齿磨在一起发出"啪啪"响声，疯了似地扑向阿稳。

阿稳退后两步，再次举起锄头砸向狗熊，但这次只砸在狗熊的屁股上，没砸中要害。

狗熊身上挨了一锄，变得越发狂躁了，"嗖"地整个像人似的直立起来，向阿稳扑去。

阿稳再次后退，想躲开狗熊，不料脚跟绊在了田埂上，身体顿时失去了平衡，向后一仰，倒在了地上。狗熊顺势扑在了她的身上，张开嘴巴对着阿稳的喉咙就啃下去。

阿稳毕竟是武术世家出身，身手相当敏捷，只见她把头一歪，躲开了狗熊的尖嘴，脑袋迅速顶压住狗熊下颚的喉头部位，双手双腿死死缠抱住狗熊。

狗熊被阿稳像大蛇般缠住，又急又躁，抓、挠、甩都用上了，却始终摆脱不了阿稳，最后它愤怒地拖着阿稳朝山下滚去……

傍晚时分，家里人在花生地里找到了已经无力哭泣的赖果子，第二天天亮，大家才在山下那条溪潭中找到了阿稳和狗熊僵硬的尸体，人们费了很大工夫，才把阿稳紧紧抱着狗熊的手和腿掰开。

阿稳过世后，西岭村人觉得赶紧给赖果子找个后妈，这样才能让阿稳安息。

"这想法好是好，但在这就近，哪有合适的姑娘家？"刘胜无奈地说。

"我觉得桂婶家那个阿好就蛮适合的。"老伴说。

"她呀！"刘胜仿佛突然才想起了有这么一个人似的，思索了片刻，说，"好是好，只是桂婶平日把她当命根子似的，就怕她不答应。"

"多贵重的姑娘家也总得嫁人的呀！难道要把她拴一辈子不成？"老伴说。

"话是这么说，你让我如何向桂婶开这个口呢？"刘胜摇摇头为难地说。

"不用你开口，也不用我开口，咱们找媒香婆去说。"老伴一副跃跃欲试的样子。

"找媒香婆？"刘胜皱起眉头，一脸不放心的样子，"万一说不成，事情传出去了，往后咱两家如何相处？"

老伴不以为然地说："男婚女嫁，天经地义。谁能确保都是说一个成一个？不用顾虑那么多了，如果不成的话原来怎么处，往后还怎么处。"

# 三十三

听了媒香婆的来意，桂婶以为自己听错了，惊愕地望着媒婆。

"没错。正是胜哥媳妇叫我来的，他们想跟你对亲家。"媒香婆一字一句地重复道。

桂婶这回算是听明白了。她直到现在才突然发现，阿好已长大成人了。虽然阿好不是她的亲生骨肉，但她一直都把她当作亲生孙女般看待，把她养育成人，教她医术，教她做人的道理，而这些年来，也正是有了阿好的陪伴，才使她的晚年充满了欢乐，不再孤单。如今，媒香婆突然找上门来，说有人要娶走她，对她来说，这是令她难以抉择的事情。

"怎么样呀？婶子，您觉得行吗？"见桂婶沉默了这么久，媒香婆有点坐不住了，催促道。

桂婶从沉思中回过神来。她用长满了老茧的手掌摸了摸沧桑干皱的脸，苦笑了一下，说："阿好还小，我也舍不得她，阿胜家是个好人家，阿好嫁给他儿子我放心，但这事得听阿好丫头的意见，让她自己决定，只要她愿意，我是支持的。"

"这个好办。我回头就找她问问。"媒香婆拍了一下大腿说。

"不，这个得由我先跟她通通气，免得把她给吓着了，毕竟她还只是个孩子。"桂婶说。

当天下午，当阿好背着一篓刚从山上采的草药回家时，她一见面就感觉桂婶的表情有些奇怪。

桂婶带着古怪的笑容迎了上来，帮着把她背上的药篓卸下，然后牵着她的手，把她拉到里屋，让她在桌旁坐下，桌上早已放了一个盛满了糖水的搪瓷大碗。"喝糖水。"桂婶把那碗糖水推到阿好面前说。

"奶奶，你今天怎么了？"阿好睁着大大的眼睛问。

"也没什么，只是想跟你说个事。"桂婶继续满脸堆笑的样子说。

"奶奶，你有事就说嘛。干吗要这么神神叨叨的呢？"阿好皱着眉头看着桂婶，心想，奶奶今天怎么这么生分？

"奶奶今天说的可是件大事。"桂婶直起腰来，表情一下子变得严肃了起来。

"是什么事嘛！"见奶奶突然变得严肃了，阿好觉得心里发怵。

桂婶轻轻地叹了一口气，欲言又止。

"奶奶，什么事你快说嘛。都快急死我了。"阿好用哀求的口吻说。

"你的胜伯伯让媒香婆跟我提亲来了。"桂婶一脸难为情的样子，摊摊手说。

一听这话，阿好的脸霎时变得火般通红。

"我不嫁人，我要留在奶奶身边，伺候奶奶一辈子。"阿好缓了缓心情，压了压嗓子说。

"傻孩子。你怎么可能一辈子不嫁人呢？"桂婶轻轻揪了揪阿好的耳垂说。

"我就是不嫁。"阿好噘着嘴调皮地说。

"不嫁？老了以后像奶奶一样，独自一人多可怜呀！"桂婶说。

"正因为奶奶独自一人，所以我要留下来照顾奶奶嘛！"阿好抱着桂婶说。

"我不要你照顾。谁说你嫁人后就不能照顾奶奶了呢？"桂婶用手指头轻轻戳了一下阿好的额头说。

"他要我嫁给谁呀？"阿好想了想，语调一变，问道。

桂婶仿佛有点难为情地说："就是刘胜的大儿子云哥呀！"

"他？更加不可能。"阿好站起来，甩了甩手说。

当晚，梳洗干净后，阿婵如常来找阿好玩。

见了阿婵，阿好一声不吭，拉着她就往外走，来到僻静处，阿好放开阿婵的手，双手叉腰说："你去把你那个云哥叫出来。"

"哦，哦。"阿婵最怕阿好生气了，连忙答应着朝家里跑去。不一会儿，她就把云哥带到了阿好面前。

"你先到别处去玩，我有事跟他说。"阿好对阿婵甩甩手说。

"哦。"阿婵噘着嘴应了一声，很不情愿地走到一边去了。

等阿婵走远后，阿好突然转过身来，冲着云哥气冲冲地说："你怎么能做出这样的事情来？！"

"我做了什么了？"云哥莫名其妙地看着阿好问。

"世界上最可恨的就是你这种人，敢做不敢当。"阿好对着云哥做了个鄙视鬼脸说。

"你真的不知道？"阿好斜眼审视着云哥问。

"真不知道。"云哥摊了摊双手，说。

"我问你，你为什么叫媒香婆来我家说亲？"阿好直截了当地问。

"给谁说亲？"云哥露出惊愕的样子问。

"又在装。肯定是给我们俩啦！我才不多管其他人闲事。"阿好说。

"我真不知道有这事呀！"云哥一本正经地说。

接着补充道，"阿稳刚过世，你这么小，我怎么可能叫人来向你提亲呢？"

"快走快走。别在我面前丢人现眼。"阿好摆摆手说。

"嗯。"云哥对着阿好微微弯了弯腰，狼狈地转身离去，在转角处还差点撞上了正在一旁等候的阿婵。

"哥，你怎么了？"见云哥慌里慌张的样子，阿婵既好奇又惊讶，小心翼翼地问道。

云哥并没有回答阿婵的话，轻轻将她拨开，低着头回家去了。

阿婵回来找到阿好，问："你对我哥说什么了？他怎么这么慌张？"

阿好双手搭在阿婵肩膀上，一本正经地问："我做你的嫂子好不好？"

阿婵呆呆地盯着阿好，当她明白过来是怎么回事时，立即使劲地点着头说："嗯。好。"

"那好。你回去告诉他吧。"阿好说。

把阿婵打发走后，阿好疾步跑回家，拎起餐桌上的陶瓷青花大茶壶，吮着茶壶嘴，咕噜咕噜地喝了半壶水，用袖子揩了揩嘴角，立在原地喘了一会儿大气，然后对着一旁正在缝衣服的桂婶说："奶奶，我同意嫁给云哥了。"

桂婶听了她的话之后，惊得手中的衣服都掉了。她慢慢站了起来，惊愕地看着阿好，小心翼翼地问："你想好了？！"

"嗯。想好了。"阿婵使劲地点了点头，态度坚决地说。

"你今天上午不是说不愿意吗？"

"唉。我想了想，觉得也可以，关键是在同一个村，离奶奶近，可以照顾你。"

"要嫁人的是你，以后的日子也是你过的，你要考虑的是姑爷人品要好，能和你过日子，不要考虑我。"

"都要考虑。我看云哥人挺温顺的，日后好欺负。"

"真是傻孩子。哪有让姑爷来伺候你的道理。"桂婶责怪中带着怜爱的语气说。

"哼。我就要。"阿好侧着脑袋调皮地说。

桂婶无奈地叹了一口气说，"既然你想好了，我就去让媒婆香给你胜伯伯传个话吧。"

"我就是不想让媒香婆去说。"

"我已经让阿婵去给她云哥传话了。"

"什么？你怎么让阿婵一个孩子去传话？太儿戏了吧。"桂婶摇头叹息道。

第二天晌午，刘胜和老伴带着儿子云哥和阿婵，提着鸡、鹅等礼物来到了桂婶家。

他们来到桂婶家时，阿好正要出门，与刘胜他们撞了个正着。一见他们那个势头，阿好吓得慌忙转身逃回了屋里，躲进了自己房间，半天不敢出来。

刘胜的老伴见了桂婶，满脸堆笑地迎了上去，抓着桂婶的手，说："他婶，今儿个我们带不争气的阿云给您端茶来了。"

桂婶沧桑的脸上挂着微笑，她指了指餐桌旁的凳子，说："坐吧。"回头对着阿好的房间喊道，"好女，还不赶紧出来给你胜伯伯他们斟茶？"

"不用叫她，我们自己来。"刘胜的老伴说，回头对着云哥，"阿云，给你桂奶奶斟茶呀！"

云哥怯怯地应了一声"嗯"，快步上前，在餐桌上的小竹篮里拿了个陶瓷杯，拎起那个陶瓷青花大茶壶，倒了一杯甜茶送到桂婶面前，恭恭敬敬地说："奶奶喝茶。"

桂婶接过茶，慈祥地看了云哥一眼，轻轻喝了一小口，将茶杯放在餐桌上，双手轻轻地来回搓着，静静地等待刘胜他们开口。

"她奶奶……"这种事还是女人好说话，刘胜的老伴首先开口了，虽然显得有点难为情，但她还是向桂婶说出了来意。

"这丫头昨天也跟我说了，她说她愿意。既然她愿意，咱们两家平日又有这样的关系，我还能有什么意见呢！"桂婶说。

"是是是。"刘胜的老伴连声应道。

阿婵进里屋在阿好身边坐下，轻轻地靠在她身上，和她一道静静地听着门外……

春节前一个月，阿好出嫁，成为云哥的第二任妻子，做了阿婵的嫂子。


# 三十四


赵翠母女在余光家住了将近半年，在这半年里，母女俩一直想找份稳定的工作，但始终没有着落。顺女只找了些做一天没一天的零散工，而赵翠却一直没有找到工作，但余光却一直劝她们不用着急。

"不用急。你们安心在我这住吧！只要我有一口饭吃就绝不会让你们饿着。"余光安慰赵翠母女说。

"哪里好意思在你家白吃白住！"赵翠满脸愧疚的样子说。

"如果你们不嫌弃，以后就把这当自己家吧。"每当说这话，余光总是一脸诚恳的样子。

余光说这话的意思，赵翠是听得明白的。住进他家后不到一个月，在一次单独面对面拉家常时，余光就非常诚恳和坦然地向她表露了心声，说希望给女儿找个后妈，并说他女儿很喜欢她们母女。当然，他本人也非常喜欢赵翠，觉得她很合适，希望赵翠能考虑一下，但赵翠当即就回绝了他。

得知丈夫依然活着，赵翠怎么可能一错再错，同意余光的求婚呢？

赵翠主动把余光的家务活全揽在了身上，希望减轻亏欠感。她越是这么贴心地打理家务，余光就越发从她身上找到了贤妻良母的感觉，越发觉得赵翠很适合这个家，很合适他。

一天傍晚，阿敏领着顺女到外面玩去了，赵翠忙完了家务后，就如常准备洗澡更衣。谁知她进入浴室刚脱去衣服，余光就推开了浴室门，突然冲了进来一把将她按倒，压在地上……这是一个开端，从此两人便经常偷偷摸摸地云雨偷欢。

赵翠和余光之间的事最终还是被顺女觉察到了。有一天，顺女回来早了，一进门就与裸露着后背、急忙穿衣找鞋的赵翠撞了个正着。一见到顺女，赵翠立即羞愧地低下了头说了一句："回来了。"侧身就出去了。当时余光则赤裸着上身，慌乱地提起裤子，小半边白屁股晾在外面。以顺女的聪慧和经历，不作多想就明白发生什么事了。她心里当即就闪出一个念头，要尽快从这里搬走，但她不露声色，只暗暗地在外面寻找容身之所，还真被她找到了一个地方。

香港饮食业非常发达，即使是在兵荒马乱的年月，饮食业依然繁荣，为香港劳工提供了不少的就业机会，只要不怕脏、不怕累，要在饭庄酒馆找份工做，还是有可能的。当时顺女正是在一家酒楼里找了两个岗位，一个是楼面咨客，一个传菜员。同时，她还在酒店附近物色了一间出租屋，虽然租金不便宜，但有了这两份工作，付房租也就不成问题了。但是，当她把这事告诉赵翠时，赵翠却又不想搬了。

"我觉得我们现在住在这里也很不错呀！你余光叔又没让我们搬，我们可以等找到你爸爸的时候再搬也不迟。"赵翠吞吞吐吐地说。

顺女一听，顿时火冒三丈，她将手中喝水的陶瓷杯摔得粉碎。冲着赵翠吼道："这样的话你也说得出来？你要脸不要脸！"

当时，余光外出工作还没有回来，只有阿敏在家。

一看见阿敏出来，赵翠立马摆手示意顺女不要再吵了，连声说："好了好了。听你的就是了。"

阿敏轻声恳求道："姐姐，求你不要跟翠翠阿姨吵架了好不好？"

顺女深深呼吸了一口气，极力让自己平静下来，伸手轻轻地抚摸了一下阿敏的后脑勺，一句话没说，转身进房间收拾物品去了。

第二天天刚亮，赵翠母女俩离开了余光家，住进了出租屋，开始了新的生活和寻亲之路。


# 三十五


顺女找了酒楼的这份工作，原本是为了立足谋生，但没想到歪打正着，这份工作的人脉为她和赵翠的寻亲提供了意想不到的帮助。

每天人来人往，三教九流、鱼龙混杂，酒楼里什么样人都有。他们来酒楼用餐的同时，也带来了各种信息。对于顺女来说，最大的收获就是知道了可以通过报纸刊登寻人启事。

顺女和赵翠都不认识字，之所以突然发现报纸的寻人功能，是因为每天固定前来喝早茶的一位长者跟她讲的。

香港人有喝早茶的习惯，这其实是粤式饮食的一种特色。粤式早茶据说在清朝同治年间就已经流行了，当时人们在街边搭起一个摊铺，提供茶饮、点心，不管是达官贵人还是平民百姓，都爱到这些地方来喝茶消遣，路边摊后来演变成了茶楼、茶馆。客人或者自备私家珍藏好茶，或者饮用茶铺、酒楼提供的大路茶。沏上一壶香喷喷的浓茶，就着可口的茶粿、点心，一杯一杯地悠悠地喝着烫嘴的香茶，认识字的人还在桌面铺上一本书或一张报纸，边喝边阅读，那生活别提有多悠闲写意。

这位长者是酒楼的常客，不管刮风下雨，他每天必到酒楼来喝早茶，时间不变，坐的位置不变，甚至喝什么茶、吃什么点心都大同小异。服务生对他都很熟悉了，每天他进来往他的位置上一坐，不用招呼，服务生就会自觉地把他平日爱喝的茶泡上，把他平日爱吃的点心端上来，老人家一声谢谢，习惯地从随身携带的布包里取出一份报纸，摊开在膝盖或桌面上，开始一天的早茶时光。多年来，不管时局如何变化，老人家这种习惯始终风雨不改。香港沦陷时，有一次，日军在外面街道上与"共党分子"发生激烈枪战，枪声乒乒乓乓地响个不停，好几次子弹都射进了酒楼，打在了酒楼的墙上了，服务生和其他寥寥数位茶客吓得逃的逃、躲的躲，而这位长者却坐在他的位置上岿然不动，若无其事地一杯接着一杯地喝着茶，一边喝一边紧盯着窗外，仿佛在观看一出大戏。这可把趴在地上的服务生给急坏了，他们使劲地向他招手，示意他赶紧趴下。但老人只朝服务生微微笑了笑，依然神情自若地品味他的茶。事后，大家问他："阿伯，你刚才为什么不躲？难道你不怕死呀？"老人家微微笑了笑，说："那些勇士跟日本鬼子真枪实弹地打仗，他们都不怕，我这个老朽看客又有什么可怕的呢？况且，难得看到这么激动人心的场面，高兴都来不及呢，还躲什么。"大家都知道，他是一位忠诚的爱国者，但几乎没人知道，他与东江纵队的几位骨干私底下交往甚密，给游击队提供了很多药品和医疗器械。

听了老人的话，店员们都纷纷竖起了大拇指。从此以后，大家对这位略微发胖的银发老者刮目相看，对他不仅仅是好奇，而且是由衷地敬重。

顺女第一天上班就遇上了这位老者。

看见有客人进来，顺女热情地迎了上去，问道："阿伯，您几个人呀？有位置了吗？"这位客人正是那位神秘的老者。

老者先是愕然地看了看顺女，然后微笑着抬手指了指靠窗边的一张小桌，也不说话，径直走到那张小桌前坐了下来。

顺女之前已听同事嘱咐过，这张小桌子是固定预留的，不能让其他人坐，见老人居然不打招呼就坐下了，连忙说："老伯，这张桌子已经有人预订了，我给您换一张桌子吧？"

老者不紧不慢地从袋子里掏出报纸放在桌面上，对着顺女微微笑了笑，问："孩子，你是新来的吧。"

"是呀是呀。"顺女连连点头答道，"您怎么知道的？"

"我就是预订这个位置的人呀。"老者继续笑道。

"哦哦。不好意思。实在不好意思。"顺女一听，赶紧鞠躬道歉。

"没关系。"老者对着顺女和善地点了点头，说："按我平日的茶和点心上就行了哈。"

"哦。好的。"顺女对着老者又鞠了个躬，问也不问就转身办去了。但刚走了一半，却突然发现自己并不知道老人家平日究竟喝什么茶、用什么点心。于是又赶紧折回到老人面前，歉疚地问道："阿伯，不好意思，我不知道您平日喝什么茶、吃什么点心，麻烦您说一下可以吗？"

一位楼面领班也许发现了什么不妥，走了过来，冲着顺女训斥道："这是我们的老顾客了。你不懂不会去问其他前辈呀？"然后转身对着老者哈哈腰，媚笑道，"不好意思，刚从那边过来的，猪一样的蠢。"

本来一直面带微笑的老者，听了这个领班的话后，立马收敛了笑容，对领班说："不要这样子说她。你也并不是一入行就做领班的吧？她刚来，不懂，你就应该好好教她，不要这么刻薄地对待她，不管哪边来的，咱们都是同胞。要团结、要互助。"

领班被老者说得脸红耳赤，无言以对，连声点头认错，说："您说得对。我马上给您换个熟悉的服务生来给您上茶。"

"不用了。就让她给我沏茶吧，我来告诉她我要什么。"老者说。

"好好好。"领班连说几个好，灰溜溜地退了下去。

"来，孩子，我来告诉你我要什么。"老者对着拘谨地立在一旁的顺女招招手，说。

老人点了一壶铁观音、一笼马拉糕、一份潮式茶粿和一碟炒花生米。

"以后，茶每天都一样，点心如果我不说，就照今天的上。"老者说。

"知道了。"顺女感激地说。

茶点很快就端上来了，顺女把茶点摆好，给老者斟上茶，说道："老伯慢用。"

老者对着顺女微微点点头，以示满意。从此，他记住了顺女，每次来都要找顺女给他沏茶上点心。顺女是新手，沏茶的功夫并不到家，老者就耐心地教她，使顺女很快掌握了沏茶的要领。顺女和母亲刚来到这个酒楼工作时，其他店员对她们母女非常排斥，没少给她们娘俩脸色看，如今，见他们所敬重的这位客人居然对顺女这么友好，他们对顺女的态度也因此有了明显的改观，不仅消除了之前对她们娘俩的敌意，而且渐渐地接纳了她们。

这天，老者如常来到酒楼喝茶，还是顺女接待他。老人家今天的心情显得特别好。顺女给他上完茶点后，他并没有让顺女马上离开，而是拉住顺女的手，跟顺女唠起了家常。

"我今天特别开心，你知道为什么吗？"老者神情自若地说。

顺女看着老者，微笑着摇摇头。

"告诉你吧。我又成功地帮助一个爸爸找到他失散的女儿了。"老者兴奋地说。

"是吗？那么他们肯定非常感谢你了。"顺女随口应道，紧接着，她像是突然想起了什么似的，凑上前去扯了扯老者的衣服，问："老伯，您刚才说帮助一个爸爸找到了他失散的女儿是怎么一回事呀？"

"这个嘛。是这么回事，许多家庭的老人、小孩在日本鬼子侵占香港时走失了，香港光复后，为了帮助这些家庭找回失散的亲人，帮助他们一家团聚，在我的倡议下，我们的这个报纸开辟了一个寻亲栏目，免费为那些有需要的人士刊登寻亲信息，"老者晃了晃手中的报纸，说，"自从这个栏目开辟以来，已超过百人通过这个栏目广告找到了失散的亲人了。"

没等老人把话说完，顺女已泪流满面了。她仿佛见到了救星，扑通一声跪倒在老人家面前，泣不成声道："老伯，您帮帮我吧。"

顺女的举动把老者吓了一大跳，他慌忙离开椅子，上前将顺女扶到他对面的椅子坐下，说："孩子，有什么话你慢慢说。"

老者是报社前总编，现虽已退休，但返聘为该报的高级顾问，他每天手里拿着的正是他们报社的报纸。

顺女像是见到了亲人似的，心情久久不能平复。自从与爸爸失散以来，顺女从来没有像今天这样动情地流过泪。她之所以如此激动，是因为她终于找到了寻亲的渠道了，终于有了方向了。她仿佛已嗅到了亲人的味道，隐隐觉得失散多年的爸爸似乎已朝她走来。

当老者听完了顺女的述说后，长长地舒了一口气，说："孩子，你放心，你的事我管定了，包在我身上。只要你爸爸在香港还活着，只要我还有一口气，就一定帮你找到他，让你们一家团聚。"

"伯伯等等。"顺女说着，快步跑到酒楼门口，把正在门口咨客的赵翠叫了进来，说明了原委，母女俩一并向老者再次鞠躬致谢。

老伯一边安慰赵翠母女，一边拿出纸和笔，将他爸爸、顺女和赵翠的姓名，以及祖籍、失散原因、时间等具体内容记录了下来，揣入怀里，再隔着衣服用手摸了摸，说："你们尽管安心等待好消息吧。"

顺女和母亲今天恍如拨去了一大团多年笼罩在心头的雾霾，整个天空都洒满了希望的阳光。她们心情愉悦、兴奋，充满了期待，恨不得马上就能见到失散的挚爱的亲人。她们甚至已将行囊收拾好了，在她们想来，也许是明天，或许是后天，一辆小轿车就会停在她们的出租屋门前——以她们亲人的能力，必须要有小轿车，而车上下来的正是她们朝思暮想的亲人，是她们的顶梁柱。她们甚至能想象到那些左邻右里们所表现出来的尴尬、羡慕和懊恼的表情了。

第二天一早，老者如常来到酒楼喝早茶，还没进门，赵翠母女就迎了上去，迫不及待地打听消息。

"我已经把你们的资料交给报社了，过两天就能刊登出来了。耐心等待吧。"老者安慰她们说。

第三天，还没等顺女发问，老者就先开口说了："今天还没登呢。寻人广告太多，而且很多都是重复刊登，版面有限，估计明天就能刊登出来了。"

顺女和赵翠并不气馁，希望之火已在她们心中燃起，找到亲人只不过是早一天晚一天的事而已，她们能够等待。但是，到了老者所说的明天，也就是第四天，当顺女和赵翠满怀期待地等待老者带来好消息时，老者却破天荒地居然没有出现，而且在接下来的一连两天都不见他来喝早茶。这真是太罕见了，简直把顺女和赵翠给急坏了。母女俩一开始是显示出担心，担心老者是不是生病或出什么事了。担心过后是焦虑，焦虑过后就是怀疑与猜测，怀疑老者是不是在欺骗她们。但就在老者没有露脸的第三天上午，一个年轻人给顺女母女捎来了一份报纸，报纸上有一处用红笔圈了一个大圈圈，年轻人告诉顺女和赵翠，说这是老伯让他给她们送来的，红圈标识的就是给她们刊登的寻人启事。

"老伯呢？这几天为什么不见老伯来喝早茶？"顺女接过报纸，顾不上看，就迫不及待地问那个年轻人。

"阿伯的腿摔伤了。"年轻人难过地说。

"什么？怎么会这样子？"顺女惊讶道。

"唉。都是因为你们的事。"年轻人叹道。

"啊？"年轻人的话使得顺女与赵翠愈发的惶恐与不安。

"阿伯见你们的事迟迟没有落实，就亲自回报馆催促，没想到正好遇上宪兵到报馆搜查，报馆员工与宪兵发生了推撞，阿伯年纪大，混乱中被宪兵推倒了，把腿给摔骨折了。"年轻人说，眼圈隐隐泛红。

"麻烦你告诉我们，阿伯他人在哪儿呢？让我们去看望照顾他吧。"顺女扯着年轻人的袖子，愧疚地说。

"阿伯特意交代，叫你们不用担心他，更不要去看望他，留在住处好好等待消息就行了，对方看到寻亲广告后，自然会上门来找你们的。"转达完，年轻人就走了。

看着年轻人的背影，再看看手中报纸上画着的那个大大的红圈，顺女脑海里又浮现出了老伯慈祥和蔼的面容，眼泪禁不住哗啦啦地涌了出来。她真懊恼之前自己和母亲居然怀疑老伯的诚意。

自从知道寻人启事刊登出来后，顺女和母亲又重新陷入了期待的煎熬中。她们一天一天地数着日子，盼望着亲人早日到来。其间，只要听见有汽车的声音，她们就会跑出去或是透过窗口张望一下，看看是不是她们等待的人来了。在她们心里，她们的丈夫或父亲毫无疑问将会开着汽车来接她们。但将近一个月过去了，始终杳无音信。

这天，老伯的腿伤虽然还没有完全痊愈，但已经迫不及待地一拐一拐地出现在酒楼门口了。

一见到老伯，顺女就像见到了至亲似的，扑上前去，把老伯搀扶到了他的位置上。这段时间，虽然老伯没有来喝早茶，但他那张桌子一直没有安排客人，一直为他留着。

当老伯得知顺女寻亲一事依然石沉大海时，他虽然表面上一再安慰顺女和她母亲，让她们不必担心，好好静候佳音，但心里还是免不了有些焦急，答应顺女她们，回去后另想办法再找人。

又过了十数天，一天晚上，当顺女和赵翠拖着疲惫的身体下班回到住处时，冷不防从横巷里走出来两位壮汉，将她们母女拦住。

"你们是赵翠和许顺儿吗？"对方其中一个问道，语气非常生硬。

顺女和赵翠先是愣了愣，但瞬间又似乎意识到了什么，顺女上前一步，回答道："是的。请问你们是？"眼睛闪烁着期待的光芒。

得到了肯定的答复后，对方说："我家老爷派我们来转告你们，他已经看到了你们的寻亲广告了，你们就不必再重复刊登了。"说着，从同伴手里取过一包东西，"这是我家老爷给你们的补偿，你们拿了后赶紧有多远走多远，不要再刊登什么寻亲广告了，忘了你们要找的那个人吧。"说完，把那包东西塞到赵翠手中，转身扬长而去。

听完对方的话后，赵翠和顺女整个人都僵硬了。她们立在原地，傻傻地看着对方离去的背影，心想，他们口中的老爷难道就是她们母女俩苦苦找寻的亲人许开泰吗？

母女俩彻夜未眠。这样的结果太出乎她们的意料了，简直就是当头给了她们一盆冷水，把她们连日来的希望、憧憬以及美好的心情浇得透心凉。难道多年来的等待与寻觅，换来的仅仅就是那一小包东西吗？虽然她们根本就没有打开那个布包看看里面包裹着的究竟是什么东西。她们于心不甘。哪怕里面装的是满满的金子也抵偿不了她们对亲人的思念与渴望。

事情对顺女打击的严重程度看似并不亚于赵翠。自从见了那两个陌生男子后，顺女仿佛是一个泄了气的皮球，平日挂在脸上的荣光骤然散尽，脸色一下子变得死人般蜡黄干枯。

第二天一早，赵翠母女一把鼻涕一把泪地把昨夜发生的事情跟老伯哭诉了一遍。

老伯听后，勃然大怒，拍案而起，破口大骂道："陈世美，当代陈世美。"接着安抚顺女和赵翠道："你们放心，这事我一定要管到底，如果他敢抛弃你们，我就要让他这个陈世美身败名裂，无地自容。"

第二天，老伯把报纸摊在顺女面前，指着一处用红笔圈画着的文字说："看看，我给那个忘恩负义的人发最后通牒了，如果他再不出来相认，我将把他的真实嘴脸公布于众，让全香港人都来看清楚他的丑陋嘴脸，让他被全香港人唾骂，叫他以后在香港待不下去。"

听了老伯的话，赵翠和顺女感觉既温暖又不安。温暖的是，她们的亲人也许会如老伯所说的那样，回心转意，回到她们身边；不安的是，她们担心老伯那样做会伤害到她们的亲人，对她们的亲人不利。

老伯似乎也从她们的表情里看出了她们心中的顾虑，安慰说："放心吧，只要他回心转意，不抛弃你们，我是不会让他落到那么难堪的地步的。"

老伯这一招果然奏效。当晚，赵翠母女刚回到住处，门外就传来了汽车声，紧接着是嘈杂的脚步声，再接着就是敲门声。没错，有人在敲她们的家门。

顺女激动得一弹而起，三步并作两步，冲过去把门打开。

门外站着四个人，站在最前面的是一个身穿靓丽丝质旗袍的太太，她身后跟着的一个大概是女佣人，站在最外头的正是上次出现的那两名男子。

"请问赵翠姐姐是住这里吗？"为首的女子微笑着问。

见对方是个女的，顺女本是充满期待的眼神顿时暗淡了下来。

"你找我妈吗？"顺女冷冷地问。

"你肯定是顺儿了？"一见到顺女，对方越发的笑容可掬了。

"是的，我是许顺儿。请问你是哪位？"顺女皱起眉头，紧盯着对方问，在她心里已经约莫猜到了眼前这个女人是谁了。

"我呀？按辈分你应该喊我妈了。"对方也打量着顺女说。

"我妈在屋里头。"顺女指了指屋里，冷笑道。

"哦。"大概是被顺女的话戳着了，对方的笑容立马变得生硬了起来。她下意识地往顺女手指方向望去，只见一个披头散发的中年女子立在屋中间，呆呆地冲着她看，把她吓得倒吸了一口凉气。

刚回到家的赵翠，卸去了装束，披散着长发，脸色惨白，看上去委实有几分吓人。

"能进屋里坐吗？"对方问。

顺女往边上侧了侧身子，没有说话，但举动表明了她的意愿。

"谢谢。"对方先是向着顺女点了点头，然后回头对一直跟在身后的三人说："你们两个在外面等着，玛丽跟我进来。"

两名男子听后乖乖地分开在门外两侧站着，而那个被称作玛丽的女子则跟着女主人进了屋。

女子迈着轻盈的步伐径直走到屋中间，在椅子上不请自坐。她把手提的一个精美的长方形小包放在身边的小桌子上，双手抱着小腹，身体微微向前倾斜，雍容华贵却显一副谦恭的样子，微笑着对赵翠和顺女说："你们大概也猜到了我是谁了吧？"顿了顿，"没错，我是许开泰现在的太太，我叫李珊珊。"说完，眼睛在赵翠和顺女之间来回移动，观察着她们脸上表情的变化。

顺女的表情没有多大变化，从第一眼看到这个女人开始，她就已经猜到了对方的身份，所以，对方的自我介绍，对她并没有产生多大影响。

但赵翠就受不了，此时更恍如僵尸。她背曲腰躬站着，无力地垂着双手，她本已苍白的脸，面容枯槁。

"他为什么不愿意见我们？"赵翠用尽力气问道。

"他不是不愿意见你们，是怕你们见到他之后，太激动了，控制不住情绪，那样对大家都不好。"对方说。

"不会的，告诉他，我们不会让他难堪的。"赵翠说。

"是这样。另外，香港实行的是大英帝国的法律，跟你们内地法律不一样，这里一个男人只能娶一个妻子，我说这话的意思你们应该明白。当初，他以为你们都不在人世了，所以才想到要重新组建家庭。从一开始，他就已告诉了我。我呢？知道他曾经有过家庭，但见他人挺好的，能干，实在，生意上能帮到我爸爸，所以才同意嫁给了他。婚后我们生活很和谐，育有两个小孩，生意上也做得很成功，他很爱这个家，对我们很好，我也很爱他。你们突然出现，对他来说是既惊又喜。从感情上，他恨不得马上就与你们相认。但他又不得不顾及我，顾及我们现在的家庭和小孩，所以心里边非常矛盾和痛苦。我吧，作为他现在的妻子，也非常爱他，看到他难过，我的心里比他还难受，但从感情上讲，也不希望有人把他从我身边抢走。但如果他要选择你们，我会尊重他的选择。不过，如果他那样做，我的父亲肯定就不会放过他，轻则会把他赶出公司，如果那样的话，他将会变得一无所有。"

"我爸以前生意做得就很好，他有很多的钱。"顺女不服地说。

"他的财产早就被黄河决口冲得干干净净了。他来到香港时不仅孑然一身，而且几乎身无分文。"女子叹了一口气说，"当然，这也许都不重要，重要的是，他非常爱我们，绝不会因为你们放弃我们。"

"我才不信呢。"顺女昂起头，摆出一副不肯低头的样子，但她哀伤的眼神却把她出卖了。

"我们只想见见他，难道不行吗？"赵翠用手撩了一下额前散发，哀伤地说。

"我这次来就是想跟你们商量见面的事。我觉得，他已经为这事心力交瘁了，我们不要再给他添加压力了。"女子说。

"那你想怎么做？"赵翠侧着脑袋，看着对方问。

"我觉得，你们见面时最好克制住情绪，不要哭哭啼啼的，尽量让气氛轻松点，不要让他感受到压力。"对方说。

"我们答应你。我们不会为难他的，我们只是想看看他现在的样子，向他道声好而已。"赵翠揩了一下鼻子说。

"好。"对方明显地松了一口气，缓了缓语气，说："大家都是女人，其实我非常理解你们的心情，也非常体谅你们的处境。事情发展到今天，不是你们的错，不是开泰的错，更不是我的错，全都是这场该死的战争造成的。我们现在所能做的，就是安排处理好大家的生活。我跟开泰也说了，你们是一日夫妻百日恩，顺女也是开泰的亲生骨肉，所以，无论如何都要安置好你们日后的生活。前天，我让人给你们捎来了一包物品，里面有钱，也有首饰，是想让你们先找个像样的房子住下来，日后再从长计议，估计你们应该也收到了。只是当时那两个传话的没有把话说明白，害你们误会了，以致于你们在报上又发了那些难堪的文字。我们在香港都是有头有脸的人，声誉都非常好，生意人嘛，靠的就是声誉。所以，如果你们想他好的话，以后就不要发那些有损他名誉的东西了。"对方说完，打量着赵翠和顺女，等待她们的反应。

赵翠擦着眼泪，无奈地点了点头。顺女则茫然地看着屋顶。

"如果你们同意，明天中午我就安排开泰和你们见面，顺便一起吃个饭。"

对方说。

"我们明天要上班，那样的话得先向公司请假。"顺女说。

听了顺女的话，对方微微笑了笑，说："以后你们那份工作就不要做了。只要你们听从我的安排，保你们不愁吃穿。"

顺女虽然嘴上没再说什么，但满脸挂着不逊的表情。而赵翠却愈发显得可怜孱弱，仿佛快要垮掉的样子。

"你说怎么办就怎么办吧！"赵翠气若游丝地说。

"好吧。明天上午十点钟左右我的司机来接你们。"对方看了看手腕上的表，站起来，说道，"时间不早了，我该回去了，明天见。"说完，像打了胜仗似的，又迈着轻盈的脚步离开了赵翠母女的住处。

待来人走后，赵翠像一只软脚蟹，在刚才那女子坐过的凳子一屁股坐了下来，用手掌使劲地搓着胸口，露出一副痛苦的样子，"这事要跟老伯商量一下吗？"她问顺女。

"我明早回酒楼找老伯，问问他的意见，顺便向酒楼请个假。"顺女说。

当晚，母女俩辗转反侧，一夜无眠。第二天，顺女拖着因疲惫而心力交瘁的躯体回到酒楼。她先是跟酒楼负责人请假。酒楼负责人刚开始坚决不同意她们母女请假，后来顺女谎称说赵翠病得非常严重，马上就不行了，她必须要留在她身边照看她，对方这才勉强答应了。

顺女按原先的打算，在酒楼等待老伯，希望得到他的帮助。但事情往往不尽如人意，老伯居然整个上午都没有出现，把顺女急得不行。最后，顺女没等到老伯，却等来了一辆载着赵翠的黑色豪华轿车。昨晚那位自称是许开泰现在妻子的女人，如约派了一辆车到赵翠母女的住处先接了赵翠，再到酒楼来接顺女。顺女在众人羡慕、猜疑的目光下走出酒楼，坐上了那辆漂亮的轿车。

"老伯什么意思呀？"顺女刚一上车，赵翠就迫不及待地问。

"没见着他。"顺女迷茫地应道。

"怎么会这样子？怎么回事？"赵翠带着失望和焦虑的语气连声问道。

"没见着就没见着。我怎么知道是怎么回事。"顺女烦躁地应道。

一听顺女的语气，赵翠立马就闭上了嘴，不再问了。她越来越害怕顺女生气了。

轿车在港岛兜兜转转，最后在一家豪华酒楼的连廊前停了下来。还是之前那两名男子在连廊候着，车刚一停稳，他们就快步上前，一左一右打开了车门，小心翼翼地把赵翠母女扶下了车，半鞠着躬，对着酒楼大门做了个请的手势。母女俩被两名男子一前一后夹着，忐忑地进入了酒楼，穿过大堂，来到一个包间门口。其中一名男子敲了敲房门，推开门，带着赵翠母女进入了包间。

房间沙发上坐着一男一女两个中年人。女的正是昨晚造访赵翠母女的那一位，还是穿着旗袍，只是颜色不一样而已。男的西装革履，脸庞清瘦。一见到赵翠和顺女进来，那名男子立即从沙发上弹了起来。

赵翠一眼就认出了那名男子，她当即就扭头趴在墙上哽咽起来。顺女则一动不动地立在原处，静静地看着那名男子。男子脸上肌肉痉挛着，他双手微微抬起，迈着艰难的步子慢慢走向顺女。

就在他的手快要触碰到顺女的时候，一直表露得很平静的顺女突然撕心裂肺地喊了一声："爸爸！"随后猛地扑在了他的怀里，放声痛哭。

顺女的哭声震撼了整个包间的人，赵翠的情绪此时也完全失控，直接瘫坐在地上，抽泣不已。

男子把顺女紧紧地搂在怀里，泣不成声，场面甚是悲戚。一旁的李珊珊见赵翠和顺女居然不守诺言，一开始还有点气恼，但后来连她自己都被眼下悲伤的氛围感染了，忍不住跟着掩面而泣。

情绪稍微平静之后，男子轻轻往后挪了挪步子，与顺女拉开了距离，双手颤抖地抚摸着顺女满是泪水的脸，而他自己也是满面泪水。

"顺儿，这些年你受苦了。"男子哽咽着说。

"爸爸，我好想你呀。"顺女哭喊道，声音中充满了怨恨、委屈和悲伤。

男子牵着顺女的手，慢慢地走到赵翠跟前，默默地抚摸着她凌乱的头发。

赵翠哭了一会儿，突然伸手把男子的手拨开，怒斥道："许开泰呀，你这个忘恩负义的负心汉。"

"我以为你们已经不在人世了呀。"许开泰揩了一把眼泪说。

"我如果知道你已变心，早就死了算了。"赵翠突然一手抱住许开泰的脚，捶着胸口哭道。

许开泰一把揽住她的头，仰头长泣，无言以对。

旁边那女子大概实在忍受不了这个悲戚的场面了，掩着脸快步离开了房间。

许开泰把赵翠扶到沙发上坐下，把一杯水递到她手里，问道："你们是什么时候来香港的？怎么知道我在香港？"

"是张翔叔叔告诉我们的。"顺女咽了一口唾沫说。

"啊？张翔？你们遇见他了？"许开泰惊讶地看着顺女问。

"是的。"顺女抽泣着点点头。

"他现在人在哪里？"许开泰追问道。

"死了。"顺女说。

"啊？究竟是怎么回事？"许开泰惊问道。张翔的死让他深感惊愕和悲伤。

顺女于是把遇见张翔的事一半真实、一半编造地讲述了一遍，"醉仙楼"的那些事她必须编造谎言绕过去。

"唉。可惜了，这么好的兄弟。我们都得好好记住你这位张翔叔叔，如果不是他，你们也许就不会来香港找我，我们也许这辈子都不能重逢了。"许开泰感叹道。

"嗯。真是个好人。"赵翠含泪点了点头附和。顺女则无动于衷地哼了一下鼻子。

许开泰向赵翠和顺女简单地讲述了他失散后的经历。正如李珊珊所言，他刚到香港时，可以说一穷二白，加上人生地不熟，过得也非常艰难，后来遇上了现在的这个老婆李珊珊，在她及她的家族的帮助下，他搭建起了新的生意网络，重新做起了生意。

"你开始的时候为什么不想认我们？"赵翠埋怨道。

"没有这回事。"许开泰说。

"还说没有？开始的时候你派了两个人送了一包东西给我们，想打发我们走，还想抵赖。"赵翠用审视的目光看着许开泰说。

"我平时忙于业务，很少留意报纸上无关的信息，所以没有留意到你们的寻人广告，是珊珊首先看到寻人启事的。"许开泰顿了顿，迟疑了一会儿，继续说道："她知道我的身世，所以平时会留意报纸上的寻人启事。她刚看到你们的寻人启事时心情很复杂，担心你们会把我从她身边夺走，所以不但没有告诉我寻人启事的事，还想出了那个笨拙的办法试图打发你们走，幸亏你们没有听从。但你们不要怪她，任何一个女人发现有人要抢走自己的丈夫，拆散自己的家庭时，我想都会那样做的。后来她也后悔了，觉得不应该那样做。"

"那么你现在打算怎么处理这件事？"赵翠继续哭泣道。

这句话给许开泰出了个大难题，他双手捂着脸，陷入了长时间的沉思。

"我也好矛盾，不知道该怎么办才好。"许开泰痛苦地说。

这时，李珊珊从外面回到了包间，见大家都已稍微恢复了平静，她强装欢颜道："好了，这就对了。终于见上面了，就应该高高兴兴才对嘛。咱们开饭吧。我让酒楼上菜了，大家边吃边说话。"

一会儿工夫，服务生把菜都端上来了，摆满了一桌，菜肴非常丰盛，但大家似乎都没有什么食欲。许开泰坐在顺女与李珊珊之间，他不停地给顺女夹菜，李珊珊也隔着许开泰不停地给顺女和赵翠夹菜，偶尔也往许开泰碟子里夹些他喜欢吃的菜。而她每给大家夹一次菜，顺女都会偷偷地瞅一下她的表情。顺女能感觉到，眼下这个爸爸的新妻子，虽然显得有点生硬，甚至有点惺惺作态，但人还是挺善良的，对爸爸也非常体贴。顺女再看看自己的生母赵翠，只见她还在不停地抽泣，对面前堆得像小山包一样的食物似乎毫无兴趣。

"你打算怎样安置我们母女？"赵翠再次追问道。

许开泰的心再次像被针扎了一下似的。他放下筷子,身体慢慢靠在椅子靠背上,一脸无奈地望着天花板。

听了赵翠的话后,正在给许开泰夹菜的李珊珊也像触电了似的,笑容顿时僵住了。她把夹着的菜放到许开泰的碟子上,静静地注视着许开泰的眼睛,仿佛在等待他的最后裁决,目光充满了信任与温情。

许开泰似乎感觉到了李珊珊在看着他。他扭头与李珊珊对望了一眼,瘪着嘴,长长地吐了一口气,问:"给她们住的地方都准备好了吗?"

"已经准备好了,赵姐和顺女随时都可以搬过去住。"李珊珊按着许开泰放在桌面上的手说。

"嗯。"许开泰点点头,转而对赵翠和顺女说:"我已给你们母女准备了住的地方,你们先住下来,其他事情以后再从长计议。"

顺女抓着父亲的另一只手,使劲地点了点头,心中仿佛找到了依靠。

赵翠却不置可否,依然哭泣。

饭后,许开泰和李珊珊用车把赵翠母女送到了新住处。这是一栋别致的两层小洋房,里面生活设施一应俱全,另外还配备了两名佣人和一辆小汽车。

"你们先住下来,让司机带你们在香港好好玩玩,其他事情以后再谈。"许开泰说。

赵翠和顺女就这样在许开泰给她们安排的洋房里住了下来,一晃就是一个多月。在这段时间里,司机差不多每天都带她们外出游玩,几乎把整个香港都游玩遍了。其间,许开泰几次派人来把顺女单独接出去,有时一连几天才回来。赵翠对此非常好奇,每次都追问顺女,他爸究竟把她带哪里去了。但顺女每次都含糊其辞,搪塞过去。有一次,许开泰和李珊珊一起把顺女送了回来,到家时,李珊珊还亲自下车帮顺女提行李,两人像母女似的,有说有笑,这一场景正好被赵翠看到了。赵翠非常妒忌和惴惴不安。顺女刚一进家门,赵翠就追着她问个不停,一定要顺女告诉她,许开泰和李珊珊究竟带她上哪儿去了,都跟她说了些什么。

见搪塞不过去,顺女很不情愿地告诉赵翠,她父亲带她去他和李珊珊的家里去了，并介绍了她同他们的孩子们认识。

"你爸爸和那个女人生了几个孩子？"赵翠酸溜溜地问。

"两个呀。上次珊珊阿姨不是已经说过了。"顺女显得很不耐烦。

"男的还是女的？"赵翠皱了皱眉头，强忍着耐性继续问道。

"一男一女。"顺女爱理不理地答道。

见顺女居然喊那个女人叫阿姨，而且喊得那么亲切，赵翠心里已经很不舒服了，觉得顺女已经站在了对方那边了，有一种被背叛了的感觉。加之顺女对她表现得爱理不理的冷漠态度，让她愈发感觉到凄凉与无助，忍不住又潸然泪下。

"你们都嫌弃我，都不要我了。"赵翠悲泣着说，"早知如此，又何必千辛万苦来寻找呢？"

赵翠跟顺女不一样，顺女是许开泰的亲生女儿，这是改变不了的事实，她这下是真真实实地找到了自己的爸爸。而她赵翠，如果许开泰不认她这个妻子，不恢复她的妻子的名分，那么，她就仅仅是顺女的妈，自从见了许开泰和他的现任妻子后，赵翠就被焦虑和不安笼罩、折磨着。而且，随着时间一天天过去，特别是看到陪自己一路走来，也是她认为最可靠的女儿，居然与许开泰的现任妻子李珊珊相处得越来越近乎，她的焦虑和不安就愈加严重，愈发感觉到自己的孤独和无助。这种孤独和无助感，使她变得非常焦虑和烦躁，甚至达到了不可理喻的程度。

"我再也不能在这个冷板凳上坐下去了，把你爸叫来，我要单独和他说清楚。"赵翠一边擦拭着眼泪，一边不停地摇着头，摆出一副忍无可忍的架势说。

"你要和我爸说什么？"顺女盯着赵翠不解地问，感觉这个女人是在没事找事。

"我就要他给我一句话，他准备怎么处理。"赵翠沮丧且气恼地说。

"事到如今，换了你是我爸，你会怎么做呢？"顺女反问道。

"我不管。反正他必须在我和那个女人之间做个选择。"赵翠用坚决的口吻说。

"你觉得我爸爸会选择你吗？"顺女略带嘲讽地说道。

"为什么不能选我？他就应该把那个女人赶走。因为我才是他的结发妻子。"顺女的话把赵翠给惹恼了，她使劲地拍了一下桌子说。

"如果我爸选择了你，那么他现在的家庭怎么办？李阿姨和她的两个小孩怎么办？"顺女连声反问道，语气中既有气恼，也有无奈。

"你怎么也一味地替别人着想？你可是我女儿。你为什么不问问我该怎么办？"赵翠愈发激动了，更加使劲地连续拍打着桌子吼道，之后就双手捂着脸，不断地啼哭起来。

"如果一定要让我爸爸做出选择的话，无论选谁，他都会很痛苦。"顺女也被赵翠肝肠寸断的哭声感染了，缓了缓语气，通红着眼睛说。

赵翠没有理会顺女，她一把鼻涕一把泪，已被自己的悲伤哭声淹没了。

又过了一个多星期，许开泰独自来到赵翠和顺女的住处，要陪她们出去逛逛。

许开泰先带母女俩去吃了顿丰盛地道的早茶，然后领着她们到一家裁缝店去给她们量身定制了几套衣服，之后带她们到永安百货购物，中午途径半岛酒店用餐，下午在维多利亚港的一家咖啡厅里一边喝咖啡，一边欣赏着海景。

赵翠在内地早期虽然也是有钱人家，但基本没有接触过咖啡。顺女毕竟是年轻人，比较容易接受新事物，对这种略带苦涩的东西充满了好奇，喝得津津有味。赵翠就接受不了，只稍微尝了一小口，就摆出了一副恶心难受的表情，脸像干橘子似的皱成了一团，嚷道："这是什么东西？像牛尿似的，难喝死了。"

对于赵翠夸张的反应，顺女嘲讽地笑了笑，正想挖苦地说她几句，却被许开泰制止了。许开泰不动声色地看了顺女一眼，然后问赵翠："要不给你换杯茶吧？"

"好。给我一杯玫瑰花茶。"赵翠说。

许开泰点点头，朝服务生挥了挥手。

服务生趋步上前，毕恭毕敬地问道："先生，请问有什么可以帮到您？"

"给这位女士来一杯玫瑰花茶。"许开泰说。

"我的咖啡喝完了，我能加杯咖啡吗？"一旁的顺女端着空杯子问。

"当然。"许开泰对着顺女微微笑了笑，转而对服务生说："顺便给我女儿续杯咖啡。"

"好的。"服务生弯腰应了一声。

不一会儿，茶和咖啡都端上来了。赵翠喝了一口茶，看得出，她对茶也并不十分满意。"没有以前家里的好喝。"赵翠说，一脸嫌弃的样子。

"看来你还是回河南老家比较适合。"顺女挖苦道。

赵翠本来就满腹怨气正在寻找机会发泄，顺女的话正好为她提供了发泄的借口。她把茶杯狠狠地往桌上一放，吼道："我知道你们父女早就嫌弃我了，早就串通一气要赶我跑了。"指着顺女，"尤其是你，忘恩负义，生你何用？"转而对着许开泰，"还有你，贪新厌旧，典型的陈世美。"声音之大，把周围的目光都吸引了过来。

许开泰被说得一脸窘态，慌忙举起双手，急促地连"嘘"几声，示意她安静。

"真丢人。爸，你真不该带她出来。"顺女厌恶地摇着头说。

"你以为我很稀罕跟你们出来呀。"赵翠继续歇斯底里地大声吼道。

"咱们走吧。"顺女嗖地站了起来，不容分说地冲出了咖啡厅。

这次难得的"家庭聚会"最终就这样不欢而散。

许开泰把母女俩送回了住处，本想留下来安抚一下赵翠，但赵翠却一直啼哭个不停，把许开泰急得手足无措，不知如何是好。但他们都不知道，赵翠已是比较严重的抑郁症患者。

"爸爸，你先回去吧。"顺女说。回到家后，顺女突然变得非常冷静。

许开泰看看她，再看看趴在椅子靠背上哭个不停的赵翠，抬手看了看手表，说："那你好好照顾你妈，我改天再来看望你们。"

"嗯。"顺女把父亲送到门口，临别时，顺女突然深情地对许开泰说："爸爸，你能像小时候那样抱抱我吗？"

许开泰像触电似的，浑身一震，看着顺女，似乎还没反应过来。

"可以吗？"顺女张开双手，苦涩地笑了笑说。

许开泰仿佛这才听清楚了女儿的话，局促不安地笑道："宝贝长大了。爸爸抱不起来喽。"边说边俯下身子搂着顺女的肩，轻轻拍了拍。

顺女则顺势一把抱住许开泰的脖子，在他脸颊上深深地亲了一口，细声说："爸爸，我爱你。"

一听这话，许开泰的眼泪忍不住哗啦啦地涌了出来，哽咽着说："宝贝，我对不住你们。"

"不。你没有错。"顺女说，"我已经很知足了。她其实也应该知足了。"说完，迅速挣开许开泰，跑回到门口，站在门槛前，挥挥手说："爸爸，你快回去吧，晚了姗姗阿姨可就要担心你了。"

许开泰无奈地摇了摇头，说："好好照顾你妈。"

顺女一直目送着许开泰的车开出了小巷，消失在了拐弯处，才依依不舍地回到屋里。

赵翠借擦泪水之机，偷偷瞟了一眼来者，见只有顺女一人，猜到许开泰已经走了，于是更加伤心地大哭了起来。

顺女拉了一把椅子在赵翠面前坐下，静静地看着赵翠，过了许久，才终于开口说："我们回内地吧。"

"你说什么？是那个负心汉教你这么做的吧？是他叫你来劝我的吧？"赵翠停止哭泣，撩了一把额前的斜刘海，质问道。

"没有。"顺女说，"你不要再这样说爸爸了。这不是他的错，其实他比我们都难。"

"你只会替他着想，你有没有替我着想一下。"赵翠说，"他贪新厌旧，抛弃了我，难道这还不是错吗？"

"你就一味怪我爸负心。你呢？你自己当初不也改嫁给了那个舞狮子的吗？"顺女鄙视地看着赵翠说，"如果我爸知道这事，你觉得他会怎么想？你已经不是他的妻子了。"

"你……你……"赵翠像是被点中了死穴，顿时无言以对。

"如果你还爱我爸，还有良知的话，你就放手吧，咱们一起离开。我们都已经被玷污了，我们不要再去玷污我们的亲人了，让他好好地、干净地活着吧。"顺女边说边激动地擦拭着眼泪。

"玷污？"赵翠刚刚还激动、愤怒着的双眼，突然一下子变得黯淡无光。顺女最后那句话就像是将赵翠唯一的心窗关上了。她眼前顿时一片昏黑，心被彻底堵死了。"玷污了？"她呆滞地不断地重复道，慢慢地站了起来，像梦游般走向门口，突然哈哈狂笑道："他们都想要我，他们都想要我，他们玷污了我……"

赵翠的反常举动把顺女吓得目瞪口呆。她微微张着嘴巴，慢慢地从椅子上站了起来，小心翼翼地喊了一声："妈。"

但赵翠全无反应……

许开泰回到家后，回想起女儿临别时的举动，越想越觉得奇怪，越想越觉得不对劲，心中有一种不祥的预感。第二天一早，他匆匆驱车来到她们母女的住处，刚一进门，佣人就慌慌张张地从屋里迎了出来，惊慌失措地喊道："老爷，小姐她们不见了。"

"啊？怎么回事。"许开泰惊问道。

"不知道呀。今早不见她们下来用早餐，我就去房间喊她们，但她们并不在房间里，后来我们满屋子找遍了也都不见人。"佣人哭丧着脸说。

"快到周围去找呀。"许开泰边说边冲到了屋外，在房子附近找了一圈，都不见人，于是慌忙开车沿着马路一直追了出去。

许开泰最终没有找到赵翠和顺女。有人说她们回内地隐居，也有人说她们母女由于闹矛盾，双双跳海自尽了。总之是生不见人，死不见尸，两人从此杳无音信。

243

# 三十六

1949 年 10 月 1 日，中华人民共和国成立。此时，阿好与云哥的第一个儿子晋祥刚满周岁。本来他们的小孩可以来得更早一些，但阿好觉得赖果子从小就没妈妈，怪可怜的，作为继母，她一定要像亲生妈妈一样照顾他，给他母爱。她担心自己有了小孩后，会影响对赖果子的照顾，非得坚持把赖果子带满了三岁，才肯怀孕生自己的小孩。

中华人民共和国成立后，像其他各村各寨一样，西岭村也进驻了农村工作队。西岭村的工作队由三名成员组成，领队的是叶同志，另外两个一文一武，李同志负责文书，张同志负责安全保卫。张同志腰间总挂着一把大的驳壳枪。工作队的主要工作是核定户籍及各家各户的土地财产，并以此为依据划定家庭成分。

西岭村好大一部分家庭都属于外来户，他们并不存在什么祖上积攒下来的田产家业，所耕种的田地都是自己亲手开垦出来的，而且数量并不多，同时，各户拥有耕地数量也都比较平均，相互间除了偶尔的帮工外，并不存在长期的剥削雇佣关系。村中许多人都或明或暗地协助过游击队的工作，有的甚至是游击队的后备队员。

村中有一户人家，男主人早早过世，剩下一个体弱的母亲拉扯着一对年幼的子女，由于缺乏劳力，家里基本没有开垦多少耕地，加之这个母亲本身又不懂得营生，所以日子过得非常拮据，艰难地把姐弟俩拉扯大。1949 年，这户人家的男孩已长成了二十岁的小伙子，而他的姐姐则在两年前就已经外嫁了。

小伙子名叫阿全，由于个子长得比较矮小，人们给他取了个外号叫"矮哥"。此外号一旦叫上了，村中下至黄毛小儿，上至耄耋老者，都喊他矮哥。刚开始，见所有人都喊自己"哥"，阿全觉得还挺得意、蛮自豪的，但后来他发现好多人在喊"矮哥"的时候，脸上几乎都挂着嘲讽的表情，他这才开始意识到这个"矮哥"并不是个什么好称呼，于是想摆脱这个并不光彩的称谓，但为时已晚，大家都已习惯这么称呼他了。虽然他曾极力地抵触过一段时间，不惜与喊他"矮哥"的人反唇相讥，甚至打架，但始终都没能制止人们喊他"矮哥"，到后来，渐渐地连他自己也习惯了人家这么喊他。"矮哥"这个称呼就这样伴随了他的一生。

1949 年，可以说是矮哥翻身转运的一年。首先，他家因为是全村最穷的人家，所以被划归为最光荣的成分——雇农。而且，由于他家实在是太穷了，还额外地在他家的门楣挂上了一个"模范"的牌匾。另外，工作队叶同志还专门指定要到他家蹲点，和矮哥母子一同吃住，体验最穷苦人的生活。同时，矮哥还被任命为互助组组长。

不过，最值得庆幸的，也是矮哥一生中最大的喜事，就是经桂婶撮合，刘胜把养女阿婵许配给了他。这一年阿婵才刚满十六岁。

矮哥比阿婵年长四岁，他做梦也不曾想到，这个和他一起玩大的，小时候经常被他欺负的如花似玉的姑娘，最终成了他的枕边人。

阿婵自幼胆小怕事，而矮哥却打小就像个野孩子似的，粗野放荡，天不怕地不怕，小时候还真没少欺负阿婵，阿婵对他是充满了恐惧，一见到他就躲得远远的。这么一对性格截然相反的青年，最终竟成了夫妻。

当然啦，他们能走在一起，最应该感谢的还是桂婶。矮哥的母亲月姨称桂婶为姑。据说桂婶是月姨父亲的堂妹，当年曾一起并肩杀过洋鬼子，在战斗中，月姨的父亲不止一次在洋鬼子的枪口下救下了桂婶。月姨的父亲不仅武艺高强，而且打起洋鬼子来还非常勇猛，不过，最终还是死在了洋鬼子的洋枪下。在一次与洋鬼子的交战中，不幸中弹，临死前，他把唯一的牵挂之人——月姨，托付给了桂婶。月姨的母亲早几年也死在了洋鬼子的枪下，留下月姨与父亲相依为命，如今连父亲都死了，月姨也就成了孤儿了。当时的月姨只有不到十二岁。桂婶把这个可怜的侄女当做亲生闺女一样对待，一直把她带在身边，后来还帮她物色了一个好小伙，替她操办了婚事，小两口恩恩爱爱地过了好些年光景。就在矮哥十一岁那年，月姨的丈夫在一次外出耕种的时候，遇上了日军飞机，吓得他扛起锄头就往回跑。日军以为他扛着的是枪，一路追着他用机枪扫射，但怎么也打不着他，他跑进了树林里，躲过了日军飞机。月姨丈夫虽然没有死在日军飞机的机枪下，但由于受累过度，回来后就一病不起，卧床两个月后含恨撒手人寰。丈夫死后，月姨一个人独自拉扯着两个孩子，生活非常艰苦，也幸亏有桂婶一边扶持关照着，才勉强撑了过来。

桂婶看着矮哥姐弟俩长大，把他们视为亲生孙辈般看待，对他们姐弟，尤其是矮哥的婚事尤为关注，一直或明或暗地为他物色合适人选。最后，她选中了阿婵。她之所以认为阿婵和矮哥在一起合适，是因为觉得他们两人的性格是很好的互补。矮哥粗心，脾气暴躁，而且不喜欢做家务活；阿婵则性格温柔，胆小谨慎，言语不多但手脚勤快，任劳任怨。她不仅能够弥补矮哥的不足，而且桂婶觉得，除了阿婵外，实在很难找到一个像她这么好的姑娘了。桂婶也是在阿婵长大后这两年才发现阿婵这些优点的。不仅桂婶没想到，熟悉阿婵的人都没想到，这么一个也许是来自某个大城市的女娃娃，竟能从一开始对山村环境和生活的格格不入，最后长成了一个善解人意、谦卑勤快的大姑娘。不过，让大家更没想到的是，自从娶了阿婵之后，矮哥居然像变了个人似的。不仅暴躁的脾气收敛了许多，人也变得勤快、干净了，一改以往那种邋里邋遢的样子。大家都说这是阿婵的功劳，是阿婵影响了矮哥，是阿婵改变了矮哥。当然，归根到底是因为矮哥太喜欢这个媳妇了，所以甘愿为她做出改变。

婚后，矮哥发现阿婵似乎每天夜里都会做噩梦，有时一个晚上会从梦中惊醒好几回。当然，作为枕边人的矮哥不可避免地每次都会被她吵醒。

"你梦见什么了？"被阿婵的梦吵醒的矮哥，首先就是把阿婵从梦里唤醒，然后问道。

"没什么。"阿婵似乎并不太愿意说，总是敷衍着应付过去。

其实，即使阿婵不说，矮哥也能猜到一二。阿婵的身世村里人都是知道的，她是因为日本鬼子侵略中国才导致与家人失散，被人贩子拐到他们村卖给刘胜当养女的。这些年来，除了刘胜家的人阿春对阿婵比较刁蛮外，其他人对阿婵都非常好，但阿婵总是终日眉头紧锁、郁郁寡欢，有人说她是被日本鬼子吓破了胆，也有人说她是因为过度想念失散的家人，当然也有人说她是因为寄人篱下，顾影自怜。在矮哥看来，上述原因都有，这是他从阿婵的梦魇中感觉到的。据矮哥掌握到的规律，阿婵每次做梦几乎都是以笑声开始，继而就是伴随着急促喘息的叫喊，都是以惶恐或悲伤的哭声结束。矮哥虽然没读过书，没有文化，但他还是能感觉得到那笑声、哭喊声背后的眷恋、思念、悲伤和恐惧情绪。

婚后的阿婵虽然还是话语不多、沉默寡言，但精神上有了很大的改观，脸色也明显变得红润、有光泽，做事比以前麻利，连走路的步子也轻快有力了。在家庭方面，阿婵对家婆月姨非常孝敬，对丈夫矮哥也是照顾得妥妥帖帖，屋里屋外各种事务更是处理得井井有条，完完全全有一副当家做女主人的架势和满足感。

阿婵和矮哥婚后的第二年，他们的第一个小孩出生了，是一个男孩，也是桂婶给接的生。由于是第一胎，生产并不是很顺利，婴儿卡在那里不进不出，阿婵痛得死去活来，即使是接生几十年的桂婶，也急得六神无主，几乎要放弃了，但阿婵命大，痛晕过去两次，最终硬把小孩给产了出来。

小孩很健康，也很乖巧，几个月以后就黏着阿婵不让离半步，阿婵更是把这个小孩当作心肝宝贝。一岁多了，无论去哪里，都像身上一块肉似的带着，哪怕是吃饭、喂牲畜、做家务，都背着、搂着。尽管如此，阿婵最终还是没能把这个小孩养大。在小孩刚满三岁那年夏天的一个夜晚，小孩突然大泄不止，从半夜开始，不停地拉肚子，刚开始拉出来的是稀的东西，月姨以为小孩只是普通的肠胃不适，用老方法泡了些藿香水给他喝，但一点作用也没有。直到两天后小孩拉出了血，大家才意识到问题的严重性，让矮哥去请桂婶，但当桂婶拎着药篮子佝偻着身子匆匆赶来时，连她也已回天乏术了。桂婶磨了些药粉冲水给小孩喝。但药刚一喝进去就吐了出来，药根本就到不了肠胃。桂婶无可奈何，只能干着急。天亮时分，小孩就昏迷过去了。随后迷迷糊糊地醒了几回，每次都是因为阿婵帮他清理、换尿布时弄醒的。天已大亮，他迷糊暗淡的小眼睛合上了之后，就再也没有睁开。

小孩死了，阿婵除了悲伤之外，是巨大的恐惧——对命运的恐惧。因为，按照农村的说法，小孩夭折，都是父母福浅的原因。阿婵本来就一直认为自己是一个苦命的、没有福气的人，遇上这样的事，她更加认为是她自己命薄把小孩给克死的，内心非常恐慌和沮丧，不思茶饭，不几天就变得面容憔悴，精神一落千丈，终日无精打采，对生养小孩产生了巨大的恐惧感，再也不敢提要小孩的事了。月姨和矮哥知道她有这样的想法后，心里非常焦急却又束手无策。后来，有人给月姨出了个主意，说如果给阿婵以后生养的小孩找个契爷①，而且小孩不要叫阿婵和矮哥爸爸妈妈，改叫阿姆、阿爷②，那样的话小孩就可以确保平安大吉。月姨把这主意跟阿婵说了，阿婵听了之后，不仅表示同意，而且内心原有的焦虑似乎也得到了缓解。

第二年的四月份，阿婵生下了她的第二个孩子，这是个女孩。小孩刚出生第三天，就在婆婆月姨的张罗下过契给了邻村的一个瞎子，喊这个瞎子为契爷。瞎子契爷给小孩取名建娣。"建"的粤语谐音"贱"和"见"，既寓意贱生贱养，祈求孩子无灾无难、平安长大，又寓意早见弟弟，希望她能带来弟弟，可谓一语双关。


# 三十七


随着土改的完成，运行了一段时期的农业生产互助组，被新的组织形式——生产队取代，矮哥被任命为西岭村第一任生产队队长，这时他和阿婵的第三个小孩出生了，是个男孩。同样，小孩刚出生不久，就在婆婆月姨的

---

① 契爷：相当于普通话的"干爹"，主要在粤语覆盖地区使用。
② 阿姆、阿爷：粤语习惯用语，本书意思为比母亲、父亲年长的已婚太婶、太叔。

操办下过契给了同一个契爷，瞎子契爷给这个男孩取名"环有"，寓意"陆续还有来"的意思。这年建娣已经五岁了。

"妈妈，弟弟长得好丑呀。"看着在母亲怀里吃着奶的弟弟，建娣表情复杂地说道。

"都说不要喊妈妈了，怎么老不长记性。"阿婵惶恐地制止建娣道，"喊阿姆。"

"为什么别人家的小孩都喊妈妈？为什么我不能喊妈妈？"建娣噘着嘴不服气地问。

"别问那么多，就喊阿姆，记住了。"阿婵不容争辩地说。

"哦。那弟弟以后喊什么？"建娣既委屈又担心地问。

"都是喊阿姆。"阿婵揩了揩鼻子答道。

"知道了。"在得知弟弟也是喊阿姆之后，建娣仿佛这才放心下来，咬着手指应道。

虽然只是收养关系，但在礼数上，阿婵的小孩还是喊云哥几兄弟叫舅舅，喊阿好做舅妈，与云哥的小孩赖果子、晋祥等以表亲相称。赖果子年龄稍大，比较懂事，也比较会关心弟弟妹妹们，从不欺负和惹急弟弟妹妹。晋祥就不一样了，年龄小，不懂事，经常要顽皮惹急建娣。他非常好奇，为什么建娣把她妈妈喊做阿姆？他甚至认为姑姑阿婵并不是建娣的妈妈，换言之建娣并没有妈妈，这么一想之后，他突然很有优越感，因为他是有妈妈的，而建娣没有。

这天，建娣来到阿好舅妈家，阿好见孩子们都齐了，打算给他们弄些锅贴吃。听说有锅贴吃，孩子们可开心了，都馋着嘴围拢在灶边看阿好煎锅贴。此时，晋祥又故意要起了顽皮。他抱着正在翻锅贴的妈妈大腿蹭来蹭去，亲昵地大声喊"妈妈、妈妈"不停，边喊边用炫耀的眼神看着建娣。跟平常一样，建娣并没有理会晋祥。但晋祥不依不饶地进一步挑衅道："你没有妈妈，我有。"

"谁说建娣没有妈妈，阿婵姑妈就是建娣的妈妈。"阿好纠正晋祥道。

锅贴很快就煎好了，阿好在锅贴上洒了一层黄糖粉，给每个小孩卷了一张。孩子们拿着锅贴卷，兴高采烈地到外面玩耍去了。

"你说你有妈妈，为什么你妈妈不给煎锅贴吃？"晋祥一边啃着锅贴，一边看着建娣挑衅道。

"我妈妈要带我弟弟，没有空。"建娣说。

"乱说。姑姑根本就不是你的亲生妈妈，你根本就没有妈妈。"晋祥说。

建娣听了之后，气得脸颊通红，不甘示弱道："胡说。我就是有妈妈。"说完，气鼓鼓地跑回家去了。

一进到屋里，建娣立即抱着阿婵的大腿嚷着说以后不喊阿姆了，要喊妈妈。

阿婵一边用手帮她理了理凌乱的头发，一边苦笑着说："傻孩子，阿姆就是阿妈呀。"

"那为什么不能喊妈妈吗？"建娣噘着嘴说。

女儿的话一下子戳到了阿婵的痛处，她不由得一阵心酸，眼泪忍不住滚落了下来。她放下手中的活，默不作声地用手背擦拭着眼中的泪水。看见母亲哭了，建娣既慌张又懊悔，她轻轻地摇晃着母亲的大腿，安慰道："阿姆不要哭，我听阿姆的话就是了。"长大后建娣才渐渐明白，为什么母亲不让她们姐弟喊妈妈。这看似出于避忌，但深层的原因是源自母亲悲惨的命运。母亲的不幸，一直影响着建娣的成长，使她格外珍惜亲情，也激发了她的责任感和使命感，自从懂事那一刻起，建娣就发誓，长大后一定要好好照顾和补偿母亲，不能再让母亲吃半点苦。

这时，建娣的舅舅川哥突然出现在门外。川哥一进门就感受到了屋里的气氛不对，"怎么了？阿姆骂你了？"川哥在建娣面前蹲下，抚着她的头发问。由于成绩优秀，川哥考取了省地质学校，现在分配到了地质勘探队工作，他的另外两个哥哥海哥和山哥去当兵，妹妹阿春也在早几年出嫁了。近来川哥所在的勘探队就在附近山区搞勘探工作，所以时常会回来看望大家。

"舅舅。"见到川舅舅，建娣十分高兴，但思索了一下，过了好一会儿才回答道："舅舅，阿姆没有骂我。"

川哥从手中的纸袋里取出一块糖塞到建娣口中，轻轻抚摸着她的头发说："吃糖。"

"她舅别蹲在地上了，凳子上坐吧。"见到川哥，阿婵立即露出了笑容，指了指饭台旁的凳子说。

川哥撑着膝盖站了起来，把那包糖放在饭台上，环视了一圈屋里，问："矮哥不在家？"

"还在田里呢。"阿婵头也不抬地应道。

"都几点了，还不回家吃饭。"川哥略带埋怨地说。

"回家吃饭？自从当了生产队队长以后，他忙得都巴不得把床搬到田头去睡了。"阿婵摇摇头说。

"也是，事情这么多，也真难为他这个大老粗了。"川哥哼了一下鼻子说。

"你呢，今天放假？"阿婵问道。

"是呀，今天休息。"

"她奶奶在厨房做饭，矮哥昨天在后山竹林抓了只大竹鼠，正在焖着黄豆，一会儿在这吃饭吧。"

"不用了。我就过来看看建娣和环有，一会儿我就走了，晚上还要归队呢。"

"那就顺便带碗竹鼠肉回去给爸妈吃，不用我专门跑一趟了。"说着，阿婵站起来要往厨房里去。

"不拿。"川哥摆摆手说，"我走了。"说完，拍了拍建娣的小脑勺，说："舅舅走了，要听阿姆的话哈。"

建娣嘴巴含着糖块，使劲地点了点头。

"你现在不拿，待会儿还要我专门跑一趟送过去。"阿婵说。

"你爱多事，那是你的事。我不管。"川哥说完就走了。

"她舅慢走哈。"阿婵对着川哥的背影笑着喊道。

"舅舅慢走。"建娣嚼着糖，含含糊糊地跟着阿姆喊道。

月姨听见喊声，从厨房走了出来，在胸前的围巾上搓着双手，问："怎么？她川舅舅来了？"

"刚走了。"阿婵对着门外努了努嘴巴说。

"怎么不吃了饭再走？"月姨问。

"他要赶着回勘探队呢。"阿婵说。

这时建娣凑近月姨身边，扯了扯月姨的裤脚，把一块糖递向月姨，嘴里含着糖块，口齿不清地说："奶奶，吃糖。"

月姨接过糖块塞进口中，在口腔里蠕动，摸了摸建娣的脑勺，赞道："嗯，真甜。"再望了望门外，自言自语道，"矮子怎么还不回来吃饭？都什么时候。"矮子就是矮哥。

说也巧，她话音刚落，儿子就顶着草帽从外面回来了，身后跟着在他家搭食搭住的工作队叶同志。

"叶'蟾蜍'回来啦？快进屋里来吃饭吧。"一见到儿子和叶同志，月姨俨然见到了久盼的亲人，欢喜地招呼道。普通话的"同志"发音与她家乡话"蟾蜍"二字的发音几乎一样，加上月姨的口齿不太利索，以及对"同志"这个陌生词不太理解，总是把"同志"发音读成"蟾蜍"。

"说过多少遍了？是同志，不是蟾蜍。"矮哥一脸难堪地瞟了母亲一眼，纠正道。

但叶同志没当一回事，笑道："哈哈。我是蟾蜍，大姐你就是青蛙喽？"叶同志的话把大家都逗笑了。

矮哥走进厨房，从水缸里舀了一木瓢水，喝了一大口，痛快地吐了一口气，然后一手持着木瓢，另一只手接着从瓢里倒出的水抹了几把脸，用剩下的水在手臂和脚上冲了一下，算是洗过了手脚。然后又舀了一瓢水，送到屋外对着叶同志说："老叶，洗把脸吃饭吧。"

"自己来，自己来。"叶同志撸着袖子笑呵呵地凑上前去，伸手接着矮哥从瓢里倒出来的水，简单地洗了一把脸，在裤子上搓了搓手，"嗯。你们村的井水真清凉。"一边说，一边从上衣口袋掏出一包顶雾烟丝，在矮哥面前晃了晃，说："先抽口烟吧。"

"你先来。"矮哥把木瓢挂在身后的晾衣竿上，将手在衣服上来回搓了几下，说。

叶同志就地蹲下，将烟丝搁在膝盖上，打开包烟丝的红字白纸包，取了两张卷烟纸，卷了一根大头钉似的烟递给矮哥。

矮哥没有接，摆了摆手，说："我自己来。"在叶同志身旁蹲下，把烟丝包拿了过去，搁在自己膝盖上，捻起烟纸和烟丝，蘸着口水，快速地也卷了一根大头烟。

叶同志划了根火柴先将自己的烟点着，然后递给矮哥。矮哥衔着烟凑了上去，对着火柴用力地吸了两口，满足地说："这烟够冲。"

"嗯。够浓。"叶同志把还在燃烧的火柴丢在地上，用脚踩灭说。

"按计划，这条灌溉排洪渠下月初就可以贯通了。"矮哥吐了一口烟说。

"嗯。必须要赶在雨季来临前完工，晚了可就被动了。"叶同志说。

"您放心，按照目前这个进度，如期完工绝对没问题。"矮哥拍着胸口说。

"工作上你们要多与阿莲书记沟通。"叶同志吐了一口烟说。阿莲就是陈村阿水的妻子，她现在是大队书记。

"嗯。昨晚她召集我们几个队长和其他干部开了个现场办公会，大家对工程能如期完成都充满了信心。"矮哥说。

"很好。"叶同志说，"这项工程是功在当下、利在子孙后代呀。水渠贯通后，山那边的旱地就可以变成水田了。"

"是呀。到时能增加不少粮食。"矮哥满怀憧憬地说，"还能解决山坳田地的洪涝灾害问题，真是一举两得呀。"

这时环有已经吃饱了奶，睡着了。阿婵趁丈夫和叶同志在屋外抽烟聊天，和婆婆月姨一起把饭菜、碗筷在饭台上摆好，然后从屋里探出头来喊道："开饭了。"

听见喊声，叶同志使劲吸完最后一口烟，丢掉烟蒂，双手撑着膝盖站了起来，拍拍屁股说："好。吃饭去。"

当他们进到屋里时，阿婵已经为他们盛好了红薯饭。叶同志来到饭台旁，首先映入他眼帘的是那盘香喷喷的大菜——竹鼠肉焖黄豆。

"哇，今天加菜了。"叶同志说，"这就是咱们昨天抓回来的那只竹鼠？"

"是呀。"矮哥说，"好久没开荤了。"

"好吧。既来之则吃之，开动。"叶同志拿起筷子说。这时，叶同志突然发现阿婵母女不见了，问道："你老婆和孩子们呢？怎么不一起吃？"

"她给她爸端了一碗竹鼠肉过去，一会儿就回来。"一旁的月姨答道。

"等她们回来再一起吃？"叶同志放下筷子说。

"不用。不远，一会儿就回来了。咱们边吃边等吧，下午咱们还有事。"矮哥说。

"阿婵人真好。"叶同志拍了拍矮哥的肩膀说，"你小子真有福气，娶了个这么好的老婆。"

"老天爷真没眼，这么好的人，却偏偏要和亲生父母骨肉分离。"矮哥叹了口气说。

叶同志之前已听闻了阿婵的身世。他往矮哥碗里夹了一块竹鼠肉，安慰道："放心吧。只要她的亲人还活在世上，以后就一定能找到。"

"难呀。父母叫什么，家里什么情况，一点印象都没有，怎么找。"矮哥再叹了一口气道。

"按理说五六岁的孩子，对家里多多少少应该会有些记忆才对呀。怎么会一点印象都没有呢？"叶同志也纳闷道。

"应该是被日本人给吓坏了，所以才记不起来。"矮哥摇摇头说，"直到现在，她几乎每晚都还会被噩梦惊醒。"

叶同志一边嚼着饭，一边若有所思地轻轻点了点头，说道："这样吧，叫阿婵把她能记得的情况都说说，我发动各条战线的同志帮忙找找。另外，我给一些报纸、广播电台写个信，请他们帮忙刊登一下寻人启事。"

说话间，阿婵背着环有，左手牵着建娣，右手拿着一个空的搪瓷大碗从屋外走了进来。

"我们先吃了，不等你啦。"叶同志抬头看了看阿婵，说。

"吃吧。不用等。"阿婵摆手应道。

"赶紧过来吃饭吧。"矮哥扒拉了一口饭，用筷子轻轻敲了敲手中的碗，用怜爱的语气催促道。

"这就来。"阿婵先给建娣专用的镀漆小铁碗盛了饭，然后直接用送肉的碗给自己盛了半碗红薯饭，夹了菜，带着建娣坐在灶口石垒上吃了起来。婆婆月姨已经坐在那里吃着了。家里不够凳子，她们只能坐在那里吃了。

"弟妹，我来问你，你真的对你家里的情况一点印象都没有吗？"叶同志拿着碗筷，手臂搁在台面上，看着阿婵问道。

一听这话，阿婵的眼圈顿时就红了。她低下头，用手背揉了揉眼睛，强忍着眼泪，用低得只有她自己才听得见的声音说："家里好像还有一个哥哥和姐姐。"

"父母的情况记得不？"叶同志揉了揉鼻子，期待地看着阿婵。之前闲聊时，叶同志曾经问过相关问题。不过，阿婵还是令人失望地哀伤地摇了摇头。

"我刚才跟矮哥队长说了，你尽量回忆一下，看能不能记起一些新的事物，我准备帮你写信到电台和报纸，刊登寻人启事，帮忙找找。"叶同志说。

"嗯。"阿婵双眼先是闪过一丝希望的亮光，但很快又暗淡了下去，她知道，她实在是没办法记起更多的东西了。

大家一边吃饭一边闲聊，在叶同志的启发下，阿婵努力想找到一些先前没有的记忆，却始终没有太大的收获。叶同志只好把所能收集到的零零碎碎的线索，写成了材料寄给电台和报社，希望他们发布寻人启事，可能是所提供的线索资料有限，消息发布后，一直都没有回音。

# 三十八

由陈村生产大队统筹开挖的灌溉排涝渠工程已接近尾声。由于雨季马上到来，为了确保灌溉排涝渠能赶在雨季到来前全线贯通，发挥防洪排涝作用，各队社员，只要有劳动能力的，不分老少，全员出动，不分昼夜，与雨季抢时间，进行紧张的挖渠工作。

按照农村新的组织形式，农村按区域设立生产大队，生产大队下辖数个大小不等的生产队。由于陈村在原村落中人口最多，土地规模最大，所以大队就以陈村命名，大队总部设立在陈村。西岭村是陈村大队下辖的一个生产队。

陈村村民阿莲的丈夫阿水随东江纵队北撤，牺牲在山东莱芜战场上。解放后，阿莲即是军烈属，又积极肯干，不久加入了党组织，并在当地有很好的口碑。因此，生产大队成立时，她就被推选为大队书记。这个灌溉排涝渠不仅是陈村大队成立以来的第一个统筹工程，更是阿莲担任书记后第一次指挥协调的大工程项目。

这项工程最大的困难，就是大部分水渠要穿过石质地形，地下都是坚硬的花岗石，单靠手工根本无法挖掘，必须用炸药。因此，整条水渠挖下来，需的炸药量很大。幸亏叶同志多次到县里求援，在县武装部帮助下，所需炸药得到了优先解决，确保了工程的顺利开展。

在工程的最后阶段，大队支委和政府进驻工作队发出了"会战十天，夺取战役最后胜利"的倡议。为此，所有参与工程的人员一律不得请假，吃住全在工地。用当时的话讲，就是病也得病在工地上。同时，为了做好后勤保障工作，各队成立了以女性为主的后勤保障服务队。

阿好被任命为西岭村后勤服务队的队长。虽然此时她又已身怀六甲，但她不顾有孕在身，一马当先，带领西岭村后勤队为一线人员送饭、送水、洗衣，她们每天依时在生产队的大厨房里把早中晚餐和宵夜做好，热腾腾地送到工地人员手中，把工地人员换卜的脏衣服挑回村，在溪里洗干净、晾干后，再送回工地给他们换，为一线人员提供了完善的后勤服务。正是有了如此贴心的服务，工地人员劳动热情空前高涨，干劲十足，工程进度大大超出了预期。不过，就在工程临近收尾时，却发生了一个不愉快的小插曲，引发了西岭村和陈村的一场小摩擦。

明天就是工期的最后一天了，开挖工作还在紧张地进行中。与施工现场的忙碌紧张相比，阿好的后勤队也没有闲下来，虽然已经是夜晚将近十二点钟了，她们还在忙碌地为工地人员准备夜宵。

今晚的夜宵是花生粥和铜盘蒸米糕。趁大铁锅在熬粥、蒸炉在烧水的时候，阿好等妇女有的用木槌擂米浆，有的把擂好的米浆倒入一个个从各家各户征集上来的大大小小的铜盘里，只等蒸炉里的水一烧开，就可以将盛着米浆的铜盘搁上去蒸了。

"嫂子，可以把米浆搁上来蒸了。"一直蹲在灶口负责烧火的阿洪对着阿婵喊道。阿洪是矮哥的堂伯父的养子。矮哥的堂伯父伯母一直没有生养，他们从人贩子手中买了个男孩，作为养子，指望他日后能为他们养老送终，但很不幸，直到把男孩养大了，他们才发现这个孩子的精神有问题，也就是说有点傻。这个孩子就是阿洪。矮哥的堂伯父伯母非常懊恼，也有人劝他们把傻子扫地出门，赶走了事。但经过这么多年在一起生活，他们彼此之间都已把对方视为亲人，无法割舍，唯有认命了。不过，让两老稍感欣慰的是，阿洪虽然傻，但非常听话、勤快和孝顺，而且力气很大，对两老唯命是从。每谈及此事，矮哥的堂伯父总是用调侃的语气说："傻好呀！不傻能有这么听话、这么孝顺吗？"

从伦理关系上，阿洪是矮哥的堂弟，所以喊阿婵嫂子。

"过来帮忙把铜盘米浆搁到炉上去。"阿婵对阿洪喊道。正是由于阿洪傻，所以队里并不硬性要求他，平日他爱上哪个岗就上哪个岗，而他比较喜欢在厨房帮忙打杂做饭。

"嗯。"阿洪使劲地点了点头，疾步跑上前，双手搬起一摞摞盛满了米浆的铜盘，搁到蒸炉上。这种蒸炉由几个串联在一起的大锅组成，呈长条形，便于一次性大量蒸煮，是专门为集体食堂设计的。

大概四十分钟后，蒸糕已经蒸好，粥也已熬好。粥上桶，糕入篮，准备妥当，大家挂起马灯，挑着箩担，给工地送夜宵去了。

现场施工队来自同一个大队的不同生产队，在管理上实行统一管理，但各队的后勤保障则由各队自己负责，所以阿婵她们只负责自己生产队的后勤供给。当阿婵她们挑着夜宵来到灯火通明的工地现场时，其他村队的后勤人员也都陆续把夜宵送到了。

各队的夜宵到齐后，现场督工人员吹响了中途休息的哨子。听见哨声，大伙纷纷放下手中工具，各自归队，满心喜悦地聚拢在一块准备吃夜宵。

来到工地后，阿洪表现得非常兴奋和好奇，这里看看，那里摸摸，还爬到新挖好的水渠下面动手搬了几块大石头上来。那些石头，人家都是两三个人抬的，而他却一个人轻易地就将它们搬了起来，引来了众人的好奇和夸奖。

"喂。你力气这么大，能把那块石头搬到上面去吗？"陈村一个青年人一边喝着粥，一边指着渠底的一块大石对阿洪喊道。

阿洪先是看看那青年，再看看那块石头，掐着下巴摆出一副深思熟虑的模样，然后信心满满、笑嘻嘻地朝那块石头走去。那块大石头少说也有两三百斤重，在一边的阿婵见了，担心他把自己弄伤了，连忙对着他摆手喊道："阿洪，别，小心受伤。"

阿洪回头对着阿婵自信地笑了笑，继续走到那石头跟前，伸手试了试石头的分量，然后弯下身子，抱住石头，一发力，居然把那块石头抱举了起来。在场的人见了，无不拍手叫好。

阿洪抱举着石头一步步走到渠边，把石头垒在了岸上，然后示威地对着陈村那个青年人拍了拍胸口，再回头邀功似的看着阿婵傻笑。

"好了，快上来吧，一会儿还要帮忙收拾碗筷。"阿婵对着他喊道。

"嗯。"阿洪愉快地答应了一声，正要往回走，不料刚才那个陈村的青年

人又指着另外　块更大的石头，挑逗道："如果你能把那块石头搬上来，那就真的算你有本事。"

那块石头看上去少说也有四五百斤重，阿洪纵使有再大的劲也不可能搬得动它的，弄不好还有可能因此受伤。那青年明摆着是在戏弄阿洪。

"别听他的，快上来。"阿婵对着阿洪喊道。

阿洪本来已停下了脚步，一副跃跃欲试的样子，但被阿婵这么一喊，他立即改变了主意，对着那青年撇了撇嘴，掉头就要上岸。

那青年见阿洪不理会他，非常气恼，并把气发泄在了阿婵身上，对着阿婵吼道："他是你的野男人吗？那么爱多管闲事。"

阿婵向来胆小怕事，哪经得起他这么说，顿时面红耳赤，躲在一边不敢吭声。但旁边的阿好受不了，她双手叉腰，对着那青年骂道："去你的。哪来不懂事的野孩子乱说话。"

那青年被阿好说得恼羞成怒，跳将起来，指着阿好对骂回来："你这个没爹没娘的野流浪儿，倒霉晦气的臭蛇婆，赶紧闭上你的臭嘴。这里没有你说话的地方。"当地话"蛇婆"就是后妈的意思。

"你才是没爹娘教的呢。不知好歹，满嘴秽语。"阿好哪肯示弱，涨红着脸骂了回去。

两人就这样互不相让地对骂了起来。明眼人都知道，这事明显是那青年不对，都劝他不要吵了。但那青年像疯子似的，谁也劝不住他。不过，男人又怎么骂得过女人呢？最后，那青年被阿好气得眼冒金星，冲上来要对阿好动粗。阿婵见状，不知哪来的勇气，奋不顾身地冲了上去，挡在了阿好和那青年中间。那青年看样子并不肯就此罢休，伸手要去推阿婵，就在这时，突然有一只手从后头掐住了他的脖子，并将他整个人拎了起来，向旁边扔去。青年踉跄几步，几乎跌倒，待站稳后方才看清，掐他的不是别人，正是刚才被他忽悠的那个傻子阿洪。青年感觉受了奇耻大辱，暴跳如雷，转身就向阿洪扑来。阿洪也被他惹恼了。他快步迎上去，快速揪住青年的领口和腰带，把他整个人举过了头顶，做出要往地上摔的动作。果真摔下去，那青年非头破血流不可。在场的人都吓得赶紧上前制止。阿婵慌忙跑上前去，使劲抓住阿洪的手，半是命令半是恳求道："阿洪，别弄伤他，快把他放下来。"阿洪犹豫了一下，终于没把他摔下去，而把他放回了地上。

青年虽然明知打不过阿洪，但不肯罢休，随手从地上捡起一块石头，砸向阿洪。由于距离过近，阿洪来不及躲闪，被砸中了肩膀。

这一下可把阿洪给彻底激怒了。他冲上前去，把青年按倒在地，将他的脸紧紧摁在路边的一堆牛粪上，差点把他给憋死。

这个青年平时口碑并不好，陈村人对他并无好感，尤其对他开头时戏弄阿洪，对阿婵和阿好污言秽语等做法都很不屑，觉得很丢人。但尽管如此，他们也不能容忍本村人被外村人这么凌辱。当即就有好几个人上来试图替那青年解围。

阿洪见有人围了上来，以为他们要来打架，撇开地上的青年，摆出了打架的架势。

陈村人本来只是要来拆架的，但见阿洪居然想动武，于是决定跟他好好玩玩，一哄而上，七手八脚把阿洪擒住，将他牢牢摁在地上。

这一下可轮到西岭村的人不干了。

"你们怎么可以以多欺寡。"西岭村的十几个青年叫喊着围了上来。

陈村人见西岭村来了帮手，生怕吃亏，即时又围上来了一拨人。西岭村这边当然也不甘示弱，随即也补充上来了十多个青年。双方群情汹涌，一场群斗一触即发。这时，陈村中有人大喊道："他们西岭村以前总是骑在咱们陈村头上，欺负咱们。今天该让他们知道咱们陈村也不是好惹的。弟兄们上吧。"他话音刚落，双方即时混战在了一起。

阿洪见这么多人打架，顿时变得兴奋起来，发狂似的大吼一声，从地上一蹦而起，将压在他身上的几个陈村青年掀翻在地。然后冲进人群，将陈村人像揪稻草人似的，揪住一个扔一个，把陈村人打得七零八落。

阿婵见状，吓得慌了神，茫然四顾，哭喊着丈夫矮哥的名字。

阿好则不顾自己身怀六甲，挺身挤到了两拨人之间，嗓子都喊哑了，试图阻止这场群殴，但双方都已打红了眼，根本无人理会这个孕妇。

就在这时候，突然传来了一声清脆的枪声，响彻夜空，即时将大家给镇住了。

大家回头朝枪声传来的方向看去，只见工作组的张同志正站在一个大石头上，持枪指着天空。刚才正是他朝天开枪示警。他旁边还站着叶同志、阿莲书记、矮哥、云哥等人。

"你们想干什么？有力气没地方使是吗？"阿莲手持竹枝冲到人群中来，对着当头的几个陈村青年狠狠地抽了几下屁股，边抽边训道："打呀，打呀。我看你多能打。"

待阿莲教训完陈村青年后，叶同志苦笑着摇摇头，摆了摆手说："你们这些小子。有受伤的赶紧去包扎伤口，其他人都归队干活去吧。"

双方人员这才散开，各自归队。所幸，这次斗殴并没有造成人员伤亡，也没有影响到工程的进度，水渠如期顺利贯通。

陈村和西岭村青年工地斗殴一事最终传到了陈村族长福荣叔耳边。福荣叔年事已高，早已不问世事了，当子嗣们向他讲述此事，添油加醋地想要煽动他的情绪时，他不以为然地说了一句："这就是兄弟呀。阋于墙，外御其侮。"

同年冬天，福荣叔以一百零四岁的高龄寿终于那张陪伴了他将近九十年的雕花酸枝木床上。这是他的婚床，他的老伴比他早十七年离世了。


# 三十九


水渠刚刚贯通，大伙还没来得及庆祝，西岭村就上演了一场闹剧，许多村民都声称见到了鬼，有的还绘声绘色诉说如何被"鬼"追赶的经历。一时间，街头巷尾，谈鬼色变，人心惶惶，严重影响了村民的生产和生活。

以叶同志为首的工作队坚决不相信有"鬼"的说法，张同志还亲自携枪在村里值守了几个通宵，但最终一无所获。

叶同志专门召集了一次群众大会，在会上把那些声称见到"鬼"的人狠狠地批评了一通。

但就在会议刚刚开完的当天晚上，仿佛故意要挑战工作组似的，"鬼"又出现了，而且这次是让工作组的李同志给遇上了。

李同志在工作组中负责文书方面的工作，属于文员。这天晚上，他从陈村开完会回来，当时虽然已是深夜，但天空月朗星稀，如同白昼。当他行至村头时，看到之前赵翠经常坐在上面的那块大石头上，直直地站着一个黑乎乎的东西。

乍一看，李同志以为那只是一个普通村民，心想，那是谁呀？这么晚了还站在那里干什么？但转念一想，这人不会是要跳河自杀吧？于是对着那黑影大声喊道："嘿。别站在那里了，危险，快下来。"

但那黑影似乎不理会他，直愣愣地立在石头上一丝不动。

喊话间，李同志已经来到了那块石头下面。但就在他仰头望向那黑影时，不由得倒吸了一口凉气。

李同志意识到，眼前这个肯定就是村民们所说的鬼了，忍不住打了个寒颤，但他立马又自言自语道："正到处找你呢，你却主动现形了。真是踏破铁鞋无觅处，得来全不费工夫。"说着，快速打开腰间的枪匣子。出于安全考虑，工作组的同志都配有枪。李同志掏出手枪，指着那黑影喝斥道，"别装神弄鬼了，快下来束手就擒吧。"他话音刚落，那黑影突然对着他发出一阵刮玻璃似的尖叫声，他耳膜都快要被刺破了。李同志忍着耳鼓的刺痛，举枪对着黑影猛地扣动了扳机，但一连扣了两下，都不见枪响——枪哑火了。就在这当儿，那黑影叶子般飘落到了石头的另一面去了。

"休想逃。"李同志喊着追了过去。但奇怪的是，他绕着石头转了一圈，四周找遍了，都不见黑影的踪迹，而只在石头下发现了一张写满了字的黄色纸块。李同志捡起纸块，凑近眼前，借着月光使劲地看了半天，但上面的字他一个也不认得。他将纸塞进口袋，心有不甘地再又四周寻找了一遍，还是没有发现那个黑影。李同志摇了摇头，然后低头看了看手中的枪，骂道："该死的，真不争气。"他把枪插回枪匣子，迫不及待地回村向叶同志汇报此事。

"小李，咱们都是无神论者，你可不能为这些封建迷信推波助澜呀。"听完李同志的讲述后，叶同志凝视着他，一脸严肃地说。

"我在现场捡到了这个。"李同志把手伸进裤袋，但摸了半天都找不到刚才在石头边捡回来的那张黄色纸块。最后，他将整个裤袋翻了过来，纳闷地说："奇怪？我明明放在口袋里的，怎么就不见了呢？难道在路上丢了？"

"算了，快回去休息吧。明天一早你还得陪我上一趟公社。"叶同志摆摆手，打了个哈欠说。

李同志回到住处，正要脱衣睡觉，谁知他刚脱下裤子，那张黄色纸块竟不知从何处飘到地上。李同志重新捡起那张纸，又看了看，"没错，就是它了。"他自言自语道，"明天再拿去给老叶看看，免得他以为我是无中生有。"他把纸压在床头桌上的水杯下，便若无其事地上床睡觉了，根本没注意到地上弥漫开来的一大团烟雾。不想，他这一睡却睡出了大事件。

第二天，早已过了出发的时间了，李同志却迟迟没有出现。实在等不及了，叶同志带着矮哥，气鼓鼓地来到李同志的住处，但只见大门紧闭。他使劲敲了敲那扇紧闭的木门，大喊了数声"小李"都不见回应。叶同志感觉到情况不对，让矮哥叫保管员来开门。工作组的三名成员，叶同志和张同志都住在村民家中，唯有这个李同志因为搞调研，需要写文章、写材料，经常通宵达旦熬夜，既怕影响别人，又怕被别人打扰，所以自己住在生产队的一间公屋里。这些公屋的钥匙归保管员管。当时村里各家各户包括这些公屋的大门使用的都是一种传统的柜锁，但当保管员将钥匙插进柜锁时，却发现柜锁根本就没有锁上。

"奇怪，门怎么没有锁？"保管员推开门，自言自语道。

叶同志顾不上那么多了，门一开，他就大步跨了进去。进屋后，他一眼就看见了躺在床上的李同志，不由得气往一处来，大声说道："都什么时候了，还在睡。"边说边朝李同志走去。来到床边，叶同志刚把盖在李身上的被子掀开，不料刚伸出去的手却像触电似的猛地抽了回来，脱口惊叫道："小李，你怎么了？"

跟在叶同志身后的矮哥和保管员一听声音不对，不约而同地凑了上来，要看看究竟发生了什么事。只见李同志浑身僵硬、两眼呆滞、脸色蜡黄，像死人一样躺在床上。

"怎么会变成这样子？究竟发生了什么事？"矮哥惊愕地问道。他用手推了推李同志，但李同志却像木头似的，一点反应也没有，矮哥用手在他鼻孔处探了探，还有气，"还活着。"矮哥看着叶同志说。

"赶紧把他扶起来。"叶同志说。三人小心翼翼地把李同志扶了起来，靠在床头坐着。

"快，倒杯温水来给他喝。"矮哥对保管员说。

"嗯。"保管员应了一声，转身去拿李同志平日喝水的杯子，这时，大家才注意到杯子并不在桌上，而是躺在了地上，至于杯子是什么时候、为何掉在了地上，就不得而知。

保管员捡起杯子，在暖水瓶里倒来了半杯温水，凑到李同志的唇边，让他喝，但李同志全无反应。

"去叫桂婶来看看吧？"矮哥说。

"还是快派人去大队部叫卫生员来吧。"叶同志说。

"哦，好。"矮哥应了一声，赶紧安排人去叫卫生员。

西岭村离大队部所在的陈村有一段距离，而且多是山路，道路崎岖，并不好走，来回需要一个多小时的时间。虽然叶同志没有明确表态，但矮哥还是趁等待之机，把桂婶请了过来，让她先给李同志把把脉。

桂婶翻看了李同志的眼睑，仔细检查了他的十个手指头之后，把了把他的脉，眉头突然紧锁了起来。

"怎么样了？"见桂婶神色不对，矮哥慌忙问道。

"他身上有很强的邪气。"桂婶说。

"什么邪气？你不要宣传封建迷信。"叶同志满脸不悦地说，他认为她跟慕容聪是如出一辙的，无非是装神弄鬼，戏弄百姓而已。这也是他一开始就没想到要请桂婶来的原因。他问矮哥："派去请卫生员的人什么时候回来？"

"可能还要等一会儿。"矮哥说，"要不让桂婶先弄些药给他吃吃？"

叶同志没有说话。而桂婶却摇头道："我也给不了药他吃。"

一个多小时后，派出去的人终于领着卫生员回来了。

卫生员顾不上跟大家打招呼，就取出听筒给李同志检查起来。经过一番细致检查后，卫生员收起听筒，说："脉象什么都正常，没什么大碍，应该是疲劳过度而已，给他打支针，补充营养，休息一下就好了。"

"我就说嘛。什么邪气？胡说八道。"叶同志哼了一下鼻子道，然后对着卫生员说："快，快给他打针。"

卫生员取出针水，在李同志屁股上扎了一针，给他盖上被子，然后对矮哥说："过一会儿他就醒了，你们去给他熬些汤，等他醒来后给他吃了，补充营养，调理一下应该就没事了。"

"好的。"矮哥嘴上答应着，脸上却露出犯难之色，心想，熬些什么汤给他喝好呢？

"我那边有鸡，如果有需要的话，叫人去抓来杀了熬汤给他喝吧。"一旁的桂婶瞟了矮哥一眼，说道。

"哦。那就算是先跟你借着吧。"矮哥也不客气了，说。

既然卫生员说没事了，叶同志也就放心了，把事情安排好后，就独自上公社开会去了。

第二天早上，叶同志一觉醒来，简单洗漱之后，顾不上吃早饭，就带着矮哥急匆匆来到李同志住处。在叶同志的预期里，李同志应该没事了，要不，昨晚早有人来骚扰他了。但当他来到李同志的床边时，发现李同志依然僵尸般躺着不动。

"整晚都这样吗？"叶同志问两位守护的社员。

"是呀。一直都睡得好好的，连身都没翻一次。"两位社员说。

"还是请桂婶来看看吧。毕竟她以前也给乡亲们医治过不少疑难杂症。"矮哥说。

"还叫她？她上次说她没办法，这你也在场听见的。"叶同志说。

"她只是觉得没把握，不想轻易出手而已。既然咱们没有其他更好的办法了，还是让她来试试吧，总比这样干等着好。"矮哥说。

叶同志想了想，很不情愿地说："既然这样，你就看着办吧。"

桂婶来了之后，又查看了一遍李同志的眼睑和手指之后，还是直摇头。

"桂奶奶，你就给想想办法吧。"看见桂婶摇头，矮哥也急了。

"我上次说了，他这个不是病，是中了邪毒。"桂婶说。

"你有办法就试一试，没办法就不要妖言惑众。"叶同志不满地说。

"据我所知，只有一个人有办法救他。"桂婶说。

"谁？"矮哥忙问。

"慕容聪"桂婶说。

"他？"一听慕容聪这个名字，叶同志立马就皱起了眉头。目前，全国各地反封建运动正如火如荼地开展着，像慕容聪这些卖弄奇门遁甲之术的人，早已被列入了反封建迷信运动的重点对象名单。前阵子，工作组不仅组织社员将他家里家外一些有封建迷信色彩的摆设和物件全都拆除、毁坏了，而且还把他押到群众大会上批斗了好几回，现在桂婶居然说要请他出来给李同志治病，这不是极大的讽刺吗？

"不行。"叶同志断然道，"决不能搞封建迷信那一套。"

最后还是张同志的一句话说通了叶同志。张同志刚从外地执行任务回来，听说李同志得了怪病，立马就赶过来探望。"我们可以从纯医学的角度去看待小李的问题嘛。"张同志说。

叶同志扭头看着张同志，大概过了四五秒钟，问道："你的意思是？"

"请他过来给病人看看病，我觉得还是可以的。"张同志说。

就这样，慕容聪被带了过来。

进到李同志的屋里后，慕容聪看都不看床上的病人一眼，就满屋子里转了一圈，把整个房子看了一遍，然后叫大家都出去。

叶同志虽然很不放心，但最终还是被张同志劝了出去。"出去吧。不会有事的。"张同志搭着叶同志的肩膀说。

等其他人都出去了，慕容聪迅速关上门，快步走到李同志床边，把他的身体翻转了过来，扯起他背后的衣服，取下了一张贴在他背部的黄色纸张，并把那张纸塞进了自己的口袋里，又取出一个精致小瓶，在他鼻子前摇几下，然后把李同志身上的衣服拉扯整齐，将他恢复了原来的姿势。

完成这一切动作后，慕容聪刚松了一口气，不料一抬头，猛地发现屋后窗外趴着一个人还对着他痴痴地笑，此人不是别人，正是傻子阿洪。原以为神不知鬼不觉的慕容聪不由得吓出了一身冷汗。见对方发现了自己，傻子洪立马转身跑了。

这时，李同志打了个哈欠，坐了起来。慕容聪见状，赶紧跑过去打开了大门，对大家说："醒了。"

在屋外早已不耐烦的叶同志等闻声，立马快步冲了进来。当他们看见坐在床沿上的李同志时，都长长地松了一口气。

喝了鸡汤，休息片刻之后，李同志已完全恢复过来。不过，身体是恢复了，但之前发生了什么事，他却全无记忆。

尽管叶同志等人极力淡化事件，但李同志中了邪，慕容聪替李同志驱邪治病的事还是闹得沸沸扬扬，势头大得叶同志他们想按都按不住。而且，更为诡异的是，自从李同志的事之后，相似事情接连发生，而每次都是慕容聪出来解的困。慕容聪不仅有求必应，有时候还主动请缨。对于慕容聪的反常表现，刘胜等老前辈都有点捉摸不透。众所周知，以前慕容聪总把金盆洗手挂在嘴边，村中有事需要他帮忙时，总是一再推却，如今却一反常态。

对西岭村越传越神的闹鬼事件，叶同志他们是心急如焚，却又束手无策。作为共产党员，他们肯定不相信神鬼之说，感觉到闹鬼事件的背后肯定有阴谋，而且有理由怀疑，这事的始作俑者就是慕容聪。有一次，正在气头上的张同志甚至用枪顶着慕容聪的脑门，吼道："你不要再装神弄鬼了。该收手了。"但由于拿不出足够的证据，火是发了，却奈何不了他。工作组唯一能做的就是发动民兵社员，加大夜晚的巡查力度，希望能查出事实真相，防止事情再一次发生。

这天夜里，张同志例行巡夜。当他行至生产队的晒谷场时，远远看见一个背对着他的人，拿着扫帚扫着晒谷场。此时已将近二更天了，"谁会在这个时候打扫晒谷场呢？"张同志嘴里嘀咕着。

张同志悄悄拔出手枪，弯着身子紧贴着晒谷场的围墙，蹑手蹑脚地向黑影走去，但还没等他靠近，那人就突然停住了打扫，扛起扫帚离开了晒谷场，朝村后走去。

他们穿过了一丛竹林，不一会就来到了一片乱葬岗。神秘人走进乱葬岗，转了几转，突然在张同志的眼皮底下消失了。

眼睁睁地看着对方消失了，张同志心里十分焦急，快步跑到神秘人消失的位置，反复仔细查看四周，但就是找不到神秘人。正当张同志急得抓耳挠腮的时候，突然一阵奇异的香气飘入了他的鼻孔，没等他反应过来，就失去了知觉。

发现张同志的是一个捉蛇翁，当时他已不省人事、奄奄一息了。捉蛇翁把张同志背回了西岭村。

叶同志又请来慕容聪。他说没办法救张同志，而分明是因为上次张同志拿枪指着他的脑袋，他怀恨在心。对此，叶非常恼火，对慕容聪说："你连试都没试，就一口拒绝了。你也太武断吧。"

但慕容聪始终还是那句话："不用试。我救不了他。"叶同志简直肺都气炸了。心想：救人的技术在人家手里，他不肯施救，别说骂他，就是拿枪指着他，枪毙了他，也无济于事。

正当众人又气又急，束手无策之际，傻子阿洪挤进来，径直走到张同志身边，蹲下身子，不容分说地拉起张同志的上衣。围观群众以为阿洪要搞恶作剧，刚要上前制止，但随着张同志的上衣被拉开，张同志腰椎上贴着的一张黄色纸张显露出来，还没等大家反应过来，阿洪一把将那张纸揭了下来。

更令大家没想到的是，那张纸刚被揭下不久，张同志就咳嗽了几声，醒了过来。大家这时才如梦方醒，原来是那张纸导致了张同志的昏迷不醒。

以前被认为是中了邪的人，都是由慕容聪施救的，而慕容聪每次救人都要让所有人离开现场，所以，大家都不知道他是如何把人救过来的。这次可好了，大家亲眼看到了，所谓"中了邪"的人，原来只是被人在背部到腰部贴了一块纸——就是大家所说的"符"而已。

有这块"符"之后，调查就有了方向。叶同志向上级汇报后，上级领导指示派人把那张"符"送到省公安厅去化验。

将近一个月后，那张"符"的化验结果被送了回来。省公安厅的同志也来了。经过化验，鉴定出那张纸含有高浓度的神经麻醉毒素，张同志、李同志等，正是因为被人在中枢神经位置贴上了那张含有神经麻醉毒素的纸张，从而导致了昏迷不醒，而并非所谓的中了邪。

包括刘胜在内的许多西岭村老村民此时才恍然大悟。当晚，工作队人员进入慕容聪家里后，他已畏罪自杀了。

公安人员对慕容聪的房子进行了细致的搜查，但除了发现了两个黑檀大木箱之外，并没有找到什么有价值的东西。两个木箱均上了一把巨大的铜锁，箱盖子上还贴了一张黄色纸张，上面写着"开箱者死"几个字。这两个木箱是慕容聪用来存放施法道具和法术秘笈的。

"装神弄鬼。"张同志骂道，举起铁榔头就要把木箱上的铜锁砸烂，但被一旁的专案人员拦住了。"难道我们还害怕他的什么咒语不成？"张同志气恼地说。

"倒不是害怕他的咒语，而是担心箱子里有机关。万一他在箱子里布设了剧毒之类的暗器，贸然打开箱子的话，可能会伤及在场的人。"专案人员说。

由于天色已晚，大家决定先不忙着开箱，将箱子原地封存，留待第二天进一步检测后再做决定。但让大家没有想到的是，当天夜里突然下起了罕见的暴雨，暴雨引发了山体滑坡，把正好位于山坡下的慕容聪的家，连同他的尸体以及屋内一概物品掩埋得严严实实。

就这样，西岭村的闹鬼事件以慕容聪的彻底消失而告终了。

经调查得出结论，所有闹鬼事件都是慕容聪一手策划和实施的。至于他为什么要装神弄鬼、害人害己，调查人员说他是因为仇恨革命，而民间流传的一种说法是，慕容聪是对自己的安全产生了危机感，所以自导自演了一系列的闹鬼事件，试图通过自己布雷、自己拆雷的方式来蒙蔽和讨好群众，谁知聪明反被聪明误，提前把自己送上了绝路。

# 四十

集体食堂很快就把生产队的粮仓吃了个颗粒不剩。大锅饭再也吃不下去了，集体食堂终于走到了尽头。由于集体食堂把生产队的老本和积蓄都吃精光了，加上接连的自然灾害，农村的境况一下子陷入了困境，许多地方出现了严重饥荒，陈村大队及其所辖的几个生产队也都不可幸免，大部分家庭都陷入了极度贫困。在如此艰难的岁月里，阿好和阿婵都依然保持着旺盛的生育力。几年时间里，阿好又接连生下了两男一女。阿婵也不甘落后，继环有之后，又生下了秋仔和冬仔。顾名思义，秋仔是秋天生的，冬仔是冬天生的，这两个小孩也都过契给了瞎子契爷。

产期结束后，阿好和阿婵立马就又回到队里参加劳动挣取工分了。由于刚生完小孩，身体还在康复中，生产队并没有给她们分配太重的体力活，而是安排她们去放鹅。

生产队有两百多只母鹅，这些母鹅每年能下蛋孵化出近万只雏鹅，雏鹅销售是生产队的重要经济来源之一。

鹅食草，性喜水，开始那段时间，阿好和阿婵每天一早就驱着鹅群时而溯溪而上，时而顺流而下。鹅沿着溪岸一边戏水一边吃水草、沙子，去一回，一天时间也就过去了，但溪里、溪岸的草根本长不及给鹅吃，一段时间后，溪两岸的草已被鹅吃得光秃秃的了。阿好和阿婵只好想着法子另觅放鹅地点。

这天，阿好和阿婵赶着鹅群沿溪一直往上走，到了一个岔口处，鹅群自觉地拐了进去。这个岔口源自一片沼泽地，走过沼泽地，再翻越一片草坡，展现在她们眼前的是一个大山湖。一见到湖水，鹅群显得异常兴奋，聒噪着、扑腾着翅膀，争先恐后地扑入了湖中。山湖很大，沿着山体地形弯弯曲曲，看不到尽头。

"这个湖可真大呀。"阿好蹲在湖边，撩起湖水，洗了一把脸，感叹道。

"是呀。以前怎么没想到来这里溜鹅呢？"阿婵手搭凉棚，观望着宽阔的湖面附和道。

"鹅放在这里用不着管了，咱们周边走走看有没有野果，采些回去逗逗孩子们吧。"阿好站起来，甩干手中的水，说。

"好。"阿婵正有这个想法，她兴奋地应道。

两人沿湖岸绕着山边往前走去，寻觅一处山坡不陡的地方上山采野果。她们转过一个山嘴，无意间竟看见湖边一块巨石上蹲着一个人，那人正聚精会神地垂钓。

"这人是谁？"阿好自言自语问道。

"不知道。没见过。"阿婵一旁答道。

"走。我们去看看他钓着鱼没。"阿好说，两人径直朝那人走去。

钓鱼翁对她们似乎毫不在意，直到阿好一连喊了三句"大哥"，他才慢慢地扭过头来用敌视的眼神看着她们。

对方大概五十来岁，身材矮小，马铃薯一样的脸，留着八字胡子。这个长相让阿好似乎想起了什么，她犹豫了一会，壮着胆子走上前去，问道："大哥，你是哪里人呀？"

对方并没有回答她的话，而是慢悠悠地收起鱼竿，拎起鱼篓和鱼饵，从大石上跳了下来，对着阿好、阿婵招了招手，示意她们跟他走。

一看那人的长相和表情，阿婵就已浑身发毛，巴不得立即离开。她使劲地扯着阿好的袖子，提醒阿好不要跟他走。

"这个人好奇怪。我们跟上去看看他究竟是什么人。"阿好说。她突然想起前阵子开会时，工作组的张同志说很多地方都发现了台湾特务，提醒大家提高警惕的事情。

"别跟他去吧。"阿婵更加用力地拽着阿好的衣服说。

"你还记得前些日子张同志说台湾特务的事不？"

阿婵皱着眉头想了想，然后惶恐地点了点头。

"你不觉得这个人好可疑吗？"

"你是说这个人是特务？"

"是不是，我们跟过去看看不就明白了吗？。"

听阿好这么一说，阿婵更加害怕了，情不自禁地躲在了阿好身后。

"怕什么？我们两个人，他就一个人。"阿好推了推阿婵的肩膀，说："走。"

阿婵拗不过阿好，唯有噘着嘴，扯着阿好的衣服，跟上了那名陌生男子。

那名男子沿着弯弯曲曲、忽高忽低的山径，翻越了遍地蒲公英的两个山包，穿过了一片又一片的树林、竹丛，最后来到了一个山窝窝，钻进了一丛茂密的茅草丛里，不见了。

阿好停下脚步，稍作犹豫，然后朝茅草丛走去。这次阿婵是无论如何也不肯松手了，死死扯着她的衣服，不让她去。

"不能去。"阿婵用近乎哀求的语调说。

"怕什么。这么一个老头，你还怕他吃了咱们不成。"阿好甩开阿婵的手，径直朝茅草丛走去。

"求求你不要去了，好不好。"阿婵在她背后声嘶力竭地喊道。

阿好扭过头来，说："在外面等着，如果我发生了什么意外，你立马回村里叫人。"说完，头也不回地钻进了茅草丛。茅草丛里并不见那男子的踪影，但阿好却在山壁的底部发现了一个山洞。就在阿好疑惑之际，那男子从山洞探出头来对着阿好挑逗地招了招手，然后就又快速缩回了洞中。

阿好快步跑上前，不容多想，跟着钻进了山洞。进入洞中后，阿好惊讶地发现，洞里的空间比想象的大许多，简直可以用别有洞天来形容。展现在她眼前的是一个房子般大的方形的洞穴。借着从入口处射进来的微弱的光线，阿好发现在洞穴的左右洞壁各有两个洞口，那男子就站在左边靠里面的那个洞口前——他应该是故意站在那里等待阿好的，一见到阿好，男子立马就遁入了那个洞里。

阿好加紧步子，走近那个洞口往里瞧了瞧，洞里黑乎乎的，什么也看不见。阿好觉得事态严重，决定回村向工作组的同志汇报，正当她刚要转身离去时，洞里面突然亮起了一支火把。在火把的照耀下，阿好粗略地看清了洞内的情况：这是一条狭长的地道，洞壁、顶部和地板都是由青砖砌成的，洞壁上每隔一段距离就有一个大概是用来存放灯具的龛，地上两边杂乱地堆满了杂物，当中，阿好隐约看到一些锈迹斑斑的枪械等武器。

"这是什么地方？这是什么人？"阿好心里暗暗问道，两只脚却不由自主地跨了进去。她一边挪着步子，一边皱起眉头检视着地上的物品。突然，她在杂物中看到了一顶印有太阳旗的军用钢盔。

"这不是日本鬼子的锅帽吗？"阿好脱口而出道，她再抬头看看前面那个举着火把的人。在昏黄火光的照耀下，那人的脸如同一个烤得通红的干皱的马铃薯。这不正是她印象中的日本鬼子的脸吗？"没错。日本鬼子。"她心里骂道。这些魔鬼把多少中国人害得家破人亡、骨肉分离，也正是因为这些日寇的入侵导致了她与家人分离失散。

"都解放了，怎么还有鬼子在这里？难不成是漏网之鱼。"阿好自言自语道。意识到眼前这个老头可能就是日本人时，阿好不由得怒火中烧，疯了似的向对方扑去。

见阿好扑来，对方转身往地道深处逃去。阿好在后面紧追不放。

地道很长、很深，弯弯曲曲的，转了几个弯之后，阿好已晕头转向，辨别不清方向了，前面举着火把的那个人成了她的唯一目标和参照。而就在此时，火把却突然熄灭了，四周随即漆黑一片，伸手不见五指。没有了火光，辨别不了方向，阿好心里隐约感觉到了一阵恐怖。她静静地立在原地，紧绷着神经，屏住呼吸，感觉随时都会有袭击，浑身上下起满了鸡皮疙瘩。所幸过了好长时间，她所担心的袭击最终都没有发生。阿好如释重负地轻轻舒了一口气，"赶紧回去找人来把这个日本窝子给端了。"阿好心里盘算着，扶着洞壁，摸索着慢慢地往回撤。由于担心这个倭人会趁她离开时逃跑掉，阿好内心很是着急，脚下的步子不由得越走越快，巴不得能长出翅膀一下子飞回村里去。然而，就在此时，一张网突然从天而降，将她牢牢罩住。说时迟那时快，没等阿好反应过来，她就已连人带网被拽倒在地上了⋯⋯

阿婵在外面等了许久都不见阿好出来，担心她遭遇不测，急得如同热锅上的蚂蚁，坐立不安。就在此时，她突然看见先前那名男子手持绳索钻出了茅草丛。男子立在原地略微观察了一下，就朝着她直扑而来。

阿婵一看那架势，情知不妙，立马拔腿就逃。男子在后面紧追不放。阿婵明显跑不过那名男子，不一会，男子与她之间的距离就缩短到了不足二十米了。眼看就要被追上了，慌不择路的阿婵最后跑到了悬崖边上。

脚下是三四十米高的悬崖，后面是面目狰狞的如怪兽般的男子，阿婵看似已经走到了绝路了。

很快，那名男子跑到了阿婵跟前。他一手拿着绳索，一手对着阿婵做了个命令她过去的手势。

阿婵早已吓得六神无主。她一会儿看看一步步向她逼近的男子，一会儿看看脚下的悬崖，绝望地对着那名男子吼道："别过来。你别过来。"

阿婵的哀叫并不能阻止对方靠近的脚步。男子慢慢向她逼近，同时将手中那根结有索套的绳子向她抛去，企图将她套住。慌乱中，阿婵向右缩了一下身子，成功地躲开了套索。一次没有套中，男子抽回绳索，对着阿婵又抛去，但一连数次，都被阿婵躲开了。连连失手，男子恼羞成怒，举着绳索向阿婵猛扑过去，直接就把绳索往阿婵的脖子上套。阿婵慌忙用手去格挡，并顺势死死抓住绳子不放。男子扯了几下，没能扯回绳子，于是丢开绳子，一把揪住阿婵的头发，使劲地试图将她按倒在地上。

阿婵是由刘胜带大的，刘胜乃武林高手，阿婵自幼在他身边少不了耳濡目染，加上刘胜平日也有意教授她一些防身之术，所以对武艺阿婵虽然不能称为精通，但防身擒拿的本领她还是有的。平时看不出来，也很少使用，但到了危急关头，那些一直潜伏在她体内的本能就自然地迸发出来了，而这一点是眼前这个男子做梦也没想到的。就在他揪住阿婵的头发的那一瞬间，阿婵左手快速搭向他的手背，紧紧扣住他的虎口，右手食指和中指快如闪电地向他的眼睛插去。

男子没想到眼前这个羔羊般柔弱的女子居然会有这么一手，而且速度和动作如此快捷敏锐，让他防不胜防。眼睛被阿婵狠狠地插了一下，男子"啊"的一声，抽回双手捂着受伤的双眼，发出鬼哭狼嚎般的惨叫。正在势头上的阿婵全然忘却了恐惧，她紧逼一步，向着对方的裆部狠狠一脚。对方下体吃了一脚，痛得几乎窒息，张着嘴巴，却一声都喊不出来。阿婵就像是一只被逼到了绝境的山猫，越战越勇，根本就不给男子喘息的机会，她一个箭步上前，对着男子当胸又补了一脚。男子被踢得向后踉跄几步，一脚踩空坠下了悬崖。

目睹男子坠崖，阿婵既害怕又愧疚，瘫坐在地上，浑身颤抖，久久都没能回过神来。

不知过了多久，旁边的一棵马尾松树上突然传来了乌鸦的嘎嘎叫声，把阿婵从惊悸中唤醒。

"阿好呢？"阿婵使劲地揩了一把眼泪，吃力地站了起来，环顾着四周自言自语道。乌鸦让她有一种不祥的预感。

对阿好的担心最终战胜了恐惧。阿婵快步钻进茅草丛，跑到了那个洞前。不过，她并不敢贸然进洞。她小心翼翼地对着洞穴一连喊了几声"阿好"，却不见回应。得不到回应，阿婵心里更加担心了。她咬了咬牙，一头钻进了洞里。

进到洞里后，阿婵发现了刚才那名男子插在壁龛上依然冒着火星的松油火把。阿婵取下火把，将它重新吹燃。借着火把的亮光，她发现，除了左边靠里面那条地道外，其余三条地道的长度都不过十来米，而且都是空空的，基本什么也没有。看来，要找阿好，她唯有从左边靠里面的那条地道进去了。她举着火把，扶着洞壁，提心吊胆地往前慢慢挪动。她越往前走，就越感觉到地道的阴森恐怖，特别是堆放在地上的有太阳旗标志的物品，更是勾起了她莫名的恐惧。

突然，她隐约看见前方角落里有一团黑乎乎的东西，形状看上去像一个蜷缩着的人。阿婵心头一热，对着那团东西喊道："阿好。"果然，她话音刚落，那团东西就传来了阿好急促而低沉的声音："阿婵，是我。"

阿婵一听，激动得眼泪哗啦一声涌了出来。她快步扑上去，想把阿好扶起来。阿好被一个粗麻网袋裹缠着，动弹不得。阿婵费了好大的工夫，才把裹缠着阿好的网袋解开，将她放了出来。

阿好伸了下腰，骂道："狗东西，居然暗算我。真不是个男人。"

"都叫你不要进洞的啦，你偏不听。"阿婵埋怨道。

"我才不怕他这狗东西呢。"阿好倔强地说。

"差点命都没有了，还说不怕。"

"谁想到他一个大男人，居然会使出暗算女人这样下三滥的手段呢。"阿好气愤地说。

"哼。这些倭人，有什么手段是他们使不出来的呢？"

"咦。你怎么知道他是倭人？"阿好惊讶地看着阿婵问。

"我一看到他的长相，以及刚才在洞里面的东西就猜到他是什么人了。"

"他人现在在哪儿？"

"可能摔死了。"

"啊哟？"阿好睁着牛一样的眼睛瞪着阿婵，"怎么回事？难道是……"

"我又不是故意的。"阿婵像是做了错事似的说，"他要抓我，我不小心把他踢到悬崖下了，可能已经摔死了。"

"好。活该。"阿好咬着牙说，然后看着阿婵，笑着赞许道："看不出来呀你。"

"我也不知道那个倭人居然这么不经打。"阿婵腼腆地低着头说。

阿好和阿婵出了地道，立马回村里向工作组的同志汇报了情况。叶同志和张同志带领民兵迅速赶到现场，对地道进行了全面搜查，在地道里发现了大量日军废弃的武器装备。叶同志意识到事态的严重性，火速向上级做了汇报。县公安局和武装部接到报告后，很快就派员来到现场，经过勘查，调查人员确定这个地道是二战时期日军留下的军用设施。搜救人员还在悬崖下发现了那个被阿婵踢下去的日本人。不过，算他命大，生长在悬崖上的一丛小松树救了他一命。他当时就挂在小松树上，只是撞断了一条腿，人还活着。这个家伙原来是侵华日军的一名随军军医，日军投降后，一个人在山里迷了路，鬼使神差地滞留在中国。至于这名日本兵为什么这么长时间都没被发现，而偏偏被阿好和阿婵遇上了，一种解释是该日本兵平日都非常小心谨慎，藏匿得比较隐蔽，那天是因为见阿好和阿婵是两位女性，一时动了歪念，放松了警惕所致。弄清了事实真相后，调查组安排民兵对地道进行了清理，将清理出来的一应物品统统送到了县里处理，至于那个日本兵则被送到省城最好的医院救治。

该日本兵伤愈后，并没有被遣送回国，而是自愿选择留在中国，在一所中学担任英语教师，直到去世。


# 四十一


今年"三八"期间，县里将面向全县挑选工作出色或有突出贡献的妇女代表到省城参观学习，选拔方式是由各村队自下而上推举。阿好和阿婵由于发现了漏网的侵华日本兵，立了大功，受到了省、县政府的表彰，自然成了这次活动的推选对象，并毫无异议地入选。阿好和阿婵于是满怀期待参加此次活动。

相对于其他参与活动的代表，阿好和阿婵此行心里还藏着一个不为人知的小秘密，那就是借机到省城寻亲。虽然不知道自己的确切身世，但坊间都传闻她们是从省城被拐下来的，所以，在意识里，她们一直把省城当作是自己的出生地，都希望有朝一日能到省城寻找自己的亲人，没想到，这一天终于到来了。而且，对于阿好来说，这次活动真成了她人生的重大转机，既出乎意料，又如愿以偿地找到了自己失散的亲人。事情居然来得如此容易，这大概连她自己都难以相信。

到了省城后，与其他人不同，阿好和阿婵只要一有机会，就到大街小巷去转悠，希望能寻找到一些记忆的蛛丝马迹。相对于阿婵无论如何都找不到记忆，阿好却是在街上越走越有亲切感，越走越觉得熟悉。当她走到海珠桥附近时，她非常肯定地觉得，这个地方她来过。

这天清晨，阿好独自沿着珠江边一直往西走，走到海珠桥前，只见桥上人来车往，车水马龙，人声鼎沸。阿好站在大桥出口与马路的交汇处，看着潮水般的人流在身边涌来涌去，感觉眼花缭乱，应接不暇，不知不觉地陷入了迷惘之中。恍惚间，她脑海里飘过一帧一帧与眼下似曾相识的场景：拥挤、哭喊、奔跑……

突然，一辆汽车从岔路向她冲了过来，鸣着刺耳的喇叭在她身旁擦身而过。喇叭声像锤子似的在阿好的脑海里重重地撞击了一下，幡然间，她脑海里突然像打开了一扇窗户似的，闪过一道白光，一连串清晰的影像像电影胶卷似的从她的记忆中拉了出来：房子、玩具、母亲、父亲、哥哥、爆炸声、夺门而出、军队、军车、跌倒、毡帽男子、泥泞路、箩筐、山洪……

阿好浑身颤抖，用手掌使劲地搓了搓脸颊，眼泪如断线的珠子般哗哗地往下掉。是的，她终于记起来了，所有的事情仿佛就发生在昨天。她抹了一把眼泪，抬头辨别了一下方向，朝着岔路方向拔腿就跑。穿过街道、人流、小巷……最后，她在一栋大宅子前停下了脚步，扑通一声跪倒在地上，号啕大哭……

阿好在堂兄弟姐妹中排行十三，所以家里人直接就给她取名"十三"，"阿好"这名字是桂婶给起的，亲生父母和兄弟姐妹们虽然也都尊重"阿好"这个已经被喊了二十多年的名字，但他们还是习惯喊她"十三"。

阿好找到了自己的亲生父母后，亲人们首先想到的就是要把阿好调回到省城、调回到身边。尤其是阿好的母亲，她一直认为正是由于她的过失才导致阿好走丢的，她对不住这个苦命的孩子，希望能在有生之年弥补自己的过失。但按照当时的户籍政策，这完全是不可能的事情。所以，在短暂的团聚后，阿好还是回到了西岭村，回到了自己的丈夫和孩子身边。

阿好找到了失散的亲人，阿婵在替她感到高兴的同时，也受到了鼓舞，加之工作组叶同志撤离的时候，一再承诺，他一定会继续发动身边的人，替阿婵寻找亲人，所以，阿婵一直相信，总一天，她也一定能找到自己失散的亲人。也许正是有了这种信念，阿婵给人的感觉是越来越开朗了。

在女儿建娣十六岁那年，矮哥得了眼疾，不得不摘除了一只患病的眼睛，而在同一年，月姨也因病去世了。尽管家里一下子遭遇了连串的变故，经济一度陷入了困境，但阿婵依然表现得非常坚强，挑起了整个家庭的重担。女儿建娣非常懂事，为了不给家庭增加负担，她主动辍学，回到生产队参加劳动，以减轻母亲的负担，缓解家庭困难。在阿婵母女的辛劳操持下，一家人的生活渐渐地又回到了正轨。然而就在这个时候，不幸再度降临到了这个家，降临到了阿婵这个可怜的女人身上，以终止她生命的方式，终止了她寻亲的梦想。

意外在放鹅的时候发生。中午时分，阿好回去取午饭，阿婵留守看管鹅群。当阿好提着两人的饭菜匆匆回到放鹅的湖边时，已经不见了阿婵的踪影了。队里发动了所有社员寻找，甚至已怀疑她可能溺水了，用渔网在湖里反复打捞，都未能找到阿婵。正当大家陷入了无限绝望与焦躁之时，出事后第七天的中午，大家在她和阿好平日驱鹅下湖的堤岸边发现了她漂浮的尸体。她是失足掉到湖里溺亡的。

在乡下人眼里，这种离世是很不吉利的，但矮哥还是为阿婵操办了一场体体面面的葬礼。阿姆的意外去世，对建娣的打击非常大。建娣一直都非常同情母亲的可怜身世，懂事后处处都体贴着母亲，总是想着法子替她分担家里家外的事务，希望能通过自己的努力，弥补命运给母亲带来的不公与不幸，让她能快乐幸福地生活，但没想到她却遭此厄运。真是应验了那句"子欲养而亲不待"。母亲下葬时，建娣心里暗暗起誓，无论付出多大的心血，都一定要替阿姆找到失散的亲人，了却她的遗愿。

阿婵死后不久，傻子阿洪也失踪了。据最后看到他的人说，傻子阿洪是骑着一根树枝从村头走出去的，一边走，嘴里一边嘀咕着："我要去找我的父王。"


# 四十二

刚过完春节，建娣就随大队青年被派往外地修建水库去了。在这里，她认识了一个其他大队的，也是参加水利工程建设的小伙子阿豪，双方互有好感，很快就发展成了恋爱关系。

阿豪是大涌渔村人，家里有两兄弟，他是弟弟。很多年前，阿豪的父母在一次出海打鱼时，渔船被日军军舰撞沉，父母双双坠海身亡，兄弟俩靠爷爷奶奶拉扯成人。兄弟俩还算争气，不仅长得相貌堂堂、一表人才，而且非常勤劳肯干，在村里有口皆碑。

水利工程开展了将近两年，建娣和阿豪的这段水利恋情也谈了将近两年。第二年春节前一个月，工程顺利完工，各地支援建设的青年胜利班师，各回各队。

撤离之前，建娣和阿豪相约好了，回去后，阿豪就到建娣家提亲。

阿姆过世后，几个弟弟年龄尚小，即使是最大的环有仍没到劳动的年龄，父亲身体又不好，建娣在家里可以说是又当姐又当娘，充当了顶梁柱的作用，如果她出嫁了，这个家可就实在无法支撑了。所以，当建娣对父亲说有个小伙子年前要过来提亲时，矮哥满脸凝霜，不置可否。建娣知道父亲心里担心什么。父亲担心的事情，其实她早已考虑过了。建娣的态度是非常明确的，她是绝不会丢弃几个弟弟不管的。

尽管建娣的父亲顾虑重重，阿豪还是提着彩礼如期而来了，陪同他一起来的是他的爷爷。

建娣相亲可是件大事，作为外公，刘胜毫无疑问是要过来坐镇把关的，而阿好则过来帮忙张罗饭菜，招待未来的外甥女婿。

当门外传来单车铃声时，建娣和刘胜迎了出来。刘胜眼尖，一眼就认出了走在小伙子后头的那位老者。

"这不是赖叔吗？"刘胜惊叫道。

对方也认出了他，惊讶地大喊道："阿胜，怎么会是你？"指着她身边的建娣，"这是你的……？"

"我外孙女。"刘胜说。

"好呀。"赖叔拍了一下手掌说，"没想到我这孙子这么有眼光，居然找到你外孙女。"

"哪里话？"刘胜摆摆手，抓住赖叔的手说，"赶紧进屋来坐。"

矮哥显示出了作为女方家长的含蓄，他没有和刘胜他们一起到门外迎接赖叔爷孙俩，即便是刘胜领着客人进到屋里后，他都依然坐在台旁，只是对着客人做了个请坐的手势。

相对于赖叔来讲，矮哥是稍晚一辈，赖叔对矮哥并不熟悉，但由于矮哥之前曾经当过生产队队长，而且又做过一次对乡下人来说是如此罕见的手术，所以名声在外，赖叔因而对他也是有所耳闻的。至于矮哥，当他知道眼前这个老人就是大名鼎鼎的、抗战时期曾经参与营救香港爱国文化人士的赖叔时，也不禁肃然起敬。

赖叔接过建娣端上来的茶时，趁机细细地打量了一下眼前这个未来的孙媳妇，感慨地说："一听说这小子找的是西岭村的人，我心里就一直在琢磨，这究竟是哪家的姑娘呢？没想到是阿胜你的外孙女、队长的千金。这小子可真会找呀。"说完哈哈大笑起来。

"赖叔抬举啰。"刘胜也笑着说，顿了顿，问道："赖婶她身体还硬朗吧？"

"还行，还行。"赖叔继续笑呵呵地答道。

"怎么不带她一起过来走走，熟悉一下路？"刘胜问。

"她呀。她走不开，忙着给大孙子带娃呢。"赖叔摆摆手说，无奈中透着幸福。

"啊？赖叔当太公了。"刘胜惊讶道。

"是呀。两个孙子，这个是小的，家里那个是大的。大孙子已经有两个小孩了。"赖叔说。

"赖叔真有福气呀。"一直在一旁沉默不语的矮哥，终于搭上了一句话。

"唉。福气啥？还不都是熬过来的？自从他们的爹妈被日本鬼子害死了之后，我们两个老家伙把他们兄弟俩拉扯大太不容易了。"赖叔感慨地说。赖叔家的遭遇，周边上了年纪的人都知道。

"唉呀。是呀，带孩子可不是件容易的事呀。"矮哥叹了一口气，看着坐在门槛上玩捡石子的秋仔和冬仔两兄弟，不无同感地说。

话题最终回归到了建娣与阿豪两人的婚事上。不过，没等家长们说话，阿豪就拉着建娣的手，走到屋中间，郑重地声明，结婚后他要到建娣家住。这意味着阿豪要倒插门到建娣家做上门女婿，理由是建娣的几个弟弟年龄太小，需要照顾。

此话一出，即刻语惊四座。由于事先他们并没有向家长们透露过这方面的想法，所以，几位家长毫无心理准备，不要说赖叔，就连矮哥也没反应过来，一副惊诧的样子。屋里的气氛一下子像是凝固了似的，变得鸦雀无声。最后还是刘胜出来打了圆场。

"这事我们待会儿一边吃饭一边商量。"刘胜笑哈哈地说。知道了建娣和阿豪的打算后，刘胜心里豁然开朗，之前他也担心建娣出嫁后，剩下矮哥带着三个未成年的儿子怎么过日子呢。如果按照两位年轻人的说法，阿豪倒插门过来，那么所有问题都迎刃而解了。这件事对矮哥家来说无疑是最理想的，但赖叔未必能接受，因为，倒插门不仅涉及劳力问题，更关乎名声。这一点，从当时赖叔僵硬的表情里就可以看出来了。所以，刘胜赶紧转移话题、缓和气氛。

看着建娣那几个不能说是嗷嗷待哺，但起码也是需要照顾的弟弟，赖叔免不了也有些担心。建娣这孩子不错，他喜欢。但按照这种状况，结婚后，孙子阿豪和建娣的负担将会很重。不过，作为一个从苦难中走过来的老人，赖叔内心的天平在经历了短暂的摇摆后，最终还是向怜悯和良知倾斜了。但回家后，当赖叔的老伴得知孙子要倒插门到建娣家做上门女婿时，坚决不同意。

"那些娶不到媳妇的人才要去做上门女婿。咱们阿豪条件这么好，难道还担心娶不了媳妇不成，要去做那样给祖宗丢脸的事？"老伴盯着赖叔说，眼神里透着不解和气恼。

"我们阿豪跟其他人不一样，不是因为娶不到媳妇才去做上门女婿的。"赖叔说。

"那是因为什么呀？"老伴反问道。

"是因为情义。"赖叔把建娣家里的情况向老伴细细地说了，"建娣是个好姑娘，阿豪也喜欢，如果他们因为家庭的原因散了，我心里不好受。"

"你跟阿豪谈过了吗？问他考虑清楚没有？"老伴问。

"阿豪的态度非常坚决，非建娣不娶。"赖叔不无感慨地说，然后压着嗓子，问老伴，"你知道那姑娘的外公是谁吗？"

"谁？"老伴侧着脸反问道。

"她外公就是当年那个大名鼎鼎的三拳打死三个日本兵，救下了陈村阿莲书记的阿胜。"

"就是那个和咱们一起去香港接人的阿胜？"老伴对刘胜是有印象的。

"就是他呀。非常正直、非常好的一个人，跟这样的人做亲家，痛快。"赖叔由衷地说。

在赖叔的劝说、开导下，再加上作为一家之主的威望，老伴没再坚持反对。建娣和阿豪的婚事最终定了下来，阿豪到建娣家做上门女婿。但赖婶有个条件，就是结婚时，要先把新娘接到赖家入洞房，而且要住满三天，按传统风俗给各位长辈端了茶，收了利是后才回建娣家去。这个条件当然就没问题了。

建娣和阿豪的婚期定在当年春节的大年初六。招了个上门女婿，矮哥家一下子成了西岭村关注的焦点。对阿豪这个上门女婿，大家不但没有因为他是倒插户而歧视他，反而因为他的敢爱、敢做、敢当而愈发地敬重他。

婚后，小两口恩爱勤劳，上孝敬长辈，下爱护几个未成年的弟弟，生活过得和谐温馨。不过，社员分红并不高，辛辛苦苦一天下来，每个社员的分红也就一毛钱多一点，生活水平普遍低下。

# 四十三

叶同志虽然已随工作组撤离多年，回到了省城工作，但他并没有忘记当初对阿婵和这个家庭许下的帮助阿婵寻找失散亲人的承诺，所以，这些年来一直和矮哥一家保持着联系，四处寻找阿婵的亲人。尽管阿婵已不在人世了，他的承诺和努力却一如既往。功夫不负有心人，在经历了无数次似是而非后，最近他又在省城找到了一个各方面条件都非常相似的家庭，取得联系后，对方表现出了非常急切的见面愿望。叶同志第一时间把这个消息告诉了矮哥一家。

叶同志代表矮哥家先行与对方见了面。

对方来的是一位叫蔡芳的女子，比建娣稍微年长一到两岁，据了解，蔡芳的母亲一共有三兄妹，一个哥哥，一个妹妹。哥哥在日军攻占广州时，死于日军的轰炸，妹妹在随家人逃亡时走失，这么多年来，她们一直在寻找，但至今杳无音信、生死未卜。蔡芳的外公刚在两年前去世，外婆正在住院。

叶同志把建娣的母亲，也就是阿婵的情况跟对方复述了一遍，之所以说复述，是因为这些情况，叶同志在发布的寻人启事中已经提及了，现在也就补充一些矮哥家近期的情况。当对方得知阿婵已不在人世的消息时，虽然仍未确定阿婵是否就是她们要找的人，但蔡芳还是忍不住抽泣了起来。

蔡芳回家把见面的经过，以及了解到的情况跟妈妈说了之后，妈妈更加确定这个阿婵就是她们要找的人。

"可怜的人呐。"蔡芳的母亲哽咽道，"这事一定要抓紧。哪怕是她的小孩，也务必让你外婆见上一面。"

"放心吧。我也是这么跟那个叶伯伯说的。"蔡芳搂着母亲的肩膀说。

建娣和阿豪如约来到了省城，在约定的餐馆里见到了叶同志和蔡芳母女。让大家感到惊诧的是，当建娣和蔡芳站在一起时，无论样貌还是神态，她们都具有亲姐妹那种神似和形似。这似乎又进一步印证了她们存在血缘关系的可能。大家在一起吃了个午饭，双方进一步交换了相关信息。蔡芳的母亲姓苏，名叫苏兰，她失散的妹妹叫苏菊，也就是说如果建娣的阿姆就是苏兰失散的妹妹的话，那么她的名字就应该叫做苏菊。这时，建娣从包里取出了那件胜叔一直替阿婵保留着的小马褂，马褂的胸口绣着一朵菊花。而苏兰也有一件绣着兰花的小马褂。

事实已经很清楚了，真相已经大白。大家不禁喜极而泣。

蔡芳领着众人进入了外婆的病房，指着病床上一个鼻孔插着氧气管，头侧向病房门口，失神地望着她们的老人说："那就是外婆。"

建娣急趋上前，一头趴在老人的怀里，肝肠寸断地喊了一声："外婆。"接着就号啕大哭起来。

老人家虚弱地把手移到建娣的头上，苦涩的眼泪如断线的珠子，滑过脸颊，浸湿了雪白的枕头。

一周后，老人家奇迹般康复出院。

老太太一定要去建娣家走一走，亲自给女儿苏菊上一炷香，看看另外的几个外孙，和收养女儿的恩人。苏菊的父亲过世时，一再嘱咐，如果找到了苏菊，一定要把他的骨灰安放在苏菊生活的地方，让他可以好生看住这个女儿。如今苏菊已不在人世了，一家人商量过后，决定把苏菊父亲的骨灰带到乡下安放在苏菊坟旁，这也算是了却了老人家的心愿了。时间就定在九天后的重阳节。

当天，苏兰夫妇、蔡芳，推着老太太，带着逝者的骨灰，如期来到了西岭村。一路上，老太太都显得很平静，但当到了女儿苏菊坟前，看到那抔黄土时，老人家情绪顿时失控。她撕心裂肺地喊了一声"我苦命的菊儿呀"就晕了过去。

这可把在场的人给吓坏了。大家赶紧给她搓胸口、掐人中，进行施救。还好，老人家只是一时激动背过气去了而已，在众人的救助下，很快就恢复了神志了。见老太太已无大碍，大家才松了一口气，着手安放蔡芳外公的骨灰。阿豪用锄头在苏菊坟旁平了一个位置，把早已准备好的一个瓮摆上去，再把蔡芳外公的骨灰盒放进瓮里，盖上瓮盖，然后用水泥将盖子封好，在瓮的周围培上土，事情也就完了。整个过程，建娣一直陪伴在外婆身边，不停地替她擦拭眼泪。刚刚经历了极度悲伤，老人家显得非常虚弱，她瘫坐在轮椅上，两眼空洞，麻木地注视眼前的一切，直到离开时，才自言自语地吐出一句："记得把阿菊另外一边的位置留给我。"

当建娣领着外婆一行回到家时，刘胜、阿好等人均已经在建娣家候着了。

刘胜身子骨还很硬朗，看见来人，不等介绍，就主动站起来迎了上去。

"她就是我这边的外公。"建娣将嘴巴贴着外婆的耳朵说。

"哦。"外婆的双眼闪烁出久违的光芒，她使劲地直了直身子，颤巍巍地向刘胜伸出了手。

刘胜快步上前抓住了对方的手。

"恩人啊。"建娣的外婆激动地喊道。

刘胜摇了摇头，叹了一口气，说："唉。你们受苦了。大家都受苦了。"顿了顿，轻轻拍了拍对方的臂膀，补充道，"但都过去了。一切都好起来了。"

建娣外婆也跟着说："一切都好起来了啊！"

这是一个夏日的清晨，初升的太阳欢快地照耀在东江水面上。堤岸的江湾处，在秋仔和另外一名少年的帮扶下，刘胜悠然地放下扳罾。虽然年岁已高，刘胜始终喜欢用扳罾扳鱼，不过，亲人们都担心他的安全，不会让他独自出来扳鱼，这次是秋仔和阿春的小儿陪着。阿春就嫁在陈村。放下扳罾后，刘胜坐在一把小竹椅上，凝望着缓缓西流的瑟瑟江水，突然感慨地舒了一口气。新中国成立后，他可以堂堂正正地在东江上扳鱼了，再也无须偷偷摸摸了。